REGINA STÜRICKOW

Kommissar Gennat und der BVG-Lohnraub

Kriminalroman

ELSENGOLD

2. Auflage 2021

Umschlaggestaltung: Goscha Nowak
unter Verwendung eines Fotos von akg-images
Satz: Andreas Felgner

ISBN 978-3-96201-050-8

Besuchen Sie uns im Internet: www.elsengold.de

PROLOG

Charlottenburg, 15. Juli 1931

Der junge Mann kam immer um diese Zeit und immer mit dem Fahrrad. Einen Fahrschein für die BVG hätte er sich nicht leisten können. Einmal war er sogar von der Schöneberger Dennewitzstraße, in der er wohnte, bis in die Charlottenburger Spreestraße, die direkt gegenüber dem Rathaus Charlottenburg von der Berliner Straße abzweigte, zu Fuß gegangen. Mehr als eine Stunde hatte er da gebraucht. Heute bog er nicht gleich in die Spreestraße ein, wo er jede Woche vom Wohlfahrtsamt seine 11,85 Mark Unterstützung abholte, sondern hielt an und warf einen Blick auf die Turmuhr des Rathauses: kurz vor acht Uhr. Genau die richtige Zeit, dachte er. Er schob sein Rad auf den Bürgersteig, direkt dem imposanten Protzbau gegenüber. Um nicht aufzufallen, tat er so, als pumpe er das Vorderrad auf, ließ dabei aber die Geschehnisse vor der Filiale der Stadtbank im rechten, erst später angebauten Flügel des Rathauses nicht aus den Augen. Auch wenn ihm die vorbeifahrenden Straßenbahnen, deren Trassen auf beiden Seiten am Fahrbahnrand neben dem Bürgersteig verliefen, immer wieder die Sicht nahmen, blieb er auf dieser Seite. Niemandem sollte auffallen, dass er die Bank beobachtete. Was er sonst nur flüchtig im Vorbeifahren gesehen hatte, wollte er jetzt genauer beobachten.

Er musste nicht lange warten, bis ein Bus der BVG vorfuhr und am Fahrbahnrand anhielt. Vier Männer in BVG-Uniformen stiegen aus, zu zweit trugen sie jeweils eine offensichtlich schwere Kiste in die Bank. Jetzt fuhr ein zweiter Bus vor. Aus diesem luden zwei Beamte eine weitere schwere Kiste aus und brachten sie in das Gebäude. Die Männer aus dem ersten Bus verließen die Bank nach wenigen Minuten wieder. Einer von ihnen trug die beiden, jetzt offensichtlich leeren Kisten allein. Nachdem er sie in den Bus gestellt hatte, stiegen sie ein und fuhren weg. Die BVGler aus dem zweiten Bus blieben noch mindestens zehn Minuten in der Bank.

Noch immer beobachtete er den rechten Rathausflügel und beschäftigte sich gleichzeitig mit seinem Fahrrad, tat so, als sei etwas mit der Kette nicht in Ordnung. Jetzt kamen die Männer mit der Kiste heraus. Offensichtlich war sie immer noch schwer, denn sie trugen sie gemeinsam. Dann hievten sie sie in ihren Bus, stiegen ein und fuhren ebenfalls weg.

Als er den Transport der Kisten das erste Mal beobachtet hatte, konnte er sich noch nicht zusammenreimen, was das bedeutete. Dann hatte er seinem Bruder davon erzählt. Der war selbst BVGler. Busfahrer. Nun war ihm ein Licht aufgegangen. Zweimal im Monat, immer am 1. und am 15., an den Tagen, an denen die Löhne ausgezahlt wurden, hatte er die Busse gesehen. Der erste Bus brachte die schweren Kisten mit den Einnahmen aus den Fahrscheinverkäufen vom Vortag, vornehmlich Kleingeld, und zahlte das Geld ein. Dann fuhren sie mit den leeren Kisten wieder weg. Die Leute aus dem zweiten Bus brachten ebenfalls eine Kiste mit Kleingeld aus Fahrscheinverkäufen. Sie gingen aber nicht mit leeren Händen wieder weg, sondern holten die Lohngelder für die Mitarbeiter ab – in Scheinen natürlich. Wenn sein Bruder der Mutter am Tag der Lohnauszahlung das Kostgeld gab, waren es immer Scheine. Das hatte er schon oft gesehen. Demnach waren die Münzen in der Bank in Papiergeld gewechselt worden. Mindestens 60 000 oder sogar 70 000 Mark, so vermutete sein Bruder – vielleicht sogar mehr. Die Kiste müsste man sich unter den Nagel reißen, ging es ihm immer wieder durch den Kopf. 70 000 Mark! Damit wären alle Probleme gelöst. Die Bank und die BVG könnten das verschmerzen. Die Banken hatten ohnehin genug Geld. Dieser Bertolt Brecht soll gesagt haben, ein Einbruch in eine Bank sei nicht schlimmer als die Gründung einer Bank, oder so ähnlich. Die Brüder Sass kamen ihm in den Sinn. Das waren Helden. Die Jungs waren genial. Denen konnte sowieso keiner das Wasser reichen. Einen Tunnel zu graben, um einen Tresorraum auszurauben, das war nicht seine Sache. Er hatte einen anderen Plan. Aber dazu brauchte er zuverlässige Leute, ein schnelles Auto – und Waffen. Das musste alles erst organisiert werden. Er stellte sein Fahrrad ab, immer in der Angst, es könnte ihm geklaut werden, denn er hing an seinem alten verrosteten Drahtesel. Es war das einzige, was ihm sein Vater, der vor neun Jahren gestorben war, vermacht hatte. Er stellte sich in die lange Schlange der Unterstützungsempfänger und schmiedete seinen Plan.

Schöneberg, Anfang April 1932

Im Oktober 1931 hatte er eine Anstellung in einer Klempnerei bekommen. Er arbeitete viel, und wenn er Feierabend hatte, war er so müde, dass er, wenn er nach Hause kam, gleich ins Bett fiel. Nur noch selten, meistens am Wochenende, traf er sich mit den Genossen aus dem *Kommunistischen Jugendverband*. Politische Parolen waren nicht seine Sache. Oft verstand er nicht einmal, was die Leute da redeten. Aber die Ausflüge, die sie machten, die Zeltlager in der Mark oder an der Ostsee wollte er nicht missen. An den Plan, den Geldtransport zu überfallen, dachte er nur noch selten.

Ende Januar 1932 wurde er dann entlassen. Mist. Wieder stempeln gehen. Wieder Unterstützung. Wie sollte man mit den paar Kröten zurechtkommen? Das letzte Mal, als er arbeitslos war, hatte er das Geld von der Wohlfahrt auf Heller und Pfennig seiner Mutter gegeben. – Als Witwe mit fünf Kindern hatte sie es besonders schwer. Er fluchte vor sich hin. Die Kapitalisten lebten wie die Maden im Speck, und seine Mutter wusste nicht, wie sie die Familie satt bekommen sollte. Eine Schande ist das, dachte er.

Der Transport der BVG-Lohngelder ging ihm nun nicht mehr aus dem Kopf. Sein Billardpartner aus seiner Stammkneipe in der Yorckstraße schien ihm ein zuverlässiger Komplize zu sein. Das Wichtigste: Er konnte Auto fahren. Der Junge war nicht älter als er und hatte, bevor er arbeitslos wurde, als Chauffeur bei einer Krankentransportfirma gearbeitet und vorher in einem Taxiunternehmen. Jetzt klaute er, nur so zum Spaß, hin und wieder Autos. Einfach so, um eine Spritztour durch die Stadt oder die Mark Brandenburg zu machen. Fast alle Fahrzeugtypen konnte er problemlos starten und meisterhaft fahren.

Zu zweit war der Überfall allerdings nicht durchführbar. Er zog drei weitere zuverlässige Freunde ins Vertrauen. Über Wochen beobachteten sie gemeinsam die Geldtransporte und kundschafteten die Örtlichkeiten aus. Er besorgte für jeden eine Pistole. Bei der nächsten Gelegenheit wollten sie zuschlagen.

Charlottenburg, 29. April 1932

In einem am Vorabend in Wilmersdorf gestohlenen Wagen erwartete der arbeitslose Chauffeur seine vier Komplizen in der Nähe des Winterfeldtplatzes. Eine problemlose Flucht war somit garantiert. Während der Fahrt gab er jedem eine Pistole mit Munition. Seine Komplizen würden zunächst nur in die Luft schießen. Stellte sich ihnen aber jemand in den Weg, würden sie sofort das Feuer eröffnen, notfalls auch mit gezielten Schüssen. Dass der Transport schon heute, am 29., stattfand, war sicher, denn der 30. fiel auf einen Sonnabend. Die fünf warteten in dem gestohlenen Wagen gegenüber des Charlottenburger Rathauses. Doch der Fahrer kam heute schneller wieder aus der Bank als sonst und winkte einem Schutzmann zu, der wohl zufällig vorbeigekommen war, begrüßte ihn scheinbar herzlich und begann mit ihm zu reden.

Die fünf überlegten kurz. Sollen sie den Überfall trotzdem wagen? Zwei waren dafür. „Dann schießen wir eben. Wozu haben wir die Dinger denn?" Die drei anderen waren dagegen. „Das gibt nur eine wilde Schießerei, und wer garantiert uns, dass wir die Kiste unter diesen Umständen überhaupt kriegen? Wir ziehen ab, Jungs.

Das wird heute nichts. Zu viel Risiko. Die Gelegenheit, uns das Geld zu schnappen, kehrt alle 14 Tage wieder. Lasst uns lieber auf Nummer sicher gehen."

Schöneberg, 13. Mai 1932, 17.20 Uhr

Das schwarze Auto hielt direkt vor dem Eingangstor der Laubenkolonie an der General-Pape-Straße. Das charakteristische schwarz-weiß gewürfelte Band, das unterhalb der Fenster um den hinteren Teil des Fahrzeugs lief, wies es als Taxi aus. Erich Salewski trat ein paar Schritte zurück auf die Veranda seiner Laube, um von der Straße nicht gesehen zu werden. Den Wagen ließ er nicht aus den Augen, denn er wollte wissen, welcher seiner Nachbarn sich ein Taxi leisten konnte. Salewski selbst fuhr bei Wind und Wetter mit seinem altersschwachen Fahrrad in den Garten, der ihn und seine Familie mit Kartoffeln, Mohrrüben, Kohl und Obst versorgte. Sogar Erdbeeren hatte er angepflanzt. Auch Kaninchen hielt er. Würde er das Grundstück und die Tiere nicht hegen und pflegen, wäre bei ihnen oftmals Schmalhans Küchenmeister. Auf seine Harke gestützt wartete er.

Plötzlich flogen fast gleichzeitig die hinteren Türen des Taxis auf. Zwei Männer sprangen heraus. Wie gelähmt vor Schreck starrte Salewski auf die Straße. Der eine Mann hatte eine Pistole in der Hand und riss jetzt den Schlag auf der Fahrerseite auf. „Raus hier, oder ich knall dich ab!", hörte Salewski ihn brüllen. Der zweite Mann, er war ebenfalls bewaffnet, postierte sich hinter seinem Komplizen.

„Ich denke ja gar nicht daran. Schieß doch", schrie der Chauffeur zurück, rief um Hilfe und umklammerte das Lenkrad. Erich Salewski rührte sich nicht von der Stelle. Die beiden Banditen packten den Chauffeur und zerrten ihn mit roher Gewalt aus dem Wagen. Er setzte sich heftig zur Wehr, schlug und trat um sich. Salewski konnte sehen, wie der Chauffeur, unbemerkt von den bewaffneten

Angreifern, etwas Glänzendes hinter sich in den Unkrautstreifen am Zaun zur Laubenkolonie warf. „Vermutlich der Zündschlüssel“, dachte Salewski. „Der hat Nerven.“ Während einer der Banditen das inzwischen am Boden liegende Opfer mit der Waffe in Schach hielt, sprang der andere auf den Fahrersitz, startete im Nu den Wagen und wendete gekonnt. Vorbeilaufende Passanten auf der gegenüberliegenden Straßenseite schauten demonstrativ in eine andere Richtung und ignorierten die Hilferufe. Wie ein Kinobesucher auf die Leinwand, starrte Salewski noch immer auf die Szenerie. Nach dem Wendemanöver sprang der zweite Gangster an der Beifahrerseite auf das Trittbrett des beschleunigenden Taxis, die Waffe noch immer auf den am Boden Liegenden gerichtet. Schüsse fielen nicht.

Offenbar war der Taxichauffeur bei dem Handgemenge nicht verletzt worden. Etwas benommen richtete er sich auf, stellte sich mitten auf die Fahrbahn und fuchtelte, als er einen Personenwagen auf sich zukommen sah, wild mit den Armen, sodass der Opel anhalten musste. „Die haben mein Taxi geklaut“, schrie er und zeigte in die Fluchtrichtung. „Wir müssen hinterher.“ Der Opel-Fahrer ließ ihn auf der Beifahrerseite einsteigen und Salewski sah noch, wie der Wagen in mäßigem Tempo davonfuhr. „Die Banditen sind doch längst über alle Berge!“, murmelte er.

Salewskis Nachbarin Erna Thiel, die die ganze Zeit konzentriert das spärlich sprießende Unkraut zwischen ihren Radieschen gejätet hatte, richtete sich jetzt auf und sagte kopfschüttelnd über den Gartenzaun hinweg: „Ha'm se det jeseh'n! Also wat sagt man nu dazu. Mit die Vabrecha, det wird imma schlimma.“

Erich Salewski murmelte eine Zustimmung, griff nach der Flasche Korn, die er auf das Fensterbrett gestellt hatte, nahm einen kräftigen Schluck und verschwand, hinter sich die Tür zuschlagend, in seiner Laube.

In die Laubenkolonie kehrte wieder die gewohnte idyllische Ruhe zurück.

I

Sonnabend, 14. Mai 1932, 1.30 Uhr

Das Klingeln des Telefons riss Max Kaminski aus dem Schlaf. Im Traum waren gerade Einbrecher in seine Wohnung eingedrungen. Er wollte das Polizeipräsidium anrufen, bekam aber keine Verbindung. Entweder meldete sich die Zentrale nicht, oder er landete in den Gesprächen fremder Leute. „Manchmal träumt man einen Mist zusammen", murmelte er, sprang aus dem Bett, tappte barfuß und im Dunkeln in sein Arbeitszimmer und nahm den Hörer ab.

Am anderen Ende der Leitung meldete sich Wolf Weber, der Chef vom Dienst des *Berliner Echos*: „Hab ich dich etwa geweckt?"

„Nee", knurrte Kaminski. „Du hast nur die Einbrecher verjagt."

„Was? Das ist ja …", sagte Weber entsetzt. „Ist das wahr?"

„Frag nicht so viel, sag mir lieber, was los ist", fuhr Kaminski ihn an.

„Reg dich doch nicht gleich auf, Maxe", begann Weber. „Ich hab 'ne gute Nachricht. Schießerei in Mariendorf. Wenn ich richtig verstanden habe, in einer Kneipe in der Großbeerenstraße 64 oder so ähnlich. Beeil dich. Für die Morgenausgabe ist es selbstredend zu spät, aber abends bist du dann mit 'nem richtig fetten Bericht drin. Exklusiv – versteht sich."

„Uninteressant, Kneipenschießerei hatten wir erst gestern. Gute Nacht." Kaminski schickte sich an, wieder aufzulegen.

„Nun warte doch, lass mich wenigstens ausreden", brüllte Weber aus dem Hörer, sodass Max zusammenfuhr.

„Nazis, Kommunisten oder beides?", fragte Kaminski und gähnte demonstrativ.

„Wegen Alltagskram hätte ich dich nicht aus dem Bett geklingelt! Is wohl 'n richtiger Raubüberfall mit Ballerei und allen Schikanen!"

„Wer sagt das? Die Polizei?"

„Keine Ahnung. Wollte seinen Namen nicht sagen. Hat gleich

wieder aufgelegt. Klang aber ziemlich glaubhaft. Also schwing die Keulen und schmeiß deine Karre an, wenn du der Erste sein willst. Die Konkurrenz schläft sicher noch süß und selig."

„Bist du sicher, dass es kein Besoffener war?"

„Bin ich Hellseher?"

„Na schön. Großbeerenstraße in Mariendorf, nicht in Kreuzberg?"

„Wenn ich's doch sage."

Ohne die Schreibtischlampe anzuknipsen, tastete Kaminski nach einem Bleistift und kritzelte die Adresse auf den Rand der *Vossischen Zeitung* von gestern. Das Licht des hell erleuchteten Kurfürstendamms, das in das Zimmer fiel, reichte aus, um eine Notiz zu machen.

„Aber wenn das eine Ente ist, schuldest du mir eine Kiste *Veuve Clicquot*!"

Kaminski legte den Hörer zurück auf die Gabel, hielt einen Augenblick inne und horchte. Nichts rührte sich. Lissy und die Kinder waren offenbar nicht wach geworden. Er riss die Notiz von der Zeitung ab, zog die oberste Schublade seines Schreibtisches auf und kramte einen Stadtplan heraus. Vorsichtig, damit die Dielen nicht knarrten, ging er in die Küche, knipste das Licht an und breitete den Plan auf dem Küchentisch aus. Als Polizeireporter kannte er die Stadt bis in ihre dunkelsten Winkel. Einem Taxifahrer gleich fand er fast jede Straße mit schlafwandlerischer Sicherheit. Mariendorf allerdings, ganz im Süden der Stadt, war ihm weniger vertraut. Er zog sich einen Küchenstuhl heran, setzte sich und fuhr mit dem Finger die Straßen entlang, um sich die günstigste Route einzuprägen. Die Großbeerenstraße war die Verlängerung der Rathausstraße und ging hinter der Ortsgrenze zu Marienfelde in die Marienfelder Allee über. Das Lokal musste demnach zwischen den Bahnhöfen Mariendorf und Marienfelde liegen. Plötzlich hielt Kaminski inne. Weber hatte von einem anonymen Anrufer gesprochen. Wenn das nun eine Falle war? Vor ein paar Tagen hatten ihn zwei noch blutjunge Rabauken in SA-Stiefeln, aber ohne

Uniform, am frühen Morgen vor dem Verlagshaus abgefangen, als „Judensau“ und „Diener des Bolschewismus“ beschimpft und seinen Mantel mit weißer Farbe beschmiert. Als er den Mantel in der Redaktion auszog, las er die dicken weißen Buchstaben „Ju“. Zum „de“ waren die beiden Schmierfinken offenbar nicht mehr gekommen, denn der Portier, ein ehemaliger preisgekrönter Catcher, hatte die verkappten Braunhemden daran gehindert, in das Verlagshaus einzudringen. „Wo soll das noch hinführen“, hatte der Chefredakteur den Vorfall kopfschüttelnd kommentiert, die Worte noch zweimal wiederholt und dann gemeint, Kaminski solle den Mantel doch auf Kosten des Hauses reinigen lassen. Er lehnte dankend ab und zog es vor, den ruinierten Ulster noch im Verlagshaus wegzuwerfen und trotz der Kälte und des einsetzenden Nieselregens ohne Mantel nach Hause zu fahren.

Seit gut 16 Jahren war Maximilian Kaminski, den alle lieber Max nannten, Polizeireporter, bei Bedarf Gerichtsberichterstatter und hin und wieder auch Feuilletonist beim *Berliner Echo*, das früher *Berliner Abendblatt* hieß. Da es aber schon seit Jahren mit einer Morgen- und einer Abendausgabe erschien, hatte es seinen Namen geändert.

Von politischen Themen und Kommentaren ließ Kaminski wohlweislich die flink schreibenden Finger, denn ein gebranntes Kind scheut bekanntlich das Feuer: Im September vergangenen Jahres hatte er einen vierspaltigen Augenzeugenbericht über pogromartige Ausschreitungen auf dem Kurfürstendamm geschrieben. Seit Jahren wohnten er und seine Familie in einer Zwölf-Zimmer-Wohnung auf der Südseite des Boulevards in der Nummer 188/189 an der Bleibtreustraße in der vierten Etage. Unvorsichtigerweise hatte er den Bericht mit seinem Namen unterzeichnet. Wenige Tage später fand Kaminski sein Auto mit zerstochenen Reifen vor. An einen Zufall mochte er nicht glauben. Seither veröffentlichte er Polizeireportagen mit politischem Hintergrund, wie etwa die Schießerei zwischen Nazis und Kommunisten in einer Charlottenburger Kneipe vor ein paar Tagen, bei der wieder einer der Beteiligten erschossen worden war, unter dem Pseudonym Otto Hase.

Kaminski sah auf die Küchenuhr. Es war Viertel vor zwei. Einen Augenblick überlegte er, ob er im Polizeipräsidium nachfragen sollte, unterließ es dann aber. Sollte es sich tatsächlich um eine Falle handeln, wollte er der Sache selbst auf den Grund gehen.

Kaminski nahm ein Glas aus dem Küchenschrank, drehte den Wasserhahn auf, ließ das Wasser einen Augenblick lang ablaufen, füllte es dann bis zum Rand und leerte es in einem Zug. Anschließend holte er seine Sachen aus dem Schlafzimmer, ging ins Bad, machte „Katzenwäsche" und zog sich an.

Bevor er ging, warf er noch einen Blick ins Schlafzimmer. Lissy, wie immer bis zur Nasenspitze in ihre Bettdecke eingekuschelt, schlief fest. An nächtliches Telefonklingeln hatte sie sich längst gewöhnt und schlief meistens sofort wieder ein. Auch seine Eltern und die Kinder – sie hatten im hinteren Teil der Wohnung ihre Zimmer – waren offenbar nicht wach geworden. Bevor er ging, trat er noch einmal in die Küche, nahm den Notizblock, der stets auf dem Küchenschrank lag, den Bleistift dazu und schrieb: „Musste ganz schnell an einen Tatort. Melde mich aus der Redaktion. Ich küsse euch. – Max." Darunter malte er noch, wie immer, ein großes und drei kleine Herzen. Das große für Lissy, die drei kleinen für die Kinder. Den abgerissenen Zettel legte er auf den Küchentisch.

Dass er mitten in der Nacht wegfuhr, war für seine Familie beinahe normal. Kaminski hatte das Glück, dass sich seine Frau für alles, was mit der Kriminalpolizei und speziell mit der Mordinspektion zusammenhing, brennend interessierte. Eine Zeit lang hatte Lissy sogar mit dem Gedanken gespielt, selbst zur Kriminalpolizei zu gehen, ihn aber wieder verworfen. Als Frau und darüber hinaus als Jüdin rechnete sie sich kaum Aufstiegschancen aus. Indes kam ihre ehrenamtliche Arbeit bei der Fürsorge der der weiblichen Kripo manchmal sehr nahe, zumindest musste sie hin und wieder mit der Polizei zusammenarbeiten.

Auch in den frühen Morgenstunden war der Kurfürstendamm kaum weniger belebt als am Tage. Nach den Spätvorstellungen der großen und kleinen Kinos zogen die Nachtschwärmer noch von Bar zu Bar. Sogar die Restaurants hatten noch geöffnet. Achtlos ging die fröhliche Menge der Bar- und Restaurantbesucher an dem Bettler vorbei, der an einer der Vitrinen mit den Auslagen der teuren Geschäfte saß und einen Hut hinhielt. Kaminski hatte noch einige Münzen und sogar einen kleinen Schein in seiner Manteltasche. Er warf das Geld nicht in den Hut, sondern gab es dem Mann in die Hand. „Danke, gnädiger Herr, danke", rief der Bettler ihm nach. Kaminski antwortete mit einer verlegenen Geste. Er kannte den Mann. In einer Nebenstraße zwischen Kurfürstendamm und Kantstraße hatte er bis vor zwei Jahren eine Tischlerei betrieben und sich auf die Restaurierung antiker Möbel spezialisiert. Kaminskis Vater hatte seinerzeit einige Stücke bei ihm aufarbeiten lassen. Im Zuge der Wirtschaftskrise war der Tischler pleitegegangen und auf einem Berg von Schulden sitzen geblieben. Von der Unterstützung, die der Mann von der Wohlfahrt bekam, konnten er, seine Frau und seine vier noch minderjährigen Kinder nicht leben, und auf bessere Zeiten hoffte er schon lange nicht mehr.

Kaminski hatte seinen Wagen, einen dunkelgrünen *Adler Favorit*, der eigentlich seinem Onkel Salomon gehörte, welcher ihn aber nie fuhr, in der Wielandstraße geparkt. Er stieg ein, startete und fuhr in Richtung Süden. Ein mulmiges Gefühl begleitete ihn. Ich hätte doch im Polizeipräsidium anrufen und nachfragen sollen, ging es ihm durch den Kopf, schlug die Zweifel aber gleich wieder in den Wind. Was soll schon passieren, dachte er. Wenn mir die Sache nicht geheuer erscheint, fahre ich gleich weiter.

Obwohl Kaminski sich den Weg eingeprägt hatte, verfuhr er sich. Erst am Bahnhof Mariendorf fand er die Orientierung wieder und war erleichtert, als er die Wagen der Polizei schon von Weitem erblickte. Er stellte seinen *Adler* in einiger Entfernung ab und ging zu Fuß weiter. Vor der hell erleuchteten Gaststätte, in der es offenbar den Raubüberfall gegeben hatte, parkte ein schwarzer Kastenwagen, das sogenannte alte Mordauto. Daneben, im Licht eines Scheinwerfers der Polizei, hatte Lena Wolffsohn, eine der Stenotypistinnen der Mordinspektion, einen Klapptisch als provisorisches Büro aufgebaut. Sie saß an der Schreibmaschine und war gerade damit beschäftigt, das Papier, zusammen mit mehreren Lagen Blau- und Durchschlagpapier, einzuspannen, darauf bedacht, dass die dünnen Blätter nicht verrutschten.

„Fräulein Wolffsohn, ich grüße Sie, hat man Sie auch schon wieder aus Ihrem wohlverdienten Schlaf aufgescheucht?" Lena Wolffsohn sah auf und lächelte. „Ach, Herr Kaminski, schön, Sie zu sehen. Ich wusste gar nicht, dass die Presse schon informiert ist."

„Wusste ich bis gerade auch nicht", flüsterte er und legte verschwörerisch den Zeigefinger auf die Lippen. Lena Wolffsohn kicherte.

Offenbar hatte die Spurensicherung bereits ihre Arbeit aufgenommen, und ein Schutzpolizist hinderte den Reporter am Weitergehen. „Sie können hier nicht durch, das ist ein Tatort", schnauzte der Uniformierte.

„Ich muss zu Kriminalrat Gennat. Er hat mich herbestellt", log Kaminski ruhig, aber bestimmt.

„Ach so, dann gehen Sie mal durch. Der Herr Kriminalrat ist zwar noch nicht da, aber der Herr Kommissar Lissigkeit." Der Uniformierte, jetzt geradezu devot, ließ ihn passieren. Kaminski grinste in sich hinein, denn diesen Trick hatte er schon unzählige Male angewandt: Der Name Gennat erwies sich stets als *Sesam öffne dich*.

Rudolf Lissigkeit hatte den Reporter an der Stimme erkannt, kam ihm entgegen und sah ihn verblüfft an. „Woher weißt du schon wieder, was hier los ist?"

„Ich höre das Gras wachsen und habe bis nach Charlottenburg vernommen, dass es hier eine zünftige Schießerei gegeben hat."

„Der Chef bekommt einen Wutanfall, wenn er dich hier schon wieder sieht."

„Ist er noch nicht da?"

„Er muss jeden Moment kommen. Ich leite in diesem Fall die *Aktive Mordkommission* zusammen mit unserem Neuen, dem Kriminalassistenten Faber." Als Lissigkeit den Namen Faber nannte, verdrehte er die Augen. Es war kein Geheimnis, dass Giselmund Faber bei der Kriminalpolizei nicht eben zu den Koryphäen zählte. Er war der Neffe irgendeines hohen Beamten im Innenministerium. Der einflussreiche Onkel hatte ihm den Weg ins Polizeipräsidium geebnet.

Erst jetzt bemerkte Kaminski, dass der Kommissar etwas in der Hand hielt: eine Pappschachtel, in der sechs sorgfältig beschriftete Papiertütchen lagen.

„Patronenhülsen. Allein im Lokal haben wir schon sechs gefunden", erklärte Lissigkeit und wies auf die Schachtel. „Drei vom Kaliber 9 Millimeter und drei 7,65-iger. Es muss aus mindestens zwei Pistolen geschossen worden sein. Die haben hier ganz schön rumgeballert."

Während Lissigkeit sich weiter über die Waffen ausließ, trat Kaminski einen Schritt in die Gaststätte und schaute sich um. Der Geruch nach kaltem Zigarettenrauch und abgestandenem Bier schlug ihm entgegen. Gleich vorne links neben der Tür eine Vitrine mit typischen Kneipenspezialitäten. Das obligatorische Glas mit Soleiern fehlte ebenso wenig wie eine Schüssel mit Kartoffelsalat. Daneben jeweils ein Teller mit Bouletten und einer mit Blut- und Leberwurst. Auch Bockwurst mit Senf und Brot konnte man bekommen. An die Vitrine schloss sich ein Messingtresen mit Zapfanlage an. Er nahm die gesamte Länge des Lokals ein und zog sich noch in einem Bogen über gut die Hälfte der hinteren Wand. Das Regal hinter dem Tresen unterschied sich kaum von denen in anderen Kneipen: dekorativ etikettierte Flaschen mit verschiedensten Spirituosen, kunstvoll aufgereiht, als seien sie nur Dekoration, dazwischen die typischen Holzkästen mit Zigarren verschiedener Sorten, im hinteren Bereich eine Preistafel, die verriet, dass ein „Großer Koks" und ein „Weinbrand-Verschnitt" für 25 Pfennig zu haben waren. Markenweinbrände kosteten das Doppelte. Mindestens zwei Kugeln waren im Regal eingeschlagen und hatten einige Flaschen zerbersten lassen. Die hintere Tür mit einer eingelassenen dreigeteilten Milchglasscheibe führte wohl in die Küche und diente gleichzeitig als Durchreiche. Der untere Teil der Glasscheibe über einer Ablage ließ sich hochschieben und erlaubte, Gläser oder Teller abzustellen. Eine der Kugeln hatte die Holzstrebe gestreift und die obere Scheibe durchschlagen.

Für Gäste war an sechs Tischen mit jeweils vier Stühlen Platz. Einen weiteren runden Tisch wies ein Messingschild als *Stammtisch* aus. Außerdem gab es gleich rechts neben der Tür noch zwei Stehbiertische.

Die Uhr über dem Tresen zeigte 3 Uhr 40, als Kaminski Motorengeräusch vernahm. Das große Mordauto des Polizeipräsidiums, ebenfalls ein schwarzer Kastenwagen, fuhr endlich vor. Mühsam wälzte Kriminalrat Ernst Gennat seine zweieinhalb oder mehr Zentner Lebendgewicht aus dem Auto. Ehrfurchtsvoll, als begrüßten sie einen hohen Staatsgast, zogen die Schutzpolizisten die Mützen und salutierten. „Guten Morgen, Herr Kriminalrat", erklang der uniformierte Männerchor ein wenig kakofon. „Morjen, Morjen", grüßte Gennat zurück. „Is aber wohl keen juter Morjen!"

Gennat runzelte die Stirn, als er Max Kaminski erblickte. „Es ist wie im Märchen mit dem Hasen und dem Igel. Wie kann es sein, dass Sie sich immer schon vor mir am Tatort herumtreiben?"

„Guten Morgen, Herr Kriminalrat. Ich kann halt schneller rennen als Sie. Das ist das ganze Geheimnis", erwiderte Kaminski und grinste. Nicht wegen der Anspielung auf das Grimm'sche Märchen, sondern weil er auf den ersten Blick sah, dass der Kriminalrat wohl in aller Eile aufgestanden war und sein nicht mehr ganz frisches Oberhemd falsch zugeknöpft hatte. Er hütete sich jedoch, den uneitlen Gennat darauf aufmerksam zu machen.

Rudolf Lissigkeit war inzwischen nach vorne gekommen und schüttelte seinem Chef zur Begrüßung die Hand.

„Tathergang?", kam Gennat gleich zur Sache.

„Bewaffneter Raubüberfall mit einem Schwerverletzten, der ins Krankenhaus gebracht wurde. Drei junge Männer haben den Wirt und seine Gäste mit Waffen bedroht, die beiden Registrierkassen mitgenommen und sind dann in einem bereitstehenden Taxi, in dem wohl ein vierter Mann saß, getürmt."

Gennat sah sich, die Hände hinter dem Rücken verschränkt, um und erfasste die Situation in Sekundenschnelle. „Die Einschüsse", er wies mit einer Kopfbewegung auf das Regal hinter dem Schanktisch und anschließend auf die Scheibe in der Tür, „haben wir Patronen oder Hülsen gefunden?"

„Ja. Fest steht, dass die Schüsse aus verschiedenen Waffen abgegeben wurden. Das Gelände draußen muss allerdings nochmals abgesucht werden, denn draußen haben die Täter weitergeschossen. Bei Tageslicht werden wir noch einmal suchen. Neben dem Tisch, an dem die vier saßen, haben wir eine blaue Schirmmütze gefunden und die Schnipsel einer zerrissenen Taxiquittung der Firma *Kraftag*. Das ist alles", berichtete Lissigkeit.

Gennat stutzte: „Wieso vier? Ich denke, es waren drei."

„Vier Männer haben an dem Tisch draußen gesessen. Aber nur drei sind ins Lokal gekommen und haben den Überfall verübt. Vorher waren die vier wohl in Streit geraten und einer ist weggegangen. Vermutlich hat der dann im Auto gewartet", erklärte Lissigkeit.

„Fingerabdrücke gesichert?", erkundigte sich Gennat.

Der Beamte der Spurensicherung schüttelte den Kopf. „Sind keine da. Zumindest keine brauchbaren."

„Die Täter müssen doch was getrunken haben. Was ist mit den Bier- oder Schnapsgläsern?"

„Die haben in dem Chaos so viele Leute angefasst. Da ist nichts mehr zu machen. Auch die Spielkarten, mit denen die Banditen

Skat gespielt haben, geben nichts her. Da sind etliche Lagen von Fingerabdrücken drauf."

„Menschenskinder! Wann werden die Leute endlich kapieren, am Tatort nichts anzufassen", ereiferte sich Gennat.

„Wenn Gangster um sich schießen, kann man schon mal die Nerven verlieren und etwas anfassen, was man nicht anfassen sollte", warf Kaminski ein.

„Mag ja sein", murmelte Gennat. „Ärgerlich ist es trotzdem." Und an Kommissar Lissigkeit gewandt: „Was ist mit dem Verletzten?"

„Ein gewisser Bruno Sauer, 50 Jahre alt, Prokurist von Beruf. Ist nach Lankwitz in die Klinik gebracht worden."

„Kommt er durch?"

Lissigkeit hob bedauernd die Schultern. „Keine Ahnung. Hoffen wir's."

„Was ist mit den Zeugen?"

„Der Wirt Gustav Tiepelmann – das eigentliche Überfallopfer –, seine drei Stammtischgäste, die Wirtschafterin und ein Serviermädchen."

II

Gennat wollte keine Zeit verlieren und die Zeugen gleich an Ort und Stelle befragen. Gustav Tiepelmann führte den Kriminalrat in einen Nebenraum, das sogenannte Vereinszimmer. Gennat sah sich um: Ein runder Tisch mit einer geblümten Tischdecke, sechs gepolsterte Stühle, eine Stehlampe mit Röckchenschirm sowie zwei mit weinrotem Velours bezogene Sessel mit weißen Spitzendeckchen auf den Armlehnen und zwei kleine Beistelltische neben den Sesseln sollten eine anheimelnde Atmosphäre vermitteln. Die Pokale und Trophäen von Sportwettkämpfen und Skatturnieren auf einer klobigen Gründerzeitanrichte zeugten von einem regen Vereinsleben. Lena Wolffsohn setzte sich mit ihrem Stenoblock etwas abseits in einen der Sessel, sollten sich die Zeugen doch durch die Anwesenheit der Sekretärin nicht gehemmt fühlen.

„Wissen Sie schon, was mit Bruno Sauer ist?", fragte Gustav Tiepelmann, noch bevor Kriminalrat Gennat seinerseits eine Frage stellen konnte.

„Leider nicht. Aber wir werden Sie informieren, sobald wir etwas wissen. Kennen Sie den Verletzten denn näher?"

Tiepelmann nickte. „Der Bruno wohnt im Nebenhaus. Es gehört seiner Mutter. Er ist Stammgast, trinkt bei mir immer sein Feierabendbier. Wir sind quasi befreundet. Furchtbare Sache. – Für seine Mutter ist es besonders schlimm. Sie hat doch nur noch ihn."

„Fühlen Sie sich in der Lage, möglichst genau zu schildern, was passiert ist?"

Tiepelmann zögerte mit der Antwort. „Ich weiß nicht. Ich kann's ja versuchen." Er hielt noch einmal inne, sah erst zu Gennat und dann zu Lena Wolffsohn: „Soll ich uns einen starken Kaffee machen lassen?"

Gennats Miene erhellte sich. „Hervorragende Idee, nicht wahr, Fräulein Wolffsohn?" Die Stenotypistin nickte zustimmend.

Tiepelmann ging kurz hinaus, um den beiden Frauen in der Küche Bescheid zu sagen. Dann setzte er sich Gennat gegenüber und versuchte, das Erlebte in Worte zu fassen. „Das ist nur passiert, weil ich die verdammten Tische auf die Straße gestellt habe. Ich dachte, wir ziehen damit Gäste an. Wer denkt da schon an *solche* Gäste!"

„Was haben die Tische damit zu tun?"

„Gegen Abend waren die Regenschauer abgezogen, und weil in der letzten Zeit kaum noch Gäste kamen, haben wir zwei Tische mit jeweils vier Stühlen vor das Lokal gestellt. Das würde Passanten animieren, sich zu setzen und wenigstens ein Bier zu trinken, dachte ich. Das war so gegen sieben. Es kam aber trotzdem niemand. Nur zwei Stammgäste, Ernst Thätner und Alfred Sauer."

„Alfred und Bruno Sauer sind Brüder?"

Gustav Tiepelmann schüttelte den Kopf. „Nein, sie sind nicht miteinander verwandt. Die Namensgleichheit ist reiner Zufall. – Alfred und Ernst sitzen in der Küche. Wollen Sie sie befragen?"

„Später. Erzählen Sie erst einmal weiter."

„Wir haben uns an den Stammtisch gesetzt, Bier getrunken und Bockwurst gegessen. Später kam dann noch der Bruno dazu."

Gennat nickte. „Und weiter?"

„Wir quatschten über dieses und jenes. Gegen zehn fuhr dann ein Taxi vor und parkte nur ein paar Schritte vom Lokal entfernt. Vier junge Männer stiegen aus, einer von ihnen, wohl der Chauffeur, trug eine Schirmmütze. Ob es wirklich eine Chauffeurmütze war, kann ich allerdings nicht sagen. Die vier setzten sich an einen der Tische, die ich nach draußen gestellt hatte. Ganz geheuer waren die mir von Anfang an nicht. ‚So jung und gurken schon mit 'nem eigenen Taxi durch die Gegend', sagte ich noch zu den anderen. Ernst meinte dann: ‚Na, vielleicht gehört die Karre ja dem Herrn Papa und die Jungs machen nur mal 'ne Spritztour zum Angeben.' Und Alfred flachste: ‚Nee, dann hätten sie Mädels dabei.' Uns war aber irgendwie mulmig. Man denkt ja gleich an Ringvereine, die abkassieren wollen, einem die Bude abfackeln oder alles kurz und klein hauen. Hier draußen in Mariendorf ist das aber wohl eher unwahrscheinlich. Die vier bestellten bei der Frieda, meiner Serviererin, Bier. Als sie dann die Gläser rausbringen wollte, sah ich, dass sie das neue Kartenspiel vom Tresen nahm, weil die Jungs Skat spielen wollten, wie sie sagte. Das hab ich ihr weggenommen und unser altes, schon ein bisschen zerfleddertes in die Hand gedrückt. ‚Nicht das neue', hab ich gesagt. ‚Die Jungs kenn ich nicht. Unser altes ist gut genug für die.' Ich fand sowieso, dass es zum Skatspielen schon viel zu dunkel war. Es muss dann so kurz nach elf gewesen sein, als einer der Typen ins Lokal kam und die Toilette suchte. Später kam dann ein anderer und hat sechs Zigaretten gekauft. Wir gaben uns alle Mühe, die Jungs nicht zu beachten. Irgendwann wurde es dann draußen laut. Es gab wohl Streit. Wir haben zwar nicht gehört, worum es ging, sahen aber, dass einer in Richtung Taxi wegging und auch nicht wiederkam. Kurz vor Mitternacht standen die drei Übriggebliebenen dann auf, kamen ins Lokal und bestellten am Tresen noch eine Lage Bier. Ich musste dann aufstehen, weil ich etwas aus dem Schrank hinter dem Tresen holen wollte, und stand mit dem Rücken zu den Dreien am Schanktisch. Da sagt jemand hinter mir: ‚Hände hoch, oder ich schieße!' Ich hab das nicht ernst genommen, und noch gesagt: ‚Ach Kinder, lasst den Quatsch. Ihr wisst doch, dass ich solche Späße nicht liebe.' Dann hab ich mich umgedreht und mir blieb glatt die Spucke weg. Die drei Männer an der Theke hatten jeder eine Pistole auf mich gerichtet. Alles ging blitzschnell. Zwei der Bewaffneten stürzten hinter den Tresen, hievten die schweren Registrierkassen vom Schanktisch und schleppten sie in das Taxi, das vermutlich schon mit laufendem Motor wartete. Derweil schoss der Dritte, wohl um zu verhindern, dass wir ihnen folgten, wahllos um sich. Bruno rannte aber trotzdem hinterher, die beiden anderen dann auch."

Es klopfte. Eine junge Frau mit verweinten Augen, ein Tablett mit drei Tassen Kaffee, einem Milchkännchen und einer Zuckerdose auf einer Hand balancierend, trat durch die halb offene Tür und stellte für jeden eine Tasse Kaffee hin. „Wenn Sie noch mehr Kaffee wollen, sagen Sie Bescheid. In der Küche ist noch welcher warm gestellt."

Die beiden Männer und die Stenotypistin bedankten sich. Die junge Frau ging zurück in die Küche.

„Sie sind den Dieben nicht hinterhergelaufen?", nahm Gennat den Faden wieder auf und schaufelte drei Löffel Zucker in seinen Kaffee.

„Nein, nicht gleich. Hatte doch sowieso keinen Sinn. Stattdessen bin ich ans Telefon und habe das Überfallkommando alarmiert. Aber Ernst und Alfred sind rausgelaufen und konnten noch sehen, wie der eine auf das Trittbrett des fahrenden Wagens sprang und in ihre Richtung feuerte. Sie mussten in Deckung gehen. Ich bin dann auch nach draußen, aber da waren die Banditen schon über alle Berge. Erst als wir, Ernst, Alfred und ich, zurück im Lokal waren, bemerkten wir, dass der Bruno nicht mehr da war. ‚Hoffentlich haben die Schweine ihn nicht erwischt!', ging es uns durch den Kopf. Wir riefen nach ihm – Fehlanzeige. Dann sind Alfred und Ernst los, um ihn zu suchen. Ich hab mich derweil um die beiden Frauen gekümmert, die sich völlig verängstigt auf dem Hof versteckt hatten. Während der Schießerei waren beide in der Küche. Als eine Kugel die Glasscheibe in der Küchentür durchschlug, wollten sie über den Hof flüchten und aus dem Nebenhaus die Polizei rufen, doch das Tor zur Straße war zugeschlossen. Sie saßen also in der Falle und sind in Panik geraten."

„Ihre beiden Freunde haben dann den Herrn Sauer gefunden?"

Tiepelmann knetete seine Hände, als müsse er sie wärmen. Leise, ohne den Kommissar anzusehen, redete er hörbar bewegt weiter. „Ein ganzes Stück vom Lokal entfernt, so etwa vierhundert Meter. Sie hörten ihn stöhnen. Blutüberströmt lag er im Gebüsch. Sie haben ihn sofort in die Gastwirtschaft getragen. Alfred, der nicht auf die Ambulanz warten wollte, holte dann schnell den Arzt aus dem Nachbarhaus. Der hat Sauer provisorisch verbunden, aber dann kamen ja auch schon Krankenwagen und Überfallkommando."

Gennat ließ ihm einen Augenblick Zeit und trank einige Schluck von seinem Kaffee. „Ihr Kaffee ist ganz ausgezeichnet", lobte er und hoffte, die Situation damit ein wenig zu entspannen. Nach einer Pause fragte er: „Sie sagen, die Täter haben so mir nichts dir nichts zwei Registrierkassen mitgenommen. War das denn so ohne Weiteres möglich? Haben diese modernen Kassen nicht eine elektrische Sicherung?"

„Ja, eigentlich schon. Aber ich habe in der Nähe keine Steckdose. Theoretisch hätten sich die Täter die Schlepperei sparen können. Sie hätten nur auf den Knopf drücken müssen. Dann wäre das Geldfach aufgesprungen und sie hätten das Geld rausnehmen können."

„Wie viel Geld war denn in den Kassen?"

„In der einen hundertvierzig Mark, in der anderen vielleicht siebzehn und ein paar Zerquetschte. Die Kassen sind ganz neu, auf Raten gekauft. Bezahlt ist erst eine. Wollen Sie die Rechnungen sehen?"

„Später." Gennat machte eine beruhigende Handbewegung. „Immer eins nach dem anderen. – Können Sie die Männer beschreiben?"

Tiepelmann zuckte mit den Schultern. „Ehrlich gesagt, ich hab sie mir gar nicht so genau angesehen. Jedenfalls waren sie sehr jung. So zwanzig bis vierundzwanzig. So groß wie ich etwa. Eins siebzig oder so. Aber viel dünner als ich. Ich kann mich nur erinnern, dass einer eine blaue Mütze aufhatte. Mehr kann ich gar nicht sagen."

„Und die Autonummer? Konnten Sie die noch erkennen?"

„Nicht richtig. Es war ja schon dunkel. Aber es könnte IA 41114 gewesen sein. Oder war hinten eine Fünf? Tut mir leid. Ich war einfach zu durcheinander."

„Das verstehe ich gut, Herr Tiepelmann, das wär's für's Erste. Ich bin aber sicher, dass ich später noch weitere Fragen haben werde."

„Wenn es Ihnen dabei hilft, die Banditen zu fassen, die dem Bruno das angetan haben, stehe ich Ihnen gerne zur Verfügung."

III

Während Kriminalrat Gennat mit Tiepelmann im Vereinszimmer sprach, hatte Max Kaminski im Gastraum gesessen und die Aussage des Gastwirts teilweise mitgeschrieben, denn das Mädchen mit dem Kaffee hatte die Tür einen Spalt offen gelassen, sodass ihm kaum kein Wort entgangen war. Kaminski beherrschte – für einen Journalisten eine nützliche Fähigkeit – die Grundlagen der Stenografie. So konnte er sich überall schnell Notizen machen, notfalls Dialoge mitschreiben, auch wenn er mit einer so routinierten Stenotypistin, wie Lena Wolffsohn eine war, freilich nicht hätte konkurrieren können.

Da er jetzt alles wusste, was für den Artikel in der Abendausgabe wichtig war, verabschiedete er sich und fuhr zurück in die Stadt. Er wollte gleich in die Redaktion, überlegte es sich aber dann doch anders. Er hasste es, ungewaschen und unrasiert den Tag zu verbringen. Es war jetzt kurz nach sechs. Wenn er sich beeilte, hatte er alle Chancen, der erste im Bad zu sein, zumal die Kinder Pfingstferien hatten und ausschlafen konnten. Auch Lissy würde die Gelegenheit nutzen und länger im Bett bleiben.

Umso überraschter war er, dass ihn der Duft frischen Kaffees empfing und er aus der Küche Geschirrklappern vernahm, als er die Wohnung betrat. „Max, bist du das?“, kam Lissys Stimme aus der Küche. „Nein, ich bin der böse Wolf und will das Rotkäppchen fressen“, sagte er mit tiefer Stimme.

„Will der böse Wolf nicht doch lieber ein leckeres Frühstück?“ Lissy kam lachend aus der Küche. Sie war bereits angezogen und frisiert. Um ihr rotes Kleid mit den weißen Tupfen hatte sie eine karierte Schürze gebunden. Küchenarbeit war für Lissy die Ausnahme, denn sie hatten ein Hausmädchen, das bei den Kaminskis in der Mädchenkammer wohnte. Lissy hatte ihr jedoch über Pfingsten frei gegeben, damit sie ihre kränkelnden Eltern in Norddeutschland besuchen konnte. Max Kaminski umarmte seine Frau und gab ihr einen Kuss auf die Wange. „Warum bist du denn schon auf?“, fragte er verwundert. „Die Kinder haben doch Ferien.“

„David schläft ja auch noch. Er war gestern Abend mit einer Freundin im Theater und anschließend frag-mich-nicht-wo. Jedenfalls habe ich ihn erst gegen drei Uhr morgens nach Hause kommen hören.“

„Dein Sohn fängt ja früh an“, stöhnte Kaminski.

„Es ist auch dein Sohn, mein Lieber Max. Und in dieser Hinsicht kommt er gewiss ganz nach dem Vater.“ Mit einem schelmischen Lächeln sah Lissy ihren Mann an.

Kaminski schwieg lieber, beschloss aber, bei der nächsten Gelegenheit mit seinem ältesten Sohn Tacheles zu reden. Schließlich stand der kurz vor dem Abitur.

„Es sind zwar Ferien“, erklärte Lissy, „aber Clara und Wolfgang müssen trotzdem aufstehen. Sie haben heute Chorprobe. Generalprobe. Sie singen doch morgen beim Pfingstkonzert im Zoologischen Garten. Außerdem habe ich noch jede Menge vorzubereiten. Du hast hoffentlich nicht vergessen, dass morgen die Familie zum Mittagessen und zum Kaffee kommt.“ Max stöhnte. „Und wie ich unsere Familie kenne, bleibt sie auch noch zum Abendessen.“

„Sei nicht so kleinlich, Max. Ich freue mich jedenfalls auf Sonntag.“

„Ich freue mich überhaupt nicht“, widersprach Wolfgang, der im Schlafanzug und barfuß in die Küche getappt kam. „Ich muss dann wieder Klavier spielen und alle loben mich, wie wunderbar ich gespielt habe, obwohl es höchstens mittelmäßig war. Und dann gibt mir Tante Lydia wieder ihre ekligen Schlabberküsse.“ Er schüttelte sich.

„Du spielst nicht mittelmäßig, du spielst zum Grausen“, ließ sich plötzlich seine Zwillingsschwester Clara vernehmen, ebenfalls im Schlafanzug, aber mit Pantoffeln. „Du wirst nie so gut spielen können wie David!“

„Du blöde Kuh!“, schimpfte Wolfgang hinter Clara her. „Ich stecke deine Klampfe in den Ofen. Gitarrespielen ist nur was für die ganz Doofen.“

„*Du* bist total doof“, schrie Clara ihren Bruder an. „Ich kann meine Gitarre überallhin mitnehmen. Mach du das mal mit deinem Klavier und außerdem …“, Clara hielt inne, denn sie hatte erst jetzt ihren Vater bemerkt, rannte ihm entgegen und umarmte ihn. „Papa, frühstückst du mit uns?“

„Wenn die Mama das erlaubt?“

„Ausnahmsweise“, sagte Lissy streng, und an die Kinder gewandt: „Für euch habe ich heute auch ausnahmsweise Kakao gemacht.“

Die Kinder setzten sich an den Frühstückstisch.

„Hhhhmmm, Kaukau!“, schwärmte Clara, ließ aber ein angewidertes „Iiihhh, da ist ja Pelle drauf“ folgen, fischte die Pelle mit dem Finger heraus und streifte sie am Rand der Untertasse ab.

„Was ist nun, frühstückst du mit uns?“, fragte Lissy noch einmal nach.

„Wenn ich Kaffee und ein Brot mit Orangenmarmelade bekomme, gerne.“

„Du hättest ja auch frische Schrippen mitbringen können“, sagte Wolfgang vorwurfsvoll und erntete damit ein zustimmendes Lächeln seiner Mutter.

„Ich konnte ja nicht ahnen, dass ihr so früh aufsteht“, verteidigte sich Max.

„Die Schrippen hätten auch noch eine Stunde später geschmeckt“, konterte Wolfgang.

Lissy kicherte, Max schwieg.

Nach dem Frühstück ging Max ins Bad. Nachdem er sich gewaschen und rasiert hatte, zog er frische Wäsche und ein frisches Hemd an, band eine Krawatte um und holte einen dunkelgrauen Anzug mit Weste aus dem Schrank. Als er fertig war, fühlte er sich entschieden wohler.

Als Max wieder in die Küche kam, räumte Lissy gerade das Frühstücksgeschirr ab. „Heute Abend erzähle ich dir alles“, sagte er leise, denn er sprach nur ungern vor den Kindern über Verbrechen. „Ich fahre jetzt in die Redaktion und später vielleicht noch zu Gennat ins Präsidium.“

„Grüß ihn von mir und lade ihn mal wieder zum Essen ein. Am besten gleich am Pfingstmontag“, schlug Lissy vor. „Er war lange nicht mehr bei uns. Die Kinder würden sich sicher sehr freuen. – Und deine Mutter noch viel mehr.“ Beim letzten Satz zwinkerte sie ihrem Mann zu.

„Er kommt bestimmt gern.“ Max schickte sich an, zu gehen, kam aber noch einmal zurück: „Übrigens, als ich heute Nacht aus dem Haus kam, saß der alte Fenske wieder drüben an der Vitrine und hat gebettelt. Kann man für den Mann denn gar nichts tun? Ein so guter Tischler muss doch irgendwo eine Arbeit finden?“

Lissy nickte. „Es versetzt mir immer wieder einen Stich ins Herz, wenn ich das sehe. Er ist ein so vorzüglicher Handwerker. Ich habe schon daran gedacht, ob ich ihm nicht diese hässliche Kommode, die auf dem Dachboden steht, zum Aufarbeiten geben soll.“

„Eine gute Idee. Aber was willst du hinterher mit dem Ungetüm machen?“

„Keine Ahnung. Verschenken? Einem wohltätigen Zweck spenden?“

„Darüber wird sich kaum jemand freuen. Wenn du mich fragst, lass das grässliche Ding zerhacken und drück Fenske lieber das Geld in die Hand.“

„Aber Max, du verstehst einfach gar nichts. Es geht doch nicht nur um das Geld“, ereiferte sich Lissy. „Es geht um Anerkennung und um das Gefühl, etwas zu leisten und gebraucht zu werden und …“

„Tut mir leid, Schatz“, unterbrach er Lissy und gab ihr einen Kuss. „Ich bin spät dran.“ Kaminski ging schnell zur Tür und nahm seinen Hut von der Garderobe. Diskussionen mit Lissy konnten endlos sein.

IV

Polizeipräsidium am Alexanderplatz,
Pfingstsonnabend 1932, 7.50 Uhr

Als Ernst Gennat um kurz vor acht Uhr das Vorzimmer seines Büros betrat, saß seine Sekretärin Gertrud Steiner schon am Schreibtisch und heftete Protokolle ab.

„Morjen, Steinerchen", begrüßte er sie. „Gibt's was Neues?"

„Guten Morgen, Herr Kriminalrat. Ich glaube, schon. Die Herren Lissigkeit und Faber sind schon zur Konferenz rüber, damit sie nicht alles zweimal erzählen müssen. – War eine lange Nacht, was?"

„Ja, kann man wohl sagen. Ich werd dann auch gleich mal rübergehen. Aber bevor ich's vergesse ..." Er reichte seiner Sekretärin einen Aktendeckel. „Hier ist der Text für die Fahndungsplakate. Schauen Sie das bitte nach Fehlern durch und sorgen Sie dafür, dass der Text schnellstens in die Druckerei kommt."

Kopfschüttelnd sah Gertrud Steiner zu ihrem Chef auf. Der Kommissar sah ebenso fragend zurück. „Was ist denn los?"

„So lasse ich Sie aber nicht gehen, Herr Kriminalrat." Sie zeigte auf seinen Hemdkragen.

„Zum Donnerwetter, was ist denn?", blaffte er ungeduldig zurück.

„Ihr Hemd. Sie haben es falsch zugeknöpft. Der erste Knopf ist im zweiten Knopfloch."

„Sieht doch keiner", brummte Gennat und winkte ab, ging aber trotzdem in sein Büro und korrigierte den Fehler.

Zur täglichen Acht-Uhr-Konferenz versammelten sich die Kriminalkommissare der verschiedenen Ressorts mit dem Leiter der Kriminalpolizei, Regierungsdirektor Hans Scholtz, der diesen Posten seit knapp drei Jahren innehatte. Gennat und Scholtz waren nicht gerade Freunde zu nennen, denn immer wieder hatte Scholtz den Chef der Mordinspektion als zu verständnisvoll im Umgang mit Verbrechern genannt. Gennat hingegen war der Ansicht, dass Scholtz von der Behandlung von Mördern, vor allem aber von deren Psyche nicht die geringste Ahnung hatte.

Die beiden Kommissare der *Aktiven Mordkommission* warteten bereits im Konferenzzimmer. Gennat nickte ihnen zur Begrüßung zu. Wie immer leitete Scholtz die Besprechung. Nachdem die Vertreter der anderen Dezernate über die Ereignisse der Nacht – Einbrüche, Einbruchsversuche und Kneipenschlägereien – berichtet hatten, ergriff Gennat das Wort, fasste die Ereignisse in Mariendorf zusammen und wandte sich dann an Rudolf Lissigkeit: „Wissen Sie schon etwas über den Zustand des Verletzten?"

Lissigkeits Gesichtsausdruck ließ die Antwort ahnen: „Bruno Sauer ist unmittelbar nach der Einlieferung ins Krankenhaus verstorben. Er hatte schon zu viel Blut verloren."

„Also haben Sie es jetzt mit einem Raubmord zu tun", konstatierte Scholtz. „Haben Sie schon Hinweise auf die Täter?"

„Bis jetzt tappen wir noch im Dunkeln. Wir haben nur sechs Patronenhülsen, die aus zwei verschiedenen Waffen stammen, eine Mütze und diverse Papierschnipsel einer Taxiquittung gefunden."

„Die Mütze ist allerdings interessant. Sie könnte uns durchaus zu dem Täter führen", warf Kriminalassistent Faber ein. Er hatte sie mitgebracht: eine blaue Stoffmütze mit einem schwarzen Schirm, darüber ein eingestickter goldener Eichenkranz. Aus dem Futter der Innenseite zog er ein der Länge nach zusammengeknifftes Papier und faltete es auseinander. Es handelte sich um die untere Hälfte des *12-Uhr-Mittagsblattes*. „Ihrem Träger ist die Mütze wohl zu groß gewesen. Da hat er sie kurzerhand mit Zeitungspapier ausgestopft", erklärte Faber. „Aber das ist noch nicht alles. Schauen Sie mal hier." Er hielt das Blatt hoch, wies auf eine Bleistiftnotiz am unteren Rand des Blattes und las vor: „Willi Krell. Vermutlich der Name des Besitzers der Mütze."

Ernst Gennat zuckte mit den Schultern. Er hielt von derartigen Spekulationen nichts. „Kann sein. Es kann aber auch nur eine Notiz sein, eine Gedankenstütze. Was meinen Sie, was ich so alles auf den Rand meiner Tageszeitung kritzele."

„Aber immerhin ein Hinweis, dem Sie nachgehen sollten, werter Kollege", konstatierte Scholtz.

„So schlau bin ich selber", murmelte Gennat kaum hörbar.

„Wir sind aber in der Tat schon einen entscheidenden Schritt weitergekommen", ergriff Lissigkeit jetzt wieder das Wort. „Gegen 3.30 Uhr ist einer Polizeistreife in der Reichenberger Straße vor einer Großdestillation ein abgestelltes Taxi aufgefallen. Der Wirt hatte den Wagen bereits kurz nach Mitternacht bemerkt. Die Nachforschungen der Kollegen auf dem zuständigen Polizeirevier ergaben, dass das Taxi als gestohlen gemeldet war. Es handelt sich mit großer Sicherheit um das Taxi, das zu dem Überfall in Mariendorf benutzt wurde."

„Ist die Presse schon informiert?", wollte Scholtz wissen.

„Selbstverständlich. Auch mit den Leuten von der *Berliner Funkstunde* habe ich schon gesprochen", sagte Gennat gereizt. „Die sind wieder so nett und senden im Abendprogramm einen Fahndungsaufruf." Und an Kommissar Lissigkeit gewandt: „Sie werden also heute Abend im Rundfunk ein paar Worte zu dem Fall sagen. Vor allem möchte ich, dass Sie Fragen zu der Notiz auf dem Zeitungsrand stellen. Wer einen Willi Krell kennt. Wie Sie sehen, hat der Schreiber ja auch das Kreuzworträtsel auf der Seite gelöst. Die Schrift ist jedenfalls identisch."

Jetzt war es Rudolf Lissigkeit, der missgestimmt nickte. Er hatte sich für den Abend eigentlich etwas anderes vorgenommen.

„Auch die Fahndungsaufrufe für die Litfaßsäulen, öffentlichen Gebäude und so weiter sind entworfen", fuhr Gennat fort. „Fräulein Steiner leitet gerade alles in die Wege, damit sie in Druck gehen können. Um das gestohlene Taxi kümmere ich mich dann gleich selbst. Lissigkeit, Sie versuchen herauszufinden, wo man solche Mützen kaufen kann, und ermitteln diesen Willi Krell. Faber, Sie fahren noch einmal nach Mariendorf und hören sich in der Nachbarschaft um, ob jemand etwas gesehen hat.“

V

In der Regel fuhr Kaminski mit dem Bus oder der U-Bahn zur Kochstraße in die Redaktion, doch heute nahm er das Auto. Den Artikel über den Raubüberfall wollte er zuerst schreiben, denn der würde ihm am leichtesten von der Hand gehen. Außerdem hatte er einen weiteren über die Saisoneröffnung des Lunaparks zu liefern. Bis jetzt hatte er nicht die geringste Ahnung, was er eigentlich schreiben sollte. Kaminski hasste den riesigen Vergnügungspark am Halensee. Er würde seinen Vormittag also damit verbringen müssen, herumzutelefonieren und Freunde und Bekannte zu fragen, was die Besucher des Rummels in der neuen Saison alles erwartet. Dabei war er sicher, dass es die gleichen idiotischen Attraktionen sein würden wie in jeder Saison davor auch.

Kurz vor dem Wittenbergplatz überlegte er es sich anders. Er fuhr noch nicht in die Kochstraße, sondern ins Polizeipräsidium. Sicher gab es neue Informationen, die er noch in seinem Artikel unterbringen konnte. Vor allem wollte er wissen, wie es dem Schwerverletzten ging. Vielleicht blieb ja sogar noch Zeit, in Ruhe mit Ernst Gennat über den Überfall zu sprechen. Der Kriminalrat schätzte die Presse und geizte nie mit Informationen. Max Kaminski war sich dessen bewusst, dass er unter den Polizeireportern eine Art Sonderstellung innehatte. Seit Jahren, genau genommen seit seiner Anfangszeit als Journalist 1916, war er mit Ernst Gennat mehr oder weniger eng befreundet. Seinerzeit hatte Kaminski auf Initiative seiner Zeitung eine Art Praktikum in der Mordkommission gemacht. Ergebnis der ungewöhnlichen Aktion war eine Artikelserie über die Arbeit der Kriminalpolizei, recherchiert aus allernächster Nähe. Sicher wäre die Serie nicht ein so überwältigender Erfolg geworden, hätte in jenen Wochen nicht ein bestialischer Frauenmord die Öffentlichkeit erregt. Ein Fall, den Gennat bravourös aufzuklären verstanden hatte.

Seither ging Kaminski in der *Roten Burg* am Alex ein und aus, besuchte Gennat nicht nur in seinem Büro, sondern hin und wieder auch in seiner Wohnung in der Charlottenburger Schlossstraße, und der Kriminalrat seinerseits war bei den Kaminskis am Kurfürstendamm ein gern gesehener Gast. Besonders Max' Mutter Ruth verehrte ihn. Die Freundschaft kam jedoch nicht von ungefähr. Max Kaminskis Onkel Salomon Kaminski und Ernst Gennat kannten sich aus Studienzeiten. Einst waren sie Kommilitonen gewesen. Doch während Gennat sein Jurastudium kurz vor dem Examen abbrach und zur Kriminalpolizei ging, hielt Salomon bis zum Ende durch und war inzwischen ein erfolgreicher Rechtsanwalt.

Es war noch nicht einmal neun Uhr, als Kaminski den nach Bohnerwachs und Desinfektionsmitteln riechenden grau getünchten Gang zu Gennats Büro durch die Glastür mit der Aufschrift „Mordinspektion" betrat. Ernst Gennat, in Hut und Mantel, kam gerade aus seinem Büro und stampfte ihm entgegen. „Kaminski, Sie kommen mir wie gerufen." Gennat breitete die Arme aus. „Ich brauche dringend einen Chauffeur." Kaminski sah Gennat fragend an und bemerkte sofort, dass dessen Hemd zwar immer noch zerknittert, inzwischen aber richtig zugeknöpft war. Bestimmt Fräulein Steiners Werk, dachte Kaminski und fragte: „Was ist mit Lissigkeit und Faber?"

„Die sind schon wieder unterwegs. Suchen in Mariendorf nach Zeugen."

„Wo wollen Sie denn jetzt so schnell hin?"

„Sage ich Ihnen unterwegs. Hat man Sie in den Hof fahren lassen?"

„Nein, heute hatte einer der sturen Pförtner Dienst. Mein Wagen steht aber nur ein paar Schritte vom Haupteingang."

„Im Übrigen haben wir es inzwischen mit einem Raubmord zu tun", sagte Gennat, als sie aus dem Haupteingang auf die Dircksenstraße traten. „Der Mann hatte schon zu viel Blut verloren und ist unmittelbar nach seiner Einlieferung ins Krankenhaus verstorben."

„Hatte er Familie?"

„Nein, aber er lebte bei seiner Mutter. Ihr gehört auch das Haus neben Tiepelmanns Gaststätte. Für die alte Dame, die auf die Hilfe ihres Sohnes angewiesen ist, ist das furchtbar. Aber wir kriegen die Jungs. Da können Sie Gift drauf nehmen."

„Darf ich nun endlich erfahren, wohin ich fahren soll?", fragte Kaminski, als er dem ungelenken Gennat beim Einsteigen half. Unter Stöhnen und Ächzen kletterte der Dicke in das Auto. „Also komfortabel ist Ihre Karre nun wirklich nicht", murmelte er, nachdem sich Kaminski ans Steuer gesetzt hatte. „Das ist weder das Mordauto, noch ein Taxi", gab Kaminski beleidigt zurück. „Also, wohin geht es?"

„Nach Kreuzberg. In die Reichenberger- / Ecke Forster Straße."

„Aha. Und was wollen wir da?"

„Der Erkennungsdienst hat sich heute Morgen gemeldet. Eine Funkstreife hat ein als gestohlen gemeldetes Taxi aufgefunden. Es wurde gestern Nachmittag einem Taxichauffeur in der General-Pape-Straße mit Waffengewalt buchstäblich unterm Hintern weg geklaut, und es ist mit ziemlicher Sicherheit das Taxi, das die vier Verbrecher in Mariendorf benutzt haben. Die Spurensicherung ist noch da. Ich will mir das aber selbst mal ansehen. Das Taxi gehört im Übrigen der *Kraftag*. Die hat ihre Zentrale in der Cicerostraße in Halensee. Da fahren wir dann gleich anschließend hin und befragen das Überfallopfer."

„Aha. Und wer macht derweil meine Arbeit in der Redaktion?"

„Das hier *ist* doch Ihre Arbeit. Ich denke, Sie sind Polizeireporter! Müssen Sie da nicht Informationen beschaffen?"

„Wenn ich über alles schreiben darf, was wir jetzt recherchieren, habe ich damit keine Probleme."

„Darüber reden wir später."

„Wie dem auch sei." Kaminski seufzte. „Hört sich jedenfalls interessant an. Wenn der überfallene Taxifahrer die Täter beschreiben kann, können wir den Mariendorfer Raubmord sicher schnell aufklären."

„Wir? Hab ich da ‚wir' gehört?"
„Nein, Herr Kriminalrat. Da müssen Sie sich verhört haben."
„Hoffen wir's. – Ich meine, hoffen wir, dass wir die Täter bald finden. Denn ich fürchte, wir haben es hier mit Wiederholungstätern zu tun, die bald wieder zuschlagen werden. Es grenzt an ein Wunder, dass es bei der Ballerei nicht noch mehr Tote gegeben hat. Beim nächsten Mal kann es schlimmer ausgehen."
„Gut möglich."

Noch immer war die Ecke Reichenberger Straße / Forster Straße von Schutzpolizei gesichert. Kein Passant durfte sich dem abgestellten Taxi nähern. Gerüchte machten bereits die Runde. Die Uniformierten ließen die besorgten Fragen der Passanten allerdings unbeantwortet. „Da soll 'ne Bombe drin sein", rief eine Frau, ein Einkaufsnetz mit Kartoffeln und Kohl in der Hand, der Gemüsehändlerin zu. Gennat drehte sich um. „Aber nein, gnädige Frau. Hier ist nirgendwo eine Bombe. Sie können ganz beruhigt sein."
„Aber warum bewachen denn die Polizisten schon den ganzen Morgen diesen Wagen da?"
„Die haben auf mich gewartet", erwiderte Gennat trocken. „Das ist mein Wagen."
Kaminski folgte Gennat in die Gaststätte, eine „Groß-Destillation" mit dem Namen *Zur Stopler Ecke*. Die Stühle waren hochgestellt und eine Putzfrau wischte gerade den Boden. Offenbar hatte der Wirt die beiden schon gesehen und kam ihnen entgegen. Das Taxi sei ihm schon kurz nach Mitternacht aufgefallen, sagte er. Er habe gedacht, es bringe ihm noch Kunden.
„Haben Sie gesehen, wer ausgestiegen ist?"
„Nein, das ist es ja. Es stand da wohl schon eine Weile. Jedenfalls saß niemand mehr drin. Ich wunderte mich nur, dass jemand hier sein Taxi so lange stehen lässt. Dann kam ja auch gegen halb vier Uhr morgens der Schutzmann rein, der hier in der Gegend immer auf Streife ist, und wollte wissen, ob der Fahrer bei mir ist. Da

hab ich ihm dann erklärt, dass der Wagen schon seit Stunden hier steht. Er hat sich die Nummer notiert und ist aufs Revier. Wenig später kamen dann ja auch schon mehrere Polizeifahrzeuge, sperrten die Straße ab und untersuchten das Taxi. Es sei gestohlen, hat ein Schupo gesagt."

Von Kriminalbeamten des zuständigen Polizeireviers erfuhr Gennat, dass weder im noch am Taxi etwas gefunden worden war. Nichts Verdächtiges, keine Hinweise auf die Täter.

Gennat und Kaminski sahen sich den Wagen noch einmal genauer an. Das Kennzeichen kam dem, an das Gustav Tiepelmann sich erinnert hatte, sehr nahe: IA 41115. Das schwarz-weiße umlaufende Band und die Nummer an der Seite wiesen es zwar als Taxi aus, aber das große, kunstvoll aus Messing gestaltete K, das Signet der *Kraftag* am Kühlergrill, war entfernt worden. In das Lokal an der Reichenberger Straße waren die Täter jedenfalls nicht gegangen. Das war wohl sicher.

„Wo haben sie die Registrierkassen gelassen?", überlegte Gennat laut und an Kaminski gewandt: „Der Überfall auf die Gaststätte Tiepelmann fand gegen halb zwölf oder etwas später statt. Kurz nach Mitternacht bemerkt der Wirt hier das Taxi vor seinem Lokal. Auf die Uhr geschaut hat er sicher nicht. Also kann es auch etwas später gewesen sein. Die Täter stellen den Wagen ab und verschwinden. Unwahrscheinlich, dass sie die Kassen noch bei sich hatten. Damit wären sie sicher aufgefallen. Also haben sie sie vorher irgendwo abgeladen und versteckt. Vielleicht hatten oder haben sie Komplizen."

„Könnte sein, aber so viel Geld war doch gar nicht in den Kassen", zweifelte Kaminski. „Mit dem Fahrer waren es vier. Hundertvierzig geteilt durch vier!"

„Das konnten die Räuber aber nicht wissen. Gerade junge Täter haben oft recht seltsame Vorstellungen, was ein Ladeninhaber oder ein Kneipenwirt so in der Kasse hat. Es sind schon Kolonialwarenhändlerinnen um fünfzig Pfennig brutal ermordet worden.

Oder denken Sie an den grauenvollen Mord in Moabit vor zehn Tagen. Der Mörder, noch keine 17 Jahre alt, hat das greise Ehepaar aus Habgier nicht nur erstochen, sondern auch noch mit einer Axt erschlagen. So viel Brutalität verschlägt manchmal sogar mir noch die Sprache."

Kaminski nickte nur.

„Kommen Sie, Kaminski, Hier können wir nicht viel tun. Lassen Sie uns in die Cicerostraße fahren und den Taxichauffeur befragen."

„Ich darf bei der Vernehmung dabei sein?"

„In Gottes Namen, ja! Immerhin müssen Sie ja als mein Chauffeur herhalten."

„Es ist mir eine Ehre, Herr Kriminalrat!" Kaminski verbeugte sich mit einem gespielten Kratzfuß.

Gennat schmunzelte zufrieden und klopfte Kaminski so kräftig auf die Schulter, dass der Reporter unter der Wucht des Schlages fast zusammengebrochen wäre.

In der Cicerostraße, einer Nebenstraße des Kurfürstendamms an dem Abschnitt des Boulevards, der zu Halensee gehört, hatte die *Kraftag*, ein Berliner Taxiunternehmen, dem rund tausend Fahrzeuge gehörten und das einige Hundert Fahrer beschäftigte, ihren Sitz. Kaminski glaubte nicht, dass sie das Opfer des Taxiraubs antreffen würden, doch sie hatten Glück.

Sie betraten das Büro, in dem mehrere Sekretärinnen an ihren Schreibmaschinen tippten oder telefonierten. Eine Frau mittleren Alters mit nach hinten zu einem Dutt hochgesteckten Haaren stand auf und trat ihnen mit strengem Blick entgegen. „Die Herren wünschen?"

Gennat zeigte seine Marke und verlangte den Chef der Firma zu sprechen. Die Marke der Kriminalpolizei stimmte die blonde Dame etwas freundlicher. „Wenn die Herren mir bitte folgen wollen?"

Gennat ging allein ins Büro des Chefs. Kaminski sollte sich inzwischen in der Firma ein wenig umsehen und umhören. Die Sekretärin im Vorzimmer tippte in ihre Schreibmaschine und Kaminski beobachtete ihre außergewöhnlich eleganten Finger. Plötzlich hielt sie inne und sah verlegen zu Kaminski auf. „Sie sind wegen des Überfalls auf den Fritz, ich meine auf Herrn Meißner, hier, nicht wahr?"

Kaminski nickte.

„Also wenn Sie mich fragen, brauchen Sie da gar nicht lange zu suchen. Da steckt bestimmt der Bruno mit drin."

„Und wie kommen Sie darauf?"

„Der hat doch immer Ärger gemacht. Deshalb hat der Chef ihn ja auch rausgeschmissen."

„Kein Grund, gleich ein Verbrechen zu begehen."

„Dem traue ich alles zu. Außerdem hat er eine Pistole."

„Woher wissen Sie das? Hat er sie Ihnen gezeigt?"

„Nee, aber erzählt hat er es und gesagt, wenn ihm wer dumm käme, den knalle er nieder."

Kaminski konnte nicht weiter nachhaken, denn in diesem Moment kam Gennat aus dem Büro des Chefs.

„Kommen Sie, Kaminski", sagte er, „Fritz Meißner, das Überfallopfer, ist im Hof."

Meißner wischte gerade ein blitzblankes Taxi der NSU-Motorenwerke mit einem großen hellblauen Lappen noch blanker. Die gepflegten Fahrzeuge waren das Markenzeichen der Firma. Nicht umsonst machte die *Kraftag* mit der Sauberkeit ihrer Droschken Reklame.

„Herr Meißner?", sprach Gennat ihn an. „Ich bin Kriminalrat Gennat und das ist Herr Kaminski, ein Mitarbeiter."

„Sie kommen wegen des Überfalls? Ich habe der Revierpolizei gestern ja schon alles gesagt."

„Ich weiß. Aber wir sind von der Mordinspektion. Wir haben noch einige Fragen."

„Mordinspektion?“

„Ja.“

„Ach so. Wegen der Waffe, nicht?“, Gennat ließ die Frage zunächst unbeantwortet und nahm die Personalien auf. Kaminski stenographierte, kam jedoch, zu Gennats Vergnügen, nur mühsam mit.

Der gelernte Kraftwagenführer war seit zwei Jahren bei der *Kraftag*. „Am Freitag hatte ich Nachmittagsdienst“, begann er. „Am Droschkenstand Eichorn- / Ecke Potsdamer Straße sind so gegen halb fünf zwei noch recht junge Männer eingestiegen und wollten in die General-Pape-Straße. Das kam mir schon irgendwie seltsam vor, aber ich dachte dann, die wollen vielleicht jemanden in der Laubenkolonie besuchen. Ich fuhr dann in die Kolonnenstraße, am Bahnhof Schöneberg vorbei zur General-Pape-Straße. Nach etwa dreihundert Metern, bei der Laubenkolonie, klopfte einer der beiden an die Glasscheibe und sagte, ich solle anhalten. Ich dachte natürlich, die beiden seien am Ziel, und schaltete die Uhr auf ‚Kasse‘.“ Meißner stockte kurz.

„Und was geschah dann?“

„So schnell, wie die beiden aus dem Auto sprangen, konnte ich gar nicht reagieren. Die kamen nach vorne gerannt, rissen die Tür auf meiner Seite auf. Da sah ich erst, dass einer der beiden eine Waffe auf mich richtete, sie entsicherte und mich anbrüllte: ‚Los, raus, oder ich schieße.‘ Ich dachte natürlich gar nicht daran. Der andere hatte aber auch eine Waffe und beide haben mich dann, obwohl ich mich am Lenkrad festklammerte, mit vereinten Kräften aus dem Wagen gezerrt. Ich habe um Hilfe geschrien, mich mit Händen und Füßen gewehrt, um mich geschlagen. Es waren ja genug Zeugen in der Nähe. Ich dachte, einer wird schon kommen und mir helfen, aber Pustekuchen. Die Schlafmützen haben sich nicht gerührt und nur Maulaffen feilgehalten. Allerdings hatte ich den Zündschlüssel herausgezogen, was die beiden gar nicht bemerkt haben. Ich konnte ihn unbemerkt ins Unkraut in den Grünsteifen am Zaun zur Laubenkolonie werfen.“

„Wie haben die beiden dann aber losfahren können?"

„Ja, das ist ja das Seltsame. Der eine ist also gleich auf den Fahrersitz gesprungen und hat den Wagen problemlos gestartet."

„Wie konnte ihm das so schnell gelingen?"

„Er muss einen zweiten Zündschlüssel gehabt haben. Anders ist das nicht möglich."

„Wie das?"

„Das ist ganz einfach. Er muss mal bei der *Kraftag* gearbeitet haben. Ich war so überrascht, dass ich mich für einen Augenblick gar nicht mehr wehrte. Der andere hielt mich am Boden und richtete immer noch seine Waffe auf mich. Während er mich weiter bedrohte, wendete der andere den Wagen. Der, der die ganze Zeit die Waffe auf mich gerichtet hatte, sprang während der Fahrt aufs Trittbrett, zielte aber immer noch auf mich, öffnete die Tür und kletterte auf den Rücksitz. Also, wenn Sie mich fragen: Das sah sehr gekonnt aus! Das hat der bestimmt nicht zum ersten Mal gemacht. Ich rief noch immer um Hilfe, aber weder einer der Passanten noch einer von den Laubenpiepern hat reagiert. Es hat wohl auch niemand eine Funkstreife gerufen. Als die Räuber dann so etwa dreihundert Meter weg waren, kam ein kleiner Opel vom Bahnhof Schöneberg her. Ich habe mich mitten auf die Fahrbahn gestellt, mit den Händen gefuchtelt, um Hilfe gerufen und gesagt, dass ich überfallen worden bin und mir jemand mein Taxi geklaut hat. Er sollte hinterherfahren. Der Fahrer ließ mich einsteigen, doch die waren schon viel zu weit weg, als dass man meinen Wagen hätte einholen können. Außerdem hatte ich den Eindruck, dass der Opel-Fahrer keinerlei Ambitionen hatte, die Täter zu verfolgen – so, wie der geschlichen ist."

„Beide Täter waren demnach bewaffnet?"

„Ja. Mit Armeepistolen 08. Ich war Soldat. Ich kann das beurteilen."

„Sie vermuten, dass die Täter, oder wenigstens einer, früher einmal bei der *Kraftag* als Chauffeur angestellt gewesen ist. Was macht Sie da so sicher?"

„Die Firma hat mehr als 1500 NSU-Wagen, und für solch einen Wagen hatte der Täter einen Zündschlüssel. Außerdem muss er mit der Gangschaltung genau Bescheid gewusst haben. Er brachte den Wagen ohne jede Schwierigkeit sofort in Gang. Er startete beinahe blindlings, als fahre er so eine Droschke jeden Tag. Er wusste genau, dass man bei diesem Modell auf einen am Fußboden befindlichen Startknopf drücken muss."

„Können Sie die Täter genauer beschreiben?"

„Nein, der eine hatte einen Schlapphut tief ins Gesicht gezogen, und der andere hatte eine Art Seglermütze mit Schirm und einem goldgesickten Eichenkranz an der Oberseite auf."

Ernst Gennat und Max Kaminski bedankten sich und verließen den Hof. Wortlos gingen sie zurück zu Kaminskis Wagen.

„Kaum zu glauben! Jede Menge Zeugen, aber keiner denkt auch nur daran, zu helfen oder wenigstens das Überfallkommando zu rufen", schimpfte Kaminski, als er dem Dicken beim Einsteigen half.

„Eindeutig unterlassene Hilfeleistung", schnaufte Gennat.

„Die Leute werden irgendwelche faulen Ausreden haben: Sie hätten nicht genau hingeschaut, seien schwerhörig oder hätten schlechte Laune gehabt. Was auch immer", meinte Kaminski.

„Ich krieg auch gleich schlechte Laune, wenn ich so etwas höre. Ich schicke ein paar Leute hin." Gennat grinste und rieb sich die Hände. „Vielleicht gehe ich auch selbst hin. Ich hätte eine diebische Freude daran, diesen Leuten ein bisschen Feuer unter'm Hintern zu machen. So mit Androhung von Strafverfolgung wegen unterlassener Hilfeleistung. Ein paar schlaflose Nächte könnten denen nichts schaden."

Zu einer derartigen Aktion war Gennat durchaus imstande. Als vor Jahren eine verhärmte, alleinstehende Frau ein junges Paar der illegalen Abtreibung bezichtigt hatte, was so nicht der Wahrheit entsprach und zudem tragisch endete, verhörte Gennat die Denunziantin mehrfach, zitierte sie immer wieder in sein Büro, stellte ihr die unangenehmsten Fragen. In seiner Empörung vergriff er sich dann aber leider im Ton und sagte sinngemäß: „Hässlichkeit ist kein Grund, gemein zu werden.“ Das brachte ihm eine dienstliche Verwarnung ein, über die eine ganze Zeit lang in der *Roten Burg* hinter vorgehaltener Hand gelästert wurde.

Kaminski bog von der Cicerostraße am Lehniner Platz rechts auf den Kurfürstendamm.

„Haben Sie keinen Hunger?“, wechselte Gennat das Thema. „Also ich brauche jetzt dringend einen starken Kaffee und eine Zigarre.“

„Gute Idee.“

„Ein schönes zweites Frühstück wäre perfekt. So viel Zeit muss sein.“

„So viel Zeit muss sein“, wiederholte Kaminski. „Und wo gehen wir hin? Zu *Möhring*, zu *Schilling* oder ins *Romanische Café*?“

Abwehrend hob Gennat beide Hände: „Bloß nicht ins *Romanische*. Da sind mir zu viele Leute, die nur klug rumquatschen, aber nichts auf die Beine bringen, und außerdem ist der Kuchen lausig. Lassen Sie uns zu *Schilling* gehen.“ Er sah auf die Kirchturmuhr; es war zwanzig nach elf. „Vorausgesetzt, wir finden da um diese Zeit einen Platz. Zumal heute, am Pfingstsonnabend“, meinte Kaminski.

Die Damen der Gesellschaft oder vielmehr die, die sich für solche hielten, machten gerne Station in den Cafés, wenn sie ihre Einkäufe im *KaDeWe* und in den Geschäften auf dem Tauentzien oder dem Kurfürstendamm erledigt hatten.

Obwohl heute mehr Verkehr als gewöhnlich war, fand Kaminski einen Parkplatz in der Rankestraße, nur wenige Schritte von *Schilling* entfernt. Das Café war tatsächlich schon bis auf den letzten Platz besetzt. Gennat wollte schon wieder kehrtmachen, doch der schlanke, wendige Kaminski schlängelte sich bereits flink durch die Tischreihen. Jetzt sah Gennat es auch: Eine elegant gekleidete, mit Schmuck behängte, blond ondulierte Dame stand gerade von einem Tisch am Fenster auf, warf ihren Luchs über und griff nach ihren sorgfältig verschnürten Päckchen mit den Namenszügen der teuersten Geschäfte. Kaminski bemerkte, wie sich ihre Blicke mit denen Gennats für einen Augenblick trafen. Nach einer unübersehbaren Schrecksekunde schaute die blonde Dame schnell wieder weg, als habe sie die Anwesenheit des Dicken verlegen gemacht. Kaminski bemerkte, dass Gennat stutzte.

„Kennen Sie die Dame?", fragte er.

Ernst Gennat legte die Stirn in Falten: „Kann sein. Im Moment kann ich sie nur nicht so recht einordnen." Kaum hatten sie sich an den freien Tisch gesetzt, fiel es ihm wieder ein. „Doch, jetzt weiß ich's wieder. An die Verhandlung vor dem Kriminalgericht kann ich mich noch genau erinnern. Nur der Name ist mir leider entfallen. Jedenfalls ist die Dame mit den Päckchen die Gattin des Generaldirektors sowieso, eines der berüchtigtsten Spekulanten, der mehrere Häuser auf dem Kurfürstendamm und in den angrenzenden Nebenstraßen mehr oder weniger ergaunert hat. Damals war die ehrenwerte Frau Generaldirektor wegen Ladendiebstahls bereits mehrfach festgenommen worden. Zuletzt war es ein Perlencollier, das sie bei einem Juwelier in der Uhlandstraße hatte mitgehen lassen. Ein cleverer Anwalt sorgte dann dafür, dass ein Psychiater sie herausgutachtete. Seine Diagnose: Kleptomanie – versteht sich. Krankhaft und leider unheilbar. Bei den Damen der *feinen Jesellschaft* ein bekanntermaßen weitverbreitetes Leiden. Die Krankheit gelangweilter Millionärsgattinnen und Salonlöwinnen, die mit ihrer Zeit nichts anzufangen wissen. Die Kriminalpolizei, vielmehr noch die Geschäftsleute vom Kurfürstendamm, wissen ein Lied mit vielen Strophen davon zu singen. Aber was erzähle ich Ihnen das. Sie wohnen schließlich selbst auf dem Kurfürstendamm und kennen die kleinen Geheimnisse unseres Prachtboulevards."

Max Kaminski nickte. Auch er kannte die Klagen der Geschäftsleute über die zum Teil äußerst raffiniert ausgeführten Ladendiebstähle.

Max Kaminski bestellte sich zwei Eier im Glas, Brot, Butter und schwarzen Tee, Ernst Gennat nahm zwei Obsttörtchen mit Schlagsahne und ein Kännchen Kaffee.

„Was der Chauffeur da gerade erzählt hat, geht mir nicht aus dem Kopf", brach Gennat das Schweigen. „Jede Menge Zeugen, aber niemand denkt auch nur daran, dem Mann zu helfen." Er schüttelte den Kopf.

„Irgendwie aber auch verständlich. Wer legt sich auch schon mit zwei bewaffneten Gangstern an?"

„Man kann aber zum nächsten Telefon laufen und die Polizei rufen. Man kann die Täter ansprechen und verunsichern. Dann hätten sie vielleicht von ihrem Plan abgelassen und wären geflüchtet."

„Vielleicht." Kaminski wollte die Diskussion nicht vertiefen, sagte dann aber doch: „Bei den immer häufiger vorkommenden Auseinandersetzungen zwischen Nazis und Kommunisten, bei denen ja meistens auch Schusswaffen im Spiel sind, finden sich ebenfalls nur selten Zeugen. Nichts gehört, nichts gesehen. Viele Gründe gibt es dafür. Die Leute wollen nichts mit der Polizei zu tun haben ..."

„Aber wir tun doch niemandem etwas", warf Gennat ein.

„Aber wissen das auch die Bürger? Mit Nazis oder Kommunisten wollen die Leute aber auch keinen Ärger bekommen und haben Angst vor Racheaktionen."

„Vielleicht haben Sie recht. Wir leben wirklich in einer verrückten Zeit."

„Was wissen Sie bisher über den Überfall in Mariendorf?", kam Kaminski zum Thema zurück.

„Recht wenig. Klar ist nur, dass es sich um vier relativ junge Täter handelt. Zwei von ihnen haben das Fahrzeug besorgt. Wenn Sie mich fragen, war der Überfall geplant. Wir haben nur vage Täterbeschreibungen und die Mütze und ein paar Papierschnipsel. Die Pressemitteilung ist im Übrigen schon raus. Heute Abend kommt die Fahndung in der *Aktuellen Funkstunde*. Lissigkeit wird den Zuhörern das Wichtigste mitteilen."

„Ich fahre jetzt in die Redaktion und schreibe meinen Artikel für die Abendausgabe. Langsam wird es Zeit.“

„Fahren Sie mich vorher noch zurück ins Präsidium?“

„Wenn ich weiterhin exklusiv über den Fall informiert werde, können wir drüber reden.“

„Versprochen!“ Gennat streckte die Hand aus, Kaminski schlug ein.

VI

Im Verlagshaus in der Kochstraße empfing Kaminski die übliche Hektik: Hin und her hastende Botenjungen, zuschlagende Türen, schrillende Telefone, das Geklapper der Schreibmaschinen, das Rauschen der Rohrpostanlage, die Tag und Nacht die „Bomben“ mit den aktuellen Fernschreiben der Nachrichtenagenturen ausspuckte. Im Empfangsraum saßen die üblichen Besucher mit verbissenen Gesichtern, als warteten sie auf ihren Termin beim Zahnarzt: Studenten mit schriftstellerischen Ambitionen, junge, angehende Reporter, arbeitslose Journalisten, begabte und unbegabte Literaten, denen jedes Mittel recht war, ihre Manuskripte an den Mann zu bringen. Die meisten ohne jede Chance, unlesbar oder zu versponnen, zu verworren oder zu hochtrabend für die Zeitung. Einige der Gesichter kannte Kaminski seit seiner Anfangszeit beim *Echo*. Keine Zeile waren sie seither losgeworden, warteten aber noch immer unbeirrt – und unbelehrbar – auf ihren Durchbruch als Reporter, Theaterkritiker oder Schriftsteller. Gut gekleidete junge Leute, die den Eltern ihre schriftstellerischen Ambitionen wohlweislich verschwiegen, neben nachlässig gekleideten Intellektuellen, geistreich, aber mittellos, die hier und da einen Artikel loswurden und sich mehr schlecht als recht über Wasser hielten. Als Schnorrer im *Romanischen Café*, dem sprichwörtlichen *Olymp der brotlosen Künste*, war ihnen zweifellos mehr Erfolg beschieden denn als Schriftsteller oder Journalist. Einer der Nachwuchsschreiber war gerade aufgestanden und schickte sich an, mit einem Manuskript in der Hand auf Kaminski zuzustürzen, als im selben Moment die Bürotür zu seiner Rechten aufflog und der Lokalchef Rudi Neubauer ihm zurief: „Mensch Kaminski, wo bleiben die zwei Spalten über den Lunapark. Der Metteur scharrt schon mit den Hufen. Sie kriegen das doch heute noch hin?“

„Ich glaub, schon.“

„Glauben reicht mir nicht. Ich brauch was, was wir drucken können."

„Um drei Uhr haben Sie Ihren Artikel", knurrte Kaminski unwillig. „Oder sagen wir um vier."

„Um drei, verdammt noch mal!", brüllte Neubauer hinter Kaminski her. „Um drei!"

Max Kaminski zog sich in sein Büro zurück, einen winzigen Raum, der vor seiner Zeit wahrscheinlich als Besenkammer gedient hatte und nur mit einem Tisch, einem Stuhl und einem altersschwachen Regal ausgestattet war. Da er ohnehin meistens unterwegs war und oft auch zu Hause arbeitete, genügte ihm seine „Zelle". Wenigstens gab es einen Telefonanschluss. Er öffnete das schmale Fenster, doch die Luft in dem engen, lichtlosen Hof schien stillzustehen. Er nahm sein Adressbüchlein, suchte einige Nummern heraus und ließ sich zunächst mit einem Freund verbinden, der sich selbst als ein „Habitué" des Lunaparks bezeichnete und stets vor allen anderen wusste, was die neue Saison zu bieten hatte. Er ließ sich mit dem Freund verbinden und hatte Glück. Kaminski erfuhr alles, was er wissen wollte: In dieser Saison würde es also Hunde geben, die Rumba tanzen, Remdes Bar „Roter Teufel" sollte, im alten Stil renoviert, wiedereröffnen, Motorradartisten auf dem Hochseil waren versprochen, und im „Afrikadorf" würde man Tänze der Eingeborenen und ihr Kunsthandwerk bewundern dürfen. – Lissy pflegte diese sogenannten Völkerschauen „Menschenzoos" zu nennen.

Da Kaminski nicht die geringste Lust verspürte, den Rest des Tages in seinem stickigen Kabuff zu verbringen, raffte er seine Unterlagen zusammen und verlegte seinen Arbeitsplatz zu *Jädicke*, seinem Stammcafé in der Kochstraße. Ganz gleich zu welcher Tageszeit der Reporter die berühmte Konditorei auch aufsuchte, immer traf er auf Kollegen, die etwas Neues wussten, sei es aus dem Reichstag, aus diplomatischen Kreisen – oder den neuesten Gesellschaftsklatsch. Eine Atmosphäre, die seine Kreativität noch immer beflügelt hatte. Er ergatterte einen freien Tisch und bestellte extra starken Kaffee. Nach der zweiten Tasse begann er sich Notizen zu machen, nach denen er seine beiden Artikel später dann einer der Redaktionssekretärinnen in die Maschine diktierte. Um Viertel nach drei hatte Neubauer seinen Lunapark-Zweispalter und wenig später den Bericht über den nächtlichen Raubmord in Mariendorf auf dem Tisch: „Wildwest in Mariendorf. Autobanditen plündern Lokal. Ein Gast in der Nacht zum Sonnabend erschossen", lautete die Überschrift in der Abendausgabe.

VII

Am späten Nachmittag machte Kriminalrat Ernst Gennat es sich auf dem durchgesessenen grünen Sofa in seinem Büro im ersten Stock des Polizeipräsidiums am Alexanderplatz bequem. Er zog die Schuhe aus, schob das rotbraune Samtkissen unter den Kopf, legte die Beine hoch und begann die Protokolle der Vernehmungen der beiden Zeuginnen aus der Gaststätte zu lesen. Rudolf Lissigkeit hatte die Wirtschafterin sowie die Serviererin, die die vier Jungs bedient hatte, in der vergangenen Nacht vernommen und erfahren, dass die Wirtschafterin seit etwa einem Jahr mit Gustav Tiepelmann verlobt war. Die Aussagen der beiden Frauen waren jedoch belanglos und enthielten nicht einmal eine brauchbare Personenbeschreibung. Bei der Lektüre nickte Gennat ein und schlief eine gute halbe Stunde. Aus tiefem, traumlosen Schlaf aufgewacht, blinzelte er in Richtung Vorzimmer und grinste in sich hinein. Er amüsierte sich über seine Sekretärin. Während er geschlafen hatte, war Gertrud Steiner mucksmäuschenstill gewesen, hatte weder ihre Schreibmaschine malträtiert, noch telefoniert. Er traute ihr sogar zu, dass sie dem Telefon mit einem dicken Kissen das Klingeln zu verleiden versuchte – oder hatte sie dazu den Kaffewärmer umfunktioniert? Wie dem auch sei: Trudchen, oder Steinerchen, wie er sie nannte, war der gute Geist der Mordinspektion und die beste Stenotypistin weit und breit.

„Fräulein Steiner, wie spät ist es?", rief er in Richtung Vorzimmer. Er richtete sich auf und angelte mit einer Hand nach der Zigarrenkiste, die auf dem Tisch lag.

„Gleich sechs, Herr Kriminalrat. Vergessen Sie nicht, dass der Herr Tiepelmann zwischen sechs und halb sieben kommen wollte."

„Natürlich nicht, aber vorher könnte ich einen schönen starken Kaffee gebrauchen. Und wenn noch etwas von dem Apfelkuchen da ist …"

„Schon unterwegs, Herr Kriminalrat."

Gennat hörte seine Sekretärin – sie hatte sich im Vorzimmer auf einem kleinen Tisch zwischen Aktenschrank und Fenster eine Art Küchenecke eingerichtet – mit dem Geschirr klappern. Eine Minute später kam sie mit einem Tablett und stellte ihrem Chef eine Tasse Kaffee, eine Zuckerdose und den Teller mit einem großen Stück Apfelkuchen auf den ovalen Sofatisch mit der Klöppeldecke. Gennat machte sich zwar nichts aus Blechkuchen, ein schönes Stück Obsttorte mit Schlagsahne oder Sahnetorte war ihm lieber. Fräulein Steiners Apfelkuchen aber war unvergleichlich.

Während er den Kuchen aß und Kaffee trank, setzte er seine Lektüre fort. Schließlich zündete er sich eine Zigarre an und streckte sich wieder auf dem Sofa aus – in der einen Hand die Zigarre, mit der anderen hielt er den Aschenbecher fest, den er auf seinen ausladenden Bauch gestellt hatte. Genüsslich hauchte er Rauchringe in die Luft und betrachtete die fünf hinter Glas gerahmten Mörderporträts an der gegenüberliegenden Wand. „Warum sehen Mörder auf diesen Fotografien eigentlich auch immer aus wie Mörder?", fragte er sich. Als sie vor ihm gesessen und ihre grausamen Taten gestanden hatten, hatten sie eher den Eindruck unscheinbarer, biederer Bürger erweckt.

Als Gertrud Steiner nach einigen Minuten in sein Büro trat, um das Geschirr zu holen, wedelte sie mit den Händen vor ihrem Gesicht herum, als wolle sie ein Loch in den Zigarrenqualm schlagen, der Gennat wie eine blaue Wolke umhüllte. „Hier ist ja gar keine Luft mehr drin, da fällt der Herr Tiepelmann ja um", schimpfte sie, rannte zum Fenster und riss es weit auf.

„Regen Sie sich ab, Steinerchen", brummte Gennat, legte seine Zigarre ab und stellte den Aschenbecher auf den Tisch. Seufzend zog er seine Schuhe wieder an und gähnte. „Der Tiepelmann ist Kneipier. Der kennt das nicht anders." Vom Fußboden hob er die Hefter mit den Protokollen auf, die ihm im Schlaf heruntergefallen waren, und legte sie ebenfalls auf den Tisch. Er stand auf, trat ans offene Fenster, atmete tief durch und sah hinunter. Aus der Kneipe im gegenüberliegenden Stadtbahnbogen wankten krakeelend drei angetrunkene Männer. Offenbar hatten sie Streit angefangen und waren hinausgeworfen worden.

Gennat liebte den Großstadtlärm des Alexanderplatzes: das Motorengeräusch der Doppeldeckerbusse, das ungeduldige Hupen der Autos, das Quietschen der Straßenbahnen in der Kurve, das Schreien der Markthallenhändler. Besonders liebte er das geradezu beruhigende charakteristische Öööööhhhh der anfahrenden S-Bahnzüge.

„So viel frische Luft bekommt mir nicht", rief er in Fräulein Steiners Richtung und schloss das Fenster geräuschvoll.

Gertrud Steiner kam nicht mehr dazu zu kontern, denn in diesem Moment klopfte es. Auf ihr lautes und bestimmtes „Ja, bitte" trat Gustav Tiepelmann zögernd ein und nannte seinen Namen. Gennat streckte dem Gastwirt seine fleischige Pranke entgegen, bat ihn in sein Büro und wies ihm einen Platz in einem der grünen Sessel. Fräulein Steiner flüsterte er zu, dem Gast – und freilich auch ihm – doch bitte Kaffee zu bringen. Gennat registrierte, dass sich Tiepelmann unsicher umsah. Vermutlich hatte er sich das Büro der berühmten Mordinspektion anders vorgestellt, nicht wie ein gemütliches Wohnzimmer mit einer Dekoration, die den ahnungslosen Besucher eher an die Geisterbahn im Lunapark erinnerte. Sein Blick wanderte von dem grünen Sofa mit den dazu passenden Sesseln, dem Tischchen mit der Klöppeldecke und der kleinen Blumenvase, in der drei rosa Nelken steckten, zu dem präparierten Schädel, in dessen Stirn ein Loch klaffte – dem Prunkstück auf der Konsole über dem Sofa. Was gleich daneben, vermutlich in Formaldehyd eingelegt, in dem Einweckglas war, wollte er wohl lieber nicht so genau wissen. Für einen Moment betrachtete er eine schmutzverkrustete Axt in der Ecke neben dem Sofa. „Ist das etwa die Axt, mit der der Junge das Ehepaar in der Erasmusstraße erschlagen hat?" Aus Tiepelmanns Stimme klang ehrliche

Betroffenheit. Gennat schüttelte den Kopf. „Nein. Mit dieser hier hat eine Bäuerin aus Grünheide nach 35 gemeinsamen Jahren ihren Ehemann erschlagen."

Gertrud Steiner brachte den Kaffee, holte Stenoblock und Bleistift und setzte sich auf einen Stuhl neben Gennats Schreibtisch. Gennat ließ sich in die durchgesessene Ecke des Sofas sinken.

Nach ein paar belanglosen Sätzen über das kühle Maiwetter und das Ausbleiben der Maikäfer begann Gennat vorsichtig: „Haben Sie die Wirtschaft in Mariendorf eigentlich schon lange? Es scheint mir – mit Verlaub – doch recht ruhig da draußen."

Tiepelmann lachte bitter. „Ruhig ist gut. Bei uns sagen sich die Füchse Gute Nacht. Es war keine gute Idee, das Lokal zu übernehmen."

„Warum auch gerade in Mariendorf?"

Tiepelmann zuckte mit den Schultern. „Es ist praktisch. Ich wohne ja gleich da draußen. Außerdem wollte ich endlich mal einen Laden ohne Krawall, ohne Nutten und Luden, ohne Schlägereien und möglichst weit weg von den Ringvereinen, die einem die Bude zertrümmern, wenn man nicht nach ihrer Pfeife tanzt."

„Hatten Sie früher Probleme mit Ringvereinen?", hakte Gennat nach.

Bevor er antwortete, nahm Tiepelmann einen kräftigen Schluck Kaffee. „Nicht wirklich. Ich hatte immer Glück. Vor zehn Jahren habe ich meine erste eigene Kneipe in Neukölln aufgemacht. Die hab ich dann verkauft und bin nach Zehlendorf in der Prinz-Handjery-Straße. Das war ja auch ziemlich weit draußen und lief trotz eines schönen großen Biergartens nicht. Einen Kellner musste ich sogar entlassen. Bis Januar 1931 hatte ich dann ein Lokal in der Blücherstraße. Der Laden war zwar immer voll, aber von Nutten und Kleinkriminellen, die ein Bier für drei Personen bestellen und fünf Stunden damit rumsitzen, kann man keine Miete zahlen. Da bin ich also weg und hab Ende vergangenen Jahres das Lokal in Mariendorf übernommen."

„Haben Sie Feinde?“, fragte Gennat spontan.

Tiepelmann zuckte mit den Schultern. „Nicht mehr und nicht weniger als andere auch.“ Als müsse er erst nachdenken, lehnte er sich zurück. „Bevor ich das Lokal in der Blücherstraße dichtgemacht habe, gab es noch richtig Zoff“, begann er. „Ich musste eine Kellnerin rausschmeißen. Das kleine Flittchen hatte in die Kasse gegriffen. Das Aas zerrte mich dann doch allen Ernstes vors Arbeitsgericht. Mit der Begründung, dass ich keine Beweise für die Unterschlagungen hätte, wurde ich dann tatsächlich zur Zahlung des rückständigen Gehalts verdonnert, immerhin hundertachtzig Mark.“ Dem Gastwirt war seine Empörung anzumerken.

„Gibt es jemanden, der sich an Ihnen rächen will? Angestellte, die Sie entlassen haben und die sich ungerecht behandelt fühlen? Gäste, die sich danebenbenahmen und die Sie vor die Tür gesetzt haben?“

Tiepelmann dachte einen Augenblick nach und schüttelte dann den Kopf. „Möglich ist alles. Aber ich glaube, nicht.“

„Bitte stellen Sie mir eine Liste Ihrer ehemaligen Angestellten zusammen. Wir müssen dem kleinsten Verdacht nachgehen.“

Tiepelmann versprach, die Liste schnellstens zu liefern. „Was die beiden Registrierkassen betrifft, das ist ein Riesenschaden für mich“, fuhr er fort. „Nicht nur die 140 Mark in der Kasse, sondern auch die Kassen selbst. Ich hab sie erst im Februar gleich nach der Eröffnung meines neuen Lokals bei der „Nationalkasse-Gesellschaft“ in der Friedrichstraße gekauft. Die kleine Kasse hat 550 Mark gekostet, die große 1660 Mark. Ein Teil ist abgezahlt, aber ich habe noch immer 500 Mark Schulden. Versichert bin ich auch nicht.“

Gennat sagte dazu nichts. „Öffnen Sie heute Abend wieder?“, wollte er stattdessen wissen.

„Nein. Den Mädchen habe ich freigegeben, und mir ist auch nicht danach, heute zu öffnen. Morgen machen wir aber wieder auf. Zum Glück konnte ich in der letzten Zeit einen Großteil meiner Schulden bezahlen."

„Wie das? Haben Sie so viel teure Schnäpse und Liköre verkauft?", scherzte Gennat.

„Leider nicht. Aber vor einigen Monaten hatte ich einen Verkehrsunfall. Ich war nicht Schuld und habe von der Versicherung sechstausend Mark Entschädigung bekommen."

Nachdem Tiepelmann das Protokoll unterschrieben hatte, verabschiedete er sich. Er war schon in der Tür, als er noch einmal zurückkam. „Fast hätte ich es vergessen. Das zweite Taxi. Ich bin sicher, dass es mit dem Überfall zu tun hat. Warum hat es da sonst eine halbe Stunde gestanden?"

Gennat versuchte seine Verblüffung zu verbergen. Er wusste nichts von einem zweiten Taxi. „Ein zweites Taxi? Davon haben Sie gestern nichts gesagt."

„Nein, nicht Ihnen, ich war ja völlig durcheinander, aber diesem jungen Kommissar hab ich's später noch erzählt. Der hat doch mit dem Chauffeur auch noch gesprochen."

„Ach ja!" Gennat tat mit einer Handbewegung, als habe er im Moment nicht daran gedacht, wisse aber Bescheid. „Wir werden der Sache nachgehen." Er brachte Tiepelmann bis auf den Gang und verabschiedete sich.

Zurück im Vorzimmer seufzte er tief und an Gertrud Steiner gewandt: „So, Steinerchen, ich will jetzt niemanden mehr sehen. Wimmeln Sie mir bloß alle Besucher ab."

„Mich wollen Sie auch nicht sehen?", hörte er eine Stimme hinter sich und drehte sich um. Rudolf Lissigkeit hatte unmittelbar hinter ihm das Vorzimmer betreten.

„Im Gegenteil, Sie kommen mir wie gerufen." Gennat nahm Lissigkeit am Arm und zog ihn in sein Büro. Menschenskind! Wie können Sie mich so in Verlegenheit bringen. Was ist das für eine Geschichte mit dem zweiten Taxi? In den Protokollen steht davon nichts. Tiepelmann hat danach gefragt, und ich hatte keinen Schimmer."

Lissigkeit schüttelte erstaunt den Kopf. „Das muss doch im Bericht gestanden haben. Faber hat mit dem Mann gesprochen."

„Da stand nichts. Dieser blöde Hund bringt mich noch ins Grab", brüllte Gennat. „Was ist nun mit dem Taxi?"

Lissigkeit machte eine beruhigende Handbewegung. „Der Mann heißt Hermann Lück. Etwa zwanzig Minuten vor dem Überfall hat er zwei Frauen vom Kinobesuch in Marienfelde in die Großbeerenstraße gefahren. Die beiden wohnen gleich im Haus neben Tiepelmann. Lück blieb noch eine Weile stehen, aß erst einmal die Stullen, die seine Frau ihm geschmiert hatte, und trank seinen Kaffee aus der Thermosflasche. Dabei bemerkte er das parkende Taxi, erkannte es als einen Wagen der *Kraftag* und wunderte sich darüber, dass das charakteristische *K* am Kühlerrost fehlte. Beim Essen beobachtete er zwar die jungen Männer, die vor dem Lokal saßen, eine ganze Weile, beschreiben konnte er sie aber nicht. Es war schon zu dunkel. Als er dann losfuhr und wendete, hörte er aus dem Lokal Schüsse und fuhr schnell weiter, um das Überfallkommando zu benachrichtigen, denn das nächste Polizeirevier befand sich nur wenige Hundert Meter entfernt. Als Ortskundiger wusste er das natürlich. Wenige Augenblicke später flüchteten die Täter in dieselbe Richtung, feuerten im Überholen auf seinen Wagen und zerschossen ihm zwei Reifen. Er ging dann zu Fuß zurück zu Tiepelmanns Lokal, dann kam auch schon das Überfallkommando, das Tiepelmann ja angerufen hatte. Im Lokal hat Lück dann ebenfalls telefoniert. Vermutlich wollte er Hilfe holen, denn mit zwei Platten konnte er ja kaum weiterfahren. Faber hat ihn zur Sache vernommen. Lück konnte aber, wie gesagt, nichts Sachdienliches aussagen. Der Kaffee hatte ihm keinen klaren Kopf gemacht. Er hatte noch immer ganz schön einen in der Krone. Ein Wunder, dass die beiden Frauen heil zu Hause angekommen sind. Als Zeuge ist er unbrauchbar."

„Tiepelmann meint, er könnte mit den Jungs unter einer Decke stecken."

„Unsinn. Faber hat auch die beiden Frauen vernommen. Sie wohnen ja im Nachbarhaus. Beide haben Lücks Angaben bestätigt. Sie waren in Marienfelde im Kino *Mali* und haben sich für den Nachhauseweg das Taxi genommen. Also reiner Zufall, dass er am Tatort war."

„Schön. Also keinerlei Verdacht. Sollten Sie nicht längst im Vox-Haus sein?"

„Ich hab noch Zeit. Ich komme erst nach den 22-Uhr-Nachrichten."

„Vergessen Sie nicht zu erwähnen, dass der Polizeipräsident eine Belohnung von tausend Mark ausgesetzt hat", erinnerte Gennat, obwohl er wusste, dass Lissigkeit nie etwas vergaß. Ohne eine Antwort abzuwarten stand der Kriminalrat auf und ging zu dem Schrank hinüber, in dem er einen Vorrat seines Lieblingsportweins aufbewahrte. „Trinken wir noch einen Portwein zusammen?"

Lissigkeit lachte. „Lust hätte ich schon, aber ich möchte einen klaren Kopf behalten."

Gennat grinste. „Würde Ihnen sicher mal ganz guttun, so ein kleiner Schwips?"

„Ich glaube, ich gehe jetzt lieber", lachte Lissigkeit und verabschiedete sich.

Als Lissigkeit gegangen war, schenkte der Kriminalrat zwei Gläser großzügig mit Portwein ein. „Kommen Sie, Steinerchen, setzen Sie sich zu mir. Lassen Sie uns, bevor Sie Feierabend machen, ein Gläschen Portwein trinken und erzählen Sie mir, was Sie an Pfingsten machen."

Strahlend kam die Sekretärin der Aufforderung nach. „Also am Sonntag gehe ich mit meiner besten Freundin in den Zoo. Montag wollen wir, wenn das Wetter schön ist, meine Schwester in ihrer Laube besuchen." Sie stockte und schaute einen Augenblick verlegen in ihr Glas. Bevor sie weitersprach, nahm sie einen kräftigen Schluck, als müsse sie sich Mut antrinken. „Der Garten meiner Schwester ist wirklich wunderschön und sie bäckt wunderbare

Torten. Also wenn Sie, Herr Kriminalrat, noch nichts vorhaben, Sie sind bei uns herzlich willkommen. So ein bisschen Natur ist doch immer was Feines für uns Großstadtpflanzen." Sie lächelte erwartungvoll.

„Das ist lieb, Steinerchen, aber Ihre Einladung kommt leider zu spät. Am Montag habe ich schon eine Verabredung. Die Kaminskis haben mich zum Essen eingeladen." Gennat machte eine entschuldigende Geste.

„Das ist schade." Gertrud Steiner lächelte versöhnlich. „Aufgeschoben ist ja nicht aufgehoben. Der Garten und die Laube laufen uns gewiss nicht weg."

Jeder im Polizeipräsidium wusste, dass Gertud Steiner ihren Chef seit Jahren anhimmelte. Anlass für nicht enden wollenden Klatsch und Tratsch hinter verschlossenen Türen. Um ihr keine falschen Hoffnungen zu machen, tat Gennat so, als bemerke er es nicht. Andererseits war für ihn ein Büro ohne Trudchen kaum vorstellbar, und er litt, wenn sie ein paar Tage frei hatte. Denn sie war nicht nur eine hervorragende Sekretärin, sondern für Gennat auch ein unterhaltsame, geistreiche und im kriminalistischen Sinne kluge Gesprächspartnerin. Mehr als einmal hatten ihre Überlegungen die Ermittlungen einen entscheidenden Schritt weitergebracht. Sie besaß Menschenkenntnis und hatte ein Herz so groß wie ein Zirkuszelt. Man musste sie einfach mögen. Auch Gennat mochte sie sehr. Dennoch war sie für ihn nicht mehr und nicht weniger als eine gute Freundin. – Viel zu oft noch dachte er an die kluge, charmante und außergewöhnlich schöne Rebecca. Mit ihren kastanienbraunen Haaren, den dunklen Augen und der schlanken, fast jungenhaften Figur war und blieb sie für ihn das Idealbild einer begehrenswerten Frau.

VIII

Pfingstsonntag, 15. Mai 1932

Was sich am Freitag bereits abgezeichnet hatte, wurde ab Sonnabend zur Gewissheit: Das nasskalte Maiwetter hatte sich endgültig verabschiedet. Pünktlich zum Pfingstfest stiegen die Temperaturen und die Sonne strahlte vom tiefblauen Himmel. Wie auf Kommando brach der Flieder auf und erfüllte die Luft mit zartem Duft.

Als die Kaminskis am Sonntagmorgen zum Pfingstkonzert in den Zoologischen Garten aufbrachen, war der Kurfürstendamm wie leer gefegt. Das herrliche Wetter zog nicht nur die Arbeiter und die sogenannten kleinen Leute „ins Jrüne“. Am Bahnhof Zoo drängten sich die Kaminskis durch die Menschenmassen, die zur S-Bahn oder zu den Sonderzügen strömten, um in den Wäldern und an den Seen im Umland ein wenig Abstand vom Alltag zu finden. Mit Kind und Kegel, Stullenpaketen, Kuchen und Kaffeegeschirr bepackt, würden die einen am Nachmittag die Freilichtlokale stürmen, in denen man unter dem Motto „hier können Familien Kaffee kochen“ gegen eine geringe Gebühr den Kaffee selbst aufbrühen konnte. Die anderen würden irgendwo im Wald ihr Lager zu einem Picknick aufschlagen. Nur die wenigsten konnten sich noch die teuren Ausflugslokale und Cafés leisten. Wolfgang hatte irgendwo den Satz aufgeschnappt: „Am Ende des Geldes bleibt immer noch ein Rest vom Monat“. Den Betroffenen allerdings blieb über solche Witze das Lachen im Halse stecken.

Nach dem Familienessen stand eine große Flugschau auf dem Tempelhofer Feld auf dem Programm. Während Wolfgang das Spektakel kaum erwarten konnte, hatte Clara keine Lust mitzugehen. „Wie langweilig, Flugzeuge in der Luft anzustarren!“ Da Clara aber auch nicht alleine zu Hause bleiben wollte, fuhr sie dann doch maulend mit.

Das Programm der Flugschau war beeindruckend: Eine Kunstflugstaffel sollte ihre Kunststücke zeigen, der Kunstflieger Gerhard Fieseler und das legendäre Flieger-As Ernst Udet waren angekündigt. Max war sich sicher, dass Lissy nur mitging, um den Frauenschwarm aus der Nähe zu sehen.

Max hatte Pressekarten bekommen, die ihnen besonders gute Plätze garantierten. Schließlich musste er für die Morgenausgabe am Dienstag über das Großereignis schreiben, denn die Berliner konnten von der Fliegerei nicht genug bekommen. Zwanzigtausend zahlende Zuschauer waren gekommen. Zusammen mit denen, die vom Rande des Flugfelds zuschauten, ohne Eintritt zahlen zu müssen, mögen es gut und gerne siebzigtausend gewesen sein, wie Max später von den Veranstaltern erfuhr.

Die halsbrecherischen Aktionen der Kunstflugstaffel ließen die Zuschauer den Atem anhalten. Fieseler drehte das Flugzeug während des Fluges auf den Rücken, sodass seine Maschine einem kranken Maikäfer glich. Udet, der Star des Tages, begeisterte sein Publikum mit Schleifen und Pirouetten am Himmel. Dann ließ er seine „Schwalbe" im Sturzflug zur Erde rasen. Ein Aufschrei ging durchs Publikum. Doch kurz bevor die Maschine den Boden zu berühren drohte, zog er sie wieder hoch, drehte einige elegante Loopings und schwebte friedlich über das Flugfeld. Seine Spezialität: Er konnte mit dem Flügel der Maschine ein Taschentuch vom Boden aufnehmen. Die Beifallsstürme und Jubelrufe schienen nicht enden zu wollen.

Auf der Rückfahrt sagte Clara kein Wort. Mit geschlossenen Augen schmiegte sie sich an ihre Mutter. „Na?", Kaminski warf Frau und Tochter im Rückspiegel einen Blick zu. „War es nun so langweilig?"

„Es war recht nett. Wirklich, recht nett", sagte Clara und schloss wieder die Augen.

„Recht nett? Das war sensationell, du blöde Ziege! Eben nichts für kleine Mädchen", stichelte Wolfgang. Aber niemand reagierte.

Gleich nach dem Abendessen gingen die Kinder schlafen, denn es war ein langer Tag gewesen. Max und Lissy zogen sich ins Wohnzimmer zurück. Max machte sich Notizen für seinen Artikel, während Lissy im *Vorwärts* vom Sonnabend las. „Wie soll das nur weitergehen“, sagte sie zu Max und ließ ihre Zeitung sinken. „Die Unterstützungssätze werden sicher bald noch weiter gekürzt. Die Regierung kann die Menschen doch nicht hungern lassen. Das wird in einem Bürgerkrieg enden.“

„Nun übertreib doch nicht, Lissy. Es gibt ja durchaus Anzeichen dafür, dass sich die Wirtschaft bald erholt. Also male den Teufel bitte nicht an die Wand“, versuchte Max seine Frau zu beruhigen.

„Ich male den Teufel nicht an die Wand, er hat in Form des kleinen Wüterichs mit dem lächerlichen Schnauzbart den Fuß bereits in der Tür. Und ich sage dir, eines Tages wird diese Witzblattfigur noch Reichskanzler werden.“

Kaminski kam nicht dazu, etwas zu erwidern, denn David kam ins Zimmer, ging an den Bücherschrank und ließ den Blick durch die Reihen wandern.

„Kann ich dir helfen?“, fragte er seinen großen Sohn. Suchst du etwas Bestimmtes?“

„Ja. Wir haben doch ein Buch über Fliegerei. Weißt du, wo es ist?“

„Keine Ahnung. Aber nimm den Stapel der *Berliner Illustrirten Zeitung*“, Kaminski wies auf den Beistelltisch neben dem Sofa. „Blättere ihn durch. Da findest du bestimmt was.“ Inzwischen hatte David das Buch mit den Abbildungen diverser Flugzeugtypen aus dem Regal gezogen. Im Hinausgehen packte er noch den Stapel Zeitschriften und zwinkerte seinen Eltern zu. Max und Lissy schauten sich fragend an.

Zehn Minuten später kam David zurück. „Ich habe eine sensationelle Neuigkeit für euch.“ Er verschränkte die Arme und grinste breit.

„Lass mich raten: Du hast in Latein eine Fünf plus statt einer Fünf minus“, scherzte Lissy.

„Falsch! Meine süße kleine Schwester will nicht mehr Straßenbahnschaffnerin werden, auch nicht Ballerina, Ufa-Star oder Tierärztin, sondern – man höre und staune – Pilotin. Sie ist ganz hingerissen von diesen Kunstfliegern."

Max und Lissy wechselten Blicke, lachten und es kam wie aus einem Munde: „Wie gut, dass sie erst elf ist!"

David schüttelte missbilligend den Kopf. „Ihr solltet Clara ein wenig ernster nehmen. Ich war auch erst elf, als ich euch sagte, dass ich Konzertpianist werden will, und ihr habt damals genauso reagiert. Aber ich will immer noch Pianist werden."

„Wenn du so fleißig übst wie in den letzten Wochen, kannst du das Stern'sche Konservatorium allenfalls von draußen betrachten und im Eden-Hotel zum Fünf-Uhr-Tee einen Foxtrott oder Tango klimpern", sagte Kaminski, ohne von seinen Notizen aufzusehen.

„Darüber möchte ich jetzt nicht diskutieren. Ich bin verabredet", murmelte David.

„Wo willst du denn jetzt noch hin? Weißt du eigentlich, wie spät es ist?"

„Es ist gleich neun."

„Ich möchte dich daran erinnern, dass du noch nicht volljährig bist."

„Ich bin mit Gerda verabredet. Wir wollen in die *Kaffeeplantage,* die ist ja nur ein paar Häuser weiter. Da gehen jetzt alle hin. Wir wollen einen Kaffee trinken und über Cicero diskutieren."

„Ist das da, wo man auf Kaffeesäcken sitzen muss?"

„Du musst nicht. Du kannst auch nach oben in die Bar gehen. Da sitzt man wie am Meer in Liegestühlen unter Palmen – unter künstlichen – versteht sich."

„… und schnupft ganz modern Kokain, weil es *alle* machen."

„Ach Mama, was du immer denkst. Da schnupft niemand Kokain. Und wenn doch, dann wäre es mir auch egal. Gerda und ich halten da nämlich gar nichts von."

Lissy glaubte ihrem Sohn. Kokain passte einfach nicht zu ihm.

Als David gegangen war, ließ Max die Zeitung sinken, schaute zu Lissy hinüber und fragte: „Über Cicero! Scheint ein kluges Mädchen zu sein, diese Gerda. Kennst du sie?"

„Nein. Ich hoffe nur, dass dein Sohn einen genauso guten Geschmack hat wie du."

Wortlos widmete sich Kaminski wieder seinen Notizen.

IX

Pfingstmontag, 16. Mai 1932

Am Pfingstmontag gingen bei der *Aktiven Mordkommission* erste Hinweise zum Mariendorfer Raubmord ein. Rudolf Lissigkeits Angaben im Rundfunk hatten das Interesse des Publikums geweckt – wohl aber eher an den 1000 Mark Belohnung als an dem Fall selbst, wie Gennat meinte.

Aufmerksame Spaziergänger hatten im Wald von Ruhlsdorf bei Teltow das *K*, das vom Kühlergrill abmontiert worden war, gefunden. Die Spurensicherung konnte zweifelsfrei feststellen, dass es sich um das *K* des geraubten Taxis handelte.

Umgehend machten sich Beamte auf den Weg, um in dem kleinen Ort nach Zeugen zu suchen. – Ohne Erfolg. Niemand hatte etwas Verdächtiges beobachtet.

Fast zur gleichen Zeit fischten Polizeitaucher die geraubten Registrierkassen aus dem Teltowkanal. Zwei Sportruderer, die hier trainierten, hatten sie entdeckt.

Zudem wurde der von der Sekretärin aus dem Büro der *Kraftag* verdächtigte Chauffeur festgenommen – und gleich wieder freigelassen. Er hatte ein unumstößliches Alibi. Ernst Gennats Laune verschlechterte sich zusehends. Die *Aktive Mordkommission* war den ganzen Tag unterwegs, wirklich weiter kam sie aber nicht.

Fast hätte Gennat die Einladung bei den Kaminskis vergessen. Es war schon kurz vor sechs, als er sich in einem Wagen des Polizeipräsidiums zum Kurfürstendamm bringen ließ. Er würde also noch rechtzeitig kommen. Auf dem Weg kaufte er für Max Kaminskis Mutter Ruth noch schnell einen großen Blumenstrauß und für Lissy ein buntes Biedermeiersträußchen.

Die Kinder nahmen den dicken Kommissar gleich in Beschlag. Wolfgang zog ihn ins Musikzimmer an den Flügel. „Wir spielen wieder vierhändig, ja?“ Gennat winkte ab, als er auf die Noten sah, die Wolfgang schon bereitgelegt hatte. „Nee, heute nicht. Hab ewig nicht mehr gespielt.“

„Dann müssen Sie alleine spielen, etwas, was Sie gut können“, insistierte Wolfgang mit roten Wangen und drückte dem Kommissar Noten in die Hand.

Gennat sah sich die Noten an. „Ein Walzer von Schubert. Den hab ich früher oft gespielt. Meine Mutter liebte Schubert.“

„Ich auch!“, nickte Wolfgang. „Also los, worauf warten Sie? Wenn Sie nicht spielen, gibt es zum Nachtisch keine Schwarzwälder Kirschtorte.“

Gennat lachte. „Das ist Erpressung, mein Junge, dafür kommt man ins Gefängnis.“

„Sei vorsichtig, der Junge hat einen guten Anwalt“, kam eine Stimme vom Flur her. Gennat drehte sich um. Er hatte Salomon Kaminski, Max’ Onkel, nicht kommen hören. Mit ausgebreiteten Armen gingen die ehemaligen Kommilitonen aufeinander zu und umarmten sich. „Na, du alter Rechtsverdreher, wie geht es dir?“, wollte Gennat wissen. Sofort waren die Freunde in ein munteres Wortgeplänkel vertieft, das von Doktor Georg Kaminski, Max’ Vater – er war gerade erst von einem Hausbesuch zurückgekehrt –, unterbrochen wurde. „Wie wäre es mit einem Aperitif, Herr Kriminalrat?“

„Gerne, Herr Doktor.“

„Cinzano? Wie immer?“

„Cinzano. Wie immer.“

„Am liebsten würde ich Sie ja auf strenge Diät setzen, mein Lieber, aber ich fürchte, Sie hören ohnehin nicht auf den Rat eines Arztes“, sagte Georg Kaminski, als er Gennat das Glas reichte.

„Meine Haushälterin, mein Mariechen, versucht regelmäßig, mich auf Diät zu setzen. Ich bekomme jetzt nur noch Haferflocken und einen Apfel zum Frühstück, und zum Abendessen Kaninchenfutter.“

„Und?"

„Seitdem bin ich ein anderer Mensch! Ich bin unausgeglichen, fühle mich kraftlos, habe immer schlechte Laune und kann mich nicht konzentrieren", flachste Gennat.

„Bei Ihnen ist wirklich Hopfen und Malz verloren", stöhnte Georg Kaminski. „Aber von irgendwas müssen wir Ärzte ja schließlich auch leben."

Nach dem Essen bat Max auf einen Cognac und einen Kaffee in den Salon und Lissy schickte die Kinder ins Bett. „Einen Moment noch", bat Clara, rannte in ihr Zimmer und kam mit einem Zeichenblock zurück. „Schauen Sie mal", sagte sie stolz und hielt Gennat eine Bleistiftzeichnung hin. Der Kommissar nickte anerkennend. „Dein Vater hat mir nie erzählt, dass du so gut zeichnen kannst. Das ist doch die *Schwalbe* von Ernst Udet, nicht wahr?"

„Genau. Ich werde Pilotin", sagte Clara bestimmt.

„Großartige Idee", meinte Gennat zu Lissys Entsetzen. „Bist du schon einmal geflogen?"

„Nein, und Sie?"

Gennat nickte. „Schon öfter. Dienstlich bin ich nach Breslau, Budapest und auch schon mal nach Wien geflogen. Fliegen ist etwas ganz Wunderbares."

„Und dann ist man ganz schnell in Wien oder Budapest?"

„Ziemlich schnell. Nach Wien fliegst du vier Stunden und nach Budapest fünf. Und die Welt unter dir wird ganz klein. Wie eine Spielzeugwelt."

„Nach Wien möchte ich auch mal fliegen! Wir sind mit dem Zug gefahren. Dreizehn Stunden. Das war sooo langweilig."

Lissy wurde ungeduldig. „Clara, lass den Kommissar mit deinen Spinnereien in Ruhe." Doch das Mädchen reagierte nicht. Sie war begeistert, endlich einen Gesprächspartner gefunden zu haben, der sie ernst nahm.

„Dann hast du sicher auch von Elly Beinhorn gehört?", fuhr Gennat fort, ohne Lissys Ungeduld zu beachten. „Ganz allein ist sie nach Afrika geflogen. Jetzt umrundet sie gerade die Welt. Wieder ganz allein."

„Ich hab darüber in der *Berliner Illustrirten* gelesen. Da stand auch was über Vera von Bissing. Das ist eine berühmte Kunstflugmeisterin. Die macht wie Udet Loopings und Pirouetten am Himmel. So berühmt will ich auch mal werden."

„Jetzt ist Schluss", beendete Ruth das Gespräch. „Ab ins Bett." Ihrer Großmutter wagte Clara nicht zu widersprechen und gehorchte. Jeder bekam noch einen Gute-Nacht-Kuss, und danach ließen sich die Kinder von Lissy in ihre Zimmer bringen. Gennat zwinkerte dem Mädchen aufmunternd zu. Er liebte starke Frauen, die wussten was sie wollten. So wie die Fliegerinnen, die gerade von sich reden machten.

Gennat kannte die drei Kinder der Kaminskis von klein auf. Wolfgang und Clara sogar seit ihrer Geburt. „Wo ist eigentlich David? Er war gar nicht zum Essen da?", fragte er.

„Seit er eine Freundin hat, die Expertin für Cicero ist, sehen wir ihn nicht mehr oft." Max' Sarkasmus blieb Gennat nicht verborgen.

„Sollte er sich nicht auf sein Abitur vorbereiten und auf die Aufnahmeprüfung am Stern'schen Konservatorium?"

„Er wird das alles schon machen. Wir wollen ihn nicht unter Druck setzen. – Was haltet ihr davon, wenn wir eine Partie Rommé spielen?", wechselte Max das Thema, der einer Diskussion über Davids Erziehung aus dem Weg gehen wollte.

„Immer gern", stimmte Gennat gut gelaunt zu und drohte Ruth Kaminski mit erhobenem Zeigefinger: „Aber wenn Sie wieder schummeln, gnädige Frau, muss ich Sie diesmal leider festnehmen."

Ruth lachte. „Von Ihnen, Herr Kriminalrat, wollte ich schon immer einmal festgenommen werden."

Der Abend verlief feucht-fröhlich, niemand nahm das Spiel wirklich ernst. Es wurde gelacht und geschummelt und zwischendurch Cognac getrunken. Gennat genoss die unbeschwerte Zeit.

„Schade, dass du nicht Staatsanwalt wie dein Bruder geworden bist. Wir hätten uns im Gerichtssaal exzellente Wortgefechte liefern können“, bedauerte Salomon Kaminski, als er die Karten für die inzwischen fünfte Partie mischte.

Gennat nahm einen Schluck von seinem Cognac, bevor er antwortete. „Nee, das wär nichts für mich. Außerdem ist mein Bruder Richard ein bornierter Fatzke. Dem muss ich nicht nacheifern.“

„Deshalb bist du bei den Mädchen ja auch immer besser angekommen als er. Nicht wenige haben für dich geschwärmt.“

„Und du hast sie mir dann ausgespannt. So manches Mal hätte ich dich dafür umbringen mögen.“ Gennat zwinkerte Salomon zu und beide zündeten sich eine Zigarre an.

„Apropos Mord“, wechselte Lissy das Thema. „Sie waren am Tatort des Doppelraubmordes in der Erasmusstraße. Das muss grauenvoll gewesen sein.“

Gennat lehnte sich seufzend zurück. „Sie können mir glauben, Lissy, ich habe im Laufe meines Berufslebens viel Entsetzliches, ja kaum zu Ertragendes gesehen. Aber selten hat mich ein Verbrechen so erschüttert. Es war, glaube ich, das erste Mal, dass ich danach sogar Albträume hatte.“

„Wer hat die Tat eigentlich entdeckt?“, wollte Ruth wissen.

Nun war Gennat in seinem Element. „Das ist schnell erzählt, gnädige Frau. Seit dem Vormittag hatten mehrere Mieter unabhängig voneinander mit den Hausbesitzern, dem Ehepaar Baars, sprechen wollen und bei ihnen geklingelt, aber niemand öffnete. Das war ungewöhnlich, weil die alten Leute, 70 und 71 Jahre alt, fast nie aus dem Haus gingen, und wenn doch, dann nicht für lange. Am späten Nachmittag informierten die Mieter dann den Portier. Noch immer öffnete niemand. Da die Baars im ersten Stock wohnten, holte er eine Leiter, stieg auf den Balkon und sah durchs Fenster ins Wohnzimmer. Entsetzt wich er zurück und rief hinunter, man möge schnell einen Rettungswagen und die Polizei holen. Die Polizei fand zwei übel zugerichtete Leichen: Fritz Baars in einer riesigen Blutlache im Wohnzimmer mit gespaltenem Schädel. Gehirn war ausgetreten. Das blutige Beil lag auf dem Sofa. Aber das war nicht alles. Außerdem war der Mann mit mehreren Messerstichen malträtiert worden. Im Büro stieß die Polizei auf Ida Baars' Leiche. Das gleiche grausame Bild. Ebenfalls mit dem Beil erschlagen und mit mehreren Messerstichen erstochen. Hier fand man auch das Tatmesser. Zudem war die Telefonleitung durchgeschnitten und eine Kassette mit Mietgeldern ausgeraubt. Angesichts der Schwere des Verbrechens kamen sogar der Polizeipräsident und der Leiter der Kriminalpolizei persönlich an den Tatort. Wir waren uns alle einig: Es war das grausigste Verbrechen, das wir in den letzten Jahren gesehen hatten." Gennat machte eine Pause, zog an seiner Zigarre, nahm einen Schluck Cognac und fuhr dann fort: „Zunächst sind wir davon ausgegangen, dass es sich um zwei Täter handeln müsse. Ich will jetzt nicht ins Detail gehen, wie wir auf Ernst Waldow kamen. Jedenfalls konnten wir ihn in einem Jugendheim in der Prignitz festnehmen. Erst war er völlig verstockt, dann hat er ohne den kleinsten Anflug von Reue gestanden."

„Eine Affekttat?", fragte Salomon Kaminski.

„Nein", sagte Gennat bestimmt. „Es war kaltblütiger, sorgfältig geplanter Mord. Erst dachten wir nicht im Traum daran, dass ein 16-Jähriger, fast noch ein Kind, solch eine grausame Tat ganz allein auszuführen vermag. Letztendlich gab er aber zu, das Verbrechen allein verübt und lange geplant zu haben. Die Baars waren für Waldow keine Fremden. Seit Längerem hatte der arbeitslose Junge für das alte Ehepaar, gegen Entgelt freilich, kleine Arbeiten und Besorgungen erledigt. Angeblich geriet er am Mordtag mit ihnen wegen 85 Mark, die sie ihm schuldeten, in Streit. Ohne jedes Bedauern sagte mir der Junge ins Gesicht, er habe im Blutrausch gehandelt. Es sei einfach so über ihn gekommen."

Salomon wollte etwas sagen, aber Gennat bedeutete ihm mit einer Handbewegung, dass er noch nicht fertig war. „Aber damit ist die Geschichte noch nicht zu Ende, denn er hatte weitere

Mordpläne. Ich dachte, mich tritt ein Pferd, als ich seine Aufzeichnungen las, die wir bei der Haussuchung in seinem Zimmer gefunden hatten. Unter seinen zukünftigen Opfern waren die Ufa-Stars Renate Müller und Lilian Harvey. Tagelang hatte er zusammen mit zwei gleichaltrigen Kumpanen die Wohnung der Harvey beobachtet, ihre Gewohnheiten ausgekundschaftet, alles notiert und akribisch genaue Skizzen angefertigt. Es gab mehrere Szenarien für einen Mordanschlag. Letztlich hatten sie wohl den Plan, sich als Autogrammjäger getarnt Zutritt zur Wohnung zu verschaffen, das Personal und die Schauspielerin zu erschießen und die Wohnung auszurauben. – Stell dir vor, Lilian Harvey", Gennats Ton wurde schwärmerisch. „Wie gerne würde ich dieses blonde Wunderweib mal festnehmen und eine ganze Nacht verhören."

„Lilian Harvey?", Salomon zog die Stirn kraus. „Seit wann schwärmst du für blonde Frauen? Früher hattest du nur Augen für dunkle Schönheiten. Möglichst schlank und langbeinig. Auch Rebecca war doch genau …" Salomon brach mitten im Satz ab. Er bedauerte, das Thema angeschnitten zu haben.

Gennat reagierte unwirsch: „Es ist gut, Salomon. Das interessiert niemanden."

„Doch, das *ist* interessant", mischte Ruth sich ein. „Wer ist diese Rebecca?"

Gennat nahm noch einen großen Schluck Cognac. „Eine Mörderin."

Niemand wagte nachzuhaken.

„Die Müller, hat die nicht in ‚Liebling der Götter' die Hauptrolle gespielt?", brach Salomon das Schweigen.

Georg Kaminski nickte. „Die schönsten Beine der Ufa, sagt man, und außerdem ist sie noch blonder als die Harvey. Ruth und ich haben die Müller mal auf einem Empfang erlebt. War keine schöne Begegnung. Die kleine war bis zur Halskrause vollgepumpt mit Morphium oder Koks und Alkohol. Sie konnte sich kaum auf den Beinen halten. Wenn ihr mich fragt: Die Frau gehört in ein Sanatorium, aber nicht in ein Ufa-Studio."

Nach der letzten Partie Rommé verabschiedete sich Gennat. Um ihm die Haustür aufzuschließen, begleitete Max den Kommissar nach unten.

„Was gibt es eigentlich Neues?", fragte Kaminski, als sie noch zusammen einige Meter den Kurfürstendamm hinaufgingen.

Gennat berichtete von den Ereignissen und Erkenntnissen des Tages. „Ich habe Faber losgeschickt, die Anwohner des Fundorts der Registrierkassen zu befragen. Vielleicht findet er ja Zeugen."

„Glauben Sie wirklich, dass Faber der richtige Mann dafür ist?"

Gennat zuckte mit den Schultern. „Entweder er lernt es jetzt oder nie. Wobei ich, unter uns gesagt, eher für das ‚Nie' plädiere."

Kaminski lachte. „Da wird Ihnen wohl jeder zustimmen."

„Kommen Sie morgen früh am besten gleich kurz nach acht in mein Büro. Wenn die *Aktuelle Funkstunde* nichts gebracht hat, brauchen wir die Unterstützung der Presse. Wir müssen diese Strolche unbedingt kriegen. – Denn andernfalls, fürchte ich, machen sie weiter, und es wird bald noch mehr Tote geben."

X

Polizeipräsidium, Dienstag, 17. Mai 1932

Die Berichte der verschiedenen Dezernate in der Acht-Uhr-Besprechung am Dienstagmorgen beschränkten sich auf Sachbeschädigungen sowie Schaufenster- und Wohnungseinbrüche. Routinearbeit mit geringer Aufklärungsquote. Eine Schießerei zwischen Nazis und Kommunisten in einer Kneipe in Lichtenberg, bei der es Verletzte, aber glücklicherweise keine Toten gegeben hatte, war Sache der Politischen Polizei.

„Was ist mit dem Raubmord in Marienfelde?", fragte Regierungsrat Scholtz nach.

„Mariendorf", verbesserte Gennat. Scholtz brummte daraufhin etwas, was Gennat aber nicht verstand. „Viel ist es nicht, was wir bis jetzt wissen. Weitergebracht haben uns die Ermittlungen von gestern jedenfalls nicht", resümierte Gennat die Fahndungsergebnisse vom Pfingstmontag.

„Wo ist Ihre *Aktive Mordkommission*, Herr Kollege? Oder haben die Herren es nicht mehr nötig zu erscheinen?"

„Meine Leute haben einen Mord aufzuklären. Die Ermittlungen lassen sich leider nicht immer nach der Uhr regeln", gab Gennat zurück. „Wenn Sie erlauben, Herr Regierungsrat, dann gehe auch ich jetzt wieder meiner Arbeit nach." Gennat stemmte sich am Tisch hoch und verließ den Konferenzraum.

Als der Kriminalrat sein Büro betrat, wartete Kaminski bereits im Vorzimmer, plauderte mit Trudchen und trank Kaffee.

„Ihr amüsiert euch ja gut", brummte Gennat. Lissigkeit und Faber saßen bereits in seinem Büro auf dem grünen Sofa und lasen noch einmal die Protokolle von gestern durch. Gennat setzte sich an seinen Schreibtisch, während Kaminski, nachdem er Lissigkeit und Faber begrüßt hatte, in einem der grünen Sessel Platz nahm.

Beide kannten Kaminski gut und hatten gegen seine Anwesenheit nichts einzuwenden.

„Gibt es was Neues?", wandte sich Gennat an die beiden Beamten der *Aktiven Mordkommission*.

„Ich glaube, schon", verkündete Faber stolz und stand auf. „Vor einer Stunde erst hat sich jemand auf die Sendung in der *Berliner Funkstunde* gemeldet. Er behauptet, einen Krell zu kennen, der seiner Ansicht nach als Täter infrage kommt." Faber legte seinen Notizzettel weg und setzte sich wieder.

„Und? Lassen Sie sich nicht jedes Wort aus der Nase ziehen", drängte Gennat.

Faber erhob sich erneut. „Der Zeuge ist selbst vorbestraft und gibt zu, enge Kontakte zu Ringvereinen zu haben, erscheint aber trotzdem glaubwürdig. Er sagt, er kenne einen Kurt Krell …"

„Sind Sie mit dem Klammerbeutel gepudert?", polterte Gennat los und schlug mit der flachen Hand auf den Tisch, dass Faber zusammenzuckte. „Der Mann, den wir suchen, heißt Willi Krell. W-I-L-L-I!"

„Lassen Sie mich doch erst einmal ausreden." Faber war hörbar beleidigt. „Ich habe ihm ja auch gesagt, dass wir keinen Kurt, sondern einen Willi suchen. Aber eine Sache hat mich dann doch stutzig gemacht."

„Ich höre", schnaubte Gennat, blätterte demonstrativ gelangweilt in einer Akte und sah auf die Uhr.

„Der Zeuge behauptet, Krell hocke ständig mit einem Kumpel zusammen, der mit einer *Annonce* Reklame gelaufen sei. Er habe einen Komplizen für einen Überfall auf den Besitzer einer Konditorei in Marienfelde gesucht. 6000 Mark sollten da angeblich zu holen gewesen sein."

Gennat dachte einen Augenblick nach. „Tiepelmann hat zwar aus einer Versicherung rund 6000 Mark bekommen, aber erstens ist er Kneipenwirt und kein Konditor und zweitens geschah der Überfall in Mariendorf, nicht in Marienfelde. Gibt es denn keinen Willi Krell?"

„Doch. Einen habe ich gefunden, und er ist sogar vorbestraft“, sagte Rudolf Lissigkeit mit gespielt ernster Miene.

Gennats Laune besserte sich umgehend. Er rieb sich die Hände: „Na bitte. Was wissen Sie über den Mann?“

„Er ist vorbestraft.“ Lissigkeit schaute grinsend in die Runde. „Wegen Majestätsbeleidigung. – Das war 1916. Jetzt ist er stolze einundachtzig Jahre alt und hat ein Holzbein. Ich habe ihn gefragt, ob er eine der Registrierkassen in das Auto geschleppt habe, und er hat bejaht. Er sei ein guter Sprinter und trainiere für die Olympischen Sommerspiele 1936.“

Faber starrte Lissigkeit mit offenem Mund an, Gennat schüttelte missbilligend den Kopf.

„Das habe ich ihn natürlich *nicht* gefragt“, beruhigte Lissigkeit seinen Kollegen.

„Und was wissen wir über diesen Kurt Krell?“, wandte sich Gennat noch einmal an Faber, der vor Stolz, dass sein Chef ihn fragte, rot wurde.

„Wir wissen, dass er aus der Fürsorgeerziehung abgehauen und untergetaucht ist. Volljährig wird er erst im September. Zudem soll er einem Verein mit dem Namen *Geselligkeitsverein Einigkeit 1930* angehören.“ Sichtlich zufrieden, das alles herausgefunden zu haben, endete Faber seinen Bericht und setzte sich endlich wieder.

„Danke, das haben Sie sehr gut gemacht“, lobte Gennat, als spräche er mit einem Kleinkind. Er überlegte eine Weile, schüttelte dann aber den Kopf. *„Einigkeit 1930*. Sagt mir im Augenblick gar nichts“, murmelte er und warf Lissigkeit einen fragenden Blick zu. Der zuckte mit den Schultern.

„Ach, Steinerchen“, rief Gennat in Richtung Vorzimmer, „versuchen Sie doch bitte den Kollegen Kanthack irgendwo aufzutreiben. Er soll gleich mal zu mir kommen. Ich brauche seine Hilfe.“

„Bin schon dabei“, rief die Sekretärin zurück und griff zum Telefonhörer.

„Sie glauben, dass ein Ringverein in den Überfall verstrickt ist oder ihn sogar geplant hat?“, warf Kaminski dazwischen.

Gennat schwieg eine Weile, faltete die Hände über seinem ausladenden Bauch und schloss halb die Augen.

„Vor ein paar Jahren, mein lieber Kaminski, hätte ich noch gesagt: ausgeschlossen. Die knallen nicht so einfach ihre Opfer ab. Die brechen auf die Elegante ein, ohne sich die weißen Westen schmutzig zu machen und ohne sich erwischen zu lassen. Ein solcher Überfall hätte damals nicht zu den Ringvereinen gepasst. In den letzten Jahren allerdings sind die Sitten erschreckend rau geworden. Die Herren, die sich die geschickten Fingerchen nicht schmutzig machen wollen, sind derweil in Rente. Die Jugend ballert ohne Rücksicht auf Verluste drauf los. Die Generation, mit der wir es jetzt zu tun haben, kennt keine Skrupel. Denen sitzt das Schießeisen ziemlich locker. Keine Spur mehr von guter alter Ganovenehre.“

Zehn Minuten später trat Gerhard Kanthack in das Büro der Mordinspektion.

„Morjen, Kolleje. Schön, dass Sie gleich kommen konnten. Wir brauchen Ihren Rat und Ihre Erfahrung.“ Gennat war klug genug, Kommissar Kanthack bei Laune zu halten. In Bezug auf kriminalistische Vorgehensweisen, besonders, was die Verhörmethoden betraf, gerieten beide immer wieder heftig aneinander. Kanthack galt jedoch als *der* Kenner der Ringvereine. Was er nicht wusste, wusste niemand. Seit einiger Zeit leitete er das Homosexuellen-Dezernat. Unter den Betroffenen war er verhasst, denn er galt als scharfer Hund und Homosexuellenhasser par excellence. Kanthack missbilligte offen die sexuelle Toleranz, die in den liberalen und gebildeten Bevölkerungsschichten der Stadt vorherrschte. Selbst in den Kreisen der Kriminalpolizei stieß Kanthacks Politik der harten Hand auf Kritiker. So geriet Lissigkeit mit dem Kollegen immer wieder heftig aneinander.

„Setzen Sie sich doch, Herr Kollege." Gennat wies auf den Stuhl neben dem Schreibtisch.

Kanthack kam Gennats Aufforderung nach und rückte sich den Besucherstuhl zurecht. „Wo brennt es denn?", fragte er und fügte, mit einer Kopfbewegung in Kaminskis Richtung, hinzu: „Ich möchte aber lieber warten, bis der Vertreter der Presse das Dienstzimmer verlassen hat. Immerhin handelt es sich hier um vertrauliche Informationen."

„Ich bitte Sie, Herr Kollege, Sie kennen Herrn Kaminski vom *Berliner Echo* seit vielen Jahren. Seine Polizeiberichte haben uns schon so manches Mal wertvolle Dienste geleistet. Sie wissen genauso gut wie ich, wie wichtig eine gute Zusammenarbeit mit der Presse ist."

„In Anwesenheit der Presse werde ich nicht offen reden."

„Die Presse ist von mir persönlich eingeladen", gab Gennat bestimmt zurück. „Akzeptieren Sie das bitte."

Kanthack zuckte mit den Schultern: „Von mir aus. Sie müssen ja wissen, was Sie tun."

Gennat erklärte den Zusammenhang und schloss seine Zusammenfassung: „Mir sagt der Name *Einigkeit 1930* nichts." Noch immer bemüht, Kanthack versöhnlich zu stimmen, fügte er hinzu: „Sie wissen da freilich besser Bescheid als ich."

Kanthack nickte: „Ich kenne die Brüder tatsächlich. Seit einiger Zeit macht *Einigkeit 1930* jede Menge Ärger."

„Also ein Ringverein?"

„Schwer zu sagen. Jedenfalls ist der Verein straff organisiert. Die Mitglieder sind zum Teil sehr jung. Alle so Jahrgang 1912, manche sind sogar noch jünger. Nur die führenden Köpfe sind älter. Was ihre Aktionen betrifft, ähneln sie eher einem ‚Rattenverein' oder einer ‚Wilden Clique'. Das Gründungsjahr sagt schon alles. Der Verein ist ein Nachzügler. Von Ganovenehre keine Spur. Die meisten haben irgendwann einmal mit der Fürsorgeerziehung Bekanntschaft gemacht, leben von Prostitution, sind arbeits- und obdachlos. Aber was soll ich Ihnen das erzählen. Sie wissen das alles genauso gut wie ich."

„Dann werden wir also nach diesem Kurt Krell fahnden?"

„Die Fahndung läuft bereits, denn er hat noch eine zehntägige Gefängnisstrafe abzusitzen." Jetzt war Kanthack in seinem Element. „In den Reihen gerade dieses Vereins, der ausschließlich in Schöneberg agiert und nicht zu Unrecht ‚Schrecken von Schöneberg' genannt wird", dozierte er weiter, „sind außergewöhnlich viele einschlägig vorbestrafte Kriminelle. Kein Wunder also, dass aus dem Verein heraus zahlreiche Straftaten verübt werden, vor allem Einbrüche. Oftmals werden die Taten mit gestohlenen Autos ausgeführt."

„Und wie geht die Bande im Einzelnen vor?", wollte Lissigkeit wissen.

„Im Großen und Ganzen immer nach ein und derselben Masche: Schaufenstereinbrüche sind ihr Markenzeichen. Sie ‚ziehen' Schaufenster, wie sie es in ihrem Jargon nennen. Das heißt, sie schlagen äußerst geschickt und ohne, dass es viel Lärm macht, die Scheiben ein und klauen in Windeseile die Auslagen. Textilien, Haushaltsgegenstände, Schuhe oder Lebensmittel. Alles ist ihnen recht."

„Das hört sich dann aber doch eher nach Notkriminalität an. Mit der Beute aus Schaufenstereinbrüchen kann man nicht reich werden. Das reicht allenfalls für Essen und vielleicht noch einen Schlafplatz", warf Kaminski ein.

„Wissen Sie, Kaminski, Ihr idealistischen Zeitungsklugscheißer geht mir unsagbar auf die Nerven", ereiferte sich Kanthack. „Diese Jungs sind trotz ihrer jungen Jahre bereits Berufsverbrecher. Die verüben keine Verbrechen, weil sie arbeitslos sind und weil es ihnen ach so schlecht geht und sie nicht genug zu essen haben. Nein, aus reiner Zerstörungswut schmeißen sie systematisch Schaufenster ein und klauen, was ihnen in die dreckigen Finger kommt. Die Lebensmittel verbrauchen sie dann meistens nicht einmal selbst, sondern verscheuern sie in Kneipen. Das Geld, das sie dafür bekommen, wird versoffen, verhurt und verjubelt. So sieht doch die Realität aus. Ihr roten Schreiberlinge verdreht ja ständig die Wahrheit: Ach, der arme Täter. Was hatte er für eine schlimme Kindheit." Kanthack hatte sich so ereifert, dass er erst einmal Luft holen musste. Nach einer Pause murmelte er für sich, aber so, dass Gennat es hören konnte: „Wird Zeit, dass mit dieser roten Brut endlich mal kurzer Prozess gemacht wird."

Gennat und Kaminski warfen sich einen verstohlenen Blick zu. Lissigkeit schaute peinlich berührt auf seine Schuhspitzen und murmelte: „Wenn es mal so einfach wäre."

„Über die Motive der Jungs wollen wir jetzt nicht spekulieren", brach Gennat das Schweigen.

„Lassen Sie mich aber das eine unserem Zeitungsmann mit auf den Weg geben", ergriff Kanthack noch einmal das Wort. „Haben Sie, werter Herr Polizeireporter, auch schon einmal an die Opfer gedacht?"

„Sie sprechen von den Opfern von Einbrüchen? Sind die nicht in aller Regel versichert?"

„Schön wär's. Die meisten Versicherungen zahlen nämlich, wenn dieser Vandalismus überhandnimmt, wegen der dauernden Schadensansprüche nicht mehr. Und wissen Sie, was so eine Schaufensterscheibe kostet?"

„Ja, ich kenne die Preise", sagte Kaminski, obwohl er keine Ahnung hatte. Gern hätte er Kanthack Zunder gegeben, hielt sich aber, Gennat zuliebe, zurück.

„Obwohl nach Krell bereits gefahndet wird, sollte sich auch die Mordinspektion an der Fahndung beteiligen. Immerhin geht es um einen Raubmord. Krell könnte der Mörder sein", überlegte Gennat.

Kanthack schnappte nach dem Köder, den Gennat ihm hingeworfen hatte, und gab bereitwillig Auskunft über den Stand der Dinge.

„Krell treibt sich in der Gegend rund um den Bülowbogen herum, wo genau, wissen wir noch nicht. Er ist, wie gesagt, aus der

Fürsorge abgehauen und vermutlich bei einem Kumpel oder einer Prostituierten untergeschlüpft. Vielleicht hat er sich falsche Papiere besorgt und schläft in einer Übernachtungsstelle. Wir wissen es nicht, aber wir bleiben am Ball. Schön, wenn ihr uns unterstützen würdet."

„Unter Kollegen ist das doch selbstverständlich", bemerkte Gennat. Eine leichte Ironie im Ton des Kriminalrats war nicht zu überhören.

XI

Max Kaminski verließ die Besprechung in der Mordinspektion vorzeitig und fuhr in die Redaktion. Für die Abendausgabe schrieb er über die letzten Entwicklungen im Mariendorfer Raubmord, anschließend nahm er an der Redaktionskonferenz teil, in der die Themen für die nächste Morgenausgabe besprochen wurden. Der Nachmittag verging mit zeitraubenden Recherchen für verschiedene Artikel.

Die Kaiser-Wilhelm-Gedächtnis-Kirche schlug sieben, als er vom U-Bahnhof Uhlandstraße den Kurfürstendamm in Richtung Halensee hinaufging. Nach den Stunden in dem von Gennats Zigarrenrauch vernebelten Büro der Mordinspektion, in seiner eigenen stickigen Büro-Besenkammer und dem ebenfalls stets verräucherten Konferenzzimmer genoss er die frische Luft.

Nach dem Abendessen zog sich David ins Musikzimmer zurück und setzte sich an den Flügel. Nach einer Reihe Tonleiterübungen nahm er sich Christian Sindings *Frühlingsrauschen* vor. Max blieb im Nebenzimmer und legte, als Lissy kam, den Zeigefinger auf die Lippen.

„Vielleicht schafft er ja doch die Aufnahmeprüfung. Er spielt mit so viel Leidenschaft", flüsterte sie ihrem Mann zu. Max wiegte zweifelnd den Kopf. „Leidenschaft allein reicht wohl leider nicht." Lissy puffte ihn in die Seite. „Alter Miesmacher!"

Während David Klavier spielte, hatte es sich Georg Kaminski im Salon in seinem Ohrensessel gemütlich gemacht und las, ein Glas Rotwein auf dem Beistelltisch, in Dostojewskis „Die Dämonen".

„Immer das passende Buch zur passenden Zeit", hatte Max die Lektüre seines Vaters kommentiert. Ruth Kaminski saß in der Sofaecke, in eine weitere Folge des Fortsetzungsromans in der *Vossischen Zeitung* vertieft. Jede neue Folge des Romans eines gewissen Hans Fallada mit dem Titel: „Kleiner Mann – was nun?" verschlang sie begeistert. Clara hockte daneben auf dem Teppich mit einem

Buch über Fliegerei. Max fürchtete, dass sich diese „Spinnerei", wie er es nannte, festsetzen könnte. Wolfgang machte in der Küche Schularbeiten, denn er behauptete, nur in der Küche könne er sich konzentrieren. Max schmunzelte, denn er erinnerte sich, dass auch er seine Hausaufgaben am liebsten in der Küche gemacht hatte.

Nachdem Lissy die frisch gepflanzten Petunien gegossen hatte, kam Max mit zwei Gläsern Sherry und einem Tellerchen mit Salzgebäck auf den Balkon. „Lass uns noch ein wenig den Abend genießen", schlug er vor. „Es ist so schön heute."

Lissy gab ihrem Mann einen Kuss. „Fantastische Idee!" Max rückte die Gartenstühle, die immer auf dem schönen großen Balkon bereitstanden, zurecht, und steckte seiner Frau ein Kissen im Rücken zurecht. Dann erhob er sein Glas: „Auf uns und unsere Familie."

Lissy tat es ihm gleich: „Auf uns und unsere Familie."

„Wie war eigentlich dein Tag?", fragte Max.

„Heute war ich nicht bei der Fürsorge", sagte Lissy. „Fräulein Scheuermann, mit der ich zurzeit zusammenarbeite, hatte sich einen freien Tag genommen. Sie musste zum Zahnarzt. Ich habe die Gelegenheit beim Schopf gepackt und bin auch zu Hause geblieben und konnte endlich mal in Ruhe mit David reden. Stell dir vor, wir waren zusammen im Café Reimann Eis essen. Ich glaube, er hat den Nachmittag mit seiner Mutter sogar genossen."

„Aha. Hast du ihn auch gefragt, warum er kaum noch Klavier übt?"

„Ja. Er hat es mir tatsächlich verraten."

„Ist diese Gerda etwa der Grund?"

Lissy lachte. „Die Frauen sind nicht an allem schuld, mein lieber Max. Ein junger Pianist ist schuld."

Max, der gerade einen Schluck Sherry nehmen wollte, verharrte wie eingefroren in der Bewegung. Mit offenem Mund starrte er Lissy an.

Sie bekam einen Lachanfall. „Max, du solltest Komiker werden", sagte sie, als sie sich wieder halbwegs beruhigt hatte. „Es ist natürlich nicht das, was du denkst." Nach einer Pause fuhr sie fort: „Vor drei Wochen waren wir doch mit den Kindern in dem Chopin-Abend von diesem Wladimir Horowitz. Der ist jetzt 29 Jahre alt. Mit 22 hat er schon mit den Philharmonikern unter Furtwängler Liszts A-Dur Konzert gespielt und ein Jahr später unter Bruno Walter Tschaikowski. David meint, Welten trennten ihn noch von diesen Leistungen. Er könne noch so viel üben, diese Perfektion würde er niemals erreichen. – Und wie du deinen Sohn kennst, will er immer in allem perfekt sein. Ich habe natürlich versucht, ihm klarzumachen, dass das völliger Unsinn sei und er das Zeug habe, ein sehr guter Pianist zu werden."

Max drehte sein Glas zwischen den Fingern. „Natürlich. Er ist begabt, wie wir gerade hören. Er muss nur lernen, dass geniale Künstler nicht vom Himmel fallen. Auch Genie braucht Fleiß. Aber daran mangelt es David wohl am meisten. Er will immer tausend Dinge gleichzeitig machen."

Lissy wollte das Thema nicht weiter vertiefen und fragte stattdessen: „Und wie war dein Tag? Du bist heute recht spät heimgekommen."

„Heute früh war ich bei Gennat. Anschließend hatte ich viel zu tun. Konferenzen, Recherchen – und im Nu ist der Tag um."

Max hätte nicht sagen können, wie lange sie auf dem Balkon gesessen hatten. Jedenfalls muss es schon nach Mitternacht gewesen sein, als sie zu Bett gingen.

Sie lagen schon im Bett, als Max plötzlich einfiel: „Ich muss über das große Avusrennen am Sonntag schreiben und habe Pressekarten. Wollen wir mit den Kindern hingehen?"

Erschrocken fuhr Lissy hoch. „Um Himmels Willen, nein! Dann kommt Wolfgang vielleicht noch auf die Idee, Rennfahrer zu werden. Eine angehende Pilotin in der Familie reicht mir vollkommen!"

XII

Dienstag, 31. Mai 1932

Kriminalrat Ernst Gennat grübelte. Weder das große Stück Stachelbeerbaiser noch der pechschwarze Kaffee, den ihm Trudchen auf seinen Schreibtisch gestellt hatte, verbesserten seine Laune. Seit Tagen war seine *Aktive Mordkommission* im Mariendorfer Mordfall keinen Schritt weitergekommen. Zwar hatte Lissigkeit herausgefunden, dass ein Mützenmacher in der Steinmetzstraße die am Tatort gefundene Kopfbedeckung sowohl hergestellt als auch verkauft hatte, aber an den Käufer konnte sich der alte Mann nicht mehr erinnern. Die Fahndung nach Kurt Krell lief zwar, von dem Jungen fehlte allerdings jede Spur. Gennat sah auf die Uhr. Es war Viertel vor Fünf. Seit einer halben Stunde wartete er auf Lissigkeit. Er hatte gerade den Kuchenteller zur Seite geschoben und sich in die druckfrische Abendausgabe der *Voss* vertieft, als es an der Vorzimmertür klopfte. Ohne auf eine Antwort zu warten, trat Lissigkeit ein. Gertrud Steiner telefonierte gerade und nickte ihm nur zu, als er auf Gennats Büro zusteuerte. Um seinen Chef auf sich aufmerksam zu machen, klopfte er an den Türrahmen.

„Sie wollten mich sprechen?"

„Hätte ich Sie sonst angerufen?", knurrte Gennat missgestimmt. „Ich warte schon ewig."

„Tut mir leid, Herr Kriminalrat. Wegen der Nazi-Krawalle heute Vormittag sind noch immer ganze Straßenzüge gesperrt. Die Polizei, sogar die berittene, ist noch immer unterwegs und passt auf, dass es nicht wieder los geht. Die Rowdys hatten die Schupos mit Pflastersteinen attackiert. Das muss jetzt erst wieder repariert werden."

Gennat nickte. „Ach ja, ich habe gerade die Überschrift in der *Voss* gelesen. *Krawalle Unter den Linden – Schwere nationalsozialistische Ausschreitungen – Schüsse in der Bendlerstraße.* Wissen Sie Näheres darüber?"

„Nicht wirklich."

„Haben die Nazis geschossen?"

„Ich habe nur gehört, dass eine Polizeikugel eine Frau an der Schulter getroffen haben soll."

„Das hat uns gerade noch gefehlt. Dann geht jetzt wieder die Hetze gegen die Schutzpolizei los. Die Jungs halten ihren Arsch hin und sind letztendlich immer die Dummen. – Es nützt aber nichts, wenn wir uns aufregen. Ich habe eine Aufgabe für Sie."

„Bin gespannt." Lissigkeit setzte sich auf den Besucherstuhl neben dem Schreibtisch.

„Wir treten im Raubmord Mariendorf auf der Stelle", begann Gennat. „Ich habe die Sache mit Regierungsrat Scholtz und mit Polizeivizepräsident Weiß besprochen. Beide haben grünes Licht gegeben. Die Beweisstücke, die wir gefunden haben, werden wir mit den nötigen Angaben über Tathergang, Fundort und was weiß ich noch in einem großen Geschäft in Schöneberg mit viel Publikumsverkehr ausstellen. – Wir machen das ja nicht zum ersten Mal. Sie wissen ja, wie das geht. – Einen Hinweis auf die ausgestellten Asservate bringen dann die *Aktuelle Funkstunde* und natürlich die Zeitungen. – Steinerchen", rief er in Richtung Vorzimmer, „haben Sie inzwischen den Herrn Joseph erreicht?"

„Hab gerade mit ihm gesprochen", rief sie zurück. „Ist alles vorbereitet. Er stellt uns eines seiner Schaufenster zur Verfügung, und ein Dekorateur steht auch schon in den Startlöchern."

Gennat nickte zufrieden.

„Sie sprechen von dem Herrenausstatter Joseph in der Grunewaldstraße in Schöneberg?", fragte Lissigkeit nach.

„Genau. Nehmen Sie alle Asservate mit, die wir haben, also die aus dem Kanal gefischten Registrierkassen, die Mütze, die Schnipsel der Quittungen. Die Tafeln mit Erklärungen und Fragen an das Publikum sind schon fertig. Schnappen Sie sich den ganzen Kram und machen Sie ein hübsches Schaufenster."

Gennat nahm von einem Stapel einen Aktendeckel und schlug ihn als ein unmissverständliches Zeichen dafür auf, dass er das Gespräch für beendet hielt. Lissigkeit wollte gerade gehen, als Max Kaminski ins Vorzimmer trat.

„Schön, dich zu sehen, Rudolf“, begrüßte er den Kommissar. „Kommst du nachher mit zu *Aschinger*?“

„Nee“, Lissigkeit schüttelte im Hinausgehen den Kopf: „Der Chef hat mich strafversetzt – zum Schaufensterdekorieren.“

„Na dann viel Spaß!“ Freilich verstand Kaminski, was Lissigkeit meinte. Im Zuge schwerer Verbrechen hatte die Mordinspektion schon mehrfach Beweisstücke in Schaufenstern großer Geschäfte ausgestellt, um die Bevölkerung zur Mitarbeit zu motivieren. Er wusste, dass Lissigkeit diese Arbeit hasste.

„Kaminski, was kann ich für Sie tun?“, fragte Gennat gut gelaunt.

„Sie könnten Fräulein Steiner bitten, mir eine Tasse Kaffee anzubieten, und mich dann informieren, was es Neues gibt.“

Gertrud Steiner hatte Kaminskis indirekte Bitte gehört und kam sogleich mit Kaffee für beide. Gennat löffelte sich reichlich Zucker in seine Tasse, lehnte sich zurück und faltete die Hände über seinem Bauch. „Wir sind noch keinen Schritt weiter“, seufzte er.

„Ich glaube, ich kann Ihnen weiterhelfen“, meinte Kaminski.

„So? Dann schießen Sie mal los.“

„Ich kenne mich am Bülowbogen recht gut aus. Ich könnte mich in den einschlägigen Kreisen mal wieder ein wenig umhören. Vielleicht kann ich diesen Krell ja ausfindig machen. Ich könnte mich beispielsweise als Verwandter von Krell ausgeben und ein bisschen spionieren.“

Gennats Gesichtszüge verfinsterten sich. „Das kommt gar nicht infrage. Sie werden niemanden ausfindig machen, sondern sich schön raushalten. Ihre halblegalen Aktionen haben mir in den letzten Jahren genug Ärger eingebracht.“ Er schlug mit der flachen Hand auf den Schreibtisch. „Ich bin nicht mehr bereit, Ihre wahnwitzigen Aktionen zu decken. Ist das klar? Ich habe auch so schon genug Ärger.“ Freilich wusste der Kriminalrat nur zu gut, dass Kaminski ohnehin machen würde, was er wollte, und insgeheim war es ihm auch ganz recht, denn der Journalist hatte schon so manche Mordermittlung vorangebracht. Dennoch gab er den Empörten, denn er durfte Kaminski schon aus rechtlichen Gründen nicht zu solchen Alleingängen ermuntern.

Eine Weile herrschte Schweigen. Dann zog Gennat aus einem Aktenberg einen Hefter und schlug ihn auf. „Also gut", seufzte er. „Eigentlich wollte ich nicht mit Ihnen darüber reden, aber da Sie selbst ein gut sortiertes Zeitungsarchiv haben, wären Sie über kurz oder lang ohnehin selbst drauf gekommen." Gennat stemmte sich schwerfällig mit beiden Händen an seinem Schreibtisch hoch, ging zu Kaminski hinüber, setzte sich in einen der Sessel und reichte dem Journalisten den Hefter, der sorgfältig aufgeklebte Zeitungsausschnitte enthielt. „Sehen Sie sich das an", sagte Gennat und tippte auf den ersten Artikel. „Alle diese Überfälle wurden nach ein und demselben Muster verübt. Vermutlich haben wir es mit immer denselben Tätern zu tun, nur dass sie jetzt zu Mördern geworden sind. Und ich bin sicher, dass sie weitermachen und zunehmend rücksichtsloser vorgehen werden. Schauen Sie: Im Februar wird einem Taxichauffeur, der seinen Wagen nur schnell abgestellt hat, um sich Zigaretten zu holen, sein Taxi geklaut. Offenbar hatte der Dieb einen Nachschlüssel. Das Auto wurde am nächsten Tag in der Nähe der Kurfürstenstraße aufgefunden. Im April steigen zwei junge Männer an der Joachimsthaler Straße in ein Taxi und lassen sich nach Dahlem fahren. Am Wildpfad zwingen sie den Fahrer mit Waffengewalt auszusteigen und fahren davon. Die Droschke wird am nächsten Tag in Schöneberg, Kurfürsten- / Ecke Potsdamer Straße gefunden. Die Autodiebe waren im Übrigen 106 Kilometer damit unterwegs. Im Mai der nächste Taxiraub auf die gleiche Weise. Die Täter steigen in der Hauptstraße in Schöneberg ein und überwältigen den Chauffeur in der Tempelhofer Oberlandstraße ebenfalls mit Waffengewalt. Mit diesem Taxi überfallen sie dann – ein Zeuge hat sich das Kennzeichen gemerkt – die Tankstelle der *Union-Garagen* an der Heilbronner Straße in Halensee. Danach stellen sie es in der Katzbach- / Ecke Yorckstraße ab." Gennat klappte den Hefter zu und legte ihn auf den Tisch.

Kaminski nickte. „In allen Fällen scheint es sich um ein und dieselbe Bande zu handeln. Und das sieht wiederum ganz nach einem Ringverein aus. Sehe ich das richtig?"

„Könnte so sein", sagte Gennat. „Und aus diesem Grunde sollten Sie sich da raushalten. Die Jungs sind gefährlich. Das ist unsere Arbeit. Lassen Sie die Finger davon."

Kaminski verabschiedete sich und verließ Gennats Büro. Egal was Gennat davon hielt: Er würde sich trotzdem auf die Suche nach Krell machen. In Gedanken vertieft ging er den Gang entlang in Richtung Paternoster und bemerkte die junge Frau kaum, die „Guten Tag" murmelnd mit gesenktem Kopf an ihm vorbeihuschte. Kaminski stutzte, machte kehrt und ging ein paar Schritte zurück. „Fräulein Wolffsohn!" Um sie auf sich aufmerksam zu machen, tippte er ihr vorsichtig mit zwei Fingern an den Arm. „Was hat Ihnen denn die Petersilie verhagelt?" Ihr sonst diskret gepudertes Gesicht wirkte aschfahl, ihre Augen waren rot. „Was ist denn passiert?", fragte er erschrocken. „Kann ich Ihnen helfen?" Mit einer Kopfbewegung in Richtung des Raubdezernats fügte er hinzu: „Haben die da Sie wieder einmal wegen nichts zusammengefaltet?" Es war kein Geheimnis, dass der cholerische Kommissar Trettin vom Raubdezernat seine Sekretärinnen gerne anschrie und auch mit Beleidigungen nicht hinter dem Berg hielt. Lena Wolffsohn schüttelte den Kopf. „Nein, das bin ich ja schon gewohnt. Der bringt mich schon lange nicht mehr zum Heulen. Ich bin vorhin in diesen Aufmarsch der Nazis geraten und habe noch mitbekommen, wie dieser klumpfüßige Giftzwerg auf sein Auto geklettert ist und Hasstiraden gegen die Republik und natürlich auch gegen uns Juden gebrüllt hat. Was diese Leute sagen, macht mir Angst, Herr Kaminski. Verstehen Sie das?"

Tröstend legte Kaminski den Arm um ihre Schultern. „Ach Lenachen, Sie dürfen nicht so schwarzsehen. Lassen Sie sich von diesem Wirrkopf keine Angst machen. Versuchen Sie, auf andere Gedanken zu kommen. Laden Sie eine Freundin zum Eis essen ein oder gehen Sie tanzen. Das Leben ist schön. Genießen Sie es. Die Nazis reden viel Unsinn, wenn der Tag lang ist. Wir werden schon dafür sorgen, dass die keine Gelegenheit bekommen, ihre Worte in Taten umzusetzen."

Kaminski deutete einen Handkuss an und eilte zum Paternoster. „Wenn Sie sich da mal nicht täuschen", hörte er sie noch leise hinter ihm her sagen.

In der Redaktion korrigierte Kaminski Texte eines Volontärs, ärgerte sich über den schlechten Stil des jungen Mannes und kürzte das Geschreibsel um gut die Hälfte. Kommentarlos legte er dem Chefredakteur die korrigierten Manuskripte auf den Schreibtisch. Bevor er das Verlagshaus verließ, bestellte er für acht Uhr einen Tisch für zwei Personen im Restaurant *Aben*, Lissys Lieblingsrestaurant.

XIII

Lissy war begeistert, als Max verkündete, dass er sie zum Essen ausführen wolle. Sie liebte das Restaurant *Aben* auf dem Kurfürstendamm unweit der Joachim-Friedrich-Straße und machte sich schick. Sie zog ein dunkelrotes Kleid aus Crêpe de Chine an und setzte einen dazu passenden Hut auf. Schwarze Lackpumps und lange Abendhandschuhe sowie ein schwarzes Lacktäschchen machten ihre Abendgarderobe perfekt. Das *Aben* war ein beliebter Treffpunkt der Stars aus Film, Theater oder Kunst, Ersatzbühne der mondänen, nicht mehr ganz so jungen Welt. Bei ihrem letzten Besuch hatte der Opernsänger Jan Kiepura am Nebentisch gesessen. Auch Ernst Udet war Stammgast hier.

Obwohl es recht kühl war, bummelten Lissy und Max nach dem Essen noch über den Kurfürstendamm. „Was macht eigentlich deine Arbeit bei der Fürsorge? Du hast inzwischen schon so viele Erfahrungen gesammelt, dass sie dich eigentlich als Fürsorgerin einstellen könnten. – Für ein angemessenes Gehalt, versteht sich."

Lissy lachte bitter. „Die sind froh, dass sie Freiwillige wie mich haben, die kosten wenigstens kein Geld. Dabei haben die meisten hauptamtlichen Fürsorger nicht einmal so viel Erfahrung wie ich. Die meisten kommen sogar aus ganz anderen Berufen. Ihr Gehalt ist lächerlich. Die Behörden sparen an allen Ecken und Enden und fangen immer bei den Schwächsten an. Sachspenden fließen auch kaum noch. Es ist zum Heulen. Morgen will ich mit Fräulein Scheuermann zu einer Familie, der wir unbedingt helfen müssen. Das Übliche: Vater seit Monaten arbeitslos und säuft seitdem, die Mutter kränkelt, macht aber trotzdem bis spät in die Nacht Heimarbeit. Die vier Kinder haben nur noch Lumpen auf dem Leib. Wie das im Winter werden soll, ist mir ein Rätsel. Ich habe von Clara und Wolfgang schon einige Sachen, die sie nicht mehr tragen, zurechtgelegt. Deine Mutter hat ebenfalls ein paar Sachen beigesteuert."

„Wie alt sind die Kinder?"

„Drei Jungs sind sechs, neun und fünfzehn. Das Mädchen ist elf und hilft der Mutter, so gut es kann. Zur Schule geht die Kleine deshalb nur sporadisch. Dabei war sie mal eine gute Schülerin. Ihre Mutter braucht sie aber, denn sie näht schon so geschickt, dass sie der Mutter einen großen Teil der Arbeit abnimmt. Da bleibt keine Zeit zum Lernen. Sie wohnen in Stube und Küche, Toilette auf der halben Treppe für sechs Mietparteien. Jetzt haust bei ihnen auch noch ein Schlafbursche, weil sie sonst, seit der Kürzung der Unterstützungssätze, die Miete nicht zahlen könnten. Der 15-Jährige macht der Mutter am meisten Sorgen. Er kommt kaum noch nach Hause, aber sie weiß nicht, wo er sich rumtreibt. Eine Jugendstrafe hat er auch schon weg. Wegen Diebstahls und Körperverletzung. Er soll jetzt in eine Fürsorgeanstalt. Für ihn geht der Weg also steil nach unten. Das wollen wir möglichst verhindern."

„Apropos Fürsorge", unterbrach Kaminski. „Kennst du zufällig einen Kurt Krell? Zwanzig Jahre und schon mehrfach aus der Fürsorge geflüchtet."

„Warum willst du das wissen? Wird er gesucht?"

„Das ist eine lange Geschichte. Er könnte beim Mariendorfer Raubmord dabei gewesen sein. Gennat bezweifelt das. Ich halte das auch für nicht sehr wahrscheinlich. Kanthack und Trettin fahnden in einer anderen Sache nach ihm. Es geht wohl um Einbruch."

„Oh nein!", stöhnte Lissy auf. „Wenn Trettin den Jungen in die Mangel nimmt, gesteht er sogar, die Königin von Saba umgebracht zu haben."

Max nickte. „Eben aus diesem Grund möchte ich den Jungen gerne vor ihm finden."

Lissy runzelte die Stirn. „Fängst du etwa schon wieder an zu kriminalisieren?" So nannte sie es, wenn Max sich in die Aufklärung eines Kriminalfalls einmischte. „Du hast mir versprochen, das nicht mehr zu tun!"

„Ja, schon, aber diesmal geht es um einen Jungen, der aller Wahrscheinlichkeit nach unschuldig ist."

„Freilich hast du recht. Wenn er wieder in die Fürsorge muss, wird er ganz abrutschen. Leider ist es aber so: Wenn er aus einer Anstalt abgehauen ist, kommt er zwangsläufig wieder rein, sowie er geschnappt wird. Da beißt die Maus kein Fädchen ab."

„Das schon, aber ich will, dass er sich selbst stellt. Das würde einen guten Eindruck machen. Ich könnte Onkel Salomon bitten, ihn als Anwalt zur Polizei zu begleiten. Krell wird im September volljährig. Vielleicht muss er ja gar nicht mehr in die Anstalt zurück."

„Das heißt, du willst ihn suchen?"

„So oder so ähnlich könnte man es ausdrücken."

„Wann willst du damit beginnen?"

„Am besten gestern."

„Ich hab's mir gedacht."

Lissy blieb stehen und sah ihren Mann mit dem verschmitzten Lächeln an, das sie immer dann aufsetzte, wenn sie etwas im Schilde führte. „Warte bis morgen. Ich habe eine Idee."

Als sie am Lehniner Platz am *KadeKo,* dem Kabarett der Komiker vorbeikamen, blieb Lissy plötzlich stehen. „Hast du das gesehen? Das war doch David!"

„Wo?" Kaminski blickte den Kurfürstendamm hinunter.

„Nein, nicht da! Der junge Mann, der gerade im Bühneneingang verschwunden ist. Das war doch David!"

Max sah seine Frau stirnrunzelnd an. „Ach Lissy, ich bitte dich. Das kann unmöglich David gewesen sein. Was hat der Junge im Bühneneingang des Kabaretts verloren. Du musst dich geirrt haben. Außerdem ist es viel zu dunkel, um jemanden erkennen zu können."

„Ich bin seine Mutter. Ich erkenne meinen Sohn auch im Dunkeln", zischte Lissy beleidigt, insistierte dann aber nicht weiter. Sie gingen noch in eine kleine Bar in der Nähe der Bleibtreustraße und schlenderten dann gut gelaunt nach Hause.

Als Kaminski am nächsten Abend nach Hause kam, waren Clara und Wolfgang bereits im Bett. David war auch diesen Abend wieder mit seiner Gerda unterwegs, und Max nahm sich vor, endlich ein Machtwort zu sprechen.

Er ging auf den Balkon, wo Lissy ein Windlicht angezündet und zwei Gläser Zitronenlimonade bereitgestellt hatte. Wieder bemerkte er ihr schelmisches Lächeln. Er gab ihr einen Begrüßungskuss und setzte sich auf den Balkonstuhl.

„Ich bin eine perfekte und raffinierte Detektivin. Ich weiß jetzt alles über diesen Kurt Krell“, begann sie.

„Wie hast du das denn angestellt?“

„Ich habe mal ein bisschen im Aktenschrank von Fräulein Scheuermann herumgeschnüffelt.“

„Einfach so?“

„Gelegenheit macht bekanntlich Diebe. Sie ist mal kurz zum Bäcker runtergegangen, um Streuselschnecken für uns zu kaufen. Da hab ich die Zeit genutzt und ein bisschen in den entsprechenden Ordnern geblättert und deinen Krell auch gleich gefunden. Er ist zwanzig Jahre alt, hat schon mehrere Vorstrafen wegen Einbruchs, Sachbeschädigung und Körperverletzung, gilt als schwer erziehbar. Mit 14 ist er das erste Mal in die Fürsorgeerziehung gekommen, aber nach kurzer Zeit wieder abgehauen. So geht es dann weiter. Vier- oder fünfmal ist er getürmt. Er lebte dann von Diebstählen, Einbrüchen und vom Betteln. Dass er zu dieser Clique gehört, die sich *Einigkeit 1930* nennt, ist wohl wahr. Irgendwas stand davon auch drin. Das letzte Mal war er in der Fürsorgeanstalt Waldhof bei Templin und …“

„Kein Wunder, dass er da abgehauen ist. Das ist doch die Anstalt, um die es jetzt einen Prozess gibt. Mehrere sogenannte Erzieher sind wegen schwerer Körperverletzung angeklagt. Einige Kinder und Jugendliche sollen fast totgeprügelt worden sein“, warf Kaminski dazwischen.

„Ja. Das ist richtig. Aber jetzt kommt das eigentlich Interessante, was uns weiterbringen könnte: Er war zuletzt in der Schneiderei Fechner in der Potsdamer Straße als Botenjunge beschäftigt. Bei seinem letzten Botengang soll er 93 Mark unterschlagen haben. Seither ist er verschwunden. In dieser Schneiderei sollten wir mal nachfragen."

„Wieso wir?"

„Ich komme mit", sagte Lissy entschlossen.

„Ich glaube nicht, dass das eine gute Idee ist", gab Max etwas zögernd zurück. „Wenn dieser Junge tatsächlich zu einer Clique oder zu einem Ringverein gehört, dann ist das nicht ungefährlich."

„Deshalb will ich ja mit, um auf dich aufzupassen." Lissy setzte eine besorgte Miene auf, sodass Max unwillkürlich lachen musste. Schließlich ließ Lissy aber doch von ihrem Vorhaben ab. Sie hatte ohnehin bei der Fürsorge genug zu tun.

XIV

Maßschneiderei Fechner, verkündeten rotlackierte Buchstaben in Schreibschrift über dem Laden. Kaminski blieb eine Weile vor dem Schaufenster stehen. Lissy würde das Kleid und das Kostüm sicher etwas altmodisch finden, ihm gefielen die Sachen, und soweit er es beurteilen konnte, waren sie gut gearbeitet. Dazu waren verschiedene Stoffe, uni und geblümt, geschmackvoll drapiert.

Die junge Frau, die gerade eine Kostümjacke an einer Kleiderpuppe absteckte, als er den Laden betrat, war vermutlich die Inhaberin der Schneiderei.

Beim Klang der Türglocke wandte sie nur kurz den Kopf. „Guten Tag", sagte sie, zwei Stecknadeln zwischen den Zähnen haltend. – Eine unschöne Angewohnheit, die Kaminski auch von Lissy kannte, wenn sie etwas nähte. Sie konnte ganze Romane erzählen, während sie mit den Zähnen Stecknadeln festhielt. Kaminski verkniff sich jedes Mal die Frage, wie viele Schneiderinnen an dieser Unsitte schon gestorben sein mochten.

„Frau Fechner?", fragte Kaminski irritiert. Er hatte nicht erwartet, eine so junge Frau anzutreffen. Sie trug eine hellblaue Bluse und einen grauen, an der Seite geschlitzten Rock. Ihr Alter schätzte er auf weit unter dreißig. Ihr dunkelblonder Bubikopf war für seinen Geschmack etwas zu kurz, er stand ihr aber ganz ausgezeichnet. Sie war atemberauend schön.

Sie nahm die Nadeln aus dem Mund, steckte sie in das kleine Kissen, das an einem breiten Gummiband an ihrem Handgelenk befestigt war.

„Ja. Das bin ich. Was kann ich für Sie tun?"

Um nicht gleich mit der Tür ins Haus zu fallen, fragte er mit aufgesetzter Schüchternheit: „Schneidern Sie auch für Herren?"

Mit kokettem Lächeln musterte sie ihn vom Scheitel bis zur Sohle, blieb mit einem spitzbübischen Blick kurz an der Schulterpartie hängen, als wollte sie ihn gleich maßnehmen. „Eigentlich nicht", sagte sie, nachdem sie die geschätzten Maße offenbar schon im Kopf notiert hatte. „Aber bei Ihnen würde ich eine Ausnahme machen."

„Wunderbar. Ich hätte gerne einen dunkelgrünen Smoking."

Sie zog die Augenbrauen zusammen. „Nicht Grün. Königsblau! Für Sie kommt nur königsblau infrage."

„Na schön, dann machen Sie mir eben einen königsblauen Smoking."

Sie legte den Kopf etwas schief und kniff die Augen zusammen. „Aber das ist nicht Ihr Ernst?"

Er hätte tatsächlich Lust gehabt, sich von ihr einen Smoking schneidern zu lassen. Notfalls sogar in Königsblau. Stattdessen gestand er ein: „Nein. Nicht wirklich. Verzeihen Sie, ich vergaß, mich vorzustellen. Mein Name ist Kaminski, Max Kaminski." Er ging einen Schritt auf sie zu und streckte ihr die Hand entgegen. „Ich habe ein paar Fragen, die Ihren Botenjungen Kurt Krell betreffen."

„Sie sind von der Polizei? Ich hab doch schon alles zu Protokoll gegeben."

„Nein, ich bin Journalist beim *Berliner Echo*. Ich suche den Jungen, um ..."

Anneliese Fechner fiel ihm ins Wort. „... um ihn der Polizei auszuliefern, die ihn dann wieder in dieses schreckliche Heim steckt." Das freundliche Lächeln ihrer Augen hatte sich in ein böses Funkeln verwandelt.

Kaminski hob abwehrend beide Hände. „Im Gegenteil. Ich will ihm helfen. Mein Onkel ist Rechtsanwalt. Wenn er sich freiwillig stellt, wird die Strafe gering ausfallen und das Heim könnte ihm bis zu seiner Volljährigkeit im September erspart bleiben. Erzählen Sie mir doch erst einmal, was genau vorgefallen ist."

Die Schneiderin blieb skeptisch und begann nur zögernd. „Vor drei Monaten etwa bettelte mich ein junger Mann vor dem Laden an. Er sagte, er habe Hunger und bekäme auch keine Hilfe von der Wohlfahrt. Ich fand den Jungen sympathisch. Kurt ist ein hübscher

Junge, der gewiss etwas Besseres verdient hat, als betteln zu gehen. Ich lud ihn in die Kneipe da drüben ein." Sie wies mit dem Kopf auf die gegenüberliegende Straßenseite. „Er hat zwei Teller Erbsensuppe mit Pfötchen verputzt. Bier wollte er keins. Lieber Kaffee. Damit der Junge nicht ganz unter die Räder kommt, habe ich ihm vorgeschlagen, für mich als Botenjunge zu arbeiten. Auch ein Fahrrad habe ich ihm zur Verfügung gestellt. Das ging eine Weile gut. Er hat Ware ausgeliefert, kassiert und mir dann das Geld gegeben. Da er ein netter Junge mit guten Umgangsformen war, bekam er auch immer reichlich Trinkgeld von meinen Kundinnen. Einmal hat er fünf Mark unterschlagen. Ich habe ihn zur Rede gestellt, aber auf Konsequenzen verzichtet. Er hatte auch wirklich ein schlechtes Gewissen und hat sich tausendmal entschuldigt. Er wollte mir das Geld sogar in Raten zurückzahlen. Dann ist er zu einer Kundin nach Halensee gefahren. Die Ware hatte er zwar abgeliefert und kassiert, aber mit dem Geld kam er nicht zurück. Seitdem ist er verschwunden. Irgendwie mache ich mir auch Sorgen. Es kann ihm ja auch was passiert sein."

„Warum sind Sie nicht zur Polizei gegangen?"

„Sollte ich etwa sagen, ich möchte einen aus der Fürsorge getürmten Jungen als vermisst melden?"

Kaminski sah ein, dass die Frage nicht sonderlich klug war. „Und das Fahrrad?", fragte er stattdessen.

„An diesem Tag war er mit U-Bahn und Bus unterwegs."

„Haben Sie eine Ahnung, wo er sich aufhalten könnte? Kennen Sie Freunde von ihm? Hat er eine Freundin?"

Anneliese Fechner zuckte mit den Schultern. „Ich habe keine Ahnung. Manchmal habe ich ihn mit einer Nutte gesehen. Die war aber viel älter als er. Ihren Namen weiß ich nicht. Er hat mir nur erzählt, dass er manchmal zu einer Nelly geht. Das könnte sie sein. Einmal habe ich ihn auch in dieser Kaschemme *Zur grünen Katze* gesehen. Da treibt sich ja nur Gesindel rum." Sie ging zurück zu ihrer Schneiderpuppe, was Kaminski als unmissverständliche

Aufforderung auffasste, zu gehen. „Danke, Frau Fechner. Sie haben mir sehr geholfen", verabschiedete er sich.

Die Kneipe *Zur grünen Katze* war Kaminski nicht fremd. Vor fünf oder sechs Jahren hatte er – ohne Gennats Wissen – in einem Mordfall recherchiert. Soweit er sich erinnerte, wurde die Wirtin von ihren Gästen „die dicke Rosi" genannt. Seinerzeit war sie mit Fritz Kaiser, dem Vorsitzenden des Ringvereins *Sanssouci*, auch der „Kaiser von Schöneberg" genannt, liiert. Zwar pflegte er sich nicht selbst die Hände schmutzig zu machen, war aber wohl in zahlreiche Verbrechen verstrickt, bis hin zum Mord. Selbst Gennat war es nie gelungen, dem „Kaiser" etwas nachzuweisen. Vor vier Jahren war er nach Hamburg gegangen, um ganz groß ins Drogengeschäft einzusteigen. Nach Berlin ist er nie wieder zurückgekommen. Niemand konnte sagen, was mit ihm passiert war. Gerüchten zufolge wollte man ihn zuletzt in Begleitung einer bildhübschen Chinesin auf einem Überseedampfer nach Shanghai gesehen haben. Dichtung und Wahrheit liegen auch in der Unterwelt dicht beieinander.

Kaminski ging nach Hause, zog eine abgetragene Hose und ein unmodernes Jackett an, das Lissy eigentlich bei der Fürsorge hatte abgeben wollen. In seinem teuren modischen Anzug konnte Max unmöglich die Kneipen rund um den Bülowbogen abklappern. Eine Schiebermütze setzte er auch noch auf. Als er die Wohnung am Kurfürstendamm verließ, achtete er darauf, von Mitbewohnern nicht gesehen zu werden. Was sollten die von ihm denken?

Die Straßen rund um den Bülowbogen waren Max Kaminski seit Jahren vertraut. Seine Wege als Polizeireporter führten ihn immer wieder in diese Gegend, die ihren Namen dem Knick verdankte, den die Bülowstraße an dieser Stelle macht. Ursprünglich war dieser Teil von Schöneberg als eine bessere Wohngegend geplant gewesen, was er anfangs wohl auch war. Mit dem wirtschaftlichen und sozialen Abstieg der Nachkriegsjahre hatten dann aber schon bald zwielichtige Gestalten das Hochbahnviadukt als ihr Revier auserkoren. Hier war es zwar kalt, aber trocken. Vor einigen Jahren waren es noch die Kokain- und Morphiumhändler gewesen, die unter der Hochbahn Kundschaft suchten – und fanden. Sowohl Händler als auch Käufer waren inzwischen in Richtung Westen weitergezogen. Heute war der Bülowbogen zu einem Eldorado der billigen Prostitution – der weiblichen wie der männlichen – heruntergekommen. In Schöneberg fand man auch die meisten Homosexuellen-Lokale, einige von ihnen sehr mondän und teuer mit exklusivem Kabarettprogramm. Hier konnte man nie ganz sicher sein, ob die Dame, die einem begegnete, nicht in Wirklichkeit ein Herr war oder umgekehrt.

Die *Grüne Katze* in der Alvenslebenstraße war, wie Kaminski vermutete, eine Art Wärmestube für Bordsteinschwalben, aber auch Arbeiter kehrten dort ein und trafen sich auf ein Bier. Die einen störten sich nicht an den anderen. Man lebte friedlich zusammen.

Obwohl fast alle Tische besetzt waren, stand meistens nur ein Glas Bier auf dem Tisch, das dann die Runde machte. Viele Arbeiter konnten sich nicht einmal mehr ein Bier leisten. Von einer Boulette, einer Schmalzstulle, oder auch nur einem Solei träumten die meisten nur noch.

Feindselige Blicke empfingen Kaminski. Fremde waren in diesem Etablissement nicht gern gesehen und von vornherein verdächtig. Zweifellos war Kaminski anzusehen, dass dies hier nicht seine „Verkehrsgegend“ war, wie Ernst Gennat es ausgedrückt hätte. Ihm wurde nun doch etwas mulmig und er bereute einen Augenblick, dass er nicht wenigstens Rudolf Lissigkeit eingeweiht und ihn gebeten hatte, mitzugehen.

Hinter der Theke stand, wenn auch um Jahre gealtert, noch immer die dicke Rosi. Es war Kaminski ganz recht, dass sie ihn offenbar nicht wiedererkannte. Er bestellte, wie es sich in einer Kneipe gehörte, eine Molle mit Korn, obwohl ihm davor graute. Der Korn reichte aber, um ihm Mut zu machen.

„Fritz lässt Sie schön grüßen", sagte er, als sie ihm das Bier hinstellte. „Leider hatte er keine Zeit mitzukommen."

„Welcher Fritz? Ich kenne keinen Fritz", knurrte sie, ohne aufzusehen.

„Fritz Kaiser."

Sie rang sich ein Lächeln ab. „Ach so. Warum sagen Se das nich' gleich. Sind Se 'n Kumpel von Fritzen? Wo treibt der sich denn rum all die Jahre?"

„Er lebt jetzt in Shanghai. Ich war auch ein paar Jahre da. Wir sind sozusagen Geschäftspartner. Sowie er Zeit hat, kommt er auch mal wieder in die alte Heimat. – Ich bin übrigens der Harry, Harry Waldner."

Rosi lachte. „Erst dachte ick ja, Sie sind von de Sitte. Sie seh'n so korrekt aus."

„Gott bewahre, gegen die bin ich allergisch. Ich bleibe übrigens auch nicht lange in Berlin. Muss wieder zurück nach Shanghai. Geschäfte. Geschäfte. Hab nur ein paar Fragen. Ganz privat."

„Wenn Se 'n Freund von Fritze sind, is' es in Ordnung. Fragen Se ruhig."

„Ich suche Kurt."

„Ich kenne ein Dutzend, die Kurt heißen."

„Ich spreche von Kurt Krell. Das ist der, der aus der Fürsorge getürmt ist."

„Und? Wat woll'n Se von dem armen Jungen?"

„Ich möchte ihm nur ein paar Fragen stellen. Vor allem möchte ich ihm die Fragen stellen, noch bevor die Polizei ihn findet und wieder in die Fürsorge steckt. Ich will ihm helfen. Ein guter Freund von mir ist Anwalt, und der ist mir noch was schuldig. Der boxt ihn raus. Ich nehme ihn dann mit nach Shanghai. Da kann er ein neues Leben anfangen. Der Fritz will dafür sorgen."

Die Wirtin musterte ihr Gegenüber misstrauisch, zuckte mit den Schultern und drehte sich um. Sie nahm eine Flasche Gin aus dem Regal, goss ein Wasserglas halb voll und kippte gut zwei Drittel davon in einem Zug.

„Die Nelly, die kümmert sich so'n bissken um den Kurt. Is wie 'ne Mutter für ihn."

„Und wo ist diese Nelly?"

„Is gerade mit 'nem Kunden weg. Keene Ahnung, ob se heute Nacht noch mal wiederkommt."

„Ich muss Kurt dringend sprechen. Es ist wirklich wichtig. Unser Schiff legt schon in drei Tagen ab."

„Kommen Sie am besten morgen gegen Mittag. Denn ist se mit Sicherheit hier und wartet, dass se ein Freier ein Mittagessen spendiert. Die Nelly is'n liebes Mädel. Machen Se ihr keen Ärger. Die hat's ooch so schwer genug."

„Wie erkenne ich Nelly?"

„Keine Sorge. Verlassen Se sich uff mir."

Kaminski trank sein Bier aus, zahlte und wandte sich zum Gehen. Er war noch nicht an der Tür, als jemand ihn am Ärmel festhielt.

„Warte mal, Süßer, wat die Nelly kann, kann ick ooch. Wenn de mit mir jehst, brauchste nich zu warten. Ick mach's ooch für'n Fuffziger billiger."

„Heute nicht. Ein andermal vielleicht", murmelte Kaminski, ohne das Mädchen anzusehen, und schüttelte unwirsch ihre Hand von seinem Ärmel.

„Nu zier dir nich' wie die Zicke am Strick. Bei mir wirste nich enttäuscht."

Sie ging hinter Kaminski her, hielt ihn energisch fest und war offenbar nicht bereit, die Beute aus ihren Klauen zu lassen. Kaminski war die Situation peinlich. Sicher braucht das Mädchen das Geld dringend, dachte er. Sie standen unter dem Lichtkegel einer Gaslaterne. Ihre eingefallenen Gesichtszüge ließen die Backenknochen hervorstehen, und ihre Augenringe verrieten, dass sie lange nicht mehr geschlafen hatte.

Bis zum Bülowbogen wurde er sie nicht los. Sie hörte nicht auf, ihre Vorzüge anzupreisen. Bei einem Wurstmaxen unter der

Hochbahn an der Potsdamer / Ecke Bülowstraße spendierte er ihr eine Bockwurst und gab ihr noch etwas Geld für eine zweite. Sie strahlte selig und er war sie los.

XV

Freitag, 3. Juni 1932

Am nächsten Tag, um die Mittagszeit, wie es ihm Rosi empfohlen hatte, suchte Kaminski erneut die *Grüne Katze* auf. Er ging an die Theke, begrüßte die Wirtin mit einem Kopfnicken, bestellte Kaffee und sah sich die Gäste an: fünf oder sechs Mädchen, jedes für sich an einem Tisch. Stammkundinnen, vermutete er.

Rosi stellte die Tasse Kaffee vor ihn hin, neigte sich über den Tresen und flüsterte ihm zu: „Die kleine Brünette da, gleich neben der Tür. Das ist Nelly."

Er nippte an seinem Kaffee und sah sich vorsichtig um. Ein blasses, verlebt wirkendes Mädchen. Kaminski zahlte seinen Kaffee, ging zu der Brünetten hinüber und setzte sich, ohne zu fragen, ob der Platz noch frei sei, ihr gegenüber. Ihr Gesicht war vom Alkohol aufgedunsen, graue Schatten unter den Augen.

„Hallo, Nelly, ein guter Freund von mir schickt mich. Ich komme sozusagen auf Empfehlung", sagte Kaminski, dem nichts Besseres einfiel.

Nelly fackelte nicht lange. Sie stand auf und machte eine auffordernde Kopfbewegung in Richtung Tür. „Komm. Neue Kunden müssen bei mir aber anzahlen", sagte sie, als sie schon auf der Straße waren.

„Ich will nur mit dir reden"; protestierte Kaminski und fürchtete, sie würde ihn in eine heruntergekommene Absteige mitschleifen wollen.

„Is ja jut", gab sie genervt zurück. „Aber hier können wir doch nicht reden. Zu ville Leute mit lange Ohren."

Sie zog ihn die Alvenslebenstraße hinunter in die Ziethenstraße. Im Seitenflügel eines der heruntergekommenen Wohnhäuser stiegen sie in die zweite Etage. Die Tür der linken Wohnung war nur angelehnt. Sie gingen hinein: Küche und Stube. Die Küchentür stand offen, die Stubentür war geschlossen. „Is noch besetzt", flüsterte Nelly und schob Kaminski in die Küche. „Die ha'm aber nur für zehn Minuten bezahlt. Länger is hier nich'. Det hier is det Wartezimmer." Nach einigen Minuten verließen eine grell geschminkte rothaarige Nutte und ihr Freier, den Mantelkragen hochgeschlagen, den Hut tief ins Gesicht gezogen, das Zimmer.

Bevor Nelly mit Kaminski die Stube betrat, fingerte sie ein paar Münzen aus ihrem Täschchen und legte sie in die angeschlagene Untertasse, die auf einem Schränkchen in der Diele stand: die „Gebühr" für zehn Minuten in der Absteige.

Es war schmutzig und roch nach ungewaschenen Menschen. Als Bett diente eine Art Pritsche aus zusammengenagelten Brettern, das Bettzeug wurde offensichtlich nur selten gewechselt. Vor dem Fenster hing, mit Reißzwecken festgepinnt, ein Lappen, den man kaum als Gardine bezeichnen konnte. Davor ein Schemel mit einem Wasserkrug und eine Waschschüssel mit einem Schmutzrand, daneben ein Stuhl. Darüber gelegt ein Handtuch, das man vor Schmutz ebenso gut hätte in die Ecke stellen können. Ein Sessel, der wohl mal mit rotem Samt bezogen, inzwischen aber völlig abgewetzt war und ein ebenfalls aus Brettern zusammengezimmerter Schrank. Das Elend der Großstadt schien sich in diesem Zimmer zu manifestieren.

Nelly schob wortlos ihren Rock hoch und zog den Schlüpfer herunter.

„Lass das", sagte Kaminski. Er zog einen Schein aus seiner Brieftasche, hielt ihn ihr zwischen Zeige- und Mittelfinger hin.

„So eener biste also. Wat Perverset mach ick nich. Ick bin 'n anständjet Mädchen!" ereiferte sich Nelly.

„Reg dich nicht gleich auf, ich will nur mit dir reden."

Sie zog ihren Schlüpfer wieder an, schob ihren Rock herunter, strich ihn, so gut es ging, glatt.

„Reden willste? Bist 'n bissken plem-plem, wat? Ick hab's mir gleich jedacht. Mit so schnieken Kerlen, wie du eener bist, mit die is immer wat faul. Ihr jebildete feine Pinkel habt se doch nich' alle!"

Kaminski hielt ihr noch immer den Zehn-Mark-Schein hin.

Sie starrte auf den Schein. „Biste 'n Spitzel oder biste von de Sitte? Ick lass mir nich' bestechen. Ick hab nischt vabrochen und nischt zu vaberjen. Also nimm deine Kohle und zisch ab."

„Ich habe nur ein paar Fragen. Deinen Freund Kurt Krell betreffend."

„Ick sag nischt! Wenn du nich verschwindest, schrei ick det janze Haus zusammen." Ihre Lautstärke reichte schon jetzt, um die anderen Mieter auf sie aufmerksam zu machen.

Kaminski packte sie und presste ihr die Hand auf den Mund.

„Halt jetzt endlich die Klappe und hör mir gefälligst zu!" Jetzt war es Kaminski, der schrie. Er stieß sie auf das schmutzige Bett. Nelly schwieg und funkelte Kaminski böse an.

„Ich bin nicht von der Polizei. Ich bin ein Kumpel von Fritz. Der ist jetzt in Shanghai. Der lebt da wie die Made im Speck. Ich will Kurt helfen. Ich habe Informationen von der Polente, dass der Kurt an einem Raubmord beteiligt gewesen sein soll. Die Polizei glaubt das, aber ich glaube das nicht. Ich will mit ihm reden, noch bevor die Polizei ihn in die Finger bekommt. Ich kann ihm einen guten Anwalt besorgen. Der boxt ihn raus."

Erschrocken stand sie auf und trat einen Schritt zurück „Also biste doch 'n Spitzel. Wusst ick's doch! Mit Mord will ick nischt zu tun haben!"

„Verdammt noch mal, nein! Ich bin kein Spitzel. Hör mir doch erst einmal zu."

„Na scheen, wat is nu? Ick hab nur für zehn Minuten bezahlt! Also mach's kurz."

Kaminski setzte sich auf den Schemel. „Was weißt du über Kurt? Wo ist er?"

„Der Kurt, der hat viel Mist gebaut in seinem jungen Leben, aber er will nun alles ändern. Ich kümmere mich ein bisschen um ihn, damit er nicht wieder in schlechte Gesellschaft gerät."

Kaminski bemühte sich eine ernste Miene zu behalten. „Was meinst du mit schlechter Gesellschaft?"

„Mit Mord hat er nichts zu tun“, schrie sie hysterisch.

„Nein, natürlich nicht. Aber er könnte mir helfen, die wahren Mörder zu finden. Damit wäre dann seine Unschuld vollständig bewiesen.“ Dieser Satz war offenbar zu kompliziert für Nelly. Sie starrte Kaminski wortlos an und sagte dann: „Na gut. Was will'ste wissen?“

„Alles. Zum Beispiel, ob du seine Freunde kennst. Er soll dem Verein *Einigkeit 1930* angehören.“

„Ja. Früher. Jetzt hat er ja Arbeit.“

„Wo?“

„Weiß ich nicht. Irgendwo als Botenjunge.“

„Nelly, hör mir bitte zu, ich will deinem Freund helfen. Er sitzt wirklich ziemlich tief in der Patsche.“

„Ick bin nich' seine Freundin. Ich bin für ihn wie 'ne Mutter. Das is ville mehr wert.“

„Dann sei ein gute Mutter und lass mich ihm helfen. Wo finde ich ihn?“

„Sag ich nich'. Und wenn du dir uff'n Kopp stellst!“, schrie sie Kaminski an.

In diesem Augenblick bummerte es an der Tür. „Menschenskind, macht doch mal 'n bissken hinne, die andern woll'n doch ooch noch ran.“

„Lass mir in Ruhe, der kann eben nich so schnell“, rief Nelly in Richtung Tür.

Kaminski geriet für einen Augenblick aus dem Konzept, fand den Faden aber gleich wieder. „Könnte es sein, dass er von seinen Kumpels aus dem Verein zu etwas angestiftet wurde?“

„Kann schon sein.“

Draußen entstand jetzt Unruhe.

„Kennst du Freunde oder Verwandte von ihm? Hat er Geschwister?“

Wieder bummerte es an der Tür. Jetzt energischer.

„Können wir det nich' woanders besprechen? Sonst werden die da draußen sauer. Ich hab doch nur für zehn Minuten bezahlt.“

Sie öffnete die Tür, wo inzwischen schon drei Kolleginnen mit ihren Freiern warteten.

„Mensch, hast du 'ne lange Leitung", sagte einer der Freier grinsend zu Kaminski.

Max Kaminski spürte, wie ihm das Blut in den Kopf schoss, und sah weg.

Als sie wieder auf der Straße waren, merkte er, dass Nelly etwas sagen wollte, und sah sie aufmunternd an.

„Spendierste mir wat zu essen?", fragte sie kleinlaut.

„Ja, natürlich. Was möchtest du denn gerne essen?"

Plötzlich strahlten Nellys Augen. „Denn will ick bei *Aschinger* am Alex 'n Wiener Schnitzel mit Bratkartoffeln."

„Einverstanden. Also fahren wir zum Alex." Kaminski war sich sicher, dass das Mädchen schon lange keine warme Mahlzeit mehr hatte. Nelly tat ihm leid, und er hatte ein schlechtes Gewissen, dass er sie belog. Vom Bülowplatz fuhren sie mit der U-Bahn zum Alexanderplatz. Zwar war es Kaminski peinlich, dass Nelly sich bei ihm einhakte, ließ sie aber gewähren. Er wollte das Mädchen nicht kränken.

Aschinger am Alexanderplatz war wie immer gut besucht, aber sie fanden einen Platz.

„Also Schnitzel mit Bratkartoffeln?", fragte Kaminski.

„Schnitzel mit Bratkartoffeln", strahlte Nelly. Sie nahm zwei der bei *Aschinger* auf jedem Tisch bereitstehenden Gratisschrippen und steckte sie verstohlen in ihre Tasche.

Während des Essens redete sie nicht viel. Nach dem Schokoladenpudding und einer Tasse Kaffee begann Kaminski vorsichtig: „Willst du mir nicht doch sagen, wo ich Kurt finde?"

„Er ist mit einer Clique zusammen. Von seiner Arbeit als Botenjunge ist er weg. Er hat geklaut. Er weiß natürlich, dass die Polizei ihn sucht. Aber er geht nicht zurück in die Fürsorge. Auch nicht für die paar Monate, bis er volljährig wird. Da schlagen sie ihn tot, wenn er wiederkommt. Die Erzieher da verzeihen keinem, der mal abgehauen ist. Ich hab's gesehen. Die Narben auf seinem Rücken von den Schlägen."

„Inzwischen stehen die Verantwortlichen vor Gericht."

„Dass ich nich' lache! Die kriegen allenfalls 'ne Geldstrafe. Wetten?"

Kaminski zuckte mit den Schultern und sagte kleinlaut: „Könnte schon sein."

Er begleitete Nelly zurück nach Schöneberg, denn sie wurde jetzt gesprächiger. „Wenn du Kurt treffen willst, dann geh in Willys *Treffpunkt*. So heißt ein Laden gleich bei den Yorckbrücken. Da trifft sich Kurt jetzt immer mit seinen Kumpels."

„Welche Kumpels?"

„Das sind Jungs von *Einigkeit 1930,* aber auch noch andere. Alle älter als Kurt und ziemlich schwere Jungs. Er hat mir erzählt, dass sie ein großes Ding planen, bei dem es viel Geld gibt. Mit dem Geld will er dann nach Südamerika."

Kaminski sagte nichts. Diese Geschichten hatte er schon zur Genüge gehört: die Träume blutjunger Schwerkrimineller. Der Traum von Südamerika! Ihre größte Reise endete dann aber in aller Regel im nächstbesten Zuchthaus.

„Sag ihm, dass ich ihn nach Shanghai mitnehme zu Fritz Kaiser."

Nelly versprach, mit Kurt zu reden.

Kaminski wollte keine Zeit verlieren und ging noch am gleichen Abend in die Yorckstraße. Willys Kaschemme war eine Kellerkneipe, zu der vier Stufen hinunter führten. Auch hier fanden sich nur wenige Gäste. Dafür war es umso verräucherter. Dass Kaminski als Fremder argwöhnisch betrachtet wurde, irritierte ihn inzwischen nur noch wenig. Diesmal bestellte er nur ein Bier. Ein junger Mann in einer speckigen Joppe und mit ungekämmten Haaren kam auf ihn zu und setzte sich zu ihm. „Du bist ein Freund vom Kaiser?", fragte er.

„Wer will das wissen?", fragte Kaminski, den Ton nachahmend, der in diesen Kreisen herrschte.

„Ich bin Kurt."
„Und?" Kaminski blieb vorsichtig. Er konnte keinesfalls mit der Tür ins Haus fallen, und er musste seine Rolle weiterspielen.
„Nelly hat mir von dir erzählt. Sie sagt, du bist in Ordnung."
„Sagt sie das?", Kaminski drehte sein Glas zwischen den Fingern und vermied es, sein Gegenüber anzusehen.
„Ich weiß gar nicht, wie du heißt", sagte Kurt Krell zaghaft.
„Ich bin der Harry", stellte sich Kaminski vor und streckte dem Jungen die Hand hin. „Harry Waldner aus Shanghai. Compagnon von Fritz Kaiser."
Kurt Krell schlug ein. Sein Händedruck war fest und kräftig.
„Ich habe Scheiße gebaut. Kannst du mir helfen?"
Jetzt sah Kaminski auf. Die Augen des Jungen gingen unruhig hin und her, und immer wieder sah er sich um, als fürchtete er, beobachtet zu werden.
„Vielleicht." Kaminski gab sich wortkarg.
Der Junge wurde ungeduldig. „Kannst du mir nun helfen oder nicht?"
„Du bist aus der Fürsorge abgehauen und du wirst wegen Raubmord gesucht, das heißt ..."
Kurt Krell starrte Kaminski mit entsetzt aufgerissenen Augen an. „Das war ich nicht. Ich habe die 93 Mark unterschlagen, bin damit aber gleich getürmt. Ich habe die Frau doch gar nicht mehr gesehen."
„Unsinn. Das meine ich nicht. Ich rede von dem Raubmord in Mariendorf."
„Der Überfall auf die Gaststätte? Hab ich von gelesen. Damit habe ich nichts zu tun."
„Wo warst du in der Nacht zum 14. Mai?"
„Das weiß ich doch heute nicht mehr!"
„Interessiert mich eigentlich auch nicht. Die Polizei glaubt aber, dass du damit was zu tun hast. Du brauchst einen guten Anwalt. Ich habe einen guten für dich."

„Bist du nun Polente oder ein Spitzel?“

„Weder noch. Ich will dir helfen. Fritz kannte deine Eltern. Er meint, er wäre es ihnen schuldig, dir zu helfen.“

„Ich sitze wirklich in der Scheiße. Du musst mir helfen.“

„Willst du es mir erzählen?“

„Meine Ex-Kumpels von *Einigkeit 1930* haben mich überredet, bei einem ganz großen Ding mitzumachen. Eine Lagerhalle auf dem Gelände vom Güterbahnhof an der General-Pape-Straße. Die haben schon einen Lastwagen organisiert. Morgen Nacht soll es losgehen. Säckeweise Kaffee is da zu holen. Zigaretten en gros und kistenweise Whisky. Geld bewahren die da angeblich auch auf. Die Wachleute kommen immer zu festen Zeiten. Wir müssen nur den richtigen Zeitpunkt abpassen.“

„Du machst also mit?“

„Nein, ich will ein neues Leben anfangen. Die Nelly hilft mir ja dabei. Aber ich muss. Wenn ich nicht mitmache, verpfeifen die mich und es geht zurück in die Fürsorgeanstalt. – Nee, lieber Knast als auch nur einen Tag Fürsorge.“

Im Knast kannst du auch totgeschlagen werden, aber von Mitgefangenen, wollte Kaminski sagen, verkniff es sich aber. Stattdessen zuckte er mit den Schultern. „Im Abhauen bist du doch geübt. Warum türmst du nicht? Nach Köln, nach Hamburg …“

„… oder nach Shanghai zum Kaiser? – Nee, die Leute von ‚Einigkeit‘ sind gefährlich.“ Er machte mit dem ausgestreckten Zeigefinger eine horizontale Bewegung über seinen Hals. „Die machen kurzen Prozess. Die haben ihre Leute überall.“

„Übertreibst du da nicht ein bisschen?“

Krell winkte ab. „Ich könnte dir Geschichten erzählen …“

Kaminski wollte die Geschichten gar nicht erst hören.

„Morgen Nacht soll das Ding steigen. Wir haben das Gelände genau inspiziert. Im Maschendrahtzaun ist ein Loch, durch das wir rein sind. Das hat außer uns noch keiner entdeckt. Manchmal macht die Wache auch außerhalb der üblichen Zeit einen Kontrollgang. Wenn das passiert, kriegen sie uns. Deshalb haben sie mir eine Pistole gegeben. Ich soll die Wache im Auge behalten und im Notfall abknallen."

„Das ist kein Notfall, sondern Mord, und auf Mord steht die Todesstrafe, wie du sicher weißt."

Am liebsten hätte Kaminski dem Jungen die Wahrheit gesagt, aber er merkte, dass die beiden Männer, die kurz nach ihm in das Lokal gekommen waren und sich an den Nebentisch gesetzt hatten, die Ohren spitzten, wenn sie auch so taten, als würden sie Karten spielen. Ein unangenehmes Gefühl beschlich ihn, und er hielt es für besser, das Lokal möglichst schnell zu verlassen.

Kaminski sah auf die Uhr über dem Tresen und gab vor, es eilig zu haben.

„Ich helfe dir beim Schmierestehen. Vier Augen sehen mehr als zwei. Ich Pfeife auf zwei Fingern, wenn ich etwas Verdächtiges bemerke. Dann haust du sofort ab und flüchtest durch den kaputten Zaun", sagte er, als sie draußen waren. „Aber erzähle deinen Kumpels nichts von mir. Hast du das verstanden? Kein Wort über unsere Abmachung. Klar?"

„Klar. Ich bin ja nicht blöd. Hast du denn eine Pistole?", fragte Kurt.

„Selbstverständlich", log Kaminski. „Wann soll es losgehen?"

„Wir treffen uns um halb eins so etwa 75 Meter rechts vom Haupttor. Da ist das Loch im Zaun. Eigentlich ist das als Fluchtweg gedacht. Wir haben es gut getarnt und es ist auch noch hinter einem Gebüsch. Da kommst du rein. Wenn's brenzlig wird, auch wieder raus. Wir knacken natürlich das Schloss vom Haupttor und laden die Kaffeesäcke, die Zigaretten und den Whisky auf den Lastwagen und verziehen uns."

„Du haust aber vorher auf mein Signal ab. Ich bringe dich dann in Sicherheit. Hast du das verstanden?"

Der Junge nickte nur und verschwand, ohne noch ein Wort zu sagen.

„Wenn das mal gut geht", sagte Kaminski zu sich selbst.

Auf dem Rückweg dachte Kaminski darüber nach, ob er sich nicht doch lieber Ernst Gennat anvertrauen sollte, denn er konnte bei dieser Aktion in arge Schwierigkeiten geraten. Der Ärger, den Gennat mit dem Polizeipräsidenten bekommen würde, eventuell auch mit dem Staatsanwalt, wagte er sich gar nicht auszumalen. Als er seine Wohnungstür aufschloss und sah, dass bei Lissy noch Licht brannte, beschloss er, zumindest seine Frau einzuweihen. Lissy war längst im Bett, las aber noch ein Buch.

Als Kaminski seinen Bericht beendet hatte, schüttelte Lissy den Kopf. „Was ist, wenn euch die Polizei erwischt und du festgenommen wirst?"

„Das wird nicht passieren. Ich bleibe in sicherer Entfernung." Er grinste. „Du weißt, ich kann gut auf zwei Fingern pfeifen. Das ist nicht zu überhören. Wir haben es so besprochen: Ich pfeife nach einer gewissen Zeit, auch wenn keine Wache in Sicht ist. Das weiß Krell natürlich nicht. Er wird denken, die Wache ist im Anmarsch, und flüchten. Kurt wird dann mit Onkel Salomon zur Polizei gehen, gestehen, dass er an dem Einbruch beteiligt war, und die Namen aller Beteiligten nennen. Mit diesen Informationen wird das Raubdezernat bestimmt etliche Wohnungs-, Geschäfts- und Lagereinbrüche aufklären und die Täter dingfest machen können. Krell wird mit Onkel Salomons Hilfe mit ein paar Monaten Gefängnis davonkommen. Dann ist er volljährig und muss nicht mehr in die Fürsorge. Dass er mit der Sache in Mariendorf nichts zu tun hat, wird sich dann auch klären."

Lissy blieb skeptisch. „Und wenn sie nicht gestorben sind, leben sie noch heute", sagte sie sarkastisch. „Das klingt zwar alles ganz nett, aber was ist, wenn die Polizei doch kommt?"

„Warum sollte sie? Dann müsste es schon jemanden geben, der den Coup verpfeift."

Lissy sagte nichts mehr.

XVI

Kaminski hielt Wort. Er war etwas früher am Treffpunkt, denn die anderen sollten ihn nicht sehen. Während er sich durch das Loch im Maschendraht Zugang zu dem Gelände verschaffte, knackte die Bande – Kaminski konnte aus der Entfernung nicht sehen, ob es sechs oder sieben Mann waren – das Schloss des Haupttors. Der Lastwagen war inzwischen ebenfalls angekommen und parkte auf der dem Tor gegenüberliegenden Straßenseite. Der Fahrer blieb offenbar im Wagen. Nur wenige Geräusche kamen vom Bahngelände her. Einbrecher arbeiten leise. Kaminski schreckte jedes Mal zusammen, wenn eine Maus im Unkraut raschelte. Ober waren es andere Tiere? Aus der Entfernung sah er nur schemenhaft, wie die Männer nach und nach Säcke und Kartons aus der Halle schleppten. Irgendwo bellte ein Hund. Kaminski überlegte, ob er nicht langsam pfeifen sollte. Plötzlich vernahm er Motorengeräusche von der Straße her. Kaminski stutzte. Normalerweise fuhr hier nachts niemand lang. Offenbar waren es auch gleich mehrere Wagen. Scheinwerferlicht konnte er aber keines wahrnehmen. Die Autos hielten direkt vor dem Gelände des Güterbahnhofs. Kaminski stockte der Atem. Polizei! Taschenlampen leuchteten auf. Uniformierte rannten auf das Bahngelände. Eine Megafonstimme durchbrach die Stille. „Achtung, Achtung,! Hier spricht die Polizei. Das Gelände ist umstellt. Kommen Sie mit erhobenen Händen heraus." Kaminski glaubte, die Stimme Gerhard Kanthacks zu erkennen.

Kaminski fluchte in sich hinein. Wer hatte die Polizei informiert? Lissy!, ging es ihm durch den Kopf. Sie hatte so eine seltsame Bemerkung gemacht. Er kochte innerlich. Sie hätte ihn wirklich vorwarnen können. Jedenfalls musste er von hier verschwinden, ehe die Polizei ihn entdeckte. Unvorsichtigerweise hatte er sich von dem schützenden Gebüsch mit dem Fluchtloch im Maschendraht mindestens fünfzig Meter entfernt. Kaminski setzte alles auf eine

Karte. Er musste seinen „Notausgang“ erreichen und rannte los. Zwei Schüsse fielen. „Polizei! Stehen bleiben oder ich schieße.“ Das galt ihm! Er stolperte über eine Eisenbahnschiene und fiel hin. Ein Schuss pfiff direkt an ihm vorbei. Er rappelte sich wieder auf. Offenbar hatte er sich bei dem Sturz das Knie und den Arm verletzt. Der Schmerz trieb ihm die Tränen in die Augen. Er erreichte das Loch im Zaun und rannte im Schatten der Büsche weiter, bis er vor Erschöpfung zusammensackte. Sein schwaches Herz hatte ihn davor bewahrt, 1914 zum Kriegsdienst eingezogen zu werden. Jetzt wurde es ihm fast zum Verhängnis. Sein linker Arm schmerzte höllisch und er hielt ihn mit der rechten Hand fest. Offenbar war er in eine Pfütze gefallen, denn der Ärmel war durchnässt. Im Licht einer Laterne besah er sich seine Hand. Sie war voll Blut. Die Kugel hatte seinen Arm getroffen. War es Kanthack, der geschossen hatte?

Als er wieder zu Kräften gekommen war, lief er einfach nur eine Straße entlang, er wusste nicht mehr, wo er war, nicht, wie lange er schon gelaufen war. An einer belebteren Kreuzung hielt er ein Taxi an und ließ sich zum Kurfürstendamm fahren.

Im Bad zog er die blutverschmierten Sachen aus und besah sich die Verletzung. Plötzlich stand Lissy in der Tür. „Um Himmels willen, Max, was ist denn passiert?“ Sie schlug beide Hände entsetzt vor den Mund. „Hattest du einen Unfall?“

„Könnte man so nennen“, murmelte er, ohne sie anzusehen. Er schob sie zur Seite und fuhr sie an: „Und tue nicht so scheinheilig. Ich frage mich bloß, woher dieser verdammte Kanthack von dem Raub auf dem Güterbahnhof wusste. Plötzlich war das Lager von Polizei umstellt.“

Lissy blieb mit offenem Mund stehen. Es dauerte eine Weile, bis sie ihre Fassung wiedererlangt hatte. „Du glaubst doch nicht im Ernst …?“

„Wer sonst? Niemand hat davon gewusst!“

„Also das ist mir jetzt zu dumm!“ Sie ging ins Schlafzimmer, kam mit Kopfkissen und Bettdecke wieder und verschwand in Claras Zimmer. Inzwischen waren auch die alten Kaminskis wach geworden. Georg kam verschlafen aus dem Schlafzimmer. „Was macht ihr denn für einen Radau?“

„Wir spielen gerade ein bisschen Theater“, gab Max zurück.

„Geht das auch leiser?“

„Nein. Aber ich brauche einen Arzt. Ich bin angeschossen worden.“

Georg Kaminski schüttelte den Kopf.

„Zeig mal.“ Er besah sich wortlos den verwundeten Arm seines Sohnes und brummte, an seine Frau gewandt: „Ruth, hol mir doch bitte mal meine Brille.“

Er setzte die Brille auf und diagnostizierte: „Ein schöner Streifschuss. Hast Glück gehabt, sieht schlimmer aus, als es ist. Damit musst du nicht einmal ins Krankenhaus.“ Er holte den Verbandkasten, ein Fläschchen mit Jod und verarztete die Wunde fachgerecht.

„So“, sagte er, als er fertig war und den Verband noch einmal begutachtete. „Ich glaube, jetzt bist du mir eine Erklärung schuldig.“

Max erzählte seinem Vater, was geschehen war, auch von seinem Verdacht gegen Lissy. Georg Kaminski sah seinen Sohn mit ernstem Blick an. „Du glaubst doch nicht im Ernst, dass Lissy die Polizei informiert hat! Ich glaube, deine Nerven sind auch ein bisschen angeschlagen. Wenn du dich bei deiner Frau nicht schleunigst entschuldigst, kannst du sicher sein, dass du ziemlichen Ärger mit mir bekommst.“

Max Kaminski blieb trotzig. „Ich verdächtige niemanden. Ich zähle bloß eins und eins zusammen.“

„Rechnen konntest du ja in der Schule schon nicht“, sagte der alte Kaminski wie zu sich selbst.

„Außerdem ist mir schwindlig, mir ist schlecht und ich glaube, ich kippe gleich um.“ Georg Kaminski brachte seinen Sohn ins Schlafzimmer, holte ihm ein Glas Wasser und reichte ihm zwei Tabletten. „Nimm das. Dann fühlst du dich morgen wieder besser.“

Beim Frühstück sprach Lissy kein Wort mit ihrem Mann. Er hatte auch keine Lust, lange Erklärungen abzugeben. Erst musste er wissen, was vorgefallen war.

XVII

Ernst Gennat wollte vor der Frühbesprechung noch einen Blick in sein Büro werfen und stutzte, als er das Vorzimmer betrat. Gertrud Steiner saß nicht wie gewöhnlich an ihrer Schreibmaschine. „Wo sind Sie denn, Steinerchen, haben Sie sich versteckt?"

„Ich bin hier, Herr Kriminalrat. Ich habe Ihnen was mitgebracht." Ihre Stimme kam aus seinem Büro, und in Gedanken sah Gennat schon ein herrliches Stück Nusstorte vor sich stehen. Doch statt eines Tabletts mit Kuchen und Kaffee hatte seine Sekretärin eine Blumenvase auf seinen Schreibtisch gestellt und arrangierte gerade prächtig blühende rosarote Pfingstrosen. „Guten Morgen, Chef. Sind die nicht herrlich?" Sie strahlte ihn an. „Aus dem Garten meiner Schwester. Da hat man doch gleich mehr Lust zum Arbeiten, nicht wahr?"

Gennat gab ein missmutiges Grunzen von sich. „Ich bin sicher, die Blumen hätten sich im Garten Ihrer Schwester wohler gefühlt. Blumen abschneiden ist auch so etwas wie Mord."

Gertrud Steiner hielt einen Augenblick inne und betrachtete den Strauß nachdenklich. „Unter diesem Aspekt habe ich es noch gar nicht gesehen. Irgendwie haben Sie aber recht. – Kaffee?"

„Nein, später. Muss zur Konferenz. – Und nehmen Sie das Unkraut von meinem Schreibtisch. Wenn die Vase umkippt, wird ja alles nass."

„Guten Morgen, Herr Vizepräsident", begrüßte Gennat den Polizeivizepräsidenten Bernhard Weiß, der ihm auf dem Gang entgegenkam. „Wollten Sie zu mir?"

„Nicht direkt. Scholtz hat mich zur Frühbesprechung gebeten. Den Jungs vom Raub ist in der letzten Nacht ja ein dicker Fisch ins Netz gegangen."

„Bin gerade erst gekommen. Was war denn los? Warum, zum Teufel, bin ich noch nicht informiert?"

„Regen Sie sich nicht auf, Gennat. Liebermann von Sonnenberg wird uns alles erklären."

Der Konferenzraum war bereits überfüllt, als der Vizepolizeipräsident und der Kriminalrat eintraten. Fast die gesamte Kriminalpolizei schien anwesend zu sein. Gennat kochte innerlich. Warum hatten die Kollegen ihn nicht angerufen? Gennat hasste es, nicht zu wissen, worum es ging, ahnte aber den Grund. – Das machte ihn noch wütender, denn die Kommissare Otto Trettin und Erich Liebermann von Sonnenberg gehörten gewiss nicht zu seinen besten Freunden. Gennat wusste, dass Liebermann seit Langem, zusammen mit Arthur Nebe, der vor zwölf Jahren als mittelmäßig begabter Kommissaranwärter zur Kripo gekommen und erst unter seiner Leitung zu einem passablen Kommissar geworden war, mit den Nazis sympathisierte. Das war zwar von der Polizeileitung nicht gerne gesehen, aber solange die Beamten nicht offen darüber sprachen, gab es auch keine disziplinarischen Maßnahmen.

Gennat fand keinen freien Stuhl mehr und musste, ebenso wie Bernhard Weiß, stehen. Auf der anderen Seite des Raumes sah er seine *Aktive Mordkommission* und grüßte die Männer mit Handzeichen. Rudolf Lissigkeit stand auf und gab ihm mit einer Geste zu verstehen, er solle herüberkommen und sich setzen, aber Gennat winkte ab. Er hatte ohnehin nicht vor, lange zu bleiben.

Nach einigen belanglosen Worten der Begrüßung erteilte Scholtz Liebermann das Wort.

„Wir vom Raubdezernat hatten den Tipp bekommen, dass am Güterbahnhof an der General-Pape-Straße in Schöneberg ein größerer Raubzug von Zigaretten, Kaffee und Whisky geplant war“, begann er. „Wir konnten die Bande auf frischer Tat ertappen und fünf Einbrecher festnehmen. Zwei sind uns leider entwischt, darunter auch der wegen Mordes gesuchte Kurt Krell.“

Liebermann sah in die Runde und fuhr dann fort: „Da eine zweite flüchtige Person die mehrfache Aufforderung des Kollegen Kanthack, stehen zu bleiben, ignorierte, gab dieser einen Warnschuss ab. Der Verbrecher setzte dennoch seine Flucht fort und der Kollege schoss ein zweites Mal. Offenbar wurde der Flüchtende an der Schulter oder am Arm verletzt. Da die Ärzte verpflichtet sind, Schussverletzungen zu melden, bin ich sicher, dass wir des Flüchtigen bald habhaft werden."

Nun meldete sich Gennat doch zu Wort. „Fühlte sich der Kollege bedroht? Zog der Flüchtende als Erster eine Waffe?"

Liebermann schien irritiert. „Da bin ich im Augenblick nicht informiert. Das müssen Sie den Kollegen fragen."

Kanthack verneinte. „Zweimal hatte ich ihn vorher angerufen, dass ich schießen werde. Ich wollte ihn ja nur an der Flucht hindern."

„Sie wissen also nicht, ob der Flüchtende bewaffnet war?"

„Was hätte ich denn Ihrer Meinung nach tun sollen, Herr Kriminalrat?", gab Kanthack, der sich offenbar provoziert fühlte, empört zurück. „Den Banditen fragen, ob er auf mich schießen will, wenn ich ihn weiter verfolge?"

Liebermann warf Gennat einen bösen Blick zu und sprach weiter. „Alle Festgenommenen gehören dem *Geselligkeitsverein Einigkeit 1930* an. Wie die meisten von Ihnen wissen, wird dieser Verbrecherverein auch ‚Der Schrecken von Schöneberg' genannt. Wir haben da also einen dicken Fisch an Land gezogen. Die Vernehmungen der Verbrecher haben bereits begonnen, und wir können davon ausgehen, dass zahlreiche Wohnungs-, Laden- und Lagereinbrüche der letzten Wochen und Monate nun endlich aufgeklärt werden können. Bedauerlich ist jedoch, dass uns zwei der Banditen entkommen sind, zumal einer von ihnen wegen Mordes gesucht wird."

„Woher wussten Sie von dem geplanten Raubzug?", hakte Gennat erneut nach.

„Wir haben eine Information bekommen."

„Einfach so?"

„Die Verdächtigen wurden seit längerer Zeit beobachtet."

„Von Spitzeln aus dem Milieu?"

Liebermann schüttelte den Kopf. „Zwei Kriminalassistenten hatten die Aufgabe übernommen – und offenbar gute Arbeit geleistet. –Was soll die Fragerei, Herr Kriminalrat?“, geriet der Kommissar jetzt in Rage. „Schließlich haben wir Ihre Arbeit gleich mit erledigt. *Ihre* Inspektion ist es doch, die den Mörder Krell sucht.“

Gennat machte eine beschwichtigende Handbewegung. „Beruhigen Sie sich, Herr Kollege. Ich möchte nur klarstellen: Wir suchen diesen Krell nicht als Mörder, denn dafür haben wir keinerlei Anhaltspunkte, sondern allenfalls als Zeugen.“

Gennat sah, wie Liebermann einen roten Kopf bekam und tief Luft holte, um etwas zu sagen, doch Gennat kam ihm zuvor. „Lassen Sie uns das später in meinem Büro besprechen. Leider muss ich mich verabschieden, denn ich habe zu tun.“ Er deutete eine Verneigung in die Runde an und verließ den Konferenzraum.

Selbst rabenschwarzer Kaffee und Schwarzwälder Kirschtorte vermochten Gennats Laune nicht zu verbessern. Gerade wollte er sich eine Zigarre anzünden, als Lissigkeit ohne anzuklopfen ins Büro stürzte. „Das ist ja eine tolle Geschichte“, begann er. „Das meiste wissen Sie ja noch gar nicht, Chef. Liebermann hat mir heute Morgen erzählt, dass sie schon seit Tagen Mitglieder des Vereins beobachten lassen. Dabei sind sie auch auf diesen Krell gestoßen. Da sie wussten, dass er bei dem Raubzug mitmachen würde, wollten sie ihn zunächst auch nicht festnehmen, sondern gleich die ganze Band hopsnehmen. Am Abend vor dem Einbruch beobachteten ihn dann gleich zwei auf ihn angesetzte Kriminalassistenten in einer Kneipe bei den Yorckbrücken. Krell besprach da wohl gerade mit einem Komplizen die Einzelheiten. Deshalb war es für die Polizei dann auch ein Kinderspiel, die Bande im richtigen Augenblick hochzunehmen.“

„Kinderspiel würde ich ja nun nicht sagen“, knurrte Gennat, noch immer mit dem Anzünden seiner Zigarre beschäftigt. „Immerhin sind Schüsse gefallen und zwei der Täter konnten entkommen.“

„Es sieht aber ganz so aus, als würden die anderen singen wie die Nachtigallen. In der Konferenz wurde ja schon angedeutet, dass jetzt wohl eine ganze Reihe von Einbrüchen aufgeklärt werden kann. Liebermann und Trettin werden Lorbeerkränze umgehangen bekommen."

„Von mir aus. – Kümmern Sie sich lieber um unseren Fall. Damit haben Sie genug zu tun", fuhr er Lissigkeit an, bereute es aber gleich wieder. Schließlich konnte der Kollege nichts dafür, dass die Ermittlungen im Mariendorfer Raubmord auf der Stelle traten. Ohne Hinweise aus der Bevölkerung hatten sie nur wenige Chancen, voranzukommen. Doch sie standen unter Druck. Scholtz, der Polizeipräsident, vor allem aber die Öffentlichkeit, erwarteten rasche Ergebnisse. „Ehrlich gesagt glaube ich nicht, dass uns die ausgestellten Asservate bei *Joseph* weiterbringen. Es stehen zwar, besonders in den Abendstunden, ganze Menschentrauben vor dem Schaufenster, aber wohl eher aus reiner Neugier. Wir haben noch nicht einen einzigen Hinweis bekommen", räumte Gennat ein.

„Seien Sie nicht so ungeduldig", beschwichtigte Lissigkeit. „Wir schnappen die Jungs. Verlassen Sie sich drauf."

Nachdem Lissigkeit das Büro verlassen hatte, ging Gennat noch einmal die Protokolle des Raubmords durch und fragte sich, ob er nicht irgendetwas übersehen hatte. Zwar gab es keinerlei Beweise für Kurt Krells Verstrickung in den Fall, dennoch ärgerte er sich, dass der Junge entwischt ist. Zumindest hätte er ihn gern befragt. Aber vielleicht ergaben die Vernehmungen der Festgenommenen brauchbare Hinweise. Er beschloss, Liebermann zu bitten, bei den Verhören dabei sein zu dürfen – worauf er als Leiter der Mordinspektion durchaus bestehen konnte. Er stand auf und ging ins Vorzimmer. „Steinerchen, ich gehe mal rüber zum Raub. Wenn also jemand nach mir fragen sollte …" Er hielt inne und runzelte die Stirn. Gertrud Steiners Finger, die gerade noch auf die Schreibmaschine eingehämmert hatten, verharrten in der Luft, als sei die

Fee aus Dornröschen erschienen und habe sie in der Bewegung erstarren lassen. „Was ist das denn?", fragte sie regungslos. Vom Flur her kam ein tumultartiges Durcheinander lauter, aufgeregter Stimmen. Offenbar waren mehrere Personen in einen heftigen Streit geraten. Gennat riss die Tür auf. „Donnerwetter noch eins! Was ist das denn für ein Radau!", brüllte er.

Schlagartig verstummten die Stimmen und Gennat glaubte seinen Augen nicht zu trauen. Die Kriminalassistenten Lutze und Berger hielten Max Kaminski fest und waren gerade im Begriff, ihm Handschwellen anzulegen, die Kommissare Trettin und Liebermann standen dahinter. „Das ist der Komplize", rief Lutze Gennat zu. „Das ist der Mann, der mit Krell in *Willys Treffpunkt* war." Berger bestätigte die Behauptung.

Gennat fing Kaminskis entsetzten Blick auf, behielt aber die Ruhe. „Ich würde gerne verstehen, was hier gerade vor sich geht."

„Nichts Besonderes." Trettin grinste Gennat schadenfroh an. „Wir haben den Komplizen festgenommen. Hier auf dem Gang haben die jungen Kollegen den Mann zufällig erkannt. Angeblich wollte er gerade zu Ihnen, der Herr Reporter. Sie kennen ihn ja. Er ist ja ein Freund von Ihnen."

Gennat ärgerte sich über Trettins Sarkasmus. Das Gehirn des dicken Kriminalrats arbeitete: Er versuchte sich auszumalen, was vorgefallen sein könnte, und hoffte, dass es nicht das war, was ihm spontan durch den Kopf ging.

„Ich bin doch kein Komplize", ereiferte sich Kaminski. „Das ist ein Missverständnis, eine Verwechslung."

„Ich weiß doch, was ich gesehen habe!", brüllte Lutze. Berger bestätigte: „Genau. Das ist der Mann, der mit Krell in der Kneipe war."

Trettin schien keinerlei Zweifel zu hegen. „Der Herr Journalist lügt. Immerhin gibt es zwei Zeugen, die ihn identifizieren. Das reicht doch wohl."

Gennat hob beschwichtigend beide Hände. „Wir sollten das nicht auf dem Flur klären. Kommen Sie erst einmal in mein Büro." Insgeheim ahnte er, dass sich die beiden Kriminalassistenten doch nicht irrten. Gennat kannte Kaminski lange genug, um zu wissen, dass er auch vor gefährlichen Abenteuern nicht zurückschreckte. Mit einer Handbewegung wies er die aufgeregte Gruppe in sein Büro. Gennat warf einen Blick zu Gertrud Steiner, die wie erstarrt neben ihrer Schreibmaschine stand. Er gab ihr ein Zeichen, das ihr andeutete, sich im Hintergrund zu halten, aber die Ohren zu spitzen.

Gennat setzte sich hinter seinen Schreibtisch. Die fünf Männer blieben stehen. „So. Was ist hier eigentlich los?", wollte Gennat wissen.

Kriminalassistent Lutze wiederholte seine Behauptung, dass Kaminski Krells Komplize sei, denn er habe gehört, wie sie den Einbruch besprachen.

„Das ist doch blanker Unsinn", widersprach Kaminski.

Gennat schloss für einen Augenblick die Augen, dann wandte er sich an die Kollegen: „So, meine Herren. Ich möchte jetzt mit Herrn Kaminski unter vier Augen sprechen."

Die Autorität des Chefs der Mordinspektion zu untergraben schien den Kommissaren, die von Gennat schließlich schon unzählige Male als Ermittler in einer Mordkommission eingesetzt worden waren, unangebracht. Wortlos verließen sie das Büro.

Gennat wartete eine Weile, bis er auf dem Gang nichts mehr hörte und sicher sein konnte, dass die Kollegen gegangen waren. „Haben Sie mir etwas zu sagen?"

Kaminski schwieg.

„Ich höre", wiederholte Gennat scharf.

„Das ist doch lächerlich, ich plane doch keinen Raubzug. Die beiden haben doch nicht alle Tassen im Schrank."

Wieder entstand eine Pause.

Gennat glaubte zu wissen, was vorgefallen war, wollte es aber von Kaminski selbst hören.

Nach längerem Schweigen begann Kaminski endlich zu reden. Er erzählte von Lissys Nachforschungen bei der Fürsorge, über den Besuch in der Schneiderei bis hin zu der Prostituierten Nelly, die sich als eine Art Beschützerin Kurt Krells erwies. Schließlich gestand er auch das Treffen mit dem Jungen in der Kneipe bei den Yorckbrücken ein.

„Ich mag aber nicht glauben, dass Sie da mit einem Verbrecher eine Straftat geplant haben? – Ich hoffe jetzt, dass ich den jungen Kollegen falsch verstanden habe."

„Er hat *mich* falsch verstanden. Krell hat mir von dem geplanten Raub erzählt. Da er sich weigern wollte, mitzumachen, haben ihn seine Kumpel von *Einigkeit 1930* unter Druck gesetzt und gedroht, andernfalls dafür zu sorgen, dass er wieder in die Fürsorge kommt. Er war in der berüchtigten Anstalt in Waldheim. Verständlich also, dass er auf dem Standpunkt steht, Gefängnis sei immer noch besser als Fürsorgeerziehung. Ich habe versucht, ihn davon zu überzeugen, dass das Unsinn ist, aber mit dem Jungen war überhaupt nicht zu reden. Zudem wollte die Bande ihn reinlegen. Sie haben ihm eine Pistole gegeben und gesagt, er solle schießen, wenn plötzlich eine Wache auftauche. Da bekam er Angst. Deshalb habe ich ihm vorgeschlagen, mitzugehen. Mein Plan war, wenn die Bande in den Lagerschuppen eingedrungen ist, laut auf zwei Fingern zu pfeifen, als Zeichen, dass Wachleute kommen. Krell sollte dann abhauen. Mein lautes Pfeifen sollte aber den Sinn haben, den Wachschutz erst zu alarmieren. Freilich wollte ich mich dann ebenfalls schnellstens aus dem Staub machen. Meine Idee: Die Wachleute würden dann sofort die Polizei alarmieren. Die hätte die Bande dann festnehmen können. Ich wollte mit Krell und einem Anwalt zu Ihnen kommen. Der Junge hätte ein Geständnis abgelegt und zudem nicht nur alle Mittäter des Raubzugs preisgegeben, sondern auch Angaben zu früheren Einbrüchen gemacht. Onkel Salomon hätte schon dafür gesorgt, dass der Junge glimpflich davonkommt. Ich konnte doch nicht ahnen, dass plötzlich die Polizei auftaucht. Außerdem hat Kanthack auf mich geschossen", Kaminski zeigte auf seinen schmerzenden Arm. „Von hinten. Ich hatte natürlich keine Waffe. Er machte nicht einmal Anstalten, hinter mir herzurennen, sondern hat gleich geschossen. Auf der Flucht bin ich über die Eisenbahnschienen gestolpert und hingefallen. Er hätte mich spielend einholen können. – Wenn er nur gewollt hätte."

Gennat nickte nur. „Und der Mord in Mariendorf? Haben Sie mit Krell darüber gesprochen?"

„Damit hat er nichts zu tun, sagt er."

„Kaufen Sie ihm das ab?"

„Ja."

„Jetzt ist er jedenfalls über alle Berge."

„Bestimmt denkt er, dass ich ihn reingelegt habe. Dabei hat er mir wirklich vertraut. Wem soll er nun noch etwas glauben?"

„Ihre Idee war, mit Verlaub, maßlos dämlich. Sie hätten sofort zu mir kommen müssen. Ich hätte dem Jungen schon nicht den Kopf abgerissen. Das wissen Sie genau." Gennat stand auf, verschränkte die Hände auf dem Rücken und ging zwischen Schreibtisch, Aktenschrank und Fenster auf und ab, was er nur tat, wenn er kurz davor war, die Fassung zu verlieren.

„Ich dachte …", begann Kaminski, redete aber nicht weiter.

„Das Denken sollten Sie lieber den Pferden überlassen", brüllte Gennat. „Die haben 'nen größeren Kopp! Sind Sie sich eigentlich im Klaren darüber, dass Trettin oder Liebermann Sie ohne Weiteres festnehmen und einsperren können? Haben Sie eigentlich auch nur eine Minute über die Konsequenzen Ihrer bescheuerten Eskapade nachgedacht?"

„Ich gebe ja zu, ich war unaufmerksam. Mir sind die beiden Witzblattfiguren in der Kneipe ja aufgefallen, und ich habe auch bemerkt, dass sie uns belauschten. Nicht im Traum hätte ich aber daran gedacht, dass diese Hornochsen Polizeispitzel sein könnten."

„Ihre Ausdrucksweise verbitte ich mir. Die beiden Kriminalassistenten haben in einer Raubsache ermittelt und nur ihre Arbeit gemacht."

„Diese beiden Komiker lässt man ermitteln? Die sind doch noch grün hinter den Ohren."

Gennat lief rot an. Kaminskis Selbstbewusstsein ging ihm auf die Nerven. Statt einzugestehen, dass er einen Fehler begangen hatte, beleidigte er seine jüngeren Kollegen. Er blieb direkt vor Kaminski stehen und wies auf die Tür. „Bevor ich mich vergesse, möchte ich Sie ganz höflich bitten, auf der Stelle durch diese Tür zu gehen und sie von außen zu schließen. Haben wir uns verstanden? Die Sache mit Trettin und Liebermann werde ich klären, damit Sie nicht festgenommen werden und obendrein bei Ihrer Zeitung noch rausfliegen. Schließlich kann Ihre Familie nichts für Ihre Dämlichkeit." Gennat machte eine Pause, holte tief Luft und brüllte, dass Kaminski zusammenzuckte: „Und jetzt raus!"

XVIII

Im Vorzimmer hielt Kaminski kurz inne. Das ist nur ein Albtraum, ging es ihm durch den Kopf. Gleich klingelt der Wecker und ein schöner neuer Tag beginnt. – Aber es klingelte kein Wecker. Schon öfter hatte er sich im Laufe der 16 Jahre ihrer Freundschaft, die hin und wieder auch in eine Art Zusammenarbeit gipfelte, mit Gennat gestritten. Es war auch nicht das erste Mal, dass der Dicke ihn aus seinem Büro schmiss. Aber nie war er so außer sich gewesen wie heute. Gertrud Steiner sah Kaminski mitfühlend an, legte den Zeigefinger an die Lippen und flüsterte: „Keine Sorge, der beruhigt sich auch wieder."

Kaminski wiegte den Kopf hin und her. „Ihr Wort in Gottes Ohr, Trudchen." In der Tür drehte er sich noch einmal um und zeigte nach oben: „An den da glaube ich nur leider nicht."

Wie in Trance ging er den Flur entlang. Viel mehr noch als der Knatsch mit Gennat beschäftigte ihn, dass er Lissy zu Unrecht verdächtigt hatte, die Polizei informiert zu haben. Damit hatte er sie schwer gekränkt. Er zermarterte sich den Kopf, wie er das Unverzeihliche wiedergutmachen konnte. Max Kaminski zuckte zusammen, als Lena Wolffsohn in Hut und Mantel vor ihm stand. Sie hatte Feierabend. „Herr Kaminski", sprach sie ihn an. „Was ist denn mit Ihnen passiert? Heute sind Sie es aber, der wie sieben Tage Regenwetter dreinschaut. Kann ich Ihnen helfen?"

Kaminski war erleichtert. Er brauchte jetzt jemanden, mit dem er reden konnte. „Ja. Sie können mir helfen, indem Sie jetzt mit mir irgendwo Kaffee trinken gehen."

Lena Wolffsohn war einverstanden, und sie fuhren zu *Dobrin* am Brandenburger Tor, wo sie sich an einen Tisch in einer ruhigen Ecke setzten. Ausführlich erzählte Kaminski, was vorgefallen war. Lena war eine gute und geduldige Zuhörerin. Auch, dass er Lissy verdächtigt hatte, vertraute er ihr an und erhoffte sich einen Rat. Denn er war sich sicher, dass sich eine Frau eher in Lissys Gedankenwelt versetzen konnte.

„Das war wirklich unverzeihlich", schüttelte Lena den Kopf, nachdem Kaminski seinen Bericht beendet hatte. „Wie konnten Sie nur so etwas denken. Nie würde Ihre Frau Sie verraten."

„Und was soll ich nun machen? Sie spricht nicht mehr mit mir, ignoriert mich einfach. Sie kann da sehr konsequent sein."

Lena überlegte. „Rote Rosen oder Schmuck, das wäre einfallslos. Es muss etwas Originelles sein. Etwas, das ihr zeigt, dass Sie sich wirklich den Kopf zerbrochen haben. – Haben Sie Zeit?"

„Ja."

„Wir gehen zu Wertheim am Leipziger Platz."

„Und was wollen wir da?"

„Sie werden schon sehen."

Lena zog Kaminski in die Spielwarenabteilung zu den Teddybären der Firma Steiff. „Aber Lena", protestierte Kaminski, „wir suchen nichts für meine Kinder, sondern für meine Frau."

„Ja, eben."

Er folgte ihr kopfschüttelnd. Lena suchte einen Teddy mit kuscheligem Fell und traurigen Knopfaugen aus. Dann ließ sie sich bei den Puppenkleidern von einer Verkäuferin eine passende Hose und einen Pullover für den Plüschbären aussuchen. Kaminski verstand noch immer nicht. „Das ist fast perfekt", strahlte Lena, offenbar zufrieden mit sich. „Jetzt gehen wir noch in die Abteilung mit den Seidenblumen und kaufen einen kleinen Rosenstrauß. Den bekommt Teddy Max in seine ungeschickten Pfoten, und der echte Max schreibt ein paar Zeilen der Entschuldigung dazu. Teddy Max wird heute Abend auf Lissys Kopfkissen warten. Vorher werden Sie nichts sagen und sich nichts anmerken lassen. Lissy wird, Sie werden sehen, dahinschmelzen wie Butter in der Pfanne – oder wie Eis in der Sonne."

Kaminski sah Lena staunend an und drückte ihr einen Kuss auf die Wange. „Lena, Sie sind genial. Da wäre ich nie im Leben drauf gekommen."

„Natürlich nicht. Sie sind ja auch ein Mann!"

„Meine Frau wird begeistert sein."

Lena machte eine zweifelnde Handbewegung. „Aber nun benehmen Sie sich nicht gleich wieder wie der Elefant im Porzellanladen. Sagen Sie bloß nicht, dass das nicht Ihre Idee war."

Kaminski war ein wenig beleidigt. „Na, so blöd bin ich nun auch wieder nicht."

Während des Abendessens sprach Lissy noch immer kein Wort mit ihm. Nach dem Essen besah sich Georg Kaminski noch einmal die Schusswunde seines Sohnes und nickte zufrieden. Beim Wechseln des Verbands verzog Max vor Schmerz das Gesicht. Sein Vater lachte laut auf. „Was bist du wehleidig! Hast du überhaupt eine leise Ahnung davon, was die Soldaten im Krieg aushalten mussten? Wir haben Beine ohne Betäubung amputiert. Die schwersten Schusswunden versorgt. Viele haben heute noch einen Granatsplitter oder ein Geschoss irgendwo im Körper zu stecken. Die haben einen Grund, vor Schmerzen das Gesicht zu verziehen! Das hier ist nur eine winzige Fleischwunde, die zudem sehr gut heilt. Also stell dich nicht so an!"

Max verzog sich in sein Arbeitszimmer, denn er musste für das Feuilleton eine Serie über Berliner Operettenkomponisten schreiben. In den nächsten beiden Folgen würde er sich Paul Lincke und Walter und Willi Kollo vornehmen. Recht konzentrieren konnte er sich aber nicht. Es war schon 10 Uhr durch, und er hatte statt zu schreiben nur Elefanten – inzwischen war es eine stattliche Herde – auf das Papier gekritzelt.

Plötzlich hörte er die Dielen knarren. Lissy stand im Nachthemd in der Tür, den Teddy mit den Seidenrosen im Arm und einen Brief in der Hand. Sie lächelte, und Tränen liefen ihr über das Gesicht. „Ach Max, Teddy hat mir alles erzählt." Sie deutete auf den Brief, den sie in der Hand hielt. „Ich habe ja nicht gewusst …"

„Alles ist ganz allein meine Schuld, Lissy. Ich habe mich wirklich unbeschreiblich dämlich benommen. Ich hoffe, dass du mir das verzeihen kannst, obwohl es ja eigentlich unverzeihlich ist. Ich war dumm, ich war ein Idiot. Ich weiß auch nicht, was in mich gefahren war, wie ich so etwas denken konnte. Vielleicht war es der Schreck, der mir in die Knochen gefahren ist. Und außerdem …“

Lissy legte ihren Zeigefinger auf Max’ Lippen. „Pssst!“, machte sie. „Nicht so viel reden. Teddy hat ein gutes Wort für dich eingelegt, und er hat mich überzeugt.“

Er stand auf, nahm Lissy in den Arm und küsste sie. „Ich habe keine Lust mehr zum Arbeiten. Was hältst du davon, wenn wir uns noch mit einem Glas Sherry auf den Balkon setzen?“

Lissy nickte und tat so, als frage sie auch den Teddy.

Kaminski erzählte ihr von Gennats Wutausbruch.

Lissy kicherte. „Daran müsstest du dich doch langsam gewöhnt haben. Ich habe längst aufgehört zu zählen, wie oft Gennat dich in den letzten Jahren schon rausgeschmissen hat. Auch diesmal wird er sich über kurz oder lang wieder beruhigen.“

XIX

Der magere blasse Junge auf dem Besucherstuhl neben Kriminalrat Gennats Schreibtisch knetete seine Hände, als wolle er sie wärmen. Von den Kollegen vom Raubdezernat, die Kurt Krell zuerst vernommen hatten, wusste Gennat bereits, dass der 20-Jährige zahlreiche Einbrüche gestanden hatte. Die Beteiligung an dem Mariendorfer Mord stritt er indes nach wie vor ab.

„Du bist also der Kurt Krell", begrüßte Ernst Gennat den Jungen. „Ich darf doch *du* sagen?"

Krell nickte.

„Die Kollegen haben dich in der Nähe von Prenzlau geschnappt. Was wolltest du denn da?"

„Weiß nicht. Irgendwohin, wo mich keiner kennt."

„Na, das ist ja nun gründlich schiefgegangen. Bei deiner Festnahme hattest du 50 Mark in der Tasche, ziemlich viel Geld für einen Jungen von 20 Jahren, der keine Arbeit hat."

„Hab ich doch schon gesagt. Meine Kumpels haben einen Mann in der Nähe der Kochstraße überfallen. Der war Reporter bei der *BZ am Mittag*. Der hatte 'n Haufen Geld bei sich. Ich hab nur Schmiere gestanden. Die 50 Mark waren mein Anteil."

„Was hast du am Freitag vor Pfingsten gemacht?"

„Weiß ich nicht mehr."

„Versuch dich mal zu erinnern."

„Ich war bei der Markthalle. Die brauchen immer Aushilfen. Da hab ich mir ein bisschen was verdient."

„Den ganzen Tag?"

„Nee. Mittags ist da Schluss."

„Und was hast du dann gemacht?"

„Von dem Geld, das ich verdient hatte, bin ich zu Aschinger und habe Mittag gegessen. Vom Rest hab ich mir ein Paar Socken gekauft. Dann bin ich in den Tiergarten und hab 'ne Runde gepennt."

„Und abends?"

„Weiß ich nicht mehr."
„Warst du mit Freunden unterwegs?"
„Kann sein."
„In Mariendorf? Im Lokal Tiepelmann."
„Ich war nicht in Mariendorf."
„Du erinnerst dich also doch, wo du warst."
„Sie wollen mir den Mord in Mariendorf anhängen, aber damit habe ich nichts zu tun."
„Du sollst einem Vereinsmitglied eine Pistole geklaut haben. Wo hast du sie jetzt?"
„Hab ich weggeschmissen."
„Wo?"
„In den Landwehrkanal."
„Der Landwehrkanal ist lang."
„Die Stelle weiß ich nicht mehr."
„Kannst du mir wirklich nicht sagen, was du am Freitagabend vor Pfingsten gemacht hast?"
„Kann ich, will ich aber nicht."
„Schlimmer als Mord kann es wohl kaum sein."
Krell schwieg.
Gennat unterbrach die Vernehmung, denn er hatte Gustav Tiepelmann und seine Verlobte kommen lassen, um Krell eventuell als einen der Täter zu identifizieren.
Beide zögerten einen Augenblick, als Gennat sie in einem Nebenraum befragte. „Ich weiß nicht", sagte Tiepelmann. „Ich bin mir nicht sicher, aber der Junge kommt mir bekannt vor. Er könnte einer der Banditen sein." Tiepelmanns Verlobte glaubte ebenfalls, ihn als einen der Täter identifizieren zu können.
Für Gennat waren die Aussagen der Zeugen keineswegs beweiskräftig, denn beide waren sich nicht sicher. Das reichte ihm nicht, denn immerhin ging es um Krells Kopf.
Zurück in seinem Büro warf er Krell einen sorgenvollen Blick zu.

„Du sagst, dass du nicht in dem Lokal warst. Zwei Zeugen wollen dich da aber gesehen haben."

„Ich war das aber nicht." Tränen liefen dem Jungen übers Gesicht.

Gennat reichte ihm die Mütze, die sie am Tatort gefunden hatten.

„Ist das deine Mütze?"

„Nee. So 'ne Mütze hab' ich nicht."

„Setz mal auf."

Kurt Krell setzte die Mütze auf und sie rutschte ihm gleich über beide Ohren. Auch Zeitungspapier hätte sie vermutlich nicht passend machen können.

Gertrud Steiner schaute von ihrem Stenoblock auf und musste sich das Lachen verkneifen.

Wortlos legte Gennat die Mütze wieder weg.

„Ich war da schon mal", kam es plötzlich leise von Krell.

Gennat sah ihn perplex an. „Wie bitte?"

„Ich war in dem Lokal. Aber nicht am Freitag vor Pfingsten. Es ist viel länger her. An dem Abend war da ein Tanzvergnügen. Das war zur Faschingszeit."

Gustav Tiepelmann und seine Verlobte bestätigten, dass sie Anfang des Jahres ein Faschingstanzvergnügen veranstaltet hatten, und erinnerten sich jetzt, den Jungen damals und nicht bei dem Überfall gesehen zu haben.

„Aber eines interessiert mich nun doch, was hast du an diesem Freitag wirklich gemacht?"

„Wir haben Schaufenster gezogen, also eingeschlagen und die Auslagen geklaut. Hat uns 'ne Stange Geld gebracht."

„Was habt ihr geklaut?"

„Was es so zu greifen gab. Schokolade, Kaffee, Dauerwürste und Wäsche. Einen Teil der Sachen haben wir behalten, den Rest verscheuert."

Gennat beendete das Verhör. Vor der Tür warteten zwei Uniformierte, die Kurt Krell im Auftrag des Raubdezernats ins Polizeigefängnis zu bringen hatten.

„Wenn mich dieser Harry nicht verpfiffen hätte, wäre ich längst auf dem Schiff nach Südamerika", schimpfte er im Hinausgehen unter Tränen.

„Halt!", rief Gennat ihm hinterher. „Harry hat dich nicht verpfiffen. Auf der Flucht ist er sogar angeschossen worden. Erinnerst du dich an die beiden Männer am Nebentisch in Willys *Treffpunkt*?"

Kurt Krell nickte.

„Das waren Kriminalbeamte."

Mit Sicherheit würde Kurt Krell bis zu seinem 21. Geburtstag im September im Gefängnis bleiben. Die Erziehungsanstalt würde ihm jedenfalls erspart bleiben, ging es Gennat durch den Kopf.

Was die Schaufenstereinbrüche am Freitagabend vor Pfingsten betraf, hatte der Junge, wie aus den Akten hervorging, die Wahrheit gesagt. Alle Geschäfte, die Krell genannt hatte, hatten in jener Nacht Einbrüche angezeigt.

XX

Berlin und Heringsdorf, 6. bis 27. Juli

Max Kaminski überlegte, ob er nicht eine Glosse über das Wetter schreiben sollte, denn der Sommer schlug seltsame Kapriolen. Erst war es so kalt, dass man heizen musste, um nachts im Bett nicht vor Kälte mit den Zähnen zu klappern, dann war es wieder viel zu heiß.

Kaminski mied das Polizeipräsidium in der nächsten Zeit, traf sich aber regelmäßig mit Rudolf Lissigkeit, der ihn über den Stand der Ermittlungen auf dem Laufenden hielt, im Café *Jädicke*. Nach vierzehn Tagen schien es ihm dann an der Zeit, die Initiative zu ergreifen. Er kaufte eine gute Flasche Portwein und klopfte zaghaft an der Vorzimmertür der Mordinspektion. Erst auf Trudchens markantes „Jaaa bitte!" wagte er es, einzutreten.

„Ach, Herr Kaminski, das ist aber schön. Da wird sich der Chef aber freuen", begrüßte Gertrud Steiner ihn und strahlte übers ganze Gesicht.

„Was? Kaminski ist da?", hörte er aus dem Büro Gennats Stimme. „Sie haben sich ja ewig nicht mehr blicken lassen." Mit ausgebreiteten Armen kam er auf Kaminski zu. „Wir haben Sie schon vermisst. Wo haben Sie so lange gesteckt?"

„Nach unserem Streit und nachdem Sie mich rausgeschmissen hatten, hielt ich es für besser, mich erst einmal ein bisschen rar zu machen."

„Was für ein Streit?", Gennat grinste. „Ich kann mich nicht erinnern, dass wir jemals einen Streit hatten."

„Darauf sollten wir vielleicht ein Glas guten Portwein trinken." Kaminski überreichte die Flasche und Gennat rief in Richtung Vorzimmer: „Trudchen, kommen Sie, trinken Sie mit uns ein Glas Portwein. Es ist ein besonders guter Tropfen."

„Meine Aktion war wirklich unüberlegt und dumm", räumte Kaminski ein. „Ich hätte alles mit Ihnen besprechen müssen."

Gennat winkte ab. „Schnee von gestern! Auch bei mir lagen die Nerven blank. Wir haben den oder die Mörder von Mariendorf allerdings noch immer nicht. Ich bin sicher, dass es sich um eine gefährliche Bande handelt, die ohne Rücksicht auf Verluste wieder zuschlagen wird."

„Gibt es denn keinerlei Ansatzpunkte?", fragte Kaminski vorsichtig.

Gennat schüttelte den Kopf. „Nein, nichts. Wir bleiben zwar dran und ermitteln in der Unterwelt. Ich fürchte aber, wir haben mal wieder einen nassen Fisch."

„Hoffen wir nur, dass die Bande nicht ein ganz großes Ding plant!"

„Mensch, Kaminski, malen Sie den Teufel nicht an die Wand!" Gennat nahm einen Schluck Portwein, nickte anerkennend und wechselte das Thema.

„Lissigkeit hat mir erzählt, Sie fahren mit Ihrer Familie in Urlaub?"

„Ja, nach Heringsdorf. Wir haben etwas abseits ein kleines Häuschen gemietet. Es gehört einem Freund meiner Eltern."

„Wollten Sie nicht in die Bretagne?"

Kaminski winkte ab. „Mit den neuen Devisenbestimmungen ist uns die Lust auf Frankreich vergangen. Höchstens 200 Mark darf man im Monat im Ausland ausgeben. Das ist doch lachhaft! Vater hat mir erzählt, dass man für eine Kur im Ausland sogar schon ein amtsärztliches Attest braucht. Er kennt die Amtsärzte nur zu gut. Die schreiben Ihnen erst ein Attest, wenn Sie den Kopf schon unterm Arm halten. Meine Eltern fahren dieses Jahr auch lieber in den Schwarzwald, statt nach Südtirol."

„Schön. Ich habe noch ein paar Tage Urlaub und will auch nach Heringsdorf. Vielleicht komme ich Sie ja besuchen."

„Sie sind uns immer willkommen, Herr Kriminalrat", verabschiedete sich Kaminski. „Wäre schön, Sie an der Ostsee zu sehen." Bevor er ging, kritzelte er noch schnell die Adresse des Ferienhauses auf den Zettel, den Gennat ihm hingeschoben hatte.

Das Häuschen in Heringsdorf hatte einen großen Garten und bot einen malerischen Blick aufs Meer. Lissy war entzückt und konnte sich gar nicht sattsehen, und zu Davids und Wolfgangs Freude gab es sogar ein Klavier im Haus. Clara hatte ihre Gitarre mitgenommen und übte am liebsten unter einem Sonnenschirm im Garten. Sie hatte sich vorgenommen, zu Weihnachten ein Konzert für die Familie zu geben. Noch lieber aber zog sie zusammen mit ihrem Vater am Nachmittag los und wartete auf die Flugzeuge, die kleinen Maschinen, die jeden Tag kamen und im Tiefflug die großen Packen mit den frisch gedruckten Zeitungen an bestimmten Orten abwarfen. So konnten die Zeitungsjungen sie gleich an den Mann bringen. Der Ullstein-Verlag unterhielt sogar eigene Maschinen, denn auch im Urlaub sollten die Menschen mit den neuesten Nachrichten versorgt werden. Fast täglich beobachtete Clara das Spektakel und wäre am liebsten mitgeflogen.

Kaminski kaufte stets die *Vossische Zeitung*, manchmal auch noch das *Berliner Tageblatt*. Die Nachrichten aus der Hauptstadt waren besorgniserregend: Tägliche Straßenschlachten zwischen Nazis und Kommunisten mit zahlreichen Toten und Verletzten im gesamten Reich beherrschten die Schlagzeilen. Allein in Altona hatte es am Sonntag achtzehn Tote gegeben. Die Reichsregierung hatte mit einem landesweiten Demonstrationsverbot reagiert. Kaminski war entsetzt und schimpfte laut vor sich hin. Seiner Ansicht nach hatte Franz von Papen mit der Aufhebung des Verbots von SA und SS die neuerliche Eskalation der politischen Gewalt provoziert. Er und seine Reporterkollegen hielten den neuen Reichskanzler für unfähig, die Karre aus dem Dreck zu ziehen, wie man sagte. Kaminski war von Papen mehrfach auf Empfängen begegnet und hielt ihn für eitel und nicht sonderlich gebildet. Lissy befürchtete sogar, dass es jetzt zum offenen Bürgerkrieg kommen könnte. Angesichts der ständigen Straßenschlachten sprach die Auslandspresse bereits offen davon.

Als Kaminski am 20. Juli an den Platz kam, wo er stets seine Zeitung kaufte, sah er schon von Weitem eine laut diskutierende Menschenmenge. „Ein neuer spektakulärer Mord", war sein erster Gedanke. Er drückte dem Zeitungsjungen, der ihm die *Vossische* schon hinhielt, 15 Pfennige und ein Trinkgeld in die Hand. Aber es war kein Mord, der die Titelseite beherrschte. Kaminski las im Gehen nur die Schlagzeile: *Reichsgewalt gegen Preußen – Braun und Severing für abgesetzt erklärt – Papen und Bracht als Kommissare – Widerstand der Staatsregierung – Militärischer Ausnahmezustand für Berlin und Brandenburg – Übernahme der Polizeigewalt.*

„Lissy, es ist etwas Unglaubliches passiert", rief er und eilte gleich in den Garten, wo seine Frau in einem Liegestuhl lag und ein Buch las. „Ich hab's schon gehört", sagte sie, nachdem Kaminski ihr die Schlagzeile vorgelesen hatte. „Sie haben's schon im Radio gebracht. Papen hat sich zum Reichskommissar ernannt. Die gesamte Polizeispitze, Polizeipräsident Albert Grzesinski, sein Vize Bernhard Weiß und Magnus Heimannsberg, der Chef der Schutzpolizei, wurden ihrer Ämter enthoben und vorübergehend verhaftet. Innenminister Carl Severing hat sich geweigert, seinen Posten zu räumen. Er weiche nur der Gewalt, hat er gesagt. In der Hauptstadt sei die Sicherheit nicht mehr gewährleistet, behauptet Papen und hat über Brandenburg und Berlin den militärischen Ausnahmezustand verhängt."

„Dieser unsägliche Papen ist doch schuld daran", regte sich Kaminski auf. „Er war es schließlich, der die braunen Uniformen wieder zugelassen hat. Ohne diese Rauken hätten wir seit Jahren Ruhe im Land."

Lissy legte ihr Buch ins Gras und richtete sich auf. „Max, das ist ein Staatsstreich. Ich mache mir Sorgen um meine Kinder und natürlich auch um uns. Wie soll das weitergehen? Wenn die Nazis tatsächlich ans Ruder kommen, was wird dann werden?"

„Aber Lissy, mach dir nicht so viele Sorgen. Bei der Reichstagswahl werden die Nazis mit Pauken und Trompeten durchfallen. Dieses Gesindel hält sich nicht."

„Und wenn doch? Was dann?“

Das Klingeln an der Tür lenkte sie vom Thema ab. Kaminski stand auf und schaute nach. Als er in den Garten zurückkam, hatte er einen Umschlag in der Hand und riss ihn auf. „Ein Telegramm aus Berlin. Hoffentlich ist nichts passiert“, murmelte er wie zu sich selbst und faltete das Papier mit den aufgeklebten Streifen aus dem Telexschreiber auseinander und las: „Komme morgen gegen Mittag an. Wohne in der Blauen Möwe. Gennat.“

„Das ist ja wunderbar!“, freute sich Lissy. „Dann können wir mit ihm einen Spaziergang am Strand machen.“

„Ob er dazu wirklich Lust hat?“, zweifelte Kaminski, fügte aber gleich hinzu: „Ich werde mal zur *Blauen Möwe* gehen und fragen, ob sie wissen, wann genau er ankommt. Dann holen wir ihn vom Bahnhof ab.“

Kaminski kannte die kleine Pension und traf die Wirtin persönlich an. Er stellte sich vor und erkundigte sich nach Gennats genauer Ankunft. „Leider weiß ich nicht, mit welchem Zug er kommt“, sagte sie. „Sicher wird er wie immer ein Taxi nehmen.“

„Er kommt öfter hierher?“

„Ja, jedes Jahr um den 23. Juli herum. An einem bestimmten Nachmittag fährt er dann jedes Mal mit meinem Mann mit dem Fischerboot raus und kehrt anschließend zurück nach Berlin.“

„Ein seltsames Ritual. Gibt es dafür einen Grund?“

„Sind Sie ein Verwandter?“

„Nein, aber wir kennen uns seit sechzehn Jahren.“

„Ja wissen Sie denn nicht, an jenem Tag vor …“, plötzlich stockte sie. „Dem Herrn Kriminalrat wäre es sicher nicht recht, wenn ich Ihnen das jetzt erzähle. Wenn Sie ihn schon so lange kennen, können Sie ihn auch selbst fragen.“

Kaminski wollte lieber nicht weiter nachhaken und ließ es dabei bewenden. „Aber sagen Sie ihm bitte, dass wir uns über seinen Besuch freuen würden.“ Er verabschiedete sich und ging am Strand entlang nach Hause.

Gleich nach seiner Ankunft machte sich Gennat auf den Weg zu den Kaminskis. Sie verbrachten einen unbeschwerten Nachmittag im Garten bei Kaffee und Kuchen.

„Und was tut sich in Berlin?", wollte Kaminski dann doch wissen.

„Ruhig, gespenstig ruhig. Man fühlt sich wie in einer Sprengstofffabrik. Wenn bei der Produktion etwas schiefgelaufen ist und aus dem Bottich mit der chemischen Brühe dünner blauer Rauch aufsteigt, dann ist es bereits zu spät. Dann wird es gleich eine Stichflamme und eine gewaltige Detonation geben. – Dünner blauer Rauch steigt bereits aus dem ganzen Reich auf."

„Das klingt nicht gerade optimistisch."

„Wie sollte es auch. Ich habe gehört, dass Heimannsberg heute Nacht um vier von der Reichswehr aus dem Bett geholt und erneut verhaftet worden sein soll. Bernhard Weiß kurz darauf ebenfalls. Die Demokraten sind auf dem Rückzug. Die Sozialdemokratie ist nur noch ein Schatten ihrer selbst. Von den anderen Parteien schweigen wir lieber."

„Heute Mittag kam im Radio, dass im Polizeipräsidium weitere Personalveränderungen bevorstehen. Was bedeutet das für Ihre Mordinspektion?", wollte Lissy wissen.

„Bis jetzt merken wir nicht so viel von dem Putsch. Die Schutzpolizei ist weitaus stärker betroffen. Fast überall kommen jetzt Nazi-Sympathisanten ans Ruder. Ich wundere mich selbst, dass ich noch auf meinem Stuhl sitze. Freilich kann sich das von einer Stunde zur anderen ändern. Trettin, Liebermann und vor allem der Nebe machen keinen Hehl daraus, dass sie schon lange mit den Nazis klüngeln. Ich wette, sie werden so lange an meinem Stuhl sägen, bis ich damit umkippe. Aber ich falle ja weich." Er tippte auf seinen ausladenden Bauch. „Ich habe jedenfalls nicht vor, an meiner Arbeitsweise etwas zu ändern. Ich bin Kriminalist und will meine Arbeit machen."

„Sie meinen also auch: Adolf ante Portas?", hakte Kaminski nach.

„Ich bin nicht Hanussen. Warten wir die Wahlen ab."

Am nächsten Vormittag ließ sich Gennat zu einem Strandspaziergang überreden, und am Nachmittag wollte er, wie jedes Jahr am 23. Juli, mit einem Fischerboot hinausfahren. Kaminski entschloss sich mitzufahren, denn er wollte wissen, was den Kriminalrat seit Jahren an einem bestimmten Tag mit einem Fischerboot aufs Meer trieb.

Als er zur Mole kam, glaubte Kaminski seinen Augen nicht zu trauen: Gennat stand mit einem Strauß roter Rosen in der Hand an der Reeling des auslaufbereiten Schiffes.

„Herr Kriminalrat, endlich kenne ich Ihr Geheimnis! Sie haben ein Stelldichein mit einer Meerjungfrau", rief ihm Kaminski, mit beiden Händen winkend, zu.

„Seien Sie mir nicht böse, Kaminski, aber ich möchte gern allein rausfahren", rief Gennat zurück.

Kaminski fragte nicht weiter nach, sondern machte wieder kehrt. Aber er hätte zu gerne gewusst, was es mit diesem seltsamen Ritual auf sich hatte. Er war kaum zwanzig Meter gegangen, als er Gennats Stimme vernahm: „Kaminski, kommen Sie, wir fahren gemeinsam zur Meerjungfrau."

Der Fischer war gerade im Begriff abzulegen, als Kaminski noch schnell auf das Boot sprang. Der Tag war ideal, um aufs Meer hinauszufahren: mal Sonne, mal Wolken und eine ruhige See. Eine halbe Stunde etwa waren sie hinausgetuckert, als Gennat an die Reling trat und, die Rosen in die Ellenbogenbeuge geklemmt, mit gefalteten Händen einige Minuten aufs Wasser schaute. Dann nahm er die Rosen und warf sie im hohen Bogen über Bord. Der Fischer drehte ab. Offenbar hatten sie ihr Ziel erreicht. Kaminski ließ einige Minuten vergehen, bis er sich neben Gennat stellte. „Möchten Sie mit mir darüber reden?"

Gennat schaute ihn nachdenklich an. „Hier etwa muss es passiert sein. Hier muss sie es getan haben."

„Sprechen Sie von einem Mord?"

„Wenn Sie Selbstmord als Mord verstehen wollen, dann ja."

Kaminski verstand nicht. Doch statt weitere Fragen zu stellen, wartete er ab.

„Niemand bringt sich ohne triftigen Grund um", begann Gennat. „Der Heiratsschwindler ist ein indirekter Mörder, wenn sich die Frau, die er betrogen und um ihre Ersparnisse gebracht hat, aus Verzweiflung das Leben nimmt. Sie kennen die Beispiele. Wir haben in den letzten Jahren hinreichend über das Thema diskutiert. Ich bleibe bei meiner These vom indirekten Mord. Aber auch der Selbstmörder ist, wenn Sie so wollen, ein Mörder."

„Ich verstehe trotzdem nicht."

„Rebecca", begann Gennat. „Rebecca war meine Verlobte. Sie war eine wunderbare Frau." Er machte eine Pause und sah Kaminski an. „Lissy erinnert mich manchmal sehr an sie. Es war aber nicht nur ihre atemberaubende Schönheit, die mich faszinierte. Sie war klug, gebildet, einfühlsam und sensibel. Stundenlang konnten wir miteinander reden – aber auch schweigen. Sie träumte von einer großen Karriere als Fotografin. Kurt Korff von der *Berliner Illustrirten* schätzte Rebecca sehr und druckte viele ihrer Fotos. Sie hatte viele Talente. Sie spielte Klavier und zeichnete gern. Ihr größtes Hobby aber war das Segeln. Sie war eine großartige Seglerin und hatte sogar eine Regatta gewonnen. Am Tag, als es passierte, hatten wir gestritten. Es war während eines gemeinsamen Urlaubs, oben in der *Blauen Möwe*. Vom Heiraten hatten wir schon oft gesprochen, aber ausgerechnet an diesem Tag wollte Rebecca Nägel mit Köpfen machen. Es sei Zeit, ein Nest zu bauen, sagte sie, und an Kinder zu denken. Ich reagierte etwas unwirsch und sagte wohl, sie solle mich damit in Ruhe lassen. Wir hätten doch alle Zeit der Welt, um zu heiraten, und ich hätte noch nicht vor, eine Familie zu gründen. Rebecca reagierte seltsam. Sie sagte nichts. Sie zog sich um und kündigte an, eine Segeltour machen zu wollen. Der Himmel zog sich zwar schon zu, aber ich wusste ja, dass sie eine ausgezeichnete Seglerin war. Ich redete es ihr nicht aus. Als der Sturm und das Gewitter aufzogen, war sie noch draußen. Nach einigen

Stunden begann die Seenotrettung nach ihr zu suchen. Sie kam nie zurück. Dieser Fischer hier fand ihr Segelboot zwei Tage später weit draußen. Es war fast unversehrt. Von Rebecca aber fehlte jede Spur."

„War es wirklich Selbstmord? Es kann ebenso gut ein Unfall gewesen sein."

„Möglich. Wir werden es nie erfahren."

Die See wurde etwas unruhiger und Gennat setzte sich auf eine Holzbank. Kaminski setzte sich ihm gegenüber. Beide schwiegen, bis sie wieder an Land waren.

Zur Reichstagswahl am 31. Juli 1932 waren die Kaminskis wieder in Berlin. Am späten Abend saßen sie gespannt vor dem Radio. Die NSDAP errang zwar knapp über 37 Prozent der Stimmen, die Sozialdemokraten knapp 22, die Kommunisten wurden die drittstärkste Partei. Somit hatten die Rechten keine regierungsfähige Mehrheit. Kaminski seufzte erleichtert auf. „Damit ist der Traum der Nazis von der absoluten Mehrheit wohl ausgeträumt!"

„Wenn du dich da mal nicht täuschst", mahnte Lissy.

Am Vormittag des folgenden Tages amüsierte sich Kaminski über eine Polizeimeldung. Am Morgen gegen halb neun war am Knie, direkt auf dem Platz, auf dem sich Berliner-, Bismarck- und Hardenbergstraße treffen, eine Horch-Limousine mit einem Motorschaden verlassen aufgefunden worden. Die fünf Insassen waren ausgestiegen und hatten sich zu Fuß aus dem Staub gemacht. Die Revierpolizei konnte schnell ermitteln, dass der Wagen am Vortag an der Lietzenburger- / Ecke Uhlandstraße gestohlen worden war. Der Horch war, so die Zeugen, von der Berliner Straße gekommen. Kaminski schrieb eine kleine Meldung, die jedoch nicht gedruckt wurde und im Papierkorb landete. Es gab an diesem Tag Wichtigeres zu berichten.

XXI

Donnerstag, 15. September 1932

Gegen 9 Uhr ging die Meldung im Polizeipräsidium ein: bewaffneter Raubüberfall auf Geldtransporter in Charlottenburg. Filiale 101 der Berliner Stadtbank, Rathaus Charlottenburg, Berliner Straße. Zwei Verletzte, einer davon schwer. Mindestens fünf Täter im Pkw flüchtig. Banditen machen hemmungslos von der Schusswaffe Gebrauch.

Gennat erhielt die Nachricht als Erster. Fassungslos starrte er Lissigkeit an. „Langsam fühle ich mich wie in Chicago. – Trommeln Sie den Erkennungsdienst zusammen und machen Sie das Mordauto startklar. Ich verständige die Kollegen vom Raub."

Begleitet von Streifenwagen mit Blaulicht und Sirene bahnten sich das schwarze Mordauto und zwei weitere schwarze Wagen der Kriminalpolizei ihren Weg durch den dichten Verkehr vom Alexanderplatz zum Rathaus Charlottenburg. Dank der breiten Straßen waren sie nach knapp 25 Minuten am Ziel. Von Weitem schon erblickte Gennat vor dem Erweiterungsbau des Rathauses, in dem die Stadtbankfiliale untergebracht war, eine Ansammlung von Schaulustigen, die von uniformierten Schutzpolizisten zurückgehalten werden musste. „Nun schauen Sie sich das an, Steinerchen. Egal was passiert, überall stehen im Nu Gaffer herum. Ich frage mich immer, wo die so schnell herkommen."

„Ich fasse es nicht", ereiferte sich Gertrud Steiner. „Das sollte endlich verboten und bestraft werden. Die behindern doch nur Ihre Arbeit."

Gennat grinste. „Keine Angst, die werden wir schon verjagen, wenn es uns zu bunt wird."

Im Schritttempo fuhr der schwere Wagen auf den Bürgersteig und hielt direkt neben einem am Fahrbahnrand abgestellten Bus der Berliner Verkehrsgesellschaft BVG. Als der schwergewichtige, als „Buddha vom Alexanderplatz“ bekannte Kriminalrat seine Körpermasse aus dem schwarzen Polizeifahrzeug wälzte, wurde es in der Menge mucksmäuschenstill. Man meinte, die Rathausturmuhr ticken zu hören. Nicht nur wegen seiner Körperfülle, auch angesichts seiner alle überragenden Größe flößte der prominente Polizist Ehrfurcht ein.

Im ersten Augenblick erschien ihm der Tatort als ein einziges Chaos. Vor der Bank liefen aufgeregte und verängstigte Angestellte ziellos umher. Eine junge Frau in hellblauem Kostüm weinte in ein Taschentuch. Der etwa gleichaltrige junge Mann, der tröstend den Arm um ihre Schulter gelegt hatte und leise zu ihr sprach, war vermutlich ein Kollege. Der Abteilungsleiter rannte, auf Gott und die Welt schimpfend, mit fuchtelnden Armen auf und ab.

Unmittelbar hinter dem Mordauto und dem Wagen des Erkennungsdienstes traf, geleitet von Kommissar Arthur Nebe, eine Kommission des Raubdezernats ein. Die Beamten der Charlottenburger Kriminalpolizei, die als Erste am Tatort gewesen waren, schilderten den Kollegen vom Alexanderplatz den Tathergang: Wie immer hatten Mitarbeiter der BVG die Einnahmen des gestrigen Fahrkartenverkaufs mit einem Bus zur Bank gebracht und eingezahlt. Gleich darauf kam ein zweiter Bus und brachte ebenfalls eine Kiste mit Geld. Während der erste Bus mit leeren Kisten wieder wegfuhr, blieben die Beamten, die mit dem zweiten Bus gekommen waren, noch in der Bank. Wie an jedem 1. und 15. eines Monats holten sie die Lohngelder für die Beschäftigten der BVG des Depots Helmholtzstraße ab. Als sie die Kiste mit dem Geld zurück in den Bus trugen, stürmten von mehreren Seiten Banditen mit gezogenen Waffen auf sie zu. Einer der BVG-Angestellten zog spontan seine Waffe, eine Schreckschusspistole, und schoss. Die Banditen reagierten sofort, feuerten mehrfach auf den Mann und verletzten ihn und seinen Kollegen schwer.

„Was ist mit den Verletzten?“, wollte Gennat wissen.

„Wurden ins Krankenhaus Westend gebracht.“

„Werden sie durchkommen?"

Statt einer Antwort zuckte der Angesprochene mit den Schultern.

„Wie sind die Täter geflüchtet?"

„In einem bereitstehenden Mercedes. Der Fahrer muss die ganze Zeit im Wagen gesessen und gewartet haben. Noch während die Banditen die Kiste zu ihrem Wagen trugen, haben sie wie wild um sich geschossen."

„Gibt es Zeugen?"

„Jede Menge. Die Personalien sind notiert. Übrigens hat ein Privatwagen zusammen mit zwei Streifenpolizisten die Verfolgung des Fluchtfahrzeugs aufgenommen. Gerade hörte ich aber von meinem Kollegen, dass sie die Banditen wohl aus den Augen verloren haben."

Im gaffenden Publikum wurden die Diskussionen indes lauter. „Das war doch sicher wieder das Werk dieser Kommunisten", krakelte ein älterer, gut angezogener Herr aus der Menge. „Die gehören alle aufgehängt! Wird Zeit, dass endlich mal eine Regierung kommt, die in der Lage ist, für Ordnung zu sorgen!"

„Wie in Chicago! Nun kann man sich nicht einmal mehr tagsüber auf die Straße wagen!", empörte sich eine ältere Dame.

„Keine Sorge, gnädige Frau", versuchte der ältere Herr sie zu beruhigen. „Der Hitler wird das linke Pack schon zum Teufel jagen."

„Reden Sie doch nicht so einen Unsinn", mischte sich ein anderer Mann ein. „Dieser österreichische Anstreicher ist doch irre, der gehört in die Klapsmühle."

„*Sie* sind nicht ganz richtig im Kopf!", entgegnete wieder der Alte und erhob drohend seinen Spazierstock mit dem Elfenbeinknauf. „Ihr Kommunisten seid doch an allem schuld!"

Ernst Gennat vermochte seinen Ärger kaum noch zu verbergen. „Tun Sie etwas, bevor ich mich vergesse", flüsterte er Lissigkeit zu. „Schaffen Sie diese Dummköpfe hier weg! Ich kann mich nicht konzentrieren, wenn um mich herum nur Unsinn gequasselt wird."

„Was soll ich denn machen?“

„Ich zeig's Ihnen.“ Gennat ließ sich aus dem Mordauto ein Megafon geben: „Bitte verlassen Sie unverzüglich den Tatort, und stören Sie nicht die Ermittlungen der Kriminalpolizei. Andernfalls sehe ich mich gezwungen, Sie wegen Behinderung der kriminalpolizeilichen Arbeit festnehmen zu lassen.“

Die Autorität der Kriminalpolizei – oder war es die des Dicken? – wirkte Wunder. Die Menge – wenn auch nur widerwillig – zerstreute sich. „Seh'n Se“, Gennat grinste. „So macht man das.“

Inzwischen waren auch der neue Polizeipräsident Dr. Kurt Melcher, Kripochef Hans Scholtz sowie die Kommissare Otto Trettin, Erich Liebermann von Sonnenberg und Gerhard Kanthack eingetroffen. Die Männer vom Erkennungsdienst hatten derweil die Spurensicherungsmaßnahmen so gut wie abgeschlossen: Nummerierte Fähnchen markierten die Lage der Beweisstücke, eine Kreideskizze deutete die Lage des Schwerverletzten an, und die Blutlache auf einer der breiten Gehwegplatten zeigte deutlich, was hier geschehen war.

Nach und nach trafen Reporter verschiedener Zeitungen ein, befragten Polizisten und Passanten. Kriminalrat Gennat begrüßte einige Bekannte. Als er Max Kaminski von der anderen Seite kommend über die breite Berliner Straße rennen sah, winkte er ihn zu sich. „Heute mal nicht der Erste?“, witzelte Gennat. „Ihre Informanten haben wohl verschlafen.“

Kaminski schnappte noch immer nach Luft und zuckte mit den Schultern. „Was ist denn hier passiert?“

„Bewaffneter Raubüberfall auf einen Geldtransport.“

„Tote?“

„Ich hoffe, nicht. Zwei Beamte der BVG sind mit Schussverletzungen ins Krankenhaus Westend gebracht worden. – Jemand von uns müsste hinfahren und nachfragen.“

„Ich könnte …“, begann Kaminski.

Gennat grinste zufrieden. „Genau das war es, worauf ich hinauswollte. Können Sie Lissigkeit mit Ihrem Wagen nach Westend fahren? Es ist ja nicht weit. Er kann Ihnen auf der Fahrt dann Näheres über den Raub sagen."

Max Kaminski konnte sich während des Fahrens zwar keine Notizen machen, er hatte aber ein gutes Gedächtnis und würde sich auch so alles merken. Beim Pförtner des Krankenhauses zeigte Lissigkeit seine Marke und stellte Kaminski der Einfachheit halber als seinen Assistenten vor.

Lissigkeit erklärte, worum es ging, und verlangte den behandelnden Arzt zu sprechen. Eine verhärmte, unfreundliche Schwester brachte sie in den Warteraum der Chirurgie. Nach zehn Minuten trat ein Arzt in grünem Kittel aus dem OP-Bereich. Gleich würde der Arzt das sagen, was die Ärzte in einer solchen Situation immer zu sagen pflegen, ging es Kaminski durch den Kopf: Es tue ihm leid, sie hätten ihr Möglichstes getan, der Patient sei aber leider seinen Verletzungen erlegen. Der Arzt stellte sich als Doktor Reich vor, schüttelte den Kopf und sagte: „Es wird immer schlimmer. Fast jede Nacht haben wir Opfer von Schießereien zwischen Nazis und Kommunisten zu behandeln. Jetzt geht das sogar schon am hellichten Tag los. Ich frage mich, wo das noch hinführen soll. – Es tut mir leid. Der Patient hatte schon zu viel Blut verloren. Wir konnten nichts mehr für ihn tun. Der zweite Verletzte ist zum Glück nur leicht verletzt. Er kann heute Nachmittag nach Hause gehen."

Als sie sich schon verabschiedet hatten, drehte sich Lissigkeit noch einmal zu dem Arzt um. „Es war nichts Politisches. Es war ein Raubmord."

Kaminski hatte es eilig. Er brachte Lissigkeit zurück zum Tatort, dann fuhr er statt in die Redaktion nach Hause zum Kurfürstendamm. Ohne ein Wort der Begrüßung stürzte er in sein Arbeitszimmer ans Telefon und ließ sich mit dem diensthabenden Redakteur verbinden.

„Wo bleibst du denn, es hat einen Raubüberfall gegeben. Der Metteur …“

„Ich weiß, der scharrt schon wieder mit den Hufen. Quatsch nicht rum, gib mir Hildchen. Sie ist unsere beste Tippse. Ich diktiere ihr meinen Text gleich in die Maschine. Die macht das mit links.“

Kaminskis ausführlicher Bericht erschien mit dicker Überschrift in der Abendausgabe, die zwischen vier und halb fünf ausgeliefert wurde.

XXII

Zurück in seinem Büro, ließ sich Ernst Gennat als Erstes eine Tasse Kaffee bringen und zündete sich statt einer Zigarre eine Zigarette seiner Lieblingssorte an: „Manoli Privat", orientalisch, ohne Mundstück. Diese Zigaretten wurden, um das Aroma zu erhalten, nur in Weißblechdosen verkauft. Was andere als teuflisches Kraut betrachteten, war für ihn ein Genuss, besonders wenn seine ganze Konzentration gefragt war. Gennat überflog noch schnell die gerade erschienenen Abendzeitungen, die allesamt ausführlich über den morgendlichen Raub berichteten. Auf einen Zettel kritzelte er ein paar Stichworte und rief dann alle in dem Fall ermittelnden Kommissare in sein Büro.

„Wie Sie alle wissen, meine Herren, ist Berlin heute Morgen Schauplatz eines Verbrechens geworden, das in der Kriminalgeschichte der Stadt bisher einmalig ist", begann Gennat. „Die Abendzeitungen berichten ausführlich und veranlassen, wie ich hoffe, etwaige Zeugen, sich bei uns zu melden. Fassen wir zusammen: Vor der Filiale 101 der Berliner Stadtbank, die im rechten Flügel des Rathauses Charlottenburg untergebracht ist, wurde heute Morgen ein städtischer Geldtransport von bewaffneten Banditen überfallen und ausgeraubt. Täglich kurz nach acht Uhr morgens fährt hier ein Sonderbus der BVG vor und Beamte bringen mehrere Kisten mit den Einnahmen aus dem Fahrscheinverkauf des Vortags, um sie einzuzahlen."

„Es wundert mich, dass dieser Transport nicht schon viel früher überfallen worden ist. Er ist nicht einmal sonderlich gesichert", warf Kriminalassistent Faber ein.

„Unsinn. So dämlich sind die Verbrecher nicht. Was sollen sie mit einer Kiste Klimpergeld? Das sind doch in erster Linie Münzen. Wie bezahlen Sie denn in Ihre Fahrscheine, Faber?"

„Mit Kleingeld natürlich. Am liebsten passend."

„Seh'n Se."

Durch den Raum ging ein amüsiertes Gemurmel.

„Jeweils am 15. und am 30. oder 31. eines jeden Monats lässt die Verkehrsgesellschaft hier aber nicht nur Geld einzahlen, sondern auch abheben, nämlich die Lohngelder für die Mitarbeiter im Depot Helmholtzstraße", fuhr Gennat fort. „Wie immer fuhr der Vorsteher des Depots, der 57-jährige Stadtinspektor Otto Meyer, mit zwei anderen Beamten, dem Kassenleiter Schröder und dem Transporteur Raschke in einem weiteren Autobus der BVG vor der Bankfiliale vor. Sie trugen ebenfalls eine Kiste mit Kleingeld aus dem Fahrscheinverkauf in die Bank und lösten einen Scheck über 34 000 Mark ein. Das Bargeld in 50-, 20-, und 10-Markscheinen verstauten sie in einer großen Ledertasche. Diese legten sie in die Kiste und verließen die Bank. In diesem Moment näherte sich vom Wilhelmplatz ein schwarzer Mercedes, hielt unmittelbar vor dem Bus und zwei junge Männer sprangen heraus. Die Beamten drehten sich um, aber auch von hinten kamen zwei Männer angerannt. Jeder hielt eine entsicherte Waffe in der Hand. Noch ehe die Beamten begriffen, was geschah, ‚flogen ihnen auch schon die Kugeln um die Ohren'", so beschreibt es die *Vossische Zeitung*.

Die Banditen schossen zunächst wohl nur in die Luft. Meyer reagierte sofort, zog seine Waffe, eine Schreckschusspistole, auch Scheintodpistole genannt, und zielte auf die Angreifer. Einer der Banditen richtete nun seine Waffe direkt auf Meyer und drückte gleich mehrfach ab. Meyer wurde von zwei Kugeln getroffen. Eine davon durchbohrte seine Lunge. Er verstarb kurz nach seiner Einlieferung im Krankenhaus Westend. Zwei weitere Kugeln trafen den Beamten Schröder. Er wurde allerdings nur leicht verletzt. Die schwere, eisenbeschlagene Geldkiste stand jetzt auf dem Bürgersteig. Ein Bankangestellter wollte sie zurück in die Bank ziehen, wurde jedoch von den Verbrechern so heftig in den Rücken getreten, dass er zu Boden ging. Zwei der Banditen schnappten nun die Kiste und schleppten sie, weiterhin um sich schießend, in den wartenden Mercedes. Die beiden anderen folgten. Obwohl sich bereits viele Schaulustige eingefunden hatten, konnte der Mercedes ungehindert davonrasen. Allein ein couragierter Schlächtergeselle lief dem Wagen um Hilfe rufend nach, wurde aber aus dem Fahrzeug heraus ebenfalls beschossen. Glücklicherweise blieb er unverletzt. Zwei Polizeiwachtmeister, die die Schüsse am Wilhelmplatz gehört hatten, eilten herbei. Auch der Fahrer eines Cabrios hatte die Geschehnisse zum Teil beobachten können. Er ließ die Polizisten einsteigen und sie folgten dem Fluchtfahrzeug. Es folgte eine wilde Jagd durch die Leibniz-, Kant- und Uhlandstraße in Richtung Fehrbelliner Platz. Irgendwo auf der Stecke versperrte dann ein Möbelwagen den Weg. Die Polizisten dachten, da würden die Banditen nicht durchkommen und könnten dann festgenommen werden, doch der Fahrer des Fluchtautos setzte alles auf eine Karte und raste in hoher Geschwindigkeit durch die Lücke zwischen Möbelwagen und den parkenden Fahrzeugen der Gegenrichtung. Kaum eine Briefmarke hätte noch dazwischen gepasst. Das Cabrio mit den Polizisten folgte vorsichtig im langsamen Tempo, verlor den Mercedes am Fehrbelliner Platz dann aber aus den Augen.

Die sofort eingeleitete Fahndung war erfolgreich. Gegen 12 Uhr mittags wurde das Fluchtauto bei Moorlake verlassen aufgefunden. Es handelt sich um eine schwarze Mercedes-Nürburg-Limousine, die am Vortag vor dem Haus Landshuter Straße 22 in Schöneberg gestohlen worden war. Der Wagen gehört im Übrigen der Minoux-Gesellschaft für Handel und Industrie."

„Minoux, ist das nicht dieser Reichling, der sich diese schöne schlossähnliche Villa Marlier am Großen Wannsee unter den Nagel gerissen hat?", unterbrach Rudolf Lissigkeit.

„Nicht unter den Nagel gerissen, lieber Kollege, Friedrich Minoux hat sie gekauft. Er ist nun mal ein sehr erfolgreicher Geschäftsmann", konterte Arthur Nebe.

Lissigkeit zuckte mit den Schultern: „Wenn Sie das so sehen wollen, bitte. Jedenfalls soll er ein großzügiger Unterstützer der NSDAP sein. Ein großkotziger Fatzke, wenn Sie mich fragen."

„Warum seid ihr Sozis eigentlich alle so neidisch auf erfolgreiche Menschen, die gutes Geld verdienen?"

„Aber Herr Kollege Nebe! Niemand hat etwas gegen Geschäftsleute, die auf reelle Art und Weise und durch harte Arbeit ihr Geld verdienen. Ich halte es aber für unmoralisch, um nicht zu sagen für asozial, wenn jemand, der das Geld nur so scheffelt und …"

„Schluss jetzt!" Gennat schlug so heftig mit der flachen Hand auf den Tisch, dass alle zusammenfuhren. „Ich dulde keine politischen Diskussionen in meinem Büro. Das wissen Sie genau, meine Herren."

„Das ist keine Frage der Politik, sondern eine moralische und letztlich auch eine soziale Frage", konnte Lissigkeit sich nicht verkneifen, noch hinterherzuschicken.

„Habe ich mich nicht deutlich genug ausgedrückt?", wies Gennat ihn zurecht. „Zurück zur Sache: Der Überfall, wir haben in Berlin bisher noch nichts Vergleichbares gesehen, muss bis ins Detail geplant und organisiert gewesen sein. Die Täter müssen über die Einzelheiten des Geldtransports genau informiert gewesen sein."

„Vielleicht hatten sie Helfer bei der BVG", warf jemand ein.

„Kann man nicht ausschließen", meinte Gennat.

Jetzt ergriff Liebermann von Sonnenberg das Wort. „Interessantes hat der Erkennungsdienst herausgefunden. Wir wissen jetzt, dass während des Überfalls mindestens zwanzig Schüsse abgefeuert worden sind, allesamt aus Waffen des Kalibers 7,65 mm. Einige der sichergestellten Hülsen stammen mit Sicherheit aus der Waffe, die auch bei dem Raubmord auf die Gaststätte Tiepelmann in Mariendorf zum Einsatz gekommen ist."

Ein Raunen ging durch den Raum und Liebermann fuhr mit hörbarem Triumph fort: „Wahrscheinlich haben wir es hier mit einer Bande zu tun, die in Schöneberg und Tempelhof zu suchen ist, vermutlich in kommunistischen Kreisen."

„Vermutungen helfen uns nicht weiter. Wir brauchen konkrete Hinweise. Es ist eine Belohnung von insgesamt 2000 Mark ausgesetzt. 1000 Mark von der BVG, 1000 Mark vom Polizeipräsidenten. – Gibt es sonst noch etwas?“

Lissigkeit meldete sich zu Wort: „Ich habe ja gleich nach dem Überfall die Angestellten der Bankfiliale befragt und etwas Interessantes erfahren: Zwei der Mitarbeiter wollen schon vor Wochen mehrfach junge Männer beobachtet haben, die sich in verdächtiger Weise vor der Bank herumgetrieben haben. Das bekräftigt die These, dass wir es mit einem gründlich vorbereiteten Coup zu tun haben. Im Juli etwa, also vor zwei Monaten, seien im Kassenraum zwei abgerissen aussehende junge Burschen, wie der Bankangestellte sich ausdrückte, erschienen. Sie hätten mit Gewalt hinausgeworfen werden müssen. Vor der Bank, so die Beobachtung, trafen sich die Burschen dann mit zwei weiteren jungen Männern. Sie alle stiegen dann in ein Auto ein und fuhren weg. Um was für einen Wagen es sich handelte, vermochten die Zeugen leider nicht mehr zu sagen. Der äußeren Erscheinung nach ähnelten die Männer den Banditen von heute Morgen. Vor vier Wochen dann beobachtete man einen Burschen, der auf dem Bürgersteig vor der Bank auf und ab ging und so tat, als beobachte er die Menschen auf der anderen Straßenseite und die gegenüberliegenden Häuser. Das wiederholte sich mehrere Tage hintereinander. Es waren immer andere junge Männer, die auf diese Weise ’rumstanden. Stets in der Zeit zwischen neun Uhr morgens und ein Uhr mittags. Danach trafen sie sich dann alle an einer in der Nähe gelegenen Straßenkreuzung. Ein Bote war ihnen nämlich mehrfach nachgegangen. Eine Beschreibung können die Zeugen nur von zweien der Männer geben. Es könnte sich durchaus um die Täter handeln.“

„Mir will allerdings nicht so ganz einleuchten, warum sich die Bankangestellten nach all diesen Beobachtungen nicht schon längst mit der Polizei in Verbindung gesetzt haben. Das wäre doch naheliegend gewesen“, warf Faber ein, der bisher noch nichts gesagt hatte.

Die Kollegen stimmten ihm zu.

Im Laufe des Abends und der Nacht hatten sich rund hundert Zeugen gemeldet. Die Belohnung für Hinweise, die zur Ergreifung der Täter führten, war inzwischen auf 5310 Mark erhöht worden, denn die BVG lobte zehn Prozent der geraubten Summe auf die Wiederbeschaffung des Geldes aus. Die üblichen Fahndungsplakate, die in allen öffentlichen Gebäuden ausgehängt und an die Litfaßsäulen geklebt werden sollten, wurden in aller Eile gedruckt und verteilt. Auch die *Berliner Funkstunde* brachte wieder einen ausführlichen Bericht mit einem Fahndungsaufruf.

Am nächsten Morgen ergriff Gennat in der Frühbesprechung als Erster das Wort. Er gähnte, denn er hatte die Nacht auf dem Sofa in seinem Büro verbracht. Es war nicht das erste Mal, dass er keine Zeit gefunden hatte, nach Hause zu fahren.

„Die wichtigste zu beantwortende Frage im Augenblick ist", begann er, „wie sind die Täter aus Moorlake zurück in die Stadt gekommen. Zusammen mit der BVG habe ich mich mal mit dieser Frage beschäftigt. Bekanntlich führen ja viele Wege nach Rom – und, wie in diesem Falle doch eher – aus Rom hinaus. Sie könnten die Autobus-Linie R, die über die Glienicker Brücke nach Nikolassee führt, benutzt haben. Die Linie 2 der Potsdamer Straßenbahn, die von der Brücke aus zum Bahnhof Potsdam fährt. Sie können ebenso gut in eine der zahlreichen an der Glienicker Brücke wartenden Autodroschken eingestiegen sein. Vielleicht sogar einzeln. Wir sind bereits dabei, alle Taxifahrer, die in dieser Gegend regelmäßig unterwegs sind, ausfindig zu machen und zu befragen. Sie könnten bei einer Autovermietung in Potsdam einen Wagen zur weiteren Flucht gemietet oder an der Glienicker Brücke einen Dampfer nach Berlin oder Potsdam genommen haben. Unzählige Fragen, die wir der Bevölkerung stellen müssen. Gewiss wird irgendjemand etwas Verdächtiges beobachtet haben, besonders in den Vormittagsstunden des 15. September zwischen halb zehn und zwölf."

Das Weitere übernahm Lissigkeit: „Einen Teil der Beamten sowohl der Mordinspektion als auch des Raubdezernats haben wir nach Zehlendorf geschickt. Sie sollen zwischen Moorlake und der Glienicker Brücke Zeugen ausfindig machen. Schließlich sind die Banditen ja auf einem Waldweg gefahren, der eigentlich für den Autoverkehr gesperrt ist. Es muss doch jemand aufzutreiben sein, der das beobachtet hat! Der Wagen war zudem leer, als wir ihn fanden. Die Geldkiste war nicht mehr da. Es handelt sich um einen grünen, mit Eisen beschlagenen Kasten, der mit rotgelber Farbe die Aufschrift ‚Hof H. 4' trägt. Seine Größe beträgt etwa 60 mal 30 mal 30 Zentimeter. Es gibt zahlreiche Möglichkeiten, was mit der Kiste geschehen sein könnte. Vielleicht haben die Verbrecher das Geld noch im Auto herausgenommen und die Kiste dann ins Wasser geworfen. Vielleicht haben sie das Ding auch mitgenommen und irgendwo versteckt oder untergestellt."

„Oder vergraben", warf Arthur Nebe ein.

„Auch das ist nicht auszuschließen, hätte aber viel Zeit in Anspruch genommen", wandte Lissigkeit ein.

„Das stimmt auch wieder. Es gibt ein weiteres interessantes Detail: Nach Rücksprache mit dem Besitzer des Mercedes sind mit dem Wagen vom Zeitpunkt des Diebstahls in der Landshuter Straße bis zur Fundstelle in Moorlake rund 136 Kilometer zurückgelegt worden. Da es sich um einen Motor handelt, der überdurchschnittlich viel Sprit schluckt, müssen die Autodiebe auf ihrer Spritztour irgendwo getankt haben. Über die Presse werden wir die Bevölkerung fragen, wer den auffälligen Mercedes beim Tanken gesehen hat und wer beobachtet hat, ob in irgendeinem Haus eine große Kiste abgegeben oder untergestellt worden ist."

„Personenbeschreibungen liegen uns ebenfalls vor", fügte Otto Trettin hinzu. „Den Zeugenaussagen zufolge waren die Täter recht jung. Zwischen 20 und 28 Jahre alt. Einer war etwa 1,70 Meter groß und hatte ein hageres, blasses Gesicht. Er war sehr schlank, bartlos und trug einen braunweißen Hut. Der Zweite war etwa 1,60 Meter groß, hatte ein rundes, frisches Gesicht und war mit einem dunkelgrauen Anzug und einer blauen Sportmütze bekleidet. Der Dritte war 1,65 bis 1,70 Meter groß, sehr schlank und trug einen dunklen Anzug. Zum vierten Täter haben wir leider keine Hinweise."

Mit der Überprüfung von Zeugenaussagen hatten sowohl die Mordinspektion als auch das Raubdezernat alle Hände voll zu tun. Zwar konnte der eine oder andere Einbruch im Zuge dieser Ermittlungen noch aufgeklärt werden, entscheidende Hinweise zum BVG-Raub blieben jedoch aus. „Das ist ja großartig, schon wieder ein Einbruch in eine Abstellkammer aufgeklärt", Gennats Enttäuschung war in Sarkasmus umgeschlagen. Er schlug die Akte zu und warf sie auf den Schreibtisch. „Ein hübscher Nebeneffekt, aber das interessiert mich ehrlich gesagt wenig." Er lehnte sich zurück und seufzte. „Wir brauchen Ergebnisse – und zwar am besten schon gestern."

„Aber Sie wissen doch, Herr Kriminalrat: Unmögliches erledigen wir sofort, Wunder dauern etwas länger", witzelte Rudolf Lissigkeit, den Gennat in sein Büro gebeten hatte, um mit ihm über ihre weitere Vorgehensweise zu diskutieren. „Wir brauchen Leute, die sich in den einschlägigen Kreisen umhören."

„Heute funktioniert das nicht mehr so wie noch vor ein paar Jahren, als die Ringvereine, wenn es um Mord ging, noch zu uns gehalten haben. Die Ringbrüder der alten Schule sterben langsam aus", bedauerte Gennat.

„Leider. Die Cliquen und die Rattenvereine, oder wie auch immer man sie alle nennen will, sind aggressiv und unberechenbar", stimmte Lissigkeit seinem Chef zu.

XXIII

Sonntag, 6. November 1932

Es war ein trüber, nasskalter Tag. Noch immer gab es beim BVG-Raubmord keine greifbaren Ermittlungsergebnisse. Zurzeit schien ohnehin alles stillzustehen. Der jetzt den vierten Tag andauernde Streik der BVG beeinträchtigte die Arbeit der Kriminalpolizei empfindlich. Weder Busse noch U- oder Straßenbahnen fuhren. Die S-Bahn, sie unterstand der Reichsbahn, war von dem Streik allerdings nicht betroffen und demzufolge stets hoffnungslos überfüllt. Hoffentlich halten das schlechte Wetter und der Streik die Menschen nicht davon ab, wählen zu gehen, dachte Gennat, denn heute war wieder Reichstagswahl. Die fünfte große Wahl innerhalb von acht Monaten.

Am Vormittag rief Ernst Gennat Max Kaminski an, und sie verabredeten sich um 19 Uhr bei Kaminski zu Hause am Kurfürstendamm.

Gennat klingelte pünktlich und schnaufte wie ein herzkrankes Walross, als Lissy ihm öffnete. „Herr Kriminalrat, warum haben Sie denn nicht den Fahrstuhl genommen!“ Sie nahm ihm das Blumensträußchen ab, das er ihr reichte, und bedankte sich.

„Hab ich ja, aber ich bin von der Schlossstraße bis hierher gelaufen. Das nasskalte Wetter kriecht einem aber bis in die Knochen. Meine gute alte Haushälterin traktiert mich unentwegt mit guten Ratschlägen, dass ich was für meine Gesundheit tun solle. – Sie kennen ja mein Mariechen! Aber für die Wandervogel-Bewegung bin ich definitiv zu alt.“

Max Kaminski kam aus seinem Arbeitszimmer und begrüßte Gennat. „Setzen Sie sich erst einmal in den Salon und verschnaufen Sie einen Augenblick“, schlug der vor. „Alida wird Ihnen etwas zu trinken bringen.“

Gennat legte seine Melone auf die Ablage und zog den Mantel aus. Das Hausmädchen Alida hängte ihn auf einen Bügel an die Garderobe und steckte noch Gennats Schal in den Ärmel. Erschöpft sank Gennat auf das Sofa. „Ist ja ein schöner Spaziergang, von der Schlossstraße bis hierher, wenn man durch die kleinen Nebenstraßen, sozusagen durch die kalte Küche geht, und ...“, er brach ab, als müsse er über etwas nachdenken, und seufzte dann: „Wäre schön, wenn ich einen Hund hätte. Hab ja aber keine Zeit, und Mariechen ist zu alt, als dass ich ihr noch einen Hund zumuten könnte. Aber eines versichere ich Ihnen: Gleich am ersten Tag meiner Pensionierung kaufe ich einen Hund. Aber einen richtigen. Nicht so einen kleinen Kläffköter. Einen Labrador möchte ich.“

Nachdem Alida die Teetassen gebracht hatte, ging sie noch einmal in die Küche, um mit einem Stövchen und einer Teekanne zurückzukommen. Dann holte sie noch eine Dose mit Kandis und ein Flasche Rum. Lissy bedankte sich.

„Sicher sind Sie nicht gekommen, um mit mir über Hunde zu sprechen“, begann Kaminski.

Gennat schüttelte den Kopf. „Ich will nicht erst lange um den heißen Brei herumreden. Ich brauche Ihre Unterstützung, Kaminski.“

„Verstehe. Ich soll mich in eine Ermittlung einmischen. Wenn es aber schiefgeht, schmeißen Sie mich wieder mit Schimpf und Schande aus Ihren Heiligen Hallen!“

Gennat winkte lachend ab. „Sie sind ja immer noch beleidigt, weil ich mal ein bisschen schlecht gelaunt war. Keine Sorge. Es geht nur um einige Informationen, die Sie am leichtesten beschaffen können, weil Sie sich in der Materie gut auskennen. Auch Ihre Frau kann sicher etwas zu dem Thema sagen.“

„Jetzt wird's interessant“, mischte sich Lissy ein, schenkte Tee in die Tassen und gab einen Schuss Rum dazu. „Lassen Sie hören.“

Gennat holte tief Luft, als wolle er gleich einen Choral anstimmen. „Wir treten im BVG-Raubmord noch immer auf der Stelle.

Inzwischen haben wir ein halbes Dutzend anderer Mordfälle aufgeklärt, aber sowohl im Mariendorfer Raubmord als auch in der BVG-Sache kommen wir keinen Schritt weiter. Ich bin auch strikt dagegen, beide Morde als Einheit zu sehen. Wir müssen jeden Fall einzeln betrachten. Andernfalls laufen wir Gefahr, uns den Blick für das Wesentliche zu verstellen. Andererseits scheint es aber eine Verbindung zu geben. Im Fall BVG und bei dem Überfall auf die Gaststätte Tiepelmann in Mariendorf kurz vor Pfingsten ist aus mehreren Waffen gefeuert worden. Eine der Waffen ist offenbar bei beiden Verbrechen zum Einsatz gekommen."

Kaminski pfiff leise durch die Zähne. „Wenn das keine Überraschung ist!"

„Das ist natürlich nur ein Strohhalm, an dem wir uns gerade festhalten. Es gibt aber noch einen zweiten: Vor Kurzem haben wir einen Hinweis auf eine Gruppe von jungen Leuten bekommen", fuhr Gennat fort. „Wir wissen noch nicht, ob es sich um einen Ringverein oder eine *Wilde Clique* handelt. Die Gruppe soll äußerst gewalttätig und bewaffnet sein. Sie soll im Dezember vergangenen Jahres ein Buttergeschäft in der Grunewaldstraße überfallen und ausgeraubt haben. Geflüchtet sind die Täter in einem Taxi, das sie kurz vorher gestohlen hatten."

„Was ist jetzt meine Rolle? Ich bin wohl schon ein bisschen zu alt, um noch Mitglied in einer *Wilden Clique* zu werden."

„Sie sollen sich ja nicht in gefährliche Gewässer wagen. Ich kann mich erinnern, dass Sie vor zwei Jahren eine mehrteilige Reportage über verwahrloste Jugendliche und die sogenannten *Wilden Cliquen* geschrieben haben und offenbar einen guten Einblick in diese Kreise hatten. Sie könnten auf Ihre Recherchen von damals zurückgreifen und sich umhören."

Kaminski zögerte. „Wissen Sie überhaupt, wie viele Jugendcliquen es gibt? Hunderte. Manchmal existieren sie nur ein paar Wochen – wenn überhaupt. Ich hatte mich seinerzeit in erster Linie auf Lissys Erfahrungen bezogen, die sie bei der Fürsorge gemacht hat. In den Familien, die sie betreut, gibt es jede Menge Jugendliche, die sich längst aus der Legalität verabschiedet haben. Aber diese *Cliquen* existieren heute schon gar nicht mehr."

„Darum geht es auch nicht. Hören Sie sich einfach in den Kneipen in Schöneberg zwischen Bülowbogen und Kleistpark und Yorckstraße ein bisschen um. Da haben Sie doch auch diesen Kurt Krell ausfindig gemacht."

„Ermittelt Rudolf Lissigkeit nicht in dem Fall? Wir könnten zusammen eine kleine Tour machen."

„Lissigkeit war bereits unterwegs. Daher haben wir ja auch unsere jetzigen Informationen. Ein Kneipenwirt in der Yorckstraße hat ein Gespräch unter Gästen mitbekommen. Sie unterhielten sich über den Raub, und einer meinte, dass das nur die Jungs aus der Clique Soundso gewesen sein können. Die hätten jede Menge Waffen und hätten keinerlei Skrupel. Leider handelte es sich bei den Gästen nicht um Stammgäste, sondern um Laufkundschaft. Der Wirt hat sie nicht wieder gesehen."

Kaminski stand auf, ging in sein Arbeitszimmer und kam mit einem Karteikasten mit der Aufschrift *Wilde Cliquen* zurück. Er setzte sich wieder und begann die Karten durchzublättern. Nach einer Weile schüttelte er den Kopf. „Cliquen schießen wie Pilze aus dem Boden. Ständig bilden sich neue und verschwinden wieder. Ich fürchte, ich bin da nicht mehr auf dem Laufenden. Vielleicht kann Lissy mir auf die Sprünge helfen. Sie hat schließlich jeden Tag mit den Kreisen zu tun, in denen Jugendliche schnell kriminell werden."

„Arm zu sein bedeutet nicht zwangsläufig, kriminell zu werden", warf Lissy pikiert ein. „Mit dem Ehrlichbleiben ist es allerdings nicht so einfach, wenn der Magen ständig knurrt und man immer friert, weil man nichts Warmes zum Anziehen hat."

Gennat wollte etwas sagen, Lissy ließ ihn aber nicht zu Wort kommen. „Wir lesen doch täglich von Überfällen auf Lebensmittelgeschäfte und Plünderungen. Gestern erst haben Jugendliche wieder eine Bolle-Filiale in der Schönhauser Allee geplündert. Der Jüngste war gerade vierzehn, fast noch ein Kind. Das machen die nicht, weil sie kriminell sind, sondern weil sie und ihre Familien hungern. Selbst biedere Hausfrauen beteiligen sich immer wieder an Plünderungen", ereiferte sich Lissy. „Für Kinder ist es auch kein besonders amüsantes Spiel, den ganzen Tag Kohlen, die von Güterwagons heruntergefallen sind, aufzusammeln, zumal man sich dabei nicht erwischen lassen darf, denn es ist ja streng verboten." Gennat holte erneut Luft, um etwas zu sagen, doch Lissy war wieder schneller. „Ist es Ihnen gar nicht peinlich, Herr Kriminalrat, wenn Ihre Kollegen diese armen Menschen festnehmen und ins Polizeigefängnis stecken? Sollen sie verhungern? Heute Morgen erst haben wieder einige hundert Menschen vor *Rollenhagen* auf dem Kurfürstendamm gegen die Protzgesellschaft protestiert. Was ist das für eine Politik, die zulässt, dass viele hungern und wenige mit ihrem Reichtum protzen? Vor Hunger Lebensmittel zu stehlen, ist Mundraub …"

„Aber ich bitte Sie, Lissy", konnte Gennat endlich einwenden. „Es kann doch nicht angehen, dass sich jeder das nimmt, was er haben möchte. Das wäre Anarchie."

Kaminski ergriff Gennats Partei. „Dein Engagement für die Armen in allen Ehren, meine Liebe, aber bedenke bitte, dass du auch bei *Rollenhagen* kaufst und bei jeder Gelegenheit durchs *KaDeWe* schlenderst. Deine Eltern sind als Besitzer einer Trikotagenfabrik auch nicht gerade arme Leute."

„Für meine reichen Eltern kann ich nichts, aber ich habe keine Probleme damit, die Ärmsten der Armen zu unterstützen. – Meine Eltern im Übrigen auch nicht, wie dir nicht entgangen sein dürfte."

Kaminski lachte. „Ach Lissy, du bist einfach süß, aber du solltest vielleicht nicht so viel in der *Roten Fahne* und der *Welt am Abend* lesen, sonst wirst du mir noch zur Marxistin."

Gennat schien amüsiert. „Sie könnten glatt im Reichstag für die Kommunisten sprechen." Er lachte still in sich hinein.

Lissy funkelte die beiden Männer wütend an und rauschte mit den Worten: „Ihr könnt mich mal!“, aus dem Salon.

„So unrecht hat sie gar nicht. Aber wie sollen wir dieses Dilemma ändern?“, murmelte Gennat wie zu sich selbst. Er war erleichtert, dass Kaminski seine Bemerkung unkommentiert stehen ließ. Gennat hasste solche Diskussionen. Er hielt sie für reine Zeitverschwendung, denn sie führten seiner Ansicht nach zu nichts. „Was meinen Sie?“, fand er wieder zum Thema zurück. „Ob sich Ihre alten Kontakte wieder aktivieren lassen?“

Kaminski antwortete mit einer hilflosen Geste. „Ich kann es versuchen. Ich fürchte aber, dass es nicht viel bringen wird.“

Gennat nickte ihm ermunternd zu. Er war sich sicher, dass der clevere Reporter nicht eher Ruhe geben würde, bis er etwas Greifbares herausgefunden hatte – waren seine Methoden aus kriminalpolizeilicher Sicht auch am Rande der Legalität.

„Der Zweck heiligt die Mittel“, pflegte sein junger, aufstrebender Kollege Arthur Nebe zu sagen. Vielleicht hatte er ja damit sogar Recht, dachte der Kriminalrat.

Am späten Abend kamen im Radio bereits die ersten Wahlergebnisse. Die Nazis haben offenbar herbe Verluste hinnehmen müssen, während die Kommunisten stark hinzugewonnen haben. Eines war aber klar. Der Siegeszug der NSDAP schien gestoppt. Sie tranken noch ein Glas Portwein und diskutierten über die Wahl. Es war kurz vor Mitternacht, als Gennat sich verabschiedete. Er zog seinen Mantel an und setzte seine altmodische Melone auf. Auch Kaminski warf schnell seinen Mantel über, nahm seinen Hut und die Autoschlüssel. „Warten Sie, Herr Kriminalrat“, rief er nach draußen. „Ich fahre Sie nach Hause. Sie werden jetzt bestimmt kein Taxi bekommen.“

Gennat nickte dankbar.

XXIV

Ein Zufall kam Kaminski schon wenige Tage später zu Hilfe. An einem Dienstagmorgen klopfte ein Botenjunge vom Empfang an die Tür von Kaminskis Besenkammerbüro. „Entschuldigen Sie die Störung, Herr Kaminski. Unten wartet eine Dame auf Sie. Sie sagt, sie müsse Sie dringend sprechen."

„Hat die Dame auch einen Namen?"

„Ja, das heißt nein, ich weiß nicht so recht. Fechter oder Fechner oder so. Jedenfalls ist sie sehr hübsch."

„Bringen Sie sie herauf", sagte Kaminski, ohne von seinem Notizblock aufzuschauen. „Aber nehmen Sie den Fahrstuhl. Nicht den Paternoster", schickte er noch hinterher.

Wenig später hörte er Schritte im Gang. Er stand auf, um der Besucherin entgegenzugehen. Der Bote begleitete eine Frau in einem Fuchsmantel und mit einem extravaganten Hut. Erst als sie näher kamen, erkannte er Anneliese Fechner, die Schneiderin vom Bülowbogen.

Kaminski ging ihnen entgegen. „Guten Morgen, Frau Fechner, was verschafft mir die Ehre?" Er bedankte sich bei dem Boten und führte die Besucherin in sein Büro. Da man auf dem Besucherstuhl, der halb unter den Schreibtisch geschoben war, nur sitzen konnte, wenn man ihn über die Türschwelle stellte, war er gezwungen, die Tür offen zu lassen, dennoch bot er ihn ihr an. In ihrem Gesichtsausdruck las er, dass sie den Platz wohl unangemessen fand. „Was führt Sie zu mir?", fragte er verlegen und rieb sich die Hände. Es war kalt in seinem Büro, das schmale Fenster zierten Eisblumen, denn es verfügte über keine Heizung, und einen Kanonenofen aufzustellen, hatte der Chef verboten. So ließ er im Winter immer die Tür offen, um etwas Wärme aus dem Flur hereinzulassen.

„Ich muss Sie unbedingt sprechen, Herr Kaminski. Seinerzeit hatten Sie mir gesagt, dass Sie Reporter beim *Berliner Echo* sind. So war es auch nicht schwer, Sie zu finden." Unsicher sah sie sich um. „Es ist aber sehr vertraulich. Sind Sie sicher, dass wir hier …“, sie stockte und sah sich erneut um.

Kaminski erriet ihre Gedanken und lachte. Er stand auf, nahm seinen Mantel, den er über den Stuhl gelegt hatte, und den Hut vom Garderobenhaken hinter der Tür. „Mein Besenkammerbüro ist sicher nicht das richtige Ambiente für ein vertrauliches Gespräch. Ich schlage vor, wir gehen rüber zu *Jaedicke* auf einen Kaffee. Da können wir uns in aller Ruhe unterhalten.“

Als Kaminski den Fahrstuhl ansteuerte, hielt Frau Fechner ihn am Arm zurück und zeigte auf den Paternoster. „Oh bitte, damit bin ich noch nie gefahren. Der Bote wollte es nicht.“ Sie kicherte. „Vielleicht hat er ja Angst da drin. Aber bitte, fahren Sie mit mir.“

„Sind Sie ganz sicher? Es könnte gefährlich sein.“

„Mit Ihnen habe ich vor nichts Angst.“

Kurz vor dem Erdgeschoss legte er seinen Arm um ihre Taille, um sie rechtzeitig hinauszuziehen. Sie seufzte, als sie wieder festen Boden unter den Füßen hatten. „Und was wäre passiert, wenn wir jetzt weitergefahren wären?“

Kaminski sah sie mit gespieltem Ernst an: „Wir hätten die Unterwelt durchfahren, Orpheus auf der Suche nach seiner Eurydike begleiten und Can-Can tanzen müssen. Ich hatte Kollegen, die sind nie wieder von da unten zurückgekommen.“

„Vielleicht tanzen sie noch immer Can-Can.“ Beide mussten lachen. Max Kaminski liebte dieses Gesellschaftsspiel, das man flirten nannte. Ein schlechtes Gewissen hatte er nicht, denn er wusste nur zu gut, dass auch Lissy es hin und wieder spielte.

Die Tische im Café waren nicht einmal zur Hälfte besetzt und so konnten sie sich ungestört unterhalten. Kaminski bemerkte Anneliese Fechners Angespanntheit. Die Leichtigkeit aus dem Paternoster schien verflogen – oder in die Unterwelt hinabgefahren.

„Warum wollten Sie mich sprechen?“, fragte Kaminski, nachdem die Serviererin für ihn den Kaffee und für Anneliese Fechner eine Wiener Melange und einen kleinen Teller mit Gebäck gebracht hatte.

„Ich weiß nicht recht, wo ich anfangen soll."

Kaminski grinste breit. „Am besten ganz am Anfang. Ich habe Zeit."

„Das ist gar nicht so einfach. Damals, als Sie nach diesem Krell suchten, haben Sie gesagt, dass Sie ihm helfen wollten. Ich weiß nicht, an wen ich mich sonst wenden sollte. Es geht um ein junges Mädchen, das ich seit einigen Wochen als Aushilfe beschäftige. Luise ist sehr talentiert. Sie näht mit einem Geschick und einer Präzision, das ist bewundernswert. Sie entwirft die schönsten Ornamente, die sie denn mit Glasperlen auf Abendkleider stickt, zudem kann sie sehr gut zeichnen. Sie hätte sogar das Zeug dazu, am Hausvogteiplatz Karriere zu machen. Ich habe ihr vorgeschlagen, sie solle sich bei der Reimann-Schule in der Landshuter Straße im vornehmen Bayerischen Viertel bewerben, denn sie zeichnet auch Bühnenbilder – nur für sich zum Spaß. Sie ist ein künstlerisches Naturtalent. Aber seit zehn Tagen kommt sie nicht mehr. Sie ist wie vom Erdboden verschwunden."

„Vielleicht hat sie eine andere Stelle bekommen."

„Nein, ganz bestimmt nicht. Das hätte sie mir gesagt. Ihr Bruder steckt sicher dahinter. Ich fürchte, er ist in eine schlimme Sache verwickelt."

Kaminski sah sie fragend an.

„Ich bin ziemlich sicher", fuhr sie fort, „dass er Luise unter Druck setzt. Eines Abends, als er seine Schwester abholte, haben sie vor der Tür gestritten. Ich habe leider nur Wortfetzen mitbekommen. Es war von teuren Bars auf dem Kurfürstendamm die Rede. Ein anderes Mal habe ich gehört, wie er sagte: ‚Du weißt, was passiert, wenn du Zicken machst.' Ich fürchte, er will seine Schwester anschaffen schicken."

Kaminski rührte lange in seinem Kaffee. „Ich bin mir nicht sicher, ob ich Ihnen helfen kann. Wie alt ist Luise?"

„Gerade achtzehn geworden. Ihr Bruder ist wohl zwanzig und schon viele Monate arbeitslos."

„Was wissen Sie über Luises Bruder?“

„Nicht viel. Früher war er mal in einer kommunistischen Jugendorganisation, ist aber aus irgendeinem Grund rausgeflogen. Jetzt hat er sich wohl einer dieser kriminellen Cliquen angeschlossen, von denen wir in Schöneberg ein Lied singen können.“ Sie machte eine Pause und trank einige Schluck von ihrer Melange. Dann erzählte sie weiter. „Ich fürchte, er ist in irgendein Verbrechen verwickelt.“

Wieder machte sie eine Pause.

„Ich glaube, er ist einer der Banditen, die den BVG-Geldtransport überfallen haben. Luise hat mir erzählt, ihr Bruder habe ihren Eltern ziemlich viel Geld gegeben. Sie wollen sich wohl eine Laube kaufen. Sie wisse allerdings nicht, woher plötzlich so viel Geld komme. Angeblich hat er es gespart. Das kann aber nicht sein, sagt Luise.“

Kaminski machte eine hilflose Geste. „Warum gehen Sie nicht zur Kriminalpolizei und machen eine Aussage?“

Sie schüttelte energisch den Kopf. „Das geht nicht.“

„Muss ich das verstehen?“

„Nein, Sie müssen gar nichts, aber die Sache ist ganz einfach. Luise, ihre Eltern und auch ihr Bruder leben von der Wohlfahrt. Sie arbeitet sozusagen schwarz bei mir. Sie bekommt einen kleinen Lohn, ist aber nicht angemeldet, weil die Unterstützung der Familie sonst gekürzt werden würde. Streng genommen machen wir uns beide strafbar.“

„Verstehe. Und was soll ich Ihrer Meinung nach tun?“

„Na was schon? Sie suchen, was sonst?“ Anneliese Fechners Ton war jetzt laut und schnippisch.

„Haben Sie ihre Adresse?“

Sie nickte. „Schwerinstraße 6. Sie heißt Hildebrand. Luise Hildebrand.“

„Warum gehen Sie nicht selbst hin?“

„Weil ich Angst vor ihrem Bruder habe. Vor dem Laden hat er ihr mal eine Ohrfeige gegeben. Ich bin rausgegangen und stellte ihn zur Rede. Da hat er mir gedroht, wenn ich mich noch einmal einmische, würde er mir den Laden kurz und klein schlagen."

„Na schön. Sowie ich Zeit habe, werde ich sehen, was ich tun kann."

„Aber es pressiert! Ich brauche Luise im Geschäft. Eine Schneiderin, der ich den vollen Lohn zahlen muss, kann ich mir nicht leisten. So gut geht meine Schneiderei im Augenblick nicht."

„Ich dachte, Sie machen sich Sorgen um das Mädchen?"

„Ja, natürlich. Entschuldigen Sie, ich bin ein bisschen durcheinander."

„Keine Sorge. Ich werde Ihnen Ihre Luise schon zurückbringen."

Nachdem sie sich verabschiedet hatten, kehrte Kaminski zurück in seine Besenkammer und dachte nach. Er war sich nicht sicher, aber es konnte tatsächlich sein, dass Anneliese Fechners Hinweis auf die richtige Spur führte. Gennat hatte von einer Clique gesprochen und von einer größeren Geldsumme. Und dieser Hildebrand verfügte plötzlich über relativ viel Geld. Er würde sich diese Luise auf jeden Fall einmal ansehen, musste aber mit Fingerspitzengefühl vorgehen. Morgen früh wollte er das Haus in der Schwerinstraße in Augenschein nehmen.

XXV

Gleich am nächsten Morgen fuhr Max Kaminski nach Schöneberg, nahm aber statt des Autos die U-Bahn. Als er am Nollendorfplatz von der Hochbahn die Treppe hinabstieg, sah er auf die Uhr. Es war Viertel nach acht. Er ging die Maaßenstraße ein Stück geradeaus und dann nach links in die Nollendorfstraße, die in die Schwerinstraße mündet. Schon von der Ecke Nollendorfstraße sah Kaminski Feuerwehr, Polizei und ein Sanitätsfahrzeug. Schutzpolizisten hielten Schaulustige zurück. Kaminski vermutete einen Dachstuhlbrand, verwarf den Gedanken aber gleich wieder, denn er konnte keinen Brandgeruch feststellen. Reporterneugier zog ihn zu der aufgeregt diskutierenden Menge, und er bemerkte erst jetzt, dass er vor dem Haus Nummer 6 stand.

„Der Wolter ist seit einem Jahr arbeitslos. Seine Frau hat's mit der Lunge. Traurige Sache, das", hörte Kaminski einen Mann aus der Menschenmenge sagen.

„Was ist denn hier passiert", fragte Kaminski.

„Die Familie aus dem Vierten hat den Gashahn aufgedreht. Der Wolter und den beiden Kindern konnte keiner mehr helfen. Ihn haben sie in die Klinik gebracht. Sieht aber nicht gut aus."

„Und da kommt gleich so viel Polizei?"

„Nich' deshalb. Die sollten heute rausgeschmissen werden. Exmittiert, wie man heute so schön sagt. Der da ist der Gerichtsvollzieher." Er zeigte auf einen mittelgroßen, sauertöpfisch dreinschauenden Mann in einem billigen Anzug mit ausgebeulten Hosen „Der ist gleich mit Polizei angekommen. Jetzt kiekt er dumm aus der Wäsche."

„Waren die Kinder noch klein?", fragt Kaminski.

„Erna war fünf, Otto sieben oder acht."

„Mörder", schrie eine Frau hysterisch und stürzte sich mit geballten Fäusten auf den Gerichtsvollzieher. Nur mit Mühe konnte die Polizei sie wegziehen.

„Tut mir leid“, sagte der Gerichtsvollzieher mit fester Stimme. „Vier Monate mit der Miete im Rückstand. Ich habe die Anweisung, die Wohnung räumen zu lassen. Ich tue nur meine Pflicht.“

Die versammelte Menge brach in Hohngelächter aus. „Was ist das für eine Pflicht? Unschuldig in Not Geratene in den Selbstmord treiben!“

Mit seinem modischen Anzug und dem Hut fühlte sich Kaminski wie ein Kanarienvogel in einem Schwarm von Spatzen. „Gehen Sie weiter, hier gibt es nichts zu sehen. Gehen Sie weiter“, forderten die Schupos die Menschen auf. Nachdem Feuerwehr und Sanitätswagen weggefahren waren, zerstreuten sich die weiterdiskutierenden Schaulustigen nach und nach.

Vor der Tür des Hauses Nr. 6 fiel Kaminskis Blick auf eine junge Frau in einer buntgeblümten Kittelschürze und ausgefransten Pantoffeln. Sie saß mit verschränkten Händen auf einem Schemel wie Aschenputtel, das auf die gute Fee wartet, die die Kittelschürze in ein Ballkleid und die Pantoffeln in goldene Schuhe verwandeln würde. Aschenputtel wischte sich mit dem Handrücken eine blonde Strähne aus der Stirn und beantwortete die Fragen eines Polizisten. „Ich wohne oben in der Dachkammer“, hörte Kaminski sie sagen. „Ich stehe immer sehr früh auf und habe den Gasgeruch sofort bemerkt. Ich bin dann gleich runter und habe an die Tür geklopft. Als keiner reagierte, hat der Herr Albrecht von nebenan die Tür eingetreten. Wir haben gleich gesehen, was los ist. Der Schlauch vom Gasherd war ins Zimmer geleitet. Ich hab gleich das Gas abgedreht und alle Fenster aufgerissen. Herr Albrecht hat die Sanitäter und die Polizei geholt.“

„Die Familie sollte heute exmittiert werden?“

„Dieses Schwein da“, sie zeigte auf den Gerichtsvollzieher, „hat die Möbel trotzdem heruntertragen lassen.“ Aschenputtel schüttelte fassungslos den Kopf und schien gar nicht zu bemerkten, dass eine Gruppe, die von der anderen Straßenseite gekommen war, zusammen mit Mietern des Hauses die Möbel wieder ins Haus trugen. Die Polizei wagte nicht einzuschreiten. Im Wedding war es an der Tagesordnung, dass die Mieter zusammenhielten, ganz besonders, wenn es gegen die Ordnungsmacht ging.

Kaminski lächelte das Mädchen an, rieb sich die Hände wie ein Arbeiter, der gleich beginnt, und zeigte auf ein Vertiko, das noch neben der Haustür stand. „Soll das auch wieder nach oben?" Ein junger Mann stand schon bereit. „Klar. Wieder nach oben damit." Kaminski packte mit an. Als sie die erste Etage erreicht hatten, fragte er vorsichtig, schon außer Atem, denn er war schwere Arbeit nicht gewohnt. „In welchen Stock?"

„In den vierten", kam die Antwort.

Kaminski verkniff es sich, laut zu stöhnen, und schwieg.

Als sie das Möbel in die Wohnung zurückgestellt hatten, warteten hinter ihnen schon zwei Männer mit einer durchgesessenen Chaiselongue.

Um den Weg freizumachen, setzte sich der junge Mann, mit dem Kaminski das Vertiko hinaufgeschleppt hatte, auf die Treppe, die auf den Dachbogen führte. Er gab Kaminski ein Zeichen. „Komm, setz dich einen Augenblick. Ich habe dich hier noch nie gesehen. Du wohnst nicht hier, oder?"

„Nein, ich bin zufällig vorbeigekommen. Hab von Weitem gesehen, dass hier was los ist."

„Ich heiße Erwin. Erwin Hildebrand."

„Ich bin Harry. Harry Waldner."

„Nett, dich kennenzulernen, Harry."

„Ganz meinerseits. Wohnst du hier?"

„Nicht so richtig. Noch wohne ich hier mit meinen Alten und meiner Schwester. – Du hast sie schon gesehen. Das ist die mit der Kittelschürze."

„Zieht ihr aus?"

„Bevor wir wie die Wolters ausgezogen werden, gehen wir lieber vorher."

„Bleibt ihr in Berlin?"

Erwin lachte. „Nicht so richtig. Meine Eltern haben eine Laube in Britz gekauft. Bevor sie uns auch auf die Straße setzen, ziehen wir da hin."

„Eine Laube", Kaminski pfiff durch die Zähne. „Kostet eine schöne Stange Geld, was. Vater hat 'ne gute Arbeit?"

„Nee. Nicht mehr. Er hat aber immer für 'ne Laube gespart."

„Ach so. Und was machst du so?"

„Arbeitslos. Suche mir mal hier und mal da was. Und du?"

„Suche Arbeit. Bin noch nicht lange wieder in Berlin."

„Wo warst'n?"

„In Shanghai."

„Shanghai. Ist das weit weg?"

„Ja. In China."

Erwin pfiff anerkennend durch die Zähne. „Was hast'n da gemacht?"

Kaminski zuckte mit den Schultern. „Dies und das. Geschäfte eben. Mit einem Freund aus Berlin."

„Shanghai, sagst du?"

„Ja. Warum?"

„Dann kennst du vielleicht auch Fritz Kaiser."

„Den Kaiser von Schöneberg? Na klar. Ich bin sein Compagnon! Wir machen in China Geschäfte."

„Was macht ihr denn für Geschäfte?"

Kaminski zog ein Päckchen Zigaretten aus der Tasche seines Jacketts und bot Erwin eine an.

„Import – Export, dies und das."

„Aha, verstehe. Und was genau?"

„Du bist mir eine Spur zu neugierig."

„Vielleicht können wir ins Geschäft kommen."

„Hast du denn überhaupt Erfahrung?"

„Also ein Anfänger bin ich nicht. Was willst du eigentlich in Berlin?"

„Mich mal umsehen. Nach neuen Geschäftsideen."

„So was richtig Großes?"
„Was richtig Großes."
Kaminski stand auf. „Wir sollten in Kontakt bleiben. Wo finde ich dich? Sicher nicht hier bei deinen Alten."
Erwin schüttelte den Kopf. „Kennst du die *Eidechse*, die Kneipe in der Alvenslebenstraße?"
„Na klar. Kenne ich."
„Da bin ich fast immer."
„Schön. Ich komme bestimmt mal vorbei."
Als Kaminski auf die Straße kam, hatte sich die Menschenansammlung aufgelöst, der Gerichtsvollzieher diskutierte aber noch immer mit einem Schutzmann. Aschenputtel in der geblümten Kittelschürze saß noch immer neben der Haustür. Sie lächelte Kaminski zu, als er an ihr vorbeiging. Nach ein paar Schritten kehrte er noch einmal um. „Was wird der Gerichtsvollzieher jetzt machen?", fragte er das Mädchen.
Sie hob hilflos die Schultern. „Keine Ahnung. Sicher wird er erst einmal abwarten müssen, ob der Wolter überlebt. – Ich hoffe, dass er es nicht schafft. Stellen Sie sich das mal vor, Frau und Kinder sind tot und Sie überleben als Einziger."
Kaminski wollte sich das lieber gar nicht erst vorstellen und war froh, dass sie das Thema wechselte. „Danke für's Helfen", sagte sie und wies mit dem Kopf auf die Treppe. „Ich meine das Vertiko."
„Sind Sie Luise Hildebrand?", fragte Kaminski.
„Wer will das wissen?", fragte sie schnippisch.
Kaminski streckte ihr die Hand entgegen. „Harry Waldner. Ich habe gerade Ihren Bruder Erwin kennengelernt. Ein netter Kerl."
„Ja. Manchmal kann mein großer Bruder richtig nett sein."
„Findet man Sie auch öfter in der *Eidechse*?"
Angewidert zog sie die Nase kraus und schüttelte den Kopf. „Nee. Ich mag diese Kneipen nicht."
„Darf ich Sie wenigstens jetzt zu einer Tasse Kaffee einladen?" Sie schaute an sich hinunter und machte eine hilflose Geste, die

ihrer Kittelschürze und ihren Pantoffeln galt. „Das ist sehr nett, aber in diesem Aufzug gehe ich bestimmt nicht in ein Café. Nicht einmal am Bülowbogen. Langsam fange ich auch an zu frieren. Es ist ganz schön frisch geworden. Außerdem muss ich meiner Mutter helfen."

Kaminski wollte nicht insistieren. „Aufgeschoben ist ja nicht aufgehoben. Dann vielleicht ein andermal?"

Sie lächelte verlegen. „Vielleicht ein andermal."

XXVI

Max Kaminski war sich noch nicht sicher, wie er vorgehen sollte. Keinesfalls wollte er noch einmal den gleichen Fehler machen wie in der Sache Kurt Krell. Sein noch immer schmerzender Arm erinnerte ihn ständig daran. Er fuhr ins Polizeipräsidium, um Gennat über seine Aktivitäten in Kenntnis zu setzen. Indirekt hatte der Kriminalrat ihn schließlich darum gebeten, sich umzuhören.

Der alte Fuchs hatte schon immer einen Faible für unkonventionelle Fahndungsmethoden. Kaminski konnte sich noch gut an den Aufschrei des Entsetzens innerhalb der Kriminalpolizei erinnern, als Gennat den Vorschlag unterbreitete, in besonders komplizierten und vielschichtigen Ermittlungen die Unterstützung von Privatdetektiven heranzuziehen. Durchsetzen konnte er diese Idee freilich nie. Er hatte sie aber ernst gemeint. Als Kaminski das Büro der Mordinspektion betrat, war Gennat mit Lissigkeit im Gespräch über die anstehenden Fahndungsmaßnahmen.

„Tachchen, Tachchen", begrüßte ihn der Dicke. „Na? Wie weit sind Sie?"

Kaminski berichtete betont sachlich und endete: „Ich glaube, ich bin auf der richtigen Spur."

Gennat nickte nur, denn er hatte sich gerade ein Stückchen Nusstorte in den Mund geschoben. Lissigkeit sprang mit der Antwort ein: „Dieser Hildebrand muss mit dem Raub nicht unbedingt etwas zu tun haben, es kann aber nichts schaden, ihm ein bisschen auf den Zahn zu fühlen."

„Hab ich auch vor. Er hält mich wohl für eine große Nummer in der Unterwelt. Ich hatte den Eindruck, dass er meine Freundschaft sucht, um mit mir", er deutete mit den Fingern das Setzen von Gänsefüßchen an, „ein großes Ding zu drehen."

Gennat zuckte mit den Schultern. „Solange Sie keine Bank ausrauben, ist mir alles recht. Ich will aber über jede Kleinigkeit informiert werden."

„Selbstverständlich halte ich Sie auf dem Laufenden", beteuerte Kaminski.

„Ich hab da so meine Zweifel", murmelte Gennat, überlegte einen Augenblick und fuhr dann fort: „Ohne stichhaltige Beweise sind uns aber die Hände gebunden. Wenn Hildebrand tatsächlich etwas mit dem Raub zu tun hat, haben wir zwar schon einen kleinen Fisch an den Angel, aber von dem werden wir nicht satt. Wir müssen an die Komplizen 'rankommen."

„Warten Sie's ab. Ich bin ja erst am Anfang." Kaminski zwinkerte Lissigkeit zu.

„Was sagt eigentlich Ihre Frau dazu, dass Sie sich mal wieder in die Unterwelt begeben?", wollte Gennat wissen.

„Wir haben noch nicht darüber gesprochen. Ich könnte mir aber denken, dass sie mich unterstützen wird. Sie kennen Lissy doch. Zuerst behauptet sie, damit nichts zu tun haben zu wollen, aber letztendlich mischt sie sich dann doch ein – und das ja meistens auch mit Erfolg."

„Jedenfalls geht Lissy diplomatischer vor als Sie."

„Tja, vielleicht sind uns die Frauen ja doch überlegen."

Gennat drohte mit dem erhobenen Zeigefinger. „Lassen Sie das nicht die Kollegen hören."

„Also ich bin ganz auf Kaminskis Seite", warf Lissigkeit ein.

„Sie sind ja auch 'n Sozi", lachte Gennat und fügte flüsternd hinzu: „Das sollten Sie aber lieber nicht mehr so laut sagen."

„Ganz im Gengenteil! Ich werde es immer lauter sagen. So lange, bis der letzte verdammte Nazi hier im Haus kapiert hat, dass wir uns keine braunen Hemden überstreifen lassen. Ich bleibe bei meinem roten." In Lissigkeits Ton schwang etwas für ihn ungewöhnlich Kämpferisches.

Gennat lehnte sich zurück, klopfe ungeduldig mit den Fingern auf den Schreibtisch und sah zu Kaminski hinüber. „Sagen Sie mir jetzt, was Sie vorhaben?"

„Weiß ich noch nicht. Alles könnte ein Zufall sein, aber es ist auch gut möglich, dass Hildebrand und seine Schwester tatsächlich mit dem Raubmord zu tun haben. Jedenfalls macht mir dieser Erwin einen recht redseligen Eindruck. Meine Shanghai-Geschichte hat er mir ohne Weiteres abgekauft."

„Wie alt ist Hildebrand?"

„So um die zwanzig. Ich wollte nicht gleich zu viel fragen."

„Ich will dir nicht zu nahe treten, Max. Wenn er aber tatsächlich zu einer dieser *Wilden Cliquen* gehört, hast du keine Chance, da reinzukommen. Für die bist du schon ein Greis", gab Lissigkeit zu bedenken, der mit Recherchen in der Unterwelt auf langjährige Erfahrung zurückblicken konnte.

„Danke für deine aufmunternden Worte. Ich möchte dich nur daran erinnern, dass du auch nicht jünger bist als ich."

„Was ist mit seiner Schwester? Vielleicht kommt man über sie besser an die Bande heran, wenn es denn überhaupt eine ist. Wie sah ihr Arbeitsverhältnis bei der Fechner im Einzelnen aus?", wollte Gennat noch wissen.

„Sie half bei Anneliese Fechner nur hin und wieder aus, war aber nicht angestellt. Es war wohl eine Art Freundschaftsdienst, da sich Frau Fechner keine feste Kraft leisten kann", umschrieb Kaminski das Arbeitsverhältnis vorsichtig, denn er wollte die Schneiderin nicht in Schwierigkeiten bringen. „Die Fechner ist fest davon überzeugt, dass Luise von ihrem Bruder unter Druck gesetzt wird. Sie vermutet, dass er Luise zwingen will, für ihn anschaffen zu gehen."

„Glaube ich nicht", unterbrach Lissigkeit. „Anneliese Fechner will die Namen einiger teurer Bars am Kurfürstendamm aufgeschnappt haben. In der *Kakadu-Bar* beispielsweise gehen die Mädchen vom Bülowbogen nicht anschaffen. Hier trifft man allenfalls Luxusnutten, die ihre Freier in ihre mondänen Apartments abschleppen oder in die Luxusbordelle rund um den Kurfürstendamm."

„Sie müssen's ja wissen", murmelte Gennat, noch immer Nusstorte essend.

Lissigkeit ließ sich nicht aus der Ruhe bringen. „Ich glaube eher an eine alte Masche, die wir noch aus der Inflation kennen."

Kaminski sah ihn verständnislos an. „Was meinst du?"

„Mensch, Kaminski! In den Inflationsjahren war Deutschland und insbesondere Berlin eines der beliebtesten Reiseziele für betuchte Ausländer, besonders für Amerikaner. Mit ein paar Dollar in der Tasche lebte man hier wie im Schlaraffenland. Seinerzeit suchten hübsche junge Mädchen, die ein paar Brocken Englisch sprachen, die Bekanntschaft betuchter Amerikaner oder anderer reich aussehender Männer, verfeinerten den ohnehin schon hochprozentigen Cocktail unbemerkt mit einem Schlaf- oder Beruhigungsmittel und begleiteten die zum Umfallen müden Krieger dann in ihr Hotel, wo sie sie dann in aller Ruhe ausraubten."

Ernst Gennat schob den leeren Kuchenteller weg, stützte die Ellenbogen auf den Tisch und legte das Kinn auf seine gefalteten Hände, als helfe ihm das beim Nachdenken. „Gut möglich. Das ist eine Masche, die gerade wieder in Mode kommt. Lissigkeit hat Recht. Ich kann mich noch gut erinnern, während der Inflation hatten wir jede Nacht solche Fälle. Ein paar Dollar waren in Deutschland ja ein Vermögen wert."

„Und heute glauben die kleinen Ganoven wieder, dass die Touristen aus Übersee nur so im Geld schwimmen", sagte Lissigkeit.

„Aber was bringt uns diese Information? Wenn wir die Bars überwachen und Lockvögel losschicken, schnappen wir vielleicht das Mädchen und ihren Bruder, im Fall des BVG-Raubmords bringt es uns aber keinen Schritt weiter. Ganz im Gegenteil. Unbedachte Aktionen können eher dazu führen, dass sich die Bande aus dem Staub macht oder extrem vorsichtig wird. Außerdem müssten wir hunderte Bars observieren. Woher soll ich dafür das Personal nehmen? Der Polizeipräsident reißt mir den Kopf ab."

Rudolf Lissigkeit stimmte seinem Chef zu und sagte, an Kaminski gewandt: „Ich will dich ja nicht auf dumme Gedanken bringen, Max, aber du hast doch schon den Fuß in der Tür. Offenbar hat Hildebrand deine Geschichte gefressen. Ich bin sicher, dass er sich schon ausmalt, wie er mit dir das ganz große Ding durchziehen wird. Bleib also dran und versuche seine Freunde kennenzulernen."

„Ich hab allenfalls einen Zeh in der Tür. Und wenn jemand kommt und die Tür zuknallt, habe ich einen gebrochenen Zeh, und das tut verdammt weh."

„Sein Sie nicht so wehleidig, Kaminski. Kanthacks Schießübung haben Sie ja auch ganz gut überstanden", meinte Gennat trocken.

„Ich finde das gar nicht lustig. Sie sagen selbst, die Bande ist gefährlich, und Schießen ist offenbar ihr Hobby."

„Machen Sie es doch nicht so kompliziert. Wenn die Jungs etwas merken, dann geben Sie halt zu, dass Sie von der Zeitung sind und für eine Reportage über die *Wilden Cliquen* recherchieren, dass Sie natürlich keine Namen und keine konkreten Orte nennen werden."

„Ich glaube nicht, dass das eine gute Idee ist. Ich habe keine Lust, mir eine Ladung Blei einzuhandeln."

„Seit wann sind Sie so zögerlich, Kaminski, das kenne ich gar nicht von Ihnen. Sie recherchieren doch sonst auch immer gern neben uns her. Wo ist das Problem?"

„Na schön. Ich kann mich ja mal vorsichtig umhören."

„Schauen Sie sich mal im *Kakadu* um. Vielleicht fällt Ihnen etwas auf."

„Geht nicht."

Statt einer Frage zog Gennat die Stirn kraus.

„Das Mädchen kennt mich schon."

„Deshalb können Sie doch trotzdem in den *Kakadu* gehen, oder?"

„Ich gehe mit", schlug Lissigkeit spontan vor. „Als Lockvogel."

XXVII

Max Kaminski hatte seine eigenen Pläne. Zufällig hatte er gestern mitbekommen, dass Luise jeden Morgen um die gleiche Zeit aus dem Haus ging, um für eine alte Dame im Haus Schrippen und Milch zu holen. Gegen sechs Uhr am Morgen war er am Nollendorfplatz. Er ging in einen Blumenladen und sah sich um. Zuerst wollte er Rosen kaufen, verwarf den Gedanken aber gleich wieder. Rosen kaufte er immer für Lissy. Sie liebte Rosen, besonders gelbe, weil sie so herrlich dufteten. Für Luise nahm er Nelken. Rosa Nelken. Die hielten auch länger als Rosen.

Gegen halb sieben ging er in der Schwerinstraße, etwas abseits vom Haus Nummer 6, auf und ab. Als er sie aus dem Haus kommen und über die Straße gehen sah, betrat er schnell die Bäckerei und verlangte zwei Schrippen. Er kramte noch sein Kleingeld zusammen, als Luise die Bäckerei betrat. Heute trug sie einen abgetragenen, schäbigen Mantel und ausgetretene Schuhe mit schiefen Absätzen. Nachdem sie ebenfalls bezahlt hatte, tat er so, als würde er sie jetzt erst erkennen. „Sie sind doch, wie war noch gleich Ihr Name … Luise, nicht wahr?"

Sie sah ihn verblüfft, ja fast erschrocken an. „Ich bin Luise. Luise Hildebrand."

„Was für ein schöner Zufall."

„Und für wen sind die Blumen?"

„Die sind für Sie. Ich wollte sie vor Ihre Tür legen."

Luise lachte verlegen. „Kommen Sie", sagte sie. „Begleiten Sie mich zum Milchmann. Ich muss für die alte Frau Scheibitz noch einen halben Liter Milch holen." Sie hielt die weiße Emaillemilchkanne hoch.

Als sie das Milchgeschäft verließen, blieb Luise plötzlich stehen. „Am besten, Sie gehen jetzt in eine andere Richtung. Wenn mein Bruder uns zusammen sieht, bekomme ich Ärger."

„Und die Blumen?"

„Darf ich sie der Frau Scheibitz schenken, sie ist wirklich eine sehr nette alte Dame."

„Ja, natürlich, aber was ist mit Ihrem Bruder? Warum darf er uns nicht zusammen sehen?"

„Das ist eben so."

„Gestern haben Sie mir aber versprochen, mit mir eine Tasse Kaffee trinken zu gehen."

Luise nickte nur. „Gestern war gestern."

„Ihr Bruder?"

Statt einer Antwort winkte sie ab.

„Ich möchte aber mit Ihnen Kaffee trinken gehen. Haben Sie heute Nachmittag Zeit?", fragte er, indem er ihr die Blumen in die Hand drückte.

Wieder ein Nicken.

„Dann kommen Sie, sagen wir, um vier ins Café Reimann am Kurfürstendamm."

Mit großen Augen sah sie ihn an. „Wirklich? Ich habe noch nie auf dem Kurfürstendamm Kaffee getrunken!"

Kaminski lachte. „Na dann wird es ja Zeit. Also um vier. Abgemacht?"

Wortlos und scheinbar wie in Trance ging sie ins Haus Nr. 6. Kaminski musste unwillkürlich lachen.

Luise war tatsächlich ins Café Reimann gekommen. Er sah sie schon von Weitem, denn er hatte sich ein wenig verspätet und sie stand bereits vor dem Café. Der Mantel, den sie trug, war zwar sehr schick, aber viel zu dünn, und er sah, dass sie vor Kälte zitterte. Das elegante Stück hatte sie sicher von Anneliese Fechner.

„Fräulein Hildebrand", begrüßte er sie und nahm mit beiden Händen ihre rechte Hand, die sie ihm hinstreckte. „Sie sehen bezaubernd aus. Ich wette, dass Sie den Mantel selbst entworfen haben."

Luise lachte. „Natürlich. Entworfen und genäht. Bei Fräulein Fechner konnte ich nach Herzenslust nähen, was immer ich wollte.

Stoffe kaufe ich immer im Schlussverkauf bei Tietz in der Leipziger Straße."

„Aber warum sind Sie nicht schon reingegangen? Sie zittern ja vor Kälte."

„Hab ich mich nicht getraut. Ich war noch nie in einem so vornehmen Café. Das können wir uns gar nicht leisten."

Sie fanden sofort einen Platz. Kaminski nahm ihr den Mantel und den Hut ab und hängte beides an die Garderobe. Erst jetzt sah er, dass sie ein blaues Kleid mit weißem Kragen, weißen Manschetten und goldschimmernden Knöpfen trug. Sie wirkte darin wie ein Schulmädchen aus der Unterprima. Kaminski bestellte Kaffee für sich und für Luise heiße Schokolade.

Ein Gespräch kam nur schwer in Gang. Luise war offensichtlich das erste Mal mit einem Mann in einem Café. Sie wirkte schüchtern und unsicher.

„Eines verstehe ich nicht", begann Kaminski, „wenn Sie so gerne in der Schneiderei arbeiten, warum gehen Sie dann nicht mehr hin?"

„Das geht nicht mehr."

„Das ist keine Begründung."

„Das geht Sie nichts an."

Kaminski wollte nicht weiter nachhaken und wechselte schnell das Thema. „Anneliese hat mir verraten, dass Sie gern auf die Reimann-Schule möchten."

„Ja. Aber das ist nur ein Traum. Leute wie wir haben da gar keine Chance. Wir sind arme Leute."

„Warum verschenken Sie Ihre Talente? Sie müssen darum kämpfen. Ihre Begabung ist sozusagen Ihr Reichtum, den Sie nur richtig investieren müssen." Er wusste, dass er Unsinn redete, aber er glaubte, dem Mädchen Mut machen zu müssen.

„Ich würde ja wieder zu Frau Fechner gehen, aber mein Bruder sagt, die Frau habe keinen guten Einfluss auf mich. Ich sei hochnäsig geworden und würde unserer Mutter nicht mehr helfen. Und wenn ich das nicht lasse, dann will er kommen und im Laden einen riesen Krawall machen. Jetzt traue ich mich nicht mehr hin."

„Aber das ist doch Unsinn. Er soll froh sein, dass er eine so talentierte Schwester hat. Er sollte stolz auf Sie sein."

„Er darf nicht einmal wissen, dass ich mir diese Sachen hier", sie deutete auf Kleid und Mantel, „geschneidert habe. Dann nimmt er sie mir weg. Deshalb habe ich zu Hause immer nur die alte Kittelschürze an."

„Soll ich mit Ihrem Bruder reden?"

Sie sah Kaminski erschrocken an. „Nein, bitte nicht. Er darf auf keinen Fall erfahren, dass wir uns getroffen haben."

„Sie können doch nicht zulassen, dass Ihr Bruder über Ihr Leben bestimmt. Sie dürfen sich nicht unterdrücken lassen."

„Es war schön, das hier mal kennnenzulernen, aber das ist nicht meine Welt." Sie schaute sich unsicher um. „Außerdem muss ich jetzt gehen." Luise trank ihre Schokolade aus und stand auf.

„Müssen Sie heute Abend arbeiten?", fragte Kaminski, um sie zu provozieren. Eine Antwort blieb sie schuldig.

Er half ihr in den Mantel, und draußen auf dem Kurfürstendamm fragte er: „Sehen wir uns wieder?"

„Wenn Sie wollen, können wir gerne bei Gelegenheit wieder einen Kaffee zusammen trinken."

„Von mir aus jeden Tag, wenn Sie wollen", antwortete er und gab ihr einen flüchtigen Kuss auf die Stirn. Die Art und Weise, wie Luise ihn anstrahlte, machte ihn verlegen, und ihm wurde bewusst, dass er gerade einen großen Fehler begangen hatte. Schnell fügte er noch hinzu: „Morgen habe ich leider keine Zeit. Ich melde mich bei Ihnen, sowie ich Zeit habe."

Er fing noch ihren enttäuschten Blick auf.

Aus diesem Mädchen wurde er nicht schlau. Vielleicht wusste er heute Abend mehr.

Am späten Abend traf sich Kaminski mit Lissigkeit in der Kakadu-Bar. Beide hatten keine große Lust auf diese Art von Amüsement. Sie setzten sich an die Bar und behielten ihre Umgebung im Auge, konnten aber keine Mädchen entdecken, die sich hier herumtrieben, um Männer abzuschleppen – jedenfalls keine, die danach aussahen. Kaminski fiel allerdings auf, dass viele der Gäste, sowohl die weiblichen als auch männlichen, Russisch sprachen. Vor einigen Jahren hatten die Charlottenburger ihren Stadtteil wegen der vielen Russen, die hier lebten, scherzhaft *Charlottengrad* getauft. Das gute alte *Charlottengrad* gab es also noch immer! Er dachte daran, dass Wolfgang eine russische Klavierlehrerin hatte, und Clara ging in eine Ballettschule, die einer Russin gehörte.

„Das war keine gute Idee", sagte Lissigkeit nach zwei Stunden. „Lass uns gehen. Ich hab die Nase voll. Außerdem habe ich eine bessere Idee."

In diesem Moment schob eine rothaarige Schönheit ihren wohlproportionierten Körper in einem Seidenkleid mit Leopardenmuster zwischen die beiden Männer. Offensichtlich gab sie Lissigkeit den Vorzug, denn sie sprach ihn an. Was sie sagte, hatte Kaminski nicht verstanden. Taktvollerweise bot der ihr seinen Hocker an und stand auf. Im Vorbeigehen raunte er Lissigkeit zu: „Keine Sorge, ich behalte dich im Auge."

Kaminski forderte ein Mädchen zum Tanzen auf, immer ein Auge auf Lissigkeit und seine Verehrerin gerichtet. Kaminski kam mit dem Mädchen ins Gespräch und es erzählte, dass es aus Amsterdam komme und ihren Vater begleite, der in Berlin einen Kollegen besuche. Der ältere Herr am Tisch war also ihr Vater, registrierte Kaminski beruhigt. Sie schlug gerade vor, dass sie ihm ihren Vater vorstellen wolle, als es an der Bar unruhig wurde. Er hielt nach Lissigkeit Ausschau und sah gerade, wie er zusammensackte und von seinem Barhocker glitt. Die Leopardin stand fassungslos daneben. Ein älterer Mann, vielleicht war er Arzt, beugte sich über Lissigkeit.

„Entschuldigen Sie mich“, sagte er zu dem Mädchen, „etwas ist mit meinem Freund nicht in Ordnung.“

Sie sah hinüber und zog Kaminski zur Bar. „Mein Vater ist schon zur Stelle. Er ist Arzt.“

„Was ist mit meinem Freund?“

„Ein Kreislaufkollaps, würde ich sagen. Ich müsste ihn richtig untersuchen.“

„Kann es sein, dass ihm jemand was in den Champagner getan hat?“, fragte Kaminski. Er sah sich nach der Leopardenfrau um, sie schien aber wie vom Erdboden verschluckt.

„Sie meinen, ein Schlafmittel, um ihn …?“

„So etwas gibt es in Amsterdam also auch?“

Der Arzt lachte und reichte Lissigkeit, der wieder zu sich gekommen war, ein Glas Wasser. „Das gibt es wohl in jeder Großstadt. Mein Name ist übrigens de Grood. Doktor Peter de Grood.“

Kaminski stellte sich ebenfalls vor.

„Bringen Sie Ihren Freund am besten nach Hause. Ein bisschen frische Luft wird ihm guttun.“

De Grood verabschiedete sich und wünschte Lissigkeit gute Besserung.

„Ich muss hier ganz schnell raus“, sagte Lissigkeit mit schwacher Stimme.

„Moment noch.“ Kaminski wandte sich an den Barkeeper. „Die rothaarige Dame mit dem Leopardenkleid, haben Sie sie gesehen?“

„Na die ist gleich weg, nachdem Ihr Freund hier schlappgemacht hat.“

„Wissen Sie, wie sie heißt?“

„Nee, leider nicht. Der Champagner ist auch noch nicht bezahlt.“

„Hab ich‘s mir doch fast gedacht“, stöhnte Kaminski. Er zahlte und ließ sich eine Quittung geben.

„Gennat wird sich über deine Spesenabrechnung freuen“, sage er zu Lissigkeit und stützte ihn beim Hinausgehen. „Die Rothaarige hat dir wohl was in den Champagner gegeben, was da nicht reingehört. – Wir nehmen ein Taxi und du schläfst heute bei uns. Mein Vater kann dich dann gleich untersuchen."

„Das ist nicht nötig, ich fahr nach Hause …"

„Krankenhaus oder zu mir!"

„In Ordnung. Zu dir."

Georg Kaminski bestand darauf, Lissigkeit zu untersuchen, und schüttelte den Kopf. „Blutdruck und Puls sind wieder in Ordnung. Aber der junge Mann hat mir verraten, dass er den ganzen Tag nichts gegessen hat. Nichts gegessen, nichts getrunken. Aber Champagner. Da muss man ja umkippen. In der Speisekammer ist noch Roastbeef von heute Mittag und Kartoffelsalat von heute Abend. Gib ihm erst mal was zu essen. Ich habe ihm was gegeben. Das soll er nach dem Essen nehmen. Dann wird er gut schlafen." Georg Kaminski verabschiedete sich und ging wieder ins Bett.

„Ist mir ganz schön peinlich, dass du deinen Vater meinetwegen aus dem Bett geholt hast", sagte Lissigkeit, sein Roastbeef essend.

„Unsinn. Mein Vater ist Arzt mit Leib und Seele. Er macht das gerne. – Sag mir lieber, ob dir der Rotschopf was in dein Glas getan hat."

„Nein, das hätte ich gemerkt. Ich hab ja auch nur einen Schluck getrunken."

„Und worüber habt ihr gesprochen?"

„Keine Ahnung. Ich hab sie nicht verstanden. Sie sprach Russisch oder Polnisch oder Französisch oder alles zusammen. Deine Luise war offensichtlich nicht da. Ich glaube außerdem, dass so etwas im *Kakadu* auch nur selten passiert. Du musst da was falsch verstanden haben."

Kaminski zuckte mit den Schultern. „Mag sein. Vielleicht hast du recht. Als du schon gehen wolltest, hast du gesagt, du hättest eine bessere Idee. Was hast du damit gemeint?"

„Luise Hildebrand geht der alten Dame, dieser Frau Scheibitz, zur Hand, hast du mir erzählt. Du solltest die Dame ausfragen.

Alte Damen freuen sich über den Besuch von jungen charmanten Männern.“

Lissigkeit verbrachte die Nacht im Gästezimmer. Lissy hatte fest geschlafen und wunderte sich erst am Morgen über den Frühstücksgast.

XXVIII

Am nächsten Nachmittag kaufte Kaminski einen kleinen Blumenstrauß und klingelte bei Frau Scheibitz in der dritten Etage. Nach dem zweiten Klingeln öffnete eine gepflegte alte Dame mit perfekt frisiertem weißen Haar. Sie trug eine weiße Spitzenbuse und darüber eine schwarze Samtweste und einen knöchellangen schwarzen Samtrock. Ihre Füße steckten in grauen Hausschuhen.

„Sie wünschen?"

„Mein Name ist Max ...", er stockte. „Harry Waldner. Ich wollte Fräulein Hildebrand abholen, sie ist aber nicht zu Hause. Ich dachte, sie wäre vielleicht bei Ihnen."

„Nein, leider nicht."

Er reichte ihr den Blumenstrauß. „Dann erlauben Sie, dass ich Ihnen die Blumen schenke."

„Das ist aber nett. Sie sind also der nette junge Mann, von dem Luise mir erzählt hat. Kommen Sie doch herein. Möchten Sie einen Kaffee?"

„Wenn es keine Umstände macht, gern."

„Oh nein, absolut nicht. Ich habe mir gerade meinen Nachmittagskaffee aufgebrüht und viel zu viel gemacht. Ich würde mich freuen, wenn Sie eine Tasse mit mir trinken würden."

„Wenn es so ist, dann gerne."

Ida Scheibitz führte Kaminski in das Wohnzimmer. Die Einrichtung passte zu der zierlichen alten Dame. Biedermeiermöbel und Landschaftsgemälde zierten die Wände. Es gab sogar ein Klavier. Vor den Fenstern hingen hauchdünne weiße Stores und hellgrüne Damastvorhänge. Kaminskis Blick heftete sich auf den kleinen Schreibtisch vor dem Fenster, der vollgepackt war mit Büchern, Papieren und einer hochmodernen Reiseschreibmaschine. Frau Scheibitz wies Kaminski den Sessel neben dem Sofa, stellte ihm eine Tasse auf den Couchtisch mit der Spitzendecke und goss ihm Kaffee ein.

„Milch? Zucker?"

„Weder noch."

„Sie wussten natürlich, dass Fräulein Hildebrand nicht bei mir ist. Sie sind gekommen, um mich über sie auszuhorchen, nicht wahr?"

Sie hielt ihm eine Porzellanschale mit Gebäck hin und Kaminski fing ihr verschmitztes Lächeln auf. Er erkannte, dass das Gebäck aus dem *KaDeWe* war. Lissy kaufte es auch immer. Finanziell ging es der alten Dame offenbar nicht schlecht.

„Also?", forderte sie ihn auf. „Was wollen Sie wissen?"

„Wie kommen Sie darauf, dass ich Sie aushorchen möchte?"

„Ich bin zwar alt, aber nicht auf den Kopf gefallen."

„Offensichtlich nicht. Sind Sie Schriftstellerin?" Er wies auf den Schreibtisch.

Ida Scheibitz lachte. „Das wäre ich gerne. Hin und wieder schreibe ich Kurzgeschichten für Zeitungen und Magazine. Leider nur ein Hobby. Um einen gewissen Lebensstandard halten zu können, verdiene ich mir ein Zubrot als Übersetzerin. Italienisch – Deutsch. Ich bin in Italien aufgewachsen, in Ferrara. Mein Vater war Deutscher. Ich war fünfzehn, als meine Mutter starb und mein Vater mit mir und meinen beiden Brüdern nach Deutschland zurückgegangen ist. Es ist ein Geschenk, mit zwei Sprachen aufzuwachsen. Mein vor fünf Jahren verstorbener Mann war Professor für Mathematik an der Universität. Unser Sohn ist Opernsänger. Zurzeit hat er ein Engagement in Italien und kommt höchstens einmal im Jahr nach Berlin. – Oh, jetzt habe ich schon wieder viel zu viel geredet. Nun sind Sie dran, junger Mann."

Kaminski bedauerte, dass er die alte Dame belügen musste, wollte aber kein Risiko eingehen. Er druckste herum. „Ich kenne Luise noch nicht lange. Eigentlich habe ich sie über eine gute Bekannte kennengelernt. Luise hat in der Schneiderei meiner Bekannten ausgeholfen. Aber plötzlich ist sie nicht mehr gekommen. Sie hat bis heute aber niemandem verraten, aus welchem Grund sie nicht mehr zur Arbeit kommt. Luise soll sehr talentiert sein. Ich dachte, Sie wüssten vielleicht, weshalb sie aufgehört hat."

Ida Scheibitz schien überrascht. „Das wusste ich nicht. Zu mir hat sie nichts davon gesagt. Erst gestern habe ich gefragt, wie es in der Schneiderei geht. Da hat sie noch gesagt, sie habe viel zu tun und alles sei ganz wunderbar."

„Ich verstehe es auch nicht. Frau Fechner sagt, Luise mache gute Arbeit."

„Sie ist begabt. Sie sollte sich bei einem der großen Konfektionäre am Hausvogteiplatz bewerben, habe ich ihr geraten. Sie hat gute Ideen und kann gut zeichnen. Aber seit einigen Wochen ist sie völlig verändert. Irgendetwas bedrückt sie, aber offenbar will sie nicht darüber reden. Um ehrlich zu sein, bin ich sehr froh, dass sie einen so netten jungen …", sie stockte und Kaminski fühlte einen bohrenden Blick, der ihn wie tausend Stecknadeln traf. „Meinen Sie nicht, dass Sie ein bisschen zu alt für Luise sind?"

Kaminski bemerkte, dass er schon wieder rot wurde. So alt bin ich nun auch wieder nicht, dachte er. Statt einer Antwort trank er einen Schluck Kaffee.

„Meine gute Erziehung verbietet es mir, Sie nach Ihrem Alter zu fragen", fuhr die alte Dame fort. „Vielleicht ist ein älterer Mann aber auch gut für Luise. Sie braucht jemanden, der ihr Halt gibt."

Sie bot Kaminski noch Gebäck an, er winkte aber ab.

„Darf ich Ihnen noch einen Rat geben?", fragte sie nach einer Pause, und ihr Ton war jetzt ernst und bestimmt. „Achten Sie darauf, dass sich Luise endlich dem Einfluss ihres Bruders entzieht. Er ist ein Taugenichts."

„Ich kenne Luises Bruder nur flüchtig. Was ist mit ihm?"

„Er ist ein Faulpelz, ein Strolch. Obwohl er einen ganz guten Schulabschluss gemacht hat, arbeitet er so gut wie nie. Er ist mal hier und mal da als Botenjunge unterwegs, aber das ist alles. Statt zu arbeiten, treibt er ich mit zwielichtigen Jungs vom Bülowbogen herum. Das ist kein guter Umgang für einen jungen Mann. Die Gegend hier ist in den letzten Jahren ziemlich heruntergekommen. Als ich mit meinem Mann hier eingezogen bin, das ist nun schon fast dreißig Jahre her, war das noch eine bürgerliche Gegend. Hier lebten viele Studienräte und Professoren. Und jetzt? Schauen Sie sich doch die Menschen auf der Straße an. Nutten, Zuhälter, Kriminelle und solche Leute, bei denen man nicht weiß, ob man Männlein oder Weiblein vor sich hat. Leider bin ich zu alt, um noch einmal wegzuziehen."

„Sie meinen, Luises Bruder geht kriminellen Machenschaften nach?"

„Das meine ich nicht, ich bin überzeugt: Erwin *ist* kriminell."

Mit dieser Aussage mochte sich Kaminski nicht zufriedengeben. „Ist das nur eine Vermutung, oder gibt es konkrete Hinweise?"

„Ich glaube, schon. Die Hildebrands ziehen demnächst aus, weil sie die Miete nicht mehr bezahlen können. Aber stellen Sie sich vor. Sie haben sich in irgendeiner Kolonie in Britz eine Laube gekauft. Sie soll zweitausend Mark gekostet haben. Woher haben die Hildebrands, alle sind ja seit Langem arbeitslos, zweitausend Mark, frage ich Sie?", triumphierend sah sie Kaminski an. Er hielt es für besser, jetzt zu gehen, und sah auf die Uhr, als habe er es plötzlich eilig. Er wollte verhindern, dass die gesprächige alte Dame ihn ausfragte.

Als er nach Hause kam, war Lissy noch nicht da. Sie kümmerte sich gerade um eine Familie, die von der Exmittierung bedroht war, und versuchte eine Lösung zu finden. Max war neugierig, was sie erreicht hatte, konnte aber nicht so lange warten.

Er ging zum Bahnhof Zoo und fuhr mit der Stadtbahn zum Alexanderplatz. Gennat war in seinem Büro. Max erzählte von seinem Besuch bei der alten Frau Scheibitz und von dem Treffen mit Luise.

Gennat sah Kaminski nachdenklich an. „Das ist nicht gut. Das ist gar nicht gut." Er stellte seinen Kuchenteller auf den Tisch. „Das müssen Sie im Griff behalten."

Kaminski sah ihn überrascht an. „Ich verstehe nicht."

„Mensch, Kaminski, Ihre Naivität geht ja auf keine Kuhhaut. Haben Sie denn gar nicht gemerkt, dass das Mädchen in Sie verliebt ist? Wie alt ist sie?"

„Achtzehn."

„Nicht mal volljährig. Sie könnten ihr Vater sein. Ihr Sohn, Kaminski, ist ja kaum jünger."

„Natürlich ist mir das nicht entgangen. Ich habe alles im Griff. Ich will ja nur, dass Sie ihre Chance bekommt und eine Lehre in der Konfektion machen oder auf die Reimannschule gehen kann."

„Ich glaube nicht, dass Sie das im Griff haben. Seien Sie bloß vorsichtig. Sehen Sie zu, dass Sie den Bruder der Kleinen aushorchen, und machen Sie mir keine Dummheiten."

„Bestimmt nicht. Ich kenne gar keinen Kaminski. Ich bin Harry Waldner aus Shanghai, die rechte Hand eines großen Gangsterbosses."

XXIX

Kaminski hatte es sich in den Kopf gesetzt, die Bande ausfindig zu machen, und glaubte sich bereits auf dem besten Wege. Wenigstens wusste er, wo er ansetzen musste: in den schmuddeligen kleinen Kaschemmen rund um den Bülowbogen und bei den Yorckbrücken. In den Kneipen, die vor dem großen Crash den Arbeitern als Ersatzwohnzimmer gedient hatten, in denen Karten gespielt, an Stammtischen diskutiert wurde und Bier und Schnaps in Strömen flossen. – Ein Bild aus vergangenen Zeiten. Die Zahl der Arbeitslosen in Berlin war mittlerweile auf rund 660 000 angewachsen, und es war nicht einmal sicher, ob damit der Höhepunkt schon erreicht war. Die Meinungen, was die wirtschaftliche Lage betraf, gingen weit auseinander. In Kaminskis Redaktion gab es zwei Fraktionen: Die einen wollten die Erholung der Wirtschaft bereits als Streif am Horizont sehen und glaubten infolgedessen auch an einen raschen Niedergang der Nazipartei. Die anderen vermuteten eine weitere Verschlechterung der Situation und prophezeiten die Ernennung Hitlers zum Reichskanzler. Kaminski gehörte zu den Optimisten, obwohl ihm mehr und mehr Zweifel kamen.

Wer noch Arbeit hatte, musste empfindliche Lohnkürzungen hinnehmen, sodass das Geld selbst für ein Bier in der Eckkneipe nicht mehr reichte. Verzicht auf ein Bier aber war für den Arbeiter gleichbedeutend mit dem Verlust des kleinen Restes Lebensqualität, den er noch hatte. Nur wenige suchten jetzt nach der Schicht in der Fabrik ihre Stammkneipe auf. Eine Molle mit Korn war zum Luxus geworden, den sich kaum mehr jemand leisten konnte. – Oder man saß zu zweit oder zu dritt in einem verräucherten Schankraum um ein Glas Bier herum, das die Runde machte. Immer noch besser, als mit der jammernden, überarbeiteten und kränkelnden Ehefrau und einer plärrenden Kinderschar in der von gewaschenen Windeln feuchten, muffigen Wohnküche zu sitzen und vor sich hin zu dösen. Die meisten Wirte ließen diese Art des kameradschaftlichen Teilens zähneknirschend zu – andernfalls hätten sie gar keine Gäste mehr gehabt. Ein Großteil der Kneipenwirte stand am Rande des Ruins.

Kaminski entschied sich, seine Recherche in der *Eidechse* in der Alvenslebenstraße zu beginnen. Durch die schmutzige Scheibe, deren unterste Hälfte ein vergilbter geklöppelter Vorhang zierte, drang kaum Licht. Er wollte gerade die Tür aufziehen, als sein Blick zufällig auf einen mit der Hand gekritzelten Zettel fiel. Kaminski musste die Augen zusammenkneifen, um die ungelenken Buchstaben entziffern zu können. „Dringend Servierfräulein gesucht", las er. Von drinnen drang schräge Musik. Hinter der Eingangstür musste er einen dicken roten Vorhang aus Filz, er sollte den Schankraum vor der Kälte von draußen schützen, zur Seite schieben. Am liebsten hätte Kaminski auf der Stelle wieder kehrtgemacht. Die Luft in dem Schankraum konnte man nicht einmal mehr mit dem sprichwörtlichen Messer schneiden, ein Beil wäre eher vonnöten gewesen. Der ätzende Tabaksqualm ließ seine Augen tränen und die Musik seine Ohren schmerzen. Ein Banjospieler mit ausgefranstem Panamahut und viel zu großem, rot-grün kariertem Jackett malträtierte sein Instrument. Der markerschütternde Lärm, den es verursachte, übertönte noch ein verstimmtes Klavier. Das Lokal war recht gut besucht, denn es galt als Treffpunkt des *Kommunistischen Jugendverbandes* und verschiedener *Wilder Cliquen,* wobei die einen mit den anderen nicht selten aneinandergerieten.

Kaminski hatte gehofft, Erwin Hildebrand und vielleicht auch gleich einige seiner Freunde hier zu treffen, hatte er doch das Lokal bei ihrer ersten Begegnung genannt. Kaminski blickte sich suchend um.

An den Tischen saßen fast ausschließlich Männer, die meisten schienen trotz des Krachs in Diskussionen vertieft, einige spielten Skat. Andere lasen in der *Roten Fahne* oder der *Welt am Abend.* Kaminski blieb am Tresen stehen, bestellte Bier und dachte dabei an sein gemütliches Wohnzimmer, in dem er jetzt mit Lissy bei einem Glühwein sitzen könnte. Er wünschte sich eine Fee herbei, die ihn nach Hause zauberte.

„Suchste wen?", fragte ihn der Wirt, einen Zigarettenstummel zwischen den Zählen.

„Ich wollte mich mit Erwin Hildebrand treffen. Ich bin ein bisschen spät. Ist er schon wieder weg?"

„Der Erwin? Nee, der war schon ewig nich' mehr hier. Dem sind wir nich' mehr fein jenuch!"

„Wo finde ich ihn denn?"

„Wat wees ick. Kiek doch mal in die Bar von's Eden-Hotel. Vielleicht verkehrt der feine Herr jetzt lieber da."

Kaminski konnte über den Witz nicht lachen, nahm sein Bier und wollte gerade an den Billardtisch in den hinteren Teil des Lokals gehen, als er noch einmal innehielt. „Der Zettel da an der Tür, ist der noch aktuell?", fragte er den schlecht gelaunten Wirt.

„Bist du 'ne Serviererin?", zischte er durch die Zähne.

„Gut rasiert, mit ein bisschen Schminke und Stöckelschuhen schaffe ich das. Wetten?" Noch bevor der Wirt reagieren konnte, fügte Kaminski schnell hinzu: „Aber jetzt mal im Ernst. Ich hab 'ne Freundin, die sucht 'ne Arbeit. Es pressiert."

„Denn soll'se morjen mal vorbeikommen. Ick kann se mir ja mal ankieken." Der Wirt drehte sich demonstrativ weg. Offenbar hatte er keine Lust auf weitere Konversation mit dem neuen Gast.

Kaminski ging mit seinem Glas an den Billardtisch, um den sich vier junge Leute versammelt hatten, und sah ihnen zu. Der Banjospieler hatte sein lautes Instrument inzwischen eingepackt und ging, den Gästen seinen Hut hinhaltend, von Tisch zu Tisch. Zum Schluss kam er an den Billardtisch. Kaminski sah nur einige wenige Pfennige in dem Hut. Er hatte Mitleid mit dem Mann, der verhärmt und abgemagert aussah. Kaminski griff in seine Hosentasche und warf ein paar Groschen hinein. Der Banjospieler mochte sein Glück kaum glauben und bedankte sich überschwänglich.

„Hab keine Lust mehr“, sagte plötzlich einer der Billardspieler und drückte Kaminski den Queue in die Hand und ging. Kaminski hasste Billard. Vor vielen Jahren, während seiner Studienzeit, hatte er hin und wieder mit Kommilitonen gespielt, konnte dem aber nie etwas abgewinnen. Die anderen drei spielten weiter. Er stellte sich etwas abseits und sah den jungen Männern zu. Die drei sahen weitaus gepflegter aus als die anderen Gäste. Ihre Kleidung war nicht abgetragen, sondern modisch und offenbar neu. Kaminski beobachtete sie genau und tat so, als beobachte er ihr Spiel. Als sich der eine, den sie Teddy nannten, über den Tisch beugte, sah Kaminski die Pistole, deren Konturen sich deutlich in der Hosentasche des Jungen abzeichneten.

Kaminskis Interesse war geweckt. War er auf der richtigen Spur? Hatte er die Raubmörder vor sich? Nach etwa fünf Minuten hatten sie wohl ebenfalls genug, setzten sich an einen Tisch und bestellten noch drei Bier. Einer zog die *Rote Fahne* aus der Seitentasche seines Jacketts und schlug sie auf. Kaminski stand noch immer mit seinem Queue und überlegte, ob er die drei ansprechen und sich an ihren Tisch setzen sollte, immerhin war er doch die rechte Hand des berüchtigten Kaisers von Schöneberg.

„Spielen wir eine Runde?“, sprach ihn plötzlich ein Mann mittleren Alters an, der ihm bisher unter den Gästen noch gar nicht aufgefallen war.

„Ich bin aber ein lausiger Spieler“, gab Kaminski zu.

„Na dann willkommen im Club“, lachte der Unbekannte. „Hier kann keiner gut spielen.“

Die Aufforderung zum Spiel kam Kaminski mehr als gelegen, denn vom Billardtisch aus konnte er die Gespräche der drei gut hören, ohne den Eindruck zu machen, sie belauschen zu wollen.

Die jungen Männer droschen mit viel Enthusiasmus jede Menge politisches Stroh, das sich Kaminski gar nicht alles merken konnte. Offenbar vereinte die drei eine heftige Wut auf alle Menschen, die mehr Geld verdienten als sie. „Die Kapitalisten leben wie die Maden im Speck, und das arbeitende Volk verhungert. Wir sehen Elend überall. Die Zeit ist reif für eine Revolution."

Der zweite dozierte wie ein Maschinengewehr. „Die Kommunisten haben schon vor anderthalb Jahren die Verhaftung und Aburteilung der Kapitalisten, die sich der Kapitalflucht und des betrügerischen Bankrotts schuldig machen, gefordert und die sofortige entschädigungslose Einziehung der gesamten Vermögen aller Millionäre, Schwerverdiener und Großpensionäre, die Beschlagnahme aller Lebensmittelvorräte, der Vorräte von Kleidern, Schuhen und Gebrauchsgegenständen zugunsten einer kostenlosen Zustellung an die hungernden Massen der Erwerbslosen und Verarmten. Ebenso die Beschlagnahme der großen Wohnungen, Villen und Paläste zwecks Einquartierung von Obdachlosen und notleidenden Werktätigen."

„Wir haben mit der Beschlagnahme und Umverteilung doch schon begonnen. Wir dürfen jetzt aber nicht nachlassen. Wir müssen zu weiteren Aktionen schreiten", warf der Dritte im Bunde ein. „Die reichen Schmarotzer werden wir das Fürchten lehren."

Die jungen Redner hatten die Parolen offenbar auswendig gelernt. Kaminski konnte sich noch gut erinnern. Es muss im April 1931 gewesen sein, als die *Rote Fahne* eben jene Forderungen abgedruckt hatte. In der Redaktion hatten sie darüber nicht nur diskutiert, sondern ob der Naivität dieser irrwitzigen Forderungen auch reichlich gelästert.

Die drei jungen Männer weckten mehr und mehr Kaminskis Neugier. Nicht nur in ihrem Äußeren, auch in ihrer Sprache unterschieden sie sich vom gewöhnlichen Kneipenpublikum. Dabei war es etwas ganz anderes gewesen, was Kaminski hatte aufhorchen lassen: Sie hätten mit der Beschlagnahme und Umverteilung doch schon begonnen, hatte der Dritte gesagt, und sie würden die reichen Schmarotzer noch das Fürchten lehren. Spontan ging Kaminski der BVG-Lohnraub durch den Kopf. Er beendete sein Spiel und trat an den Tisch der drei. „N'Abend, ich bin Harry. Ich suche den Erwin."

„Welchen Erwin? Den Hildebrand etwa?"

„Genau den."

„Nee, da bist du bei uns schief gewickelt, Genosse. Der ist rausgeflogen. Im hohen Bogen."

„Aus eurer Clique?"

„Mensch, Opa, wir sind doch keine Clique. Ich rede vom Kommunistischen Jugendverband. Der wollte nur die Ausflüge mitmachen und so, aber politische Schulung und Diskussionen, da hat er sich gedrückt. Auch vor Aktionen wie Nazi-Plakate überkleben hat er sich gedrückt. Seine sogenannten Freunde sind auch nicht besser. Solche Leute können wir nicht brauchen."

„Kommt er denn öfter hierher?"

„Schon lange nicht mehr. In der Barbarina, da war ich mal mit meinem Alten, habe ich ihn gesehen. Ich hab aber so getan, als kennte ich ihn nicht."

„Bist du etwa der Harry aus Shanghai, von dem jetzt alle reden?", fragte der, den sie Teddy nannten.

Kaminski nickte. „Was reden die Leute denn so?"

Die Jungs sahen sich an und lachten. Kaminski wusste nicht, wie er das interpretieren sollte. Die Jungs bewiesen eine gute Erziehung und stellten sich der Reihe nach vor.

„Setz dich, Opa, kannst sicher nicht so lange stehn, was? Wie lebt es sich denn so in Shanghai. Erzähl mal 'n bisschen was. Da war doch auch politisch was los", wollte der wissen, der sich als Peter vorgestellt hatte.

„Tut mir leid. Ich muss leider gehen. Hab noch was zu erledigen. Schönen Abend noch!"

Kaminski verließ schnell das Lokal. Er hatte keine Lust, sich von den Jungs aushorchen zu lassen. Vor allem wusste er gar nicht, was er ihnen von Shanghai erzählen sollte. Er hatte keinen blassen Schimmer. Er zog den Hut ins Gesicht und schlug den Mantelkragen hoch, doch es war so bitterkalt, dass er schon nach wenigen Minuten vor Kälte zu zittern begann. Selbstredend verzichtete er bei seinen Kneipentouren darauf, seinen pelzgefütterten Mantel anzuziehen, sondern zog stets einen schon etwas abgetragenen Mantel seines Vaters an. Am Nollendorfplatz stieg er vor Kälte schlotternd in ein Taxi.

Als er nach Hause kam, schliefen offenbar alle schon – bis auf Lissy. Er hatte sich gerade zu Bett gelegt, als Lissy flüsterte: „Hast du etwas herausgefunden?"

Er erzählte ihr von dem unfreundlichen Wirt und den drei blutjungen Männern, von denen einer offensichtlich eine Pistole bei sich hatte. Bevor er mit seinem Bericht fortfuhr, stand Lissy noch einmal auf und legte ihnen eine Wolldecke über die Federbetten und kuschelte sich dann frierend an ihn. Die Wohnungen auf dem Kurfürstendamm verfügten zwar alle über hochmoderne Dampfheizungen, aber in der zweiten Etage war ein Heizkörper kaputt gewesen und erst seit den Abendstunden funktionierte die Heizung wieder. Bis die fast vier Meter hohen Räume warm wurden, dauerte es Stunden.

„Da war noch etwas", berichtete Kaminski weiter. „Als ich am Billardtisch stand und den Spielern zugesehen habe, sind immer wieder Männer in einem Hinterzimmer verschwunden. Jeder hatte einen Schlüssel und hat das Zimmer erst auf- und dann auch hinter sich gleich wieder zugeschlossen. Offenbar ist es ein Vereinszimmer. Vielleicht trifft sich da ein Ringverein oder eine Bande. Der Wirt hat zwei- oder dreimal ein Tablett mit Getränken reingebracht. Auch er musste immer erst auf- und dann wieder zuschließen."

„Es könnte auch reine Wichtigtuerei sein", gab Lissy zu bedenken. „Oder eine muntere Pokerrunde."

„Kann sein. Ich hätte aber zu gerne gewusst, was sich hinter der geschlossenen Tür tut."

„Du musst mit Gennat darüber reden. Vielleicht macht er eine Razzia."

„Ich rufe ihn gleich morgen früh an. Aber lass uns schlafen, Lissy, ich bin hundemüde."

Sie wünschten einander eine gute Nacht, und Kaminski war gerade eingeschlafen, als Lissy ihn wieder wachrüttelte.

„Max, wach auf! Ich habe eine geniale Idee!"

„Ach Lissy, hat das nicht bis morgen Zeit? Ich möchte wenigstens noch ein paar Stündchen Schlaf kriegen!", gähnte er.

„Nein, das hat keine Zeit. Ich bewerbe mich in der *Eidechse* als Serviererin."

Kaminski fuhr hoch. Jetzt war er hellwach. „Bist du des Wahnsinns fette Beute? Oder träume ich das jetzt nur?"

„Du träumst nicht. Mein Plan ist perfekt!"

„Na dann schieß mal los, aber mach dalli, sonst schlafe ich wieder ein."

„Also, pass auf: Du hast gesagt, der Wirt suche eine Serviererin. Ich stelle mich in der *Eidechse* vor, aber nicht als Lissy aus Berlin, sondern als russische Emigrantin. Ich spreche kaum Deutsch, aber zum Servieren reicht es. Er wird mich mit Kusshand nehmen. Wenn in dem Hinterzimmer tatsächlich Verbrechen geplant werden, wird er mich ohne Weiteres da servieren lassen, denn ich verstehe ja nichts, oder fast nichts. Ich stell mich dann ein bisschen dumm an, kippe auch mal ein Bier um … Na ja, wir werden sehen, was sich so ergibt. Und wenn ich genug weiß, kündige ich oder lasse mich rausschmeißen."

Kaminski schwieg.

„Bist du etwa schon wieder eingeschlafen?"

„Nein, ich denke nach."

„Wie findest du meinen Plan?"

„Gut. Wirklich. Aber nicht du wirst die Rolle der russischen Serviererin übernehmen, sondern eine Sekretärin aus dem Präsidium."

„Das kommt gar nicht infrage! Das war meine Idee und ich will das machen."

„Viel zu gefährlich. Wenn das wirklich gestandene Verbrecher sind, bist du, wenn dir auch nur der kleinste Fehler unterläuft, in größter Gefahr. Vergiss es.“

„Aber …“

„Ende der Diskussion. Lass mich jetzt endlich schlafen.“

XXX

Am Morgen telefonierte Kaminski mit Ernst Gennat und berichtete von seinen nächtlichen Recherchen. Gennat brummte unzufrieden. „Viel ist das ja nicht gerade."

Kaminski reagierte beleidigt. „Ich bitte Sie, Herr Kriminalrat! Ich bin weder Kriminalist noch Privatdetektiv. Nebenbei habe ich noch einen Beruf, dem ich zwischendurch auch mal nachgehen muss."

„Ist ja gut. Sagen Sie doch nicht gleich krummer Hund zu mir. Sie sind doch sonst so clever. Haben Sie wenigstens Namen? Dann kann ich Lissigkeit und einen jüngeren Kollegen auf die Jungs ansetzen."

„Notieren konnte ich sie mir natürlich nicht. Einer wurde jedenfalls Teddy genannt. Der heißt wohl Theodor Mühlhausen, der zweite Peter Oppenheim, und noch ein Alfred, den Nachnamen habe ich vergessen. Dann war da noch einer, den nannten sie Chaplin. Der saß aber nicht mit am Tisch. Der hat nur Billard gespielt und ist vorzeitig gegangen."

Auf Lissys Idee reagierte auch Gennat verhalten. „Lassen Sie Ihre Frau da lieber mal raus."

„Und wenn Sie eine Ihrer Sekretärinnen oder eine Beamtin von der weiblichen Kripo als Serviererin einschleusen? Ich finde Lissys Idee im Prinzip gar nicht so dumm."

„Nee, nee, von solchen Kindereien halte ich gar nichts. Im Hinterzimmer könnte es sich auch um illegales Glücksspiel handeln. Aber das ist nicht unser Problem."

„Und wie wollen Sie nun weiter vorgehen?"

„Ich werde mich mit Lissigkeit besprechen. Dem wird schon was einfallen. Bleiben Sie lieber in Sachen Hildebrand am Ball. Was haben Sie über den eigentlich schon herausbekommen?"

„Nicht viel. Jedenfalls ist er nicht sonderlich gesprächig. Kann sein, dass er was verschweigt."

Am Nachmittag traf sich Kaminski mit Luise in einem kleinen Café in der Nähe des Nollendorfplatzes. Seit einigen Wochen schon wohnte sie mit ihren Eltern und ihrem Bruder in der Laube in Britz, kam aber immer noch in die Schwerinstraße, um Frau Scheibitz zur Hand zu gehen.

„Ich habe eine Überraschung für Sie, Fräulein Luise", begann er. „Zufällig kenne ich einen der Inhaber der Firma Lewinsky & Meyer am Hausvogteiplatz. Sie entwerfen und nähen Kleider und Blusen. Also genau das Richtige für Sie. Sie können da Ihre Talente als Zeichnerin und als Schneiderin unter Beweis stellen. Sie sollen sich bei Gelegenheit vorstellen und können vielleicht auch schon eine Art Praktikum machen, damit man besser beurteilen kann, wo Ihre wahren Talente liegen."

Luise sah ihn mit großen Augen an. „Ist das wahr? Die würden mich nehmen?"

„Vielleicht? Stellen Sie sich erst einmal vor, dann wird man sehen." Er gab ihr einen Zettel mit Namen und Adresse.

„Das ist ja großartig." Sie sprang auf, umarmte Kaminski und gab ihm einen Kuss auf den Mund. „Wir sind inzwischen nach Britz gezogen. Ist ganz schön weit, jeden Tag in die Stadt zu fahren, aber das macht mir nichts aus."

Kaminski schüttelte den Kopf. „Auch dafür gibt es eine Lösung."

„Und die wäre? Darf ich zu dir ziehen?"

Kaminski verschlug es im ersten Moment die Sprache. „Nein, sicher nicht. Aber zu Frau Scheibitz. Ich habe schon mit ihr gesprochen. Du kannst als Untermieterin in ihr kleines Zimmer ziehen."

„Und warum darf ich nicht zu dir ziehen?", Luises Enttäuschung war weder zu übersehen, noch zu überhören.

Kaminski versuchte seine Verlegenheit zu verbergen und hielt es für besser, auf Luises Vorschlag nicht zu reagieren. „Wie wohnt es sich denn in der Laube? Ist sie überhaupt groß genug für vier Personen?", wechselte er das Thema.

„Ein bisschen eng ist es schon und ein bisschen kalt. Bei dir wäre es bestimmt wärmer."

„Es war sehr großzügig von deinem Bruder, euren Eltern das Geld für die Laube zu geben."

Luise starrte Kaminski mit offenem Mund an. „Wie kommst du denn da drauf? Mein Bruder hat doch gar kein Geld. Unsere Eltern haben jahrelang für die Laube gespart. Hat er etwa behauptet, er habe ihnen das Geld gegeben? Das ist ja mal wieder typisch."

„Nein, hat er nicht. Ich dachte nur …"

Luise rührte in ihrer Kaffeetasse und schien über etwas nachzudenken. Kaminski betrachtete sie und bemerkte erst jetzt, wie dünn und blass sie war. Minuten vergingen, bis sie begann. „Aber das geht nicht. Mein Bruder erlaubt mir das nie und nimmer. Der schlägt mich tot, wenn ich eine Lehre beginne. Er braucht mich für seine Geschäfte, hat er gesagt. Er müsse nur erst die richtigen Leute kennenlernen."

„Was sind das denn für Geschäfte?"

„Er hat gesagt, das würde ich schon noch rechtzeitig erfahren. Ich könne aber sehr viel Geld verdienen."

Kaminski hätte dem gutgläubigen Mädchen gerne gesagt, was er vermutete, hielt sich aber noch zurück. Stattdessen sagte er: „Aber Luise, ich verstehe dich nicht, es war doch immer dein Traum, eine Lehre in der Konfektion zu machen? Solange du noch nicht volljährig bist, bestimmen deine Eltern, was du darfst oder nicht. Deinen Bruder geht das gar nichts an."

„Ich liebe meinen Bruder aber."

Statt einer Antwort schüttelte Kaminski nur den Kopf und betrachtete die Modeskizzen, die sie gemacht hatte, mit Bleistift auf glatt gestrichenen Obst- oder Brötchentüten. Das Mädchen braucht Zeichenutensilien, dachte er. Zu Weihnachten würde er das Nötigste besorgen.

Noch am selben Abend traf sich Kaminski mit Erwin Hildebrand am Nollendorfplatz.

„Gehen wir in die *Eidechse* oder lieber in die Yorckstraße?", fragte Max.

Hildebrand schüttelte den Kopf. „Da gehe ich nicht mehr hin, in der Lutherstraße ist eine nette Bar. Komm, ich lade dich ein."

Kaminski nahm die Einladung an. Es war nicht das erste Mal, dass Hildebrand sich spendabel zeigte. Schon mehrfach hatte er mit Max Kaminski, alias Harry Waldner, teure Bars aufgesucht und jedes Mal viel Geld ausgegeben. – Als Harry Waldner wusste er aber nicht, dass Hildebrand von Wohlfahrtsunterstützung lebte. Er durfte sich also nichts anmerken lassen.

Hildebrand schien in der Bar Stammgast zu sein. Ein Kellner führte sie an einen Tisch in einer Nische. Hildebrand hatte offenbar das Bedürfnis, sich von den anderen Gästen abzusondern. Kaminski hatte nicht vor, lange zu bleiben, denn Hildebrand war weder ein unterhaltsamer, noch ein geistreicher Gesprächspartner. Es ging Max auch nur darum, herauszufinden, warum er seine kleine Schwester schikanierte und woher das Geld für die Laube stammte.

„Ich kann deiner Schwester eine Lehrstelle besorgen", fiel Kaminski gleich mit der Tür ins Haus.

Hildebrand reagierte aggressiv: „Was geht dich meine Schwester an? Halt dich da gefälligst raus. Luise braucht keine Lehrstelle."

„Warum bist du so wütend auf sie?"

„Weil sich die kleine Kröte für etwas Besseres hält. Sie steht immer im Mittelpunkt. Luischen vorn. Luischen hinten. Ich kann es nicht mehr hören."

„Das rechtfertigt aber nicht, dass du ihr verbietest, bei Anneliese Fechner zu arbeiten oder eine Lehrstelle zu suchen."

„Dass sie unserer Mutter beim Umzug hilft, ist wichtiger, als irgendwelche Fummel zu nähen. Wir können uns keinen teuren Umzugswagen leisten. Das meiste transportieren wir mit der S-Bahn und mit dem Fahrrad. Das feine Fräulein soll gefälligst mit anpacken."

Kaminski tat so, als wisse er nicht, dass die Hildebrands schon längst umgezogen waren. Warum Erwin ihn wohl belog? „Ihr zieht also wirklich nach Britz in eine Laubenkolonie?“

„Sollen wir vielleicht gleich ins Obdachlosenasyl?“

„Schön, dass du deinen Eltern beim Kauf der Laube unter die Arme greifen konntest“, versuchte Kaminski auch Hildebrand zu überrumpeln.

„Wie meinst’n das?“

„Dass du ihnen Geld für die Laube gegeben hast.“

„Bist du plem-plem? Wo soll ich denn so viel Geld hernehmen. Unsere Eltern haben jeden Pfennig gespart.“

Kaminski ließ es dabei bewenden und brachte das Thema wieder auf Luise.

„Deine Schwester ist begabt. Sie könnte in der Konfektion Karriere machen. Sie würde gutes Geld verdienen. Das käme letztlich auch euren Eltern und dir zugute.“

„Wir sind Arbeiter und bleiben Arbeiter. Sie soll wie jedes anständige Arbeitermädchen in die Fabrik gehen. Aber sie hat ja nur Flausen im Kopf, will am liebsten zu einem Modejuden am Hausvogteiplatz.“ Hildebrand schlug sich mit der flachen Hand an die Stirn. „Wenn’s geht, auch noch auf so eine dämliche Schule, die auch so einem Juden gehört, wo sie nichts Gescheites lernen. Schneidern, Zeichnen, Fotografieren. Das ist doch keine Arbeit.“

Kaminski musste seine ganze Beherrschung zusammennehmen, um Hildebrand nicht am Kragen zu packen und nach allen Regeln der Kunst zusammenzustauchen.

„Meinst du nicht, dass Luise das alleine entscheiden sollte?“

„Sie ist achtzehn und noch nicht volljährig.“

Kaminski setzte diesem Argument nichts mehr entgegen, denn er war es leid, gegen die menschliche Dummheit anzukämpfen. Unter dem Vorwand, noch eine Verabredung zu haben, verabschiedete er sich. Kaminski war davon überzeugt, dass Hildebrand mehr oder weniger schwere Straftaten plante. Gleich morgen früh würde er Ernst Gennat und Rudolf Lissigkeit informieren.

XXXI

Die Jungs von gestern Abend gingen ihm immer wieder durch den Kopf. Kaminski sah auf die Uhr. Es war kurz vor halb elf und er beschloss, noch einmal in die *Eidechse* zu gehen – aber nicht allein. Er fand einen öffentlichen Fernsprecher und ließ sich mit dem Polizeipräsidium verbinden, jedoch war Lissigkeit schon vor Stunden nach Hause gegangen. Rudolf wohnte in einem möblierten Zimmer gar nicht weit von hier. Max hatte auch die Nummer dabei und fischte seine letzten Groschen aus der Tasche. Rudolfs Vermieterin nahm es nicht übel, wenn man noch spät anrief. Längst hatte sie sich daran gewöhnt.

Kaminski erläuterte ihm kurz, dass er unbedingt herausfinden wolle, was es mit den drei jungen Männern auf sich habe, denn offenbar waren sie Stammgäste und heute bestimmt wieder da. Kaminski hielt sie für ziemlich schwere Jungs, auch wenn sie eine recht gute Erziehung hatten erkennen lassen. Lissigkeit versprach, so schnell wie möglich zu kommen. Die Angelegenheit schien ihn zu interessieren.

Zehn Minuten später trafen sie sich am Bülowbogen und besprachen unterwegs, dass sie sich, sollte jemand fragen, als alte Freunde ausgeben würden, die sich lange nicht mehr gesehen hatten. Als er die Tür der *Eidechse* aufzog, fiel Kaminski sofort auf, dass der Zettel „Serviermädchen gesucht“ verschwunden war. Das Lokal war besser besucht als gestern. Fast alle Tische waren besetzt. Kaminski und Lissigkeit steuerten den Tresen an. Der Wirt war heute offenbar besser gelaunt als gestern, jedenfalls strahlte er übers ganze Gesicht, als Kaminski ihn begrüßte fragte: „N'Abend, Harry. Na, was macht die Kunst? Wieder'n Bierchen?“ Kaminski begrüßte den Wirt und stellte seinen „guten alten Freund Rudolf Lehmann“ vor.

„Und für dich?“, fragte der Wirt an Lissigkeit gewandt.

„Dasselbe.“

„Irina“, rief der Wirt nach hinten. „Zwei Bier für die Herren am Tresen.“ Dann wandte er sich wieder Kaminski zu. „Hab endlich ’ne Serviererin. ’Ne kleine Russin. Spricht fast kein Deutsch, dafür aber umso mehr.“ Er lachte.

Kaminski lachte anstandshalber mit, obwohl ihm das Lachen in diesem Moment im Halse stecken blieb, denn er ahnte, wer die Russin war. Zuerst sah er nur eine dunkelbraune Strickjacke mit bunter Stickerei und ein ebenfalls buntes Tuch mit Fransen, das die neue Serviererin kunstvoll um den Hals drapiert hatte. Als sie ihnen die Gläser hinstelle, hätte Kaminski seine Frau kaum wiedererkannt. Wie die meisten Russinnen in Berlin war sie grell geschminkt, und ihre Haare hatte sie mit zwei großen, mit russischer Lackmalerei verzierten Spangen, wie man sie bei Folkloredarbietungen im Kabarett *Blauer Vogel* am Kurfürstendamm vor mehr als zehn Jahren noch gesehen hatte, kunstvoll hochgesteckt. Kaminski fragte sich, wo sie diese Verkleidung wohl aufgetrieben hatte. Er bemühte sich, seine Überraschung zu verbergen, als Lissy strahlend auf sie zusteuerte. Schnell buffte er Lissigkeit den Ellenbogen in die Seite. Zu seiner Erleichterung erfasste der erfahrene Kriminalist die Situation jedoch sofort und ließ sich nichts anmerken.

„Ah, neue Gast, dobryj večer.“ Sie reichte jedem die Hand und schüttelte sie kräftig. Lissigkeits Hand hielt sie besonders lange fest und musterte ihn herausfordernd: „Ich Irina. Kommen von Russland. Nix sprechen Deutsch. Du allein? Nix gut. Irina auch allein. Irina gehen“, sie zeigte auf die Uhr an der Wand über dem Regal mit den Spirituosen und zählte mit den Fingern auf Russisch bis zwölf. „Dann du nicht allein.“ Sie lachte laut.

Der Wirt mischte sich ein. „Nee, nee, Kleene. So geht das nicht. Du kannst hier nicht meine Gäste abschleppen. Das ist kein Puff. Hast du mich verstanden?“

Irina alias Lissy schüttelte den Kopf. „Nix verstehen. Ich russisch.“

„Die bringt mich noch ins Grab", stöhnte der Wirt, und an Lissigkeit gewandt: „'Tschuldigung. Spricht kein Deutsch, aber quasselt ohne Punkt und Komma."

„Werden Sie sie behalten?", fragte Kaminski beiläufig.

„Mal sehen. Heute ist nur ein Probetag. Ich mache über Weihnachten und Neujahr dicht."

„Endlich mal Urlaub, was? Könnte ich auch mal gebrauchen", meinte Lissigkeit.

„Nicht wirklich. Ich fahre nach Ostpreußen. Meine Eltern leben noch immer da. Meine Mutter wird am 23. Dezember sechzig. Soll 'ne Überraschung werden. Ich hab sie fast zehn Jahre nicht mehr gesehen. Ich muss da einfach hin."

„Das kann ich gut verstehen", sagte Kaminski. „Als ich in Shanghai war, habe ich meine Mutter auch sehr vermisst."

„Die kleine Russin", hakte Lissigkeit noch einmal nach. „Werden Sie sie, wenn Sie wieder aufmachen, behalten?"

„Ich glaub, schon. Sie bringt ein bisschen Schwung in die Bude. Die Kerle hier finden die Kleene dufte. Hab lange nicht mehr so'n guten Umsatz gemacht", schwärmte der Wirt und widmete sich einem neuen Gast.

„Du hättest mich wenigstens vorwarnen können", zischte Lissigkeit.

„Ich hatte ja auch keine Ahnung!", flüsterte Kaminski zurück.

Er sah sich um, aber die Jungs von gestern waren nicht da. Sie beschlossen zu warten. Sie setzten sich an den letzten freien Tisch und bestellten bei der „neuen Serviererin" noch Bier. Kaminski zog die *Rote Fahne* aus der Tasche, die er extra noch gekauft hatte, und gab Lissigkeit das Mittelblatt. Beide taten so, als vertieften sie sich in die Lektüre.

„Požalujsta". Irina stellte ihnen das Bier hin. Kaminski hielt die Zeitung vors Gesicht und raunte ihr zu: „Man sollte dich über's Knie legen. Und außerdem, findest du nicht, dass du hier ein bisschen zu viel Russische-Seele-Klischee aufträgst?"

„Lass mich mal machen. Es läuft genau so, wie es sollte“, flüsterte sie ihm zu und lachte, als habe er einen Witz gemacht.

Innerlich kochte Kaminski, aber er wollte Lissy auf keinen Fall auffliegen lassen. Ihm blieb nichts weiter übrig, als gute Miene zum bösen Spiel zu machen.

„Irina, bring mir noch eine Molle mit Korn“, rief ein schon angetrunkener Arbeiter, der mit vier Kollegen an einem Tisch saß.

„Mollä?“, fragte Irina. „Nicht kennen.“

Die Männer brachen in schallendes Gelächter aus und feixten, während der Wirt seiner neuen Mitarbeiterin das neue Wort erklärte. Und als sie dem Gast das Bier brachte, sagte sie: „Jetzt wissen was ist Mollä.“ Wieder brachen die Männer in Gelächter aus, und als Irina sich umgedreht hatte, hob derjenige, der die Molle bestellt hatte, die Hand und schlug ihr kräftig aufs Hinterteil. Irina schrie schrill auf, knallte lautstark das Tablett auf den Nachbartisch, ging auf den Mann zu und packte ihn mit beiden Händen am Hemdkragen. „Wenn du machen noch mal, ich machen mit dir Petersburger Schlittenfahrt. Kapische?“ Die Männer waren so überrumpelt, dass niemand lachte. Zumindest an diesem Tisch hatte sie sich Respekt verschafft.

Der Wirt konnte zufrieden sein: Die neue Bedienung sorgte dafür, dass der Umsatz kräftig anzog. Es kam ihm wohl ganz gelegen, dass sie kaum Deutsch sprach und demzufolge auch keine unbequemen Fragen stellen würde. So vertraute er ihr auch seine ganz speziellen Gäste an, die sie in aller Abgeschiedenheit im Hinterzimmer bediente. Kaminski und Lissigkeit beobachteten, wie Lissy mehrmals mit vollen Gläsern in dem geheimnisvollen Nebenraum verschwand. Einen Schlüssel hatte sie jedoch nicht. Jedes Mal, wenn sie ein Tablett mit Bier und Schnaps hineinbringen wollte, musste sie anklopfen. Dann schloss jemand von innen auf und ließ sie eintreten. Hinter ihr wurde dann wieder abgeschlossen. Das wiederholte sich mehrfach.

Kaminski flüsterte Lissigkeit zu: „Ich gehe mal auf die Toilette. Vielleicht bekomme ich von da was mit.“ Er stand auf, ging an dem mysteriösen Raum vorbei in einen kleinen Korridor, von dem die Küche, ein Abstellraum und die Toiletten abgingen. Die Toilette hatte sogar ein Fenster zum Hof. Es war zwar sehr schmal, aber nicht vergittert. Kaminski beugte sich hinaus. Aus dem Hinterzimmer fiel ein Lichtschein in den sonst dunklen Hof. Er schloss die Kabine ab. Um sich durch das Fenster zu zwängen, musste er sein Jackett ausziehen. Er hängte es an den Türriegel und zwängte sich nach draußen. Unter dem Fenster waren leere Apfelsinenkisten aufgestapelt, und er musste sich vorsehen, sie nicht umzustoßen. Es war eisig kalt. Im Nu war er durchgefroren. Er verharrte einen Augenblick hinter den Kisten, bis er sicher war, dass sich nichts rührte. Es war stockdunkel. Abgesehen von dem schwachen Lichtschein aus dem Hinterzimmer brannte nur hinter einem Fenster im dritten Stock noch Licht. Den Schnee, der am Vormittag gefallen war, hatte wohl der Hausmeister zu einem schmutzigen Haufen zusammengeschoben. Es war glatt, der Hof zum Teil vereist. Vor Kälte steif, schlich er sich bis zum Fenster des Hinterzimmers, immer darauf bedacht, nicht auszurutschen. Die Scheiben waren verschmiert, die Stores vergilbt, aber nicht ganz zugezogen. Durch den Spalt konnte er acht Männer erkennen, die um einen großen runden Tisch saßen. Zu seiner Überraschung kannte er drei von ihnen. Teddy, Peter und Alfons, die jungen Männer von gestern. Die anderen hatte er noch nie gesehen. Er versuchte aber, sich ihre Gesichter einzuprägen. Plötzlich stand einer auf, öffnete die Tür und ließ Lissy herein. Sie verteilte die Bier- und Schnapsgläser. Teddy legte den Arm um ihre Hüfte und versuchte sie zu küssen. Sie zog den Kopf weg, und Kaminski sah, wie sie stark gestikulierend auf den Jungen einredete. Er hörte, wie die anderen applaudierten und lachten. Als sie die Tür wieder geschlossen hatten, glaubte Kaminski erkennen zu können, dass sie sich über einen Plan oder eine große Karte beugten, die sie auf dem Tisch ausgebreitet hatten. Kaminski versuchte so nah wie möglich an das geschlossene Fenster zu kommen, konnte aber nicht hören, was drinnen gesprochen wurde. Was er gesehen hatte, reichte ihm zunächst. Schlotternd vor Kälte ging zurück.

„Verdammte Scheiße", entfuhr es ihm, als er vor dem Toilettenfenster stand. Jemand hatte es geschlossen. Er konnte unmöglich durch den Eingang von der Straße zurück in das Lokal, sah aber keine andere Möglichkeit, denn auch die Tür des Hintereingangs war verschlossen. Auch in der Küche, wo sich Lissy wohl hin und wieder aufhielt, um ein Würstchen heiß zu machen, brannte kein Licht mehr. Offenbar bekamen die Gäste zu dieser Stunde keine heiße Bockwurst mehr serviert. Also doch über die Straße. Er ging zur Hoftür, die durch das Vorderhaus auf die Straße führte. Sie war ebenfalls längst zugeschlossen.

Für einen Augenblick war Kaminski ratlos. Er stand noch immer an der Hoftür, in der Hoffnung, dass bestimmt noch ein Nachtschwärmer nach Hause kommen würde. Es kam ihm wie eine Ewigkeit vor. Plötzlich hörte er hinter sich ein Geräusch. Er trat noch weiter in den Schatten und drehte sich vorsichtig um. Zuerst sah er nur einen Arm, der ihm aus dem jetzt wieder geöffneten Toilettenfester offenbar ein Zeichen geben wollte. Es war Rudolf Lissigkeit. Erleichtert lief Kaminski zum Fenster.

„Mensch Rudolf, du rettest mich vor dem Kältetod."

„Ich hatte mir schon Sorgen gemacht, wo du bleibst. Als dann ein Gast von der Toilette kam und dem Wirt ein Jackett mit den Worten in die Hand drückte, da müsse jemand so besoffen gewesen sein, dass er sein Jackett auf dem Klo vergessen habe, und dass man außerdem das Fenster lieber geschlossen halten sollte, weil sonst die Rohre einfrieren, ist mir ein Licht aufgegangen. Sicherheitshalber habe ich dann noch einen Augenblick gewartet. Dann bin ich nach hinten und hab nachgeschaut."

Lissigkeit ging als Erster zurück in den Gastraum, Kaminski, um nicht aufzufallen, wartete noch einige wenige Minuten. Da er wegen der Kälte noch einen dunklen Pullover über seinem Hemd trug, fiel es nicht unbedingt ins Auge, dass er ohne Jackett zurückkam.

Nachdem Kaminski Irina zugerufen hatte, dass er noch einen schönen heißen Grog mit viel Rum haben wolle, berichtete er Lissigkeit, was er gesehen hatte. Inzwischen war es weit nach Mitternacht und sie gehörten zu den letzten Gästen, doch Kaminski wollte noch in aller Ruhe seinen wärmenden Grog austrinken. Er drückte Irina gerade die Zeche für beide und ein großzügiges Trinkgeld in die Hand, als sich die Tür des Hinterzimmers öffnete. Sie hörten, wie sich ein Mann von den anderen und vom Wirt verabschiedete. Kaminski bemerkte, wie Lissigkeit dem Mann hinterherstarrte.

„Den kenne ich", murmelte Lissigkeit wie zu sich selbst.

„Wer ist das?"

„Erzähle ich dir draußen."

Kaminski nahm seinen Mantel, raunte Lissy zu: „Wir warten draußen auf dich. Wir treffen uns an der nächsten Ecke." Er war schon an der Tür, als Irina ihn noch einmal zurückrief. „Junger Mann haben vergessen Jackett in Toilette." Sie reichte es ihm und schob noch mit erhobenem Zeigefinger nach: „Na, na, na!"

„Biest!", dachte Kaminski, sprach es aber nicht aus.

Sie warteten eine Viertelstunde, bis Lissy kam. Die Hände tief in den Manteltaschen vergraben, steuerte sie mit herausforderndem Schritt auf die beiden Männer zu. „Na Jungs, wie war ich?"

„Du warst umwerfend, Lissy", lachte Lissigkeit.

„Ein bisschen übertrieben, aber du hast Talent. Wir sollten doch ein Detektivbüro zusammen aufmachen", stimmte Kaminski zu.

„Ich sei, gewährt mir die Bitte, in eurem Bunde der Dritte!", zitierte Lissigkeit aus Schillers Bürgschaft. Alle drei lachten. Sie nahmen Lissy in die Mitte, die sich bei jedem unterhakte. Einen kurzen Moment drückte sie Lissigkeits Arm an ihre Seite und warf ihm einen verstohlenen Blick zu, den er erwiderte. – Sie hatten sich vor Jahren sehr nahe gestanden, aber es war nur eine kurze Episode gewesen. Max hatte nie etwas davon erfahren.

„Der Mann, den du erkannt hast, wer war das?", fragte Kaminski. „Er ist im Übrigen auch gestern da gewesen, zusammen mir den drei anderen".

„Max, ich glaube, das ist heute unser Glückstag. Wenn mich nicht alles täuscht, haben wir die BVG-Räuber." Lissigkeit war in einer geradezu euphorischen Stimmung.

Kaminski verstand den Zusammenhang nicht. „Kannst du dich mal ein bisschen deutlicher ausdrücken?"

„Den Mann, der aus dem Hinterzimmer gekommen ist, hatten wir schon zweimal auf dem Präsidium. Von Beruf ist er Kraftfahrer. Das erste Mal wurde er verdächtigt, bei einem bewaffneten Raubüberfall auf eine Butterhandlung in der Grunewaldstraße beteiligt gewesen zu sein. Zeugen wollen ihn auf jeden Fall wiedererkannt haben. Er behauptete aber, er sei mit Waffengewalt von den Banditen dazu gezwungen worden, sie zu fahren. Er habe mit dem Überfall nichts zu tun und kenne auch die Namen der Räuber nicht. Beweisen konnten wir ihm nichts und mussten ihn wieder laufen lassen. Er ist ein hervorragender Autofahrer und wurde auch in Sachen BVG-Lohnraub vernommen. Angeblich hatte er davon nur in der Zeitung gelesen."

Kaminski dachte einen Augenblick nach. Dann sagte er: „Die drei Jungs von gestern waren heute mit fünf anderen in diesem Hinterzimmer. Ich konnte nicht sehen, was sie da gemacht haben, ich vermute, dass sie einen Einbruch im großen Stil planen – oder einen bewaffneten Banküberfall. Erfahrung haben sie ja jetzt." Und an Lissy gewandt: „Und was hast du beobachtet?"

„Immer wenn ich reingekommen bin, haben sie die Karten so hingelegt, dass ich nichts sehen konnte. Ich glaube aber, dass es ein Grundriss war. Ich wollte ganz zufällig und aus Versehen ein Bierglas umkippen, sie haben mir das Tablett aber immer schon vorher abgenommen."

„Was hast du eigentlich dem Bengel gesagt, der dich so widerlich angegrapscht hat?"

„Nichts Besonderes. Ich habe nur gesagt, dass ich ihm, wenn er mir noch einmal zu nahe kommt, etwas Wichtiges durchlöchern lasse wie ein Sieb. Mein Verlobter sei Messerwerfer im Moskauer Staatszirkus."

Lissigkeit schien erleichtert. „Ich glaube, wir sind kurz vor dem Ziel. Wir müssen umgehend mit dem Chef reden."

„Im Moment ist mir alles egal", gähnte Kaminski. „Ich will nur noch schlafen!"

XXXII

Die Turmuhr der Marienkirche am Alexanderplatz schlug sieben, als Ernst Gennat das Polizeipräsidium betrat. Schon um fünf Uhr war er aufgewacht und hatte nicht mehr einschlafen können. Da er sich zu Hause langweilte, fuhr er lieber gleich ins Büro. Auch Gertrud Steiner hatte offenbar nicht schlafen können und war schon an ihrer Schreibmaschine zugange. „Steinerchen, was machen Sie denn hier, sind Sie aus dem Bett gefallen?", begrüßte Gennat seine Sekretärin. Statt einer Antwort gab sie ihm ein Zeichen, dass in seinem Büro bereits drei Besucher auf ihn warteten. Er zog die Stirn kraus und murmelte: „Gehen mir die Leute jetzt schon vor dem Aufstehen auf die Nerven? Hätten Sie die nicht abwimmeln können?" Gertrud Steiner lächelte vor sich hin und zuckte mit den Schultern.

Der Kriminalrat stöhnte auf, als er in sein Büro trat und Kommissar Rudolf Lissigkeit sowie Max und Lissy Kaminski nebeneinander auf dem grünen Sofa sitzen sah. „Ich hoffe jetzt einfach mal, dass ihr nur eine Fata Morgana seid!"

Die drei schwiegen.

„Ich gehe jetzt also an meinen Schreibtisch, lasse mir von Trudchen einen schönen schwarzen Kaffee bringen und widme mich meiner Arbeit."

Gennat ging hinter seinen Schreibtisch und sah von einem zum anderen.

„Wenn ihr so da sitzt, heißt es, ihr habt was ausgefressen. Also raus mit der Sprache."

„Ausgefressen kann man nicht direkt sagen", druckste Lissigkeit herum. „Wir haben uns gestern Abend ganz zufällig in der *Eidechse* getroffen und mal ein bisschen ermittelt. Dabei sind wir auf interessante Dinge gestoßen."

„In der *Eidechse*? Zufällig? Haltet ihr mich für blöd? Und so ganz nebenbei und rein zufällig habt ihr dann ermittelt. – Hattet ihr das vorher mit mir abgesprochen?"

„Eigentlich nicht.“

„Das ist keine Antwort, ja oder nein.“

„Nein“, sagte Lissigkeit zögernd. „Dazu sind wir nicht gekommen, es war sozusagen eine plötzliche Eingebung.“

„Ihr drei hattet also eine Eingebung?“

Die drei nickten.

„Eure Eingebungen enden meistens mit viel Ärger. Also, was nun? Ich hab weder Zeit noch Lust auf eure Kindereien.“

„Wir haben die BVG-Raubmörder“, brach es aus Kaminski heraus.

„Kinder! Wenn ihr mich veräppeln wollt … Es gibt Dinge, bei denen verstehe ich absolut keinen Spaß. Spuckt's schon aus, was ist passiert?“

Jetzt ergriff Rudolf Lissigkeit, um einen sachlichen Ton bemüht, das Wort: „Wir machen keinen Witz, Chef. Ich glaube wirklich, dass wir der Bande ganz dicht auf den Fersen sind.“

Gennat ließ Kaffee für alle bringen und für sich ein Stück Stachelbeerbaiser. Ruhig hörte er sich an, was die drei herausgefunden hatten, wobei sie weder Lissys Maskerade noch Kaminskis Missgeschick mit dem Toilettenfenster verschwiegen.

Obwohl Gennat sich vorgenommen hatte, den Alleingang nicht durchgehen zu lassen, musste er so lachen, dass ihm die Tränen kamen. Nur zu gerne hätte er Lissy in ihrer übertriebenen Verkleidung gesehen. „Ich fasse es nicht, wie gutgläubig die Leute sind“, prustete Gennat. „Das hätte doch 'n Blinder mit 'm Krückstock sehen müssen, dass das keine echte Russin ist.“

Lissy drehte beleidigt den Kopf zur Seite. „Immerhin hab ich den Umsatz angekurbelt und obendrein ein fürstliches Trinkgeld gekriegt. Kann ich also so unglaubwürdig nicht gewesen sein.“

„Ich plädiere dafür, dass wir uns den Chauffeur noch einmal aufs Präsidium holen und die drei Jungs im Auge behalten“, kam Lissigkeit wieder zur Sache, nachdem sich Gennat mit seinem handtuchgroßen karierten Taschentuch die Lachtränen weggewischt hatte.

„Auch Erwin Hildebrand sollte man im Auge behalten. Ich bin sicher, dass er etwas zu verbergen hat. Er gibt Geld aus, das er theoretisch gar nicht haben dürfte“, ergänzte Kaminski.

Gennat blieb skeptisch. „Das ist alles schön und gut. Ihr hattet euren Spaß, aber seid doch bitte mal ehrlich: Hat uns eure Aktion wirklich weitergebracht?“

„Das kann man noch nicht sagen. Zumindest haben wir endlich ein paar sehr konkrete Anhaltspunkte. So weit wie jetzt waren wir in dem Fall noch nie. Seien Sie doch mal ehrlich, Chef, seit September treten wir auf der Stelle. Der Spatz in der Hand ist immer noch besser als die Taube auf dem Dach.“

„Wo Sie recht haben, haben Sie recht, Rudolf“, gestand Gennat ein. „Wir haben in der Zwischenzeit noch andere Tötungsdelikte aufklären müssen, da ist der BVG-Lohnraub aus Mangel an Ermittlungsergebnissen immer wieder in den Hintergrund gerückt.“

„Ich will ja kein Salz in die Wunde streuen, aber im Mariendorfer Raubmord tappen wir ebenfalls noch im Dunkeln“, bemerkte Max.

Gennat überlegte und wandte sich dann Kommissar Lissigkeit zu: „Sie sind also davon überzeugt, dass wir Ihrer auf ziemlich dilettantische Weise ermittelten Spur nachgehen sollten.“

„So dilettantisch war es ja nun, bis auf Lissys russische Komödie, auch nicht“, protestierte Kaminski.

Gennat schob seinen leeren Kuchenteller zurück, trank den letzten Schluck Kaffee. Er stand auf und begann mit hinter dem Rücken verschränkten Händen im Büro auf und ab zu gehen.

„Schön“, sagte er nach einer Weile. „Vielleicht habt ihr recht. Wir müssen uns an jedem Strohhalm festhalten. Im Augenblick weiß ich zwar noch nicht, wo ich die Leute dafür hernehmen soll, aber lassen wir die drei Jungs und Erwin Hildebrand beobachten. Den Chauffeur bestelle ich mir noch einmal zur Vernehmung.“

„Eine der Überwachungen kann doch Kriminalassistent Faber übernehmen. Dabei kann er nicht viel falsch machen“, schlug Lissigkeit vor.

„Ich werde darüber nachdenken.“ Gennat setzte sich an seinen Schreibtisch und schlug eine Akte auf. Er hielt die Unterredung für beendet. Die drei mussten sich in Geduld üben. Noch war keine Entscheidung gefallen.

Am 23. Dezember 1932 gab Gennat grünes Licht für die Observierung der von Kaminski und Lissigkeit ausfindig gemachten Personen und weitere Ermittlungen in ihrem Umfeld. Über Weihnachten und Neujahr blieben die Ermittlungen allerdings ergebnislos.

Für die Kaminskis verliefen die Weihnachtstage wie in jedem Jahr. Obwohl sie keine Christen waren, hatten sie wie viele nichtreligiöse Juden einen Weihnachtsbaum. Max kaufte wieder einmal einen so großen Baum, dass er fast bis unter die Decke reichte. Lissy schmückte ihn dann zusammen mit ihrer Schwiegermutter Ruth mit bunten Kugeln, Lametta und Kerzen. Ruth bestand allerdings darauf, neben den Baum, getarnt mit grünem Krepppapier, einen mit Wasser gefüllten Eimer zu stellen. – Man konnte ja schließlich nie wissen … „So ein geschmückter Baum sieht einfach schön aus und strahlt so viel Feierlichkeit aus“, schwärmte Lissy jedes Jahr wieder. Weihnachten war die Zeit der Bratäpfel, Pfefferkuchen, Lebkuchenherzen und Stollen, des Gänsebratens und der leuchtenden Kinderaugen. Die Kaminskis liebten diese Zeit.

Zu den Kindern kam, als sie noch kleiner waren, sogar der Weihnachtsmann. Er hatte das Christkind, besonders in den protestantischen Gegenden, ohnehin längst abgelöst. Lissys Eltern dagegen brachten als streng gläubige Juden nur wenig Verständnis für den Standpunkt ihrer Tochter auf, was immer wieder zu heftigen Auseinandersetzungen führte, aus denen sich die Kaminskis wohlweislich heraushielten.

Ernst Gennats Besuch bei den Kaminskis am zweiten Weihnachtsfeiertag war seit Jahren Tradition, und wie immer hatte er für die Kinder Geschenke mitgeracht. David schenkte er den Roman *Fabian* von Erich Kästner, Wolfgang bekam *Emil und die Detektive* und Clara das gerade erst erschienene Buch der Fliegerin Elli Beinhorn *Ein Mädchen fliegt um die Welt*. Freilich hatte er Kaminski vorher gefragt, welche Bücher die Kinder sich wünschten.

Die drei brannten förmlich darauf, für den Kriminalrat ein kleines Privatkonzert zu geben. David und Wolfgang spielten ihre Paradestücke auf dem Klavier und Clara inszenierte einen großen Auftritt im roten Samtkleid mit ihrer Gitarre. Sie hatte einen Walzer eines spanischen Komponisten und eine Romanze einstudiert und betonte, dass sie beide Stücke speziell für den Kriminalrat geübt habe. Die Kaminskis waren stolz auf ihre kleine Tochter. Sogar Wolfgang musste einsehen, dass sie sehr gut gespielt hatte.

Ernst Gennat, sichtlich gerührt, war der Erste, der applaudierte. „Bravo, Clara. Eine Gitarre war für mich bis jetzt immer nur eine Klampfe, auf der man Wanderlieder begleiten kann. Ich wusste gar nicht, dass dieses Instrument so schön klingen kann. Kannst du nicht noch etwas spielen?"

Clara ließ sich nicht zweimal bitten.

Als die Kinder im Bett waren, saßen die Erwachsenen, Gennat, Lissy und Max Kaminski sowie seine Eltern Ruth und Georg, noch bei einem Glas Cognac im Salon zusammen.

„Hat die Überwachung der drei Jungs, die wir in der *Eidechse* entdeckt hatten, eigentlich schon was ergeben?", konnte sich Kaminski nicht verkneifen zu fragen.

„Nicht wirklich", bedauerte Gennat. „Vermutlich handelt es sich aber doch um eine *Wilde Clique*."

„Ich höre das immer wieder von euch. Was, um alles in der Welt, ist eine *Wilde Clique*? Wir sind doch nicht im Urwald", fragte Ruth.

„Ach Mama, ich glaube nicht, dass du das wirklich wissen möchtest", sagte Kaminski.

Ruth schaute Hilfe suchend zu Gennat. Er nickte und versuchte zu erklären: „Diese sogenannten *Wilden Cliquen* sind gar nicht so leicht zu definieren. Einfach ausgedrückt sind es Kinder, die von zu Hause ausgerückt sind. Aber das wäre zu kurz gefasst. Sie werden auch ‚Besprisornije' genannt. Das ist Russisch und bedeutet so viel wie Heimatlose. Es handelt sich dabei in der Tat um verwahrloste Kinder vielleicht zwischen elf bis vierzehn oder fünfzehn Jahren, die sich zu gut organisierten Banden zusammengeschlossen haben und ihren Lebensunterhalt aus Straftaten bestreiten. Das heißt nicht, dass sie mal hier und mal da nur was zum Essen klauen. Auf das Konto dieser Cliquen gehen zum Teil äußerst brutale Straftaten. Die einzelnen Cliquen praktizieren zudem komplizierte Aufnahmerituale, die zum Teil an Sadismus kaum zu überbieten sind. Viele der Mitglieder sind alkohol- oder kokainsüchtig. Syphilis und andere Geschlechtskrankheiten haben fast alle. Sie morden ohne jeden Skrupel. Ich kann nicht zählen, wie viele dieser verlorenen Seelen schon in meinem Büro gesessen und ohne jede emotionale Regung die brutalsten Verbrechen geschildert haben."

Ruth Kaminski war sichtlich schockiert. „Gibt es denn viele davon?"

„Man schätzt die Zahl der Jugendlichen in solchen Cliquen zwischen zwanzig- bis dreißigtausend."

„Was glauben Sie", meldete sich Georg Kaminski zu Wort. „Besteht nicht die Gefahr, dass nicht wenige von ihnen den Sprung in die SA geschafft haben?"

Gennat überlegte eine Weile. „Wenn ich die Verbrechen der braunen Rabauken betrachte, kann man wohl davon ausgehen."

„Aber das ist kein Thema für einen Weihnachtsabend", warf Lissy ein. „Lasst uns lieber noch eine Partie Rommé spielen."

Alle waren einverstanden.

Den Silvesterrummel hassten die Kaminskis. Sie blieben zu Hause und feierten im Familienkreis.

Was würde das Jahr 1933 bringen?

XXXIII

Polizeipräsidium, Donnerstag, 5. Januar 1933

Selbstbewusst und stolz trat Rudolf Lissigkeit in Gennats Büro und berichtete. „In Sachen BVG-Lohnraub sind wir jetzt endlich auf einer Spur. Im Dezember 1931 plünderte eine Bande junger Leute die Butterhandlung Freche in der Grunewaldstraße in Schöneberg aus und erbeutete dabei auch 500 Mark Bargeld. Wir sind den Zeugenhinweisen nachgegangen und haben den Fahrer des Fluchtautos, den Taxichauffeur Walter Hermann, festnehmen können. Wir hatten ihn ja unmittelbar nach der Tat auch schon einmal festgenommen. Damals hatte er beteuert, mit dem Überfall nichts zu tun zu haben. Er sei von den Banditen mit Waffengewalt gezwungen worden, ihnen sein Auto zu überlassen. Inzwischen räumte er ein, die Banditen in die Grunewaldstraße gefahren zu haben, von Waffengewalt war jetzt aber nicht mehr die Rede. Er hat wohl doch mehr oder weniger freiwillig den Chauffeur gespielt. Er sagt aber, er habe nur das Fluchtauto gefahren. Bei dem Überfall sei er nicht dabei gewesen. Nachdem wir ihn ein bisschen in die Mangel genommen haben, hat er aber die Namen aller Komplizen genannt."

„Haben wir eine Chance, sie zu schnappen?"

Lissigkeit grinste breit. „Wir haben sie schon!"

„Aha. Warum weiß ich davon noch nichts? Von Ihren Alleingängen habe ich langsam die Nase voll", schnauzte Gennat seinen Ermittler an. Gennat hasste es, nicht alle Fäden in der Hand zu haben. Um sich zu beruhigen zündete er sich eine Zigarre an.

Lissigkeit wies den Anschnauzer mit einer Handbewegung zurück: „Ich konnte Sie nicht mehr informieren, Herr Kriminalrat. Wir durften keine Zeit verlieren. Wir wollten zuschlagen, bevor die Komplizen mitbekommen, dass wir Hermann festgenommen haben. Folglich war es wichtig, dass wir sie, damit sie sich nicht gegenseitig warnen können, unbedingt zeitgleich festnehmen. Da der Überraschungseffekt erfahrungsgemäß am größten ist, wenn wir gleich am frühen Morgen zuschlagen, mussten wir schnell handeln. Die Kollegen Liebermann und Nebe haben zwei von ihnen, die Verdächtigen Peter Oppenheim und Theodor Mühlhausen, gegen halb fünf in der elterlichen Wohnung in Grunewald festgenommen."

„In Grunewald?", unterbrach Gennat. „Jetzt sagen Sie nicht, dass die Eltern gut situierte Geschäftsleute sind."

Lissigkeit nickte. „Genau das wäre jetzt mein nächster Satz gewesen. Es handelt sich bei den Jungs nicht etwa um verwahrloste, asoziale Elemente. Ganz im Gegenteil. Teddy Mühlhausen und Peter Oppenheim sind Söhne wohlhabender Berliner Kaufleute. Die Eltern waren empört, als die Polizei vor der Tür stand, und haben sofort ihre Anwälte aus den Federn geklingelt. Wie alle Eltern hielten sie ihre Kinder bisher für die wahren Engel."

„Und was ist mit dem dritten?"

„Der 25-jährige Alfred Stach wurde bereits von der politischen Polizei gesucht. Der genaue Grund entzieht sich allerdings meiner Kenntnis. Er hielt sich in einer Laube am Priesterweg in Schöneberg auf. Er ist nicht nur der älteste, sondern auch der gefährlichste der Bande. Als die Beamten in die Laube eindrangen, schlief er noch fest. Auf einem Schemel neben dem Bett hatte er griffbereit eine geladene Pistole zu liegen. Doch bevor er die Hand ausstrecken konnte, hatten die Handschellen schon geklickt."

„Wie kommen Sie darauf, dass die Jungs auch den BVG-Geldtransport überfallen haben?"

„Sie haben Waffen und gehen offenbar, wie sie in der Butterhandlung in der Grunewaldstraße bewiesen haben, skrupellos vor. Sie haben die Angestellten mit Pistolen bedroht, aber nicht geschossen. Geflüchtet sind sie in einem gestohlenen Wagen, der später in der Potsdamer Straße gefunden wurde. Das Fluchtauto wurde von einem Privatwagen verfolgt. Der Zeuge, der die Verfolgung aufgenommen hatte, sagte später aus, dass der Fahrer des

Fluchtautos äußerst geschickt manövrierte, sodass er keine Chance hatte, ihn einzuholen. Ähnlich verhielt es sich mit den flüchtenden BVG-Räubern. Auch da bewies der Fahrer des Fluchtautos großes fahrerisches Können. "

„Haben Sie die Verdächtigen schon vernommen?"

„Ja. Zunächst aber nur, was den Überfall auf das Buttergeschäft betrifft."

„Zum BVG-Raub noch nicht?"

Lissigkeit schüttelte den Kopf.

„Da will ich dabei sein."

„Dann kommen Sie doch gleich mit rüber."

„Nee, nee, das kommt gar nicht in die Tüte. Ihr bringt die Jungs schön zu mir 'rüber. Sie sollen wissen, dass sie es mit der Mordinspektion zu tun haben."

Aufrecht und vor Selbstbewusstsein strotzend saß Theodor Mühlhausen auf dem Besucherstuhl neben Kriminalrat Gennats Schreibtisch. Lissigkeit sowie Kommissar Otto Trettin vom Raubdezernat hielten sich im Hintergrund.

Gennat warf einen Blick in das Protokoll der Vernehmungen, die die Kollegen Nebe und Liebermann vorgenommen hatten. Nach einigen Minuten schlug er die Akte wieder zu und lehnte sich zurück.

„Eines verstehe ich nicht", begann Gennat. „Ihre Eltern sind erfolgreiche Geschäftsleute. Sie wohnen in einem schönen Haus in Grunewald. Sie haben es doch gar nicht nötig, ausgerechnet ein Lebensmittelgeschäft auszurauben."

„Sagen Sie ruhig Du zu mir."

„Wenn du das möchtest. Aber beantworte bitte meine Frage."

„Um mich geht es doch gar nicht."

„Um wen geht es dann?"

„Es geht um die ausgebeuteten Arbeiter und die Armen."

„Aha. Und deshalb musst du Überfälle verüben. Und Menschen mit der Pistole bedrohen!"

„Wenn die Mäuse von ihrem Speck nichts abgeben wollen, obwohl sie längst satt sind, muss man ihnen den Speck eben mit Gewalt wegnehmen."

„Bist du Mitglied einer Clique?"

„Einer Clique? Wir sind zwar eine Clique, aber nicht, was Sie meinen. Wir haben keinen Namen, und hirnverbrannte Aufnahmerituale gibt es bei uns auch nicht. Dekadenter Quatsch. Wir sind alle im *Kommunistischen Jugendverband* und in der *Roten Hilfe*. Wir arbeiten alle aktiv mit."

„Was habt ihr mit dem Geld und den Lebensmitteln gemacht?"

„Verteilt."

„Wie verteilt? Hat jeder von euch einen Anteil bekommen?"

„Wir haben das doch nicht für uns gemacht! Das Geld und die geklauten Lebensmittel haben wir über unsere Organisation an arme Familien verteilt. Die haben dringend unsere Hilfe gebraucht, um nicht zu verhungern. Eine Familie konnten wir damit sogar vor der Exmittierung retten."

„Wenn ihr keine Kommunisten wärt, würde man euch ja glatt heiligsprechen", mischte Otto Trettin sich ein, der bis jetzt geschwiegen hatte.

Theodor Mühlhausen drehte sich zu dem Kommissar um. „Wir haben keinen Pfennig für uns behalten. Wir kriegen genug von unseren Alten."

„Und was ist mit dem Geld aus dem BVG-Lohnraub?", fragte Gennat wie nebenbei.

Der Junge schnaubte verächtlich. „BVG-Lohnraub! Ich lach mich tot! Das ist wirklich Lohnraub, was die machen. Haben schon wieder die Löhne gekürzt. Der Streik hat nichts gebracht. Gegen die Kapitalisten ist der Arbeiter noch immer machtlos."

Gennat sah auf seinen Notizblock und kritzelte darauf herum. Erst jetzt fiel ihm auf, dass man „BVG-Lohnraub" auch ganz anders auffassen konnte, als die Kriminalpolizei es tat.

„Das ist nicht lustig", brüllte Trettin los. „Hier geht es um Mord!"

Der Junge starrte Trettin an, und Gennat glaubte zu sehen, dass das Entsetzen in den Augen der Jungen nicht gespielt war.

„Wir bringen doch niemanden um!“, rief er empört aus. „Ich hab davon in der Zeitung gelesen. Da wurde ein BVG-Mann erschossen. Mann, Opa“, sagte er an Trettin gewandt, „wir legen doch keine Genossen um!“

„Du hast aber eine Pistole.“

„Ja, aber ich schieße nicht. Wir schießen alle nicht. Höchstens mal in die Luft, um den Ausbeutern ein bisschen Feuer unterm Hintern zu machen.“

„Habt ihr nach dem Überfall in der Grunewaldstraße noch weitere Geschäfte überfallen?“

„Nicht richtig überfallen. Wir haben mit Genossen Lebensmittel geklaut und an arme Familien verteilt.“

„Wie Robin Hood.“

„Robin Hood war ein Volksheld. Auch wir verstehen uns als Volkshelden.“

„Ihr wollt also als die Rächer der Armen und Entrechteten in die Geschichte eingehen?“

„Den Armen zu helfen, kann nicht strafbar sein.“

„Gewiss nicht, aber für Diebstahl respektive Raub gibt es Gefängnis, und auf Mord steht die Todesstrafe.“

„Wir haben mit Mord nichts zu tun. Warum fragen Sie nicht die anderen? Die schießen ohne Bedenken um sich. Die sind echt gefährlich! Das sind auch nicht wirklich Genossen. Deshalb haben wir sie ja auch rausgeschmissen.“

„Welche anderen?“

Der Junge schien erst seine Gedanken ordnen zu müssen, bevor er weitersprach. „Vor zwei Jahren etwa hat sich der Jugendverband regelmäßig im Lokal *Danzer* in der Yorckstraße getroffen. Damals waren ein paar Genossen dabei, die waren wirklich kriminell. Die hatten überhaupt kein Interesse an Parteiarbeit oder an politischer Bildung und waren in Wirklichkeit auch gar keine Genossen. Die hatten nur Müll im Kopf. Damals planten die schon was, hab aber keine Ahnung, was es war. Die sprachen aber immer nur von Autos klauen und Überfällen und so. Die sind dann auch aus dem Jugendverband rausgeflogen. Solche Leute können wir nicht gebrauchen. Die haben dann wohl eine Clique mit dem bescheuerten Namen ‚Eierschlamm' gegründet. Wollte aber keiner so richtig mitmachen."

„Kennen Sie die Namen der Jungs?"

„Der eine war der Arbeiter Erwin Hildebrand. Der wohnt, glaube ich, in der Schwerinstraße. Die Namen der anderen weiß ich nicht. Meistens war auch nur der Erwin da." Er machte wieder eine Pause. „Ach ja, dann ist da vor ein paar Wochen dieser Harry Waldner aufgetaucht. Der kommt aus Shanghai. Ist wohl ein Komplize von diesem Fritz Kaiser, dem Kaiser von Schöneberg. Der ist jetzt auch in Shanghai und macht da Geschäfte. Wenn Sie mich fragen, dieser Harry plant ein ganz großes Ding."

„Fritz Kaiser? Wer erzählt denn solchen Blödsinn? Der ist doch schon lange tot.", warf Trettin kopfschüttelnd ein.

Gennat und Lissigkeit warfen sich verstohlene Blicke zu. Und Gennat hoffte, Trettin würde nicht weiter nachhaken. Er erklärte das Verhör für beendet und ließ den Jungen zurück ins Polizeigefängnis bringen.

Gennat und Lissigkeit zogen sich zurück, denn es war ja Lissigkeit, der die Ermittlungen in Sachen BVG-Lohnraub leitete.

„Was meinen Sie? Kann man dem Jungen glauben?", fragte Gennat.

„Ich glaub, schon. Er hat im Übrigen im vergangenen Jahr Abitur gemacht und war der Klassenbeste. In allen Fächern sehr gut. Sogar Latein und Altgriechisch. Eigentlich wollte er nach dem Abitur eine Europareise machen. So eine Art *Grand Tour*, wie man sie im 19. Jahrhundert gemacht hat. Die neuesten Devisenbestimmungen haben ihm dann aber einen Strich durch die Rechnung gemacht."

Die Aussagen Peter Oppenheims und Alfred Stachs deckten sich weitgehend mit denen Theodor Mühlhausens. Gennat nahm sich die Protokolle noch einmal vor, klappte den Papphefter nach der Lektüre wieder zu und schüttelte den Kopf. „Ich bin mir ziemlich sicher, dass die drei mit der BVG-Sache nichts zu tun haben. Das sind Idealisten und Träumer. Ihre Vorbilder sind Robin Hood und dieser bayerische Räuber, der Mathias Kneißl, den die armen Leute damals als Volkshelden gefeiert haben. In Stachs Zimmer wurden bei der Haussuchung sogar noch alte Zeitungen mit Prozessberichten von 1901 gefunden. Weiß der Geier, wo er die aufgetrieben hat. – Aber dieser Hildebrand interessiert mich."

Gennat griff zum Telefon und ließ sich mit der Redaktion des *Berliner Echos* verbinden und verlangte Max Kaminski zu sprechen.

XXXIV

„Ich komme mir vor wie ein gottverdammter Polizeispitzel. Aber ich weiß wirklich nicht viel über Hildebrand“, beteuerte Max Kaminski, als er am Nachmittag in Gennats Büro saß. „Ich habe nur beobachtet, dass er mehr Geld ausgibt, als es seine Verhältnisse erlauben. Er lebt von Wohlfahrtsunterstützung, treibt sich aber in teuren Bars herum. Das passt nicht zusammen. Hildebrand behauptet, nebenbei eine lukrative Arbeit zu haben, hüllt sich aber in Schweigen, worum es sich dabei handelt. Er ist ohnehin nicht sehr gesprächig. Auch seine Schwester hat keine Ahnung, woher das Geld kommt. Offenbar weiß sie auch nichts von seinen nächtlichen Eskapaden. Bisher habe ich sie auch noch nicht daraufhin angesprochen. Es soll nicht so aussehen, als wolle ich ihren Bruder ausspionieren.“

„Haben Sie Hildebrands Freunde kennengelernt?“

„Das ist es ja, was mich wundert. Er scheint ein Einzelgänger zu sein. Offenbar hat er keine Freunde.“

„Was haben Sie für einen Eindruck von der Familie?“

Kaminski winkte ab. „Ein gutes Gewissen habe ich nicht dabei, ganz private Dinge auszuplaudern.“

„Nun machen Sie mal halblang, Kaminski. Es geht hier um die Aufklärung eines Mordes!“

„Und wenn Hildebrand es nicht war?“

„Deshalb ermitteln wir ja. – Also, was ist nun mit der Familie?“

„Nette, einfache Leute, aber alle seit vielen Monaten arbeitslos. Sie versuchen, so gut es geht, klarzukommen. Jahrelang haben die Eltern jeden Groschen gespart, um sich eine Laube kaufen zu können. In Britz haben sie eine gefunden. Da wohnen sie jetzt, um die Miete zu sparen, die sie von der mageren Unterstützung nicht mehr zahlen können. In der Schwerinstraße hatten sie immer ein Zimmer vermietet und haben selbst in der Küche gehaust. Aber in der Krise wollte nicht einmal mehr jemand ein Zimmer mieten.

Luise, die 18-jährige Tochter der Hildebrands, haust im Übrigen in einer unbeheizbaren Dachkammer, die ihr eine Nachbarin zur Verfügung stellt, weil in der Wohnung der Hildebrands, die ein Zimmer vermietet hatten, zu wenig Platz war. Luise ist ebenfalls arbeitslos, sucht aber eine Lehrstelle in der Konfektion."

„Haben Sie Hildebrand in den letzten Tagen gesehen?"

„Das letzte Mal waren wir vor Weihnachten zusammen in der Barbarina. Er hat mich großzügig eingeladen und ich musste wohl oder übel annehmen. Herausgefunden habe ich aber trotzdem nichts. Hildebrand ist, wenn es um sein Privatleben und mehr noch um seine Finanzen geht, stumm wie ein Fisch. Er lässt sich absolut nicht in die Karten schauen."

„Schade", brummte Gennat. „Dann werden wir ihn wohl doch observieren müssen. Wir brauchen einen Anhaltspunkt, um ihn festnehmen zu können und den Untersuchungsrichter zu überzeugen. Sonst ist er schneller wieder draußen, als wir gucken können."

Mit dem Ergebnis der Observierung Erwin Hildebrands war Ernst Gennat nicht wirklich zufrieden. Die Ermittler hatten nur herausgefunden, dass die Zielperson in der Tat für einen Wohlfahrtsempfänger viel zu viel Geld in Bars ausgab und dass seine Eltern, ebenfalls Wohlfahrtsempfänger, die Laube bar bezahlt hatten.

Am Morgen des 10. Januar 1933 wurde Erwin Hildebrand in Britz in der Kolonie *Roseneck* in der Laube seiner Eltern trotz dünner Beweise festgenommen. Die Eltern hatten die Polizisten arglos eintreten lassen und waren entsetzt gewesen, als sie hören mussten, dass ihr Sohn festgenommen werden sollte. Hatten sie von den kriminellen Machenschaften ihres Sohnes tatsächlich keine Ahnung?

Auf dem Polizeipräsidium hüllte sich Erwin Hildebrand in Schweigen. Bis auf die Angabe seiner Personalien verweigerte er jede Aussage. Nach dem Geld gefragt, von dem seine Eltern die

Laube bezahlt hatten, blieb er beharrlich bei der Behauptung, seine Eltern hätten das Geld über lange Jahre gespart. Immer wieder ließen entweder Rudolf Lissigkeit oder Ernst Gennat Hildebrand aus dem Polizeigefängnis ins Büro der Mordinspektion holen. Er schwieg weiter.

Auch die wiederholte Befragung der Eltern brachte keine Ergebnisse. Die Kollegen vom Raubdezernat Otto Trettin und Erich Liebermann von Sonnenberg, die zusammen mit Lissigkeit eine Art Sonderkommission „BVG-Lohnraub" bildeten, waren der Überzeugung, dass die Eltern ihren Sohn deckten.

Auch Luise Hildebrand wurde aufs Polizeipräsidium zitiert. Sie konnte indes glaubhaft versichern, dass sie nichts von irgendwelchen Verbrechen ihres Bruders wusste, denn sie hatten ein denkbar schlechtes Verhältnis zueinander, was auch der Grund dafür war, dass sie noch immer in der Dachkammer der Nachbarin wohnte und noch nicht nach Britz gezogen war.

Gennat hatte aufgehört, die Verhöre zu zählen. Mehrmals täglich redete er auf Erwin Hildebrand in seinem Büro auf seine väterliche Art ein, aber ohne Erfolg. Gennats Geduld war am Ende. Er rief Lissigkeit, Trettin und Liebermann in sein Büro zur Beratung.

„Wir sollten Hildebrands Eltern festnehmen. Auch wenn ich ihn als einen unverbesserlichen Berufsverbrecher betrachte, glaube ich, dass er an seinen Eltern doch sehr hängt. Mal sehen, wie er reagiert, wenn wir ihm sagen, dass seine Eltern im Polizeigefängnis sitzen. Vielleicht wird er dann weich und fängt an zu singen", schlug Otto Trettin vor.

Gennat hatte keine Lust, sich auf große Diskussionen einzulassen. „Schön und gut", sagte er, „aber was wollen Sie ihnen vorwerfen?"

„Ganz einfach. Hehlerei zum Raub."

Gennat antwortete mit einem Schulterzucken. Vielleicht hatte Trettin ja gar nicht so unrecht.

Nur wenige Stunden später wurden die Eheleute Else und Felix Hildebrand in ihrer Britzer Laube festgenommen.

Trettin und Liebermann führten die Vernehmung. Als Chef der Mordinspektion war Ernst Gennat ebenso dabei wie Lissigkeit und die Stenotypistin Lena Wolffsohn.

Das Ehepaar schien am Boden zerstört, als es aus dem Polizeigefängnis ins Büro der Mordinspektion geführt wurde. Schon bei ihrer Festnahme hatten sie beteuert, dass ihr Sohn nie und nimmer einen bewaffneten Raubüberfall verüben würde. „Das ist ganz ausgeschlossen. Das muss eine Verwechslung sein. Er ist doch so ein lieber Junge", jammerte Else Hildebrand.

Otto Trettin leitete das Verhör. „Sie haben in der Schwerinstraße 6 in Schöneberg gewohnt. Warum sind Sie da weggezogen?"

„Weil wir die Miete nicht mehr zahlen konnten", begann Felix Hildebrand und griff, als suche er ihre Hilfe, nach der Hand seiner Frau. „Wir hatten zwei Zimmer, Küche und eine kleine Kammer, in der unser Sohn gewohnt hat. Unsere Tochter hat in einer Dachkammer, die einer Nachbarin gehört, geschlafen. Das eine Zimmer hatten wir immer für 50 Mark untervermietet. In den letzten Monaten bekamen wir aber nur noch 35 Mark. Der letzte Mieter war im September ausgezogen. Einen neuen haben wir nicht finden können. Die Zeiten sind eben schlecht. Die Wohnung kostete 60 Mark Miete. Die konnten wir dann nicht mehr zahlen. Wegen der Wirtschaftskrise war ich ja arbeitslos geworden und meine Frau auch. Wir kauften dann für 900 Mark die Laube in der *Kolonie Roseneck* in Britz."

„Aus welchem Grund haben Sie sich Ende 1932 die Laube gekauft?", fragte Trettin.

Lissigkeit schüttelte, für Trettin aber nicht sichtbar, den Kopf und sah zu Gennat hinüber, an dessen Blick er erkannte, dass auch der Kriminalrat die Frage für völlig überflüssig hielt.

„Soll ich die Frage stenografieren?", fragte Lena Wolffsohn.

Trettin sah verblüfft zu ihr hinüber. „Ja natürlich? Was soll die Frage?", sagte er schroff. Sie zuckte mit den Schultern. „Ich dachte nur ..."

„Fürs Denken werden Sie nicht bezahlt, Fräulein Wolffsohn", brüllte er sie an. „Machen Sie gefälligst Ihre Arbeit."

Felix Hildebrand schaute derweil Hilfe suchend zu seiner Frau. Offenbar verstand er ebenfalls nicht, was die Frage sollte. Nach einer kurzen Pause antwortete er: „Weil wir die Miete nicht mehr zahlen konnten. Das habe ich doch schon gesagt. Wir bekamen zwar einen Zuschuss zur Miete vom Wohlfahrtsamt, aber nur unter der Voraussetzung, dass wir uns eine kleinere Wohnung suchen. Eine bezahlbare Wohnung ist doch aber nicht zu bekommen. Was sollten wir denn machen? Wir wollten doch nicht im Obdachlosenheim landen. Uns ging es doch vor der Krise immer gut." Die Verzweiflung in Felix Hildebrands Ton war nicht zu überhören. „Die Pacht für das Grundstück beträgt nur rund 16 Mark im Jahr. Wir dachten, das sei die beste Lösung."

„Woher hatten Sie das Geld für die Laube? Sie sind doch arbeitslos."

„Wir haben im Laufe der Jahre 1200 Mark gespart", antwortete jetzt Else Hildebrand. „Mein Mann war bis April 1932 Kraftfahrer in einer Großhandlung für Papierwaren und hat recht gut verdient. Ich war in derselben Firma Packerin und habe da auch noch geputzt. Als die Firma dichtgemacht hat, wurde ich natürlich ebenfalls arbeitslos."

„Dann bekommen Sie doch aber auch Unterstützung?", herrschte Trettin die Frau an.

„Aber nein, natürlich nicht. Denn mein Mann kriegt ja Unterstützung. Ich kriege als seine Ehefrau nichts. Das ist schon eine ganze Weile so."

Offenbar war Trettin nicht darüber informiert, dass die Unterstützungssätze in den letzten Monaten weiter gekürzt worden waren. Er fragte weiter ausführlich nach den Einkommensverhältnissen und erfuhr: Vor einigen Monaten bekam Felix Hildebrand noch 21 Mark Unterstützung in der Woche. Jetzt erhielt er nur noch 15 Mark. Als Chauffeur hatte er dagegen wöchentlich

55 Mark verdient. Nach den Einkommensverhältnissen seines Sohnes gefragt, gab er an: „Mein Sohn ist zwar schon seit zwei Jahren arbeitslos, solange ich noch Arbeit hatte, bekam er aber keine Unterstützung. Jetzt bekommt er alle vierzehn Tage 14 Mark. Die gibt er aber immer gleich seiner Mutter."

„Betätigt sich Ihr Sohn politisch?", warf Liebermann unvermittelt ein.

„Betätigen ist zu viel gesagt. Jedenfalls ist er politisch interessiert."

„Inwiefern? Kommunistisch?"

„Ich glaube, schon", antwortete Felix Hildebrand arglos. „Soviel ich weiß, liest er hin und wieder die *Welt am Abend* und auch mal die *Rote Fahne*. Früher war er im *Kommunistischen Jugendverband*. Mit denen war er ziemlich oft auf Wanderfahrten unterwegs. Hat ihm wohl viel Spaß gemacht. Er macht da aber schon lange nicht mehr mit."

Liebermann ließ ein vielsagendes „Aha" folgen und notierte etwas in seinen Notizblock.

Gennat sah zu ihm hinüber. Er hätte zu gerne gewusst, was der Kollege sich da aufschrieb.

Am folgenden Morgen wurde Else Hildebrand noch einmal allein zu den finanziellen Verhältnissen ihres Sohnes befragt.

Diesmal war es Liebermann, der das Verhör führte, wieder in Ernst Gennats Büro.

„So, Frau Hildebrand. Haben Sie noch einmal darüber geschlafen, ob Sie uns nicht doch die Wahrheit über Ihren Sohn sagen wollen?"

„Ich habe gar nicht geschlafen", sagte sie leise.

„Sprechen Sie bitte lauter. Die Stenotypistin muss Sie schließlich auch verstehen können", fuhr Liebermann die Frau an.

„Es ist alles in Ordnung, Herr Kommissar", sagte Lena Wolffsohn in schnippischem Tonfall. „Wenn Sie Probleme mit dem Hören haben, tut es mir leid. Ich bin noch jung. Ich höre gewiss besser als Sie."

Gennat grinste in sich hinein. Das hatte gesessen. Er wusste, dass Lena Wolffsohn und Liebermann sich spinnefeind waren. Seit sie wusste, dass er offen mit der NSDAP sympathisierte, sprach sie mit ihm nur noch dienstlich und nur das Nötigste. Liebermann strafte sie dafür mit Verachtung. Gennat merkte, dass Liebermann innerlich kochte.

„Hat Ihr Sohn Erwin nach der Schulentlassung gleich eine Arbeit gefunden?", setzte er das Verhör fort.

„Ja. Er war als Botenjunge in einer Buchbinderei tätig. Er hat 14 Mark in der Woche verdient. Bis zu seinem 17. Geburtstag hatte er sogar 40 Mark gespart."

„Was hat er mit dem Geld gemacht?"

„Er hat sich was zum Anziehen gekauft und von dem Rest ist er an die Ostsee gefahren."

„Was hatte er im letzten Jahr gespart?"

„Keine Ahnung."

„Hat Ihr Sohn Ihnen schon einmal Geld geklaut?"

„Nein."

„Wie viel Geld hatten Sie gespart?"

„1240 Mark."

„Wo hatten Sie das Geld aufbewahrt?"

„Wo man Geld eben aufbewahrt. Im Küchenschrank in einer Kaffeekanne und in einer Zigarrenkiste."

„Und es ist immer alles vollzählig gewesen?"

„Ja."

„In welchen Geldsorten?"

„800 oder 900 Mark in Fünfzigmarkscheinen. Der Rest in Zwanzig- und Zehnmarkscheinen und ein bisschen Silbergeld."

„Wusste Ihr Mann, wie viel Sie gespart hatten?"

„Ja, natürlich."

„Wie oft haben Sie das Geld gezählt?"

„Keine Ahnung. Hin und wieder halt."

„Wenn Sie nicht regelmäßig nachgezählt haben, wie können Sie dann behaupten, Ihr Sohn habe nie etwas von dem Geld genommen?"

Gennat fand die Frage unangemessen, hielt es aber für unkollegial, jetzt einzugreifen und Liebermann bloßzustellen.

Else Hildebrand liefen jetzt Tränen über das Gesicht. „Mein Sohn ist ehrlich. Der beklaut seine Mutter nicht. Das würde er nie tun!"

„Sie lügen genauso unverschämt wie Ihr Sohn. Vor dem Wohlfahrtsamt haben Sie behauptet, Sie hätten sich das Geld für die Laube geliehen. Sie haben das Geld also doch von Ihrem Sohn!"

Liebermanns rüder Ton brachte die Frau vollends aus der Fassung. Sie weinte still vor sich hin und wischte sich die Tränen mit dem Ärmel ab. Lena Wolffsohn, die immer ein sauberes Taschentuch bei sich hatte, stand auf und gab ihr ihres. Beruhigend tätschelte sie der Frau die Schulter. Liebermann warf ihr dafür einen tadelnden Blick zu.

„Ich musste das doch sagen, sonst hätte uns das Wohlfahrtsamt die Unterstützung gestrichen. Dabei haben wir uns das Geld vom Munde abgespart. Eine Laube war doch schon immer unser Traum."

„Das ist Betrug", fuhr Liebermann sie an. „Sie haben das Wohlfahrtsamt belogen und sich damit strafbar gemacht. Ich hoffe, Sie sind sich über die Konsequenzen im Klaren", fuhr Liebermann die Frau unwirsch an.

Jetzt mischte Gennat sich ein und beendete die Vernehmung. „Viele Dank, Frau Hildebrand. Das wär's dann für heute." Von dem Uniformierten ließ er die Frau zurück ins Polizeigefängnis bringen. Als die Beamten mit ihr schon in der Tür waren, hielt er sie noch einmal kurz zurück: „Und im Übrigen, die Sache mit dem Wohlfahrtsamt interessiert uns nicht und ist auch gar nicht unsere Sache."

„Ist es nicht Zeit, die alten Hildebrands endlich wieder freizulassen?“, wandte sich Gennat an Liebermann, als die Polizisten die Frau abgeführt hatten.

„Ach wirklich?“, Liebermanns Ton klang zynisch. „Ich sehe das ein bisschen anders, werter Kollege. Die stecken doch mit dem Bengel unter einer Decke. Alles Kommunisten. Bescheißen sogar das Wohlfahrtsamt. Was erwarten Sie da.“

„Würden Sie das auch sagen, wenn es Nazis wären?“, murmelte Gennat und merkte, wie Liebermann rot anlief.

„Ach ja, Sie haben ja Probleme mit dem Hören“, Gennat tippte mit den Zeigefingern an seine Ohren und grinste verschmitzt zu Liebermann hinüber. „Soll ich's noch einmal wiederholen?“

Liebermann schnaufte, schnappte nach Luft, wusste aber offenbar nicht, was er sagen sollte.

Inzwischen schickte sich Lena Wolffsohn an zu gehen und verabschiedete sich von den Männern.

„Was erlauben Sie sich, Fräulein Wolffsohn, in so unverschämter Weise in ein Verhör einzugreifen. Eine ungeheuerliche Anmaßung ist das. Das haben Sie gestern auch schon getan. Ich werde dafür sorgen, dass Sie endlich entlassen werden.“

„Die Mühe können Sie sich sparen, Herr Kommissar, bevor sich hier immer mehr Nazis breitmachen, gehe ich lieber von selbst. – Einen schönen Tag noch, Herr Liebermann von Sonnenberg.“

Sie nickte Gennat zu, der ihr verstehend zuzwinkerte. Mit einem kecken Blick zurück rauschte sie aus dem Büro. Sicher hatte sie es mal in einem Ufa-Film so gesehen, dachte Gennat.

„Was bildet sich diese unverschämte jüdische Göre eigentlich ein, wer sie ist? Es wird Zeit, dass hier endlich mal jemand kommt und mit dem eisernen Besen dieses Drecksgesindel wegfegt.“

„Ich habe zu arbeiten und möchte Sie bitten, jetzt zu gehen“, sagte Gennat höflich, aber bestimmt.

Liebermann ging wortlos und knallte die Tür hinter sich zu. Gennat setzte sich in einen der grünen Sessel, lehnte sich zurück und schloss die Augen. Irgendwie wird die Stimmung hier von Tag zu Tag mieser, ging es ihm durch den Kopf.

„Darf ich stören", hörte er Trudchen Steiners Stimme, die lautlos wie eine Katze mit einem Tablett mit Kaffee und zwei Liebesknochen ins Büro gekommen war. „Ich glaube, Sie haben sich jetzt eine Stärkung verdient", sagte sie und stellte das Tablett auf den Tisch.

„Ach Steinerchen, manchmal glaube ich, Sie können hellsehen. Um Liebermanns unsägliche Sprüche besser verdauen zu können, brauche ich wirklich was Süßes und viel Kaffee."

Trudchen Steiner blieb vor dem Tisch stehen, druckste eine Weile herum und sagte dann: „Warum haben Sie den Erich nicht einfach rausgeschmissen? Mir kommt es immer so vor, als schreibe er seine Sprüche und Parolen aus dem *Völkischen Beobachter* ab. Manchmal hätte ich so richtig Lust, ihm eine runterzuhauen."

Gennat lachte. „Ach Trudchen, Sie sprechen mir aus der Seele. Aber so geht es leider nicht. Wenn Sie dem Erich eine runterhauen, flattert Ihnen die fristlose Kündigung ins Haus und Sie müssen sich auf Ihre alten Tage noch einen reichen Mann suchen, der Sie ernährt. Wenn ich ihm mal anständig die Meinung geigen würde, dass er in keinen Schuh mehr passt, ginge es mir genauso. Mir bleibt dann nur die Wohlfahrt oder eine reiche Witwe. – Also halte ich die Klappe und lasse ihn gequirlte Nazi-Scheiße reden."

Jetzt lachten beide. Trudchen meinte aber: „So kann es doch nicht weitergehen? Haben Sie sich schon einmal überlegt, was passiert, wenn Hitler Reichskanzler wird?"

„Sehen Sie nicht so schwarz, Trudchen. Selbst wenn er Reichskanzler wird. Na und? Dann fegen wir das Pack bei den nächsten Wahlen wieder weg und alles war nur ein böser Spuk."

„Hoffentlich behalten Sie Recht, Herr Kriminalrat", sagte Trudchen und eilte zurück ins Vorzimmer, wo gerade das Telefon klingelte.

Lena Wolffsohn tippte das Stenogramm noch vor der Mittagspause ab, steckte einen Durchschlag in die Tasche, verließ das Polizeipräsidium und fuhr in die Kochstraße zum *Berliner Echo*. Am Empfang fragte sie nach Max Kaminski und ein Page begleitete sie in sein Büro.

„Lena!", rief Kaminski überrascht aus. „Was führt Sie denn zu mir? Haben Sie keinen Dienst? Sie schauen so sorgenvoll. Ist etwas passiert?"

„Ich mache mir Sorgen", sagte sie und fingerte aus ihrer Handtasche die Durchschläge der Vernehmungsprotokolle des Ehepaars Hildebrand von gestern und das von heute mit Else Hildebrand allein.

„Sicher wissen Sie schon, dass die Eltern dieses Hildebrand festgenommen wurden."

Kaminski nickte. „Aber kommen Sie, in meiner Besenkammer ist es kalt und kaum Platz für zwei. Lassen Sie uns ins Café gehen."

Er zog seinen Mantel über, und auf dem Weg vom Verlagshaus in sein Stammcafé erzählte Lena, was vorgefallen war.

Nachdem Kaminski für sich einen Tee und für Lena eine russische Schokolade bestellt hatte, nahm er die Durchschläge und überflog sie.

Lena tippte auf das dünne Papier. „Ich weiß, dass Liebermann ein Nazi ist, aber was er sich hier geleistet hat, ist unglaublich. Er hat die arme Frau so in die Enge getrieben, dass sie anfing zu weinen. Er unterstellte einfach so, dass Erwin Hildebrand seine Mutter bestohlen hat. Das hätte früher keiner gemacht. Der Dicke schon gar nicht. Liebermann hat die arme Frau wie eine Schwerverbrecherin behandelt. Der Ton wird immer rauer, immer ruppiger. Das ist kaum noch zu ertragen."

„Und was hat Gennat gesagt?"

„Nichts. Was soll er sagen? Er kann froh sein, dass er nach dem 20. Juli auf seinem Posten bleiben konnte. Wer weiß, was noch alles kommt. Mein Vater sagt, dieser Hitler wird Reichskanzler werden."

„Lassen Sie sich nicht verrückt machen. Warten Sie's ab, wenn es mit der Wirtschaft erst wieder bergauf geht, verschwindet diese braune Brut auch wieder."

Lena schüttelte den Kopf. „So optimistisch ist meine Familie leider nicht. Schauen Sie sich doch einmal um. Selbst bei uns im Präsidium kriechen die Nazis jetzt aus ihren Rattenlöchern und verbreiten die Pest. Die SPD ist nur noch ein Schatten ihrer selbst. Und die Kommunisten kann ich leider auch nicht ernst nehmen. Die sind auch nicht so viel besser." Jetzt liefen Lena die Tränen über das Gesicht. „Mein Vater meint, es sei besser, wenn wir Deutschland verlassen. Hier werden wir nicht mehr glücklich." Sie hatte Mühe weiterzusprechen. „Aber ich will nicht weg. Das ist doch meine Heimat. Ich liebe diese Stadt. Ich liebe meine Arbeit, das Polizeipräsidium, den Wannsee, den Kurfürstendamm, einfach alles."

„Wo will Ihr Vater denn hin?"

„Nach Paris. Meine Tante Agnes, die Schwester meines Vaters, ist mit einem Franzosen verheiratet. Sie haben ein schönes großes Haus in Vaucresson, einem westlichen Vorort von Paris. Da werden wir wohnen, bis wir selbst etwas gefunden haben. Mein Vater spricht fließend Französisch und hat auch schon eine Arbeit in Aussicht. Als Mathematik- und Englisch-Lehrer hat er gute Chancen."

„Aber Lehnchen, Paris, die Stadt der Liebe. Sehen Sie es als eine wunderbare Chance. Oder wollen Sie als altes Fräulein im Polizeipräsidium enden? Frankreich ist ein so schönes Land. In ein paar Jahren werden Sie Ihrem Vater dankbar sein! Wann soll's denn losgehen?"

„Mein Vater ist schon in Paris. Meine Mutter und ich, wir fahren dann am 1. Februar."

„Das ist ja schon in ein paar Tagen. Haben Sie denn im Polizeipräsidium gekündigt?"

Jetzt lachte Lena. „Natürlich. Sonst hätte ich mich auch nicht getraut, zu Liebermann so frech zu sein. – Gennat hat nur gegrinst. Ich glaube, ihm hat das sogar gefallen."

„Vorher müssen Sie uns mit Ihrer Mutter natürlich noch einmal besuchen. Meine Frau würde sich sicher sehr freuen."

„Wir kommen gerne."

XXXV

Kriminalrat Gennat hatte sich die Akten aller Raubüberfälle, die mit dem auf die Butterhandlung in der Grunewaldstraße im Dezember 1931 Ähnlichkeiten aufwiesen, heraussuchen lassen und ging sie gründlich durch. Jener Fall war der erste gewesen, weitere folgten im Laufe des Frühjahrs 1932. Schließlich der Überfall auf den Lohngeldtransport in Charlottenburg. Auffälligstes Charakteristikum: Die Täter hatten in den meisten Fällen einen Taxifahrer mit Waffengewalt zur Herausgabe seines Wagens gezwungen. Ebenso wurden die in den überfallenen Geschäften anwesenden Personen stets von mehreren Männern mit Waffen bedroht. In der Regel schossen die Gangster aber nur die Luft. In Mariendorf aber war eine Person niedergeschossen worden. Am Rathaus Charlottenburg hatte es vor der Stadtbank sogar am helllichten Tag eine wilde Schießerei gegeben, die einen BVG-Beamten das Leben gekostet hatte.

Gennat mochte noch nicht glauben, dass der gerade dingfest gemachten Bande lediglich der Überfall in der Grunewaldstraße zuzuschreiben war. Sicher gingen weit mehr Überfälle auf ihr Konto. Er zog das Telefon auf seinem Schreibtisch an der Strippe zu sich heran und bat Lissigkeit über das hausinterne Netz in sein Büro.

Als der Kommissar kam, bemerkte Gennat seinen besorgten Gesichtsausdruck. „Was ist los, Rudolf, Sie schauen so nachdenklich."

„Ich weiß nicht. Ich kann beim besten Willen keine stichhaltigen Beweise erkennen. Es gibt Widersprüche über Widersprüche."

„Sprechen Sie von Hildebrand?"

„Genau. Ich mag nicht so recht glauben, dass er an dem Raubüberfall beteiligt war. Außerdem halte ich es für reine Schikane, die Eltern festzuhalten und – mit Verlaub – für eine Ungeheuerlichkeit von dem Kollegen, mir nichts dir nichts zu unterstellen, dass der Junge seine Mutter beklaut habe. Eltern sind zudem nicht dazu verpflichtet zu wissen, was ihre erwachsenen Kinder so treiben. Warum reiten Liebermann und Trettin auf dem Geld für die Laube herum? Warum sollen die Hildebrands das Geld nicht über die Jahre gespart haben? Felix Hildebrand hat zwar nicht üppig verdient, aber seine Frau hat ebenfalls gearbeitet. Zudem war eine Laube ihr Lebenstraum. Es ist nicht verboten, einen Traum auch zu verwirklichen. Dass sie dem Wohlfahrtsamt die Wahrheit über die Herkunft des Geldes verschwiegen haben, ist nachvollziehbar. Die Eltern festzunehmen, um Hildebrand weichzuklopfen und unter Druck zu setzen, war keine gute Idee. Trettin und Co. haben nur Glück, dass die Hildebrands sich keinen cleveren Anwalt wie Alsberg oder Frey leisten können. Dann würden die Herren Kollegen nämlich ganz schön dumm aus der Wäsche gucken!"

„Pssst!", machte Gennat. „Mensch, Lissigkeit, Sie reden sich noch mal um Kopf und Kragen. – Und was ist mit der Clique um diesen Mühlhausen?"

„Genau der Fall bereitet mir ja Bauchschmerzen. Die Jungs sind Idealisten. Zahlreiche bewaffnete Überfälle sind zwar auf ähnliche Art und Weise verübt worden, aber ich bin sicher, das waren andere. Die hätten das sonst zugegeben. Die sind doch obendrein noch kreuzstolz auf ihre Heldentaten. Die würden eher noch was dazu erfinden, als etwas zu verschweigen."

„Könnte sein. Wie sagte olle Joethen so schön: ‚Da steh' ick nu, ick armer Tor, und bin nich' schlauer wie zuvor' – oder so ähnlich wenigstens." Gennat seufzte tief und fügte hinzu: „Aber Flachsen bringt uns auch nicht weiter."

„Vielleicht geschieht ja noch ein Wunder und Sankt Michael liefert uns den wahren Täter auf seinen Schwingen direkt durch dieses Fenster." Lissigkeit wies hinaus auf die Stadtbahntrasse, wo gerade ein Zug vorbeifuhr.

Nicht der Schutzpatron der Polizei, sondern das Klingeln des Telefons brachte eine Überraschung. Der Anruf kam aus dem Polizeigefängnis: Der Gefangene Erwin Hildebrand verlange mit Kriminalrat Gennat zu sprechen. Nur mit ihm und unter vier Augen.

Rudolf Lissigkeit zog sich zurück.

Von einem Uniformierten wurde Erwin Hildebrand in Handschellen in Gennats Büro gebracht. „Schön, dass Sie gekommen sind. Wir können jetzt in Ruhe reden. Ich hab viel Zeit", begrüßte ihn der Kriminalrat. Dann bat er den Schutzpolizisten, dem Häftling die Handschellen abzunehmen und draußen zu warten.

„So", sagte Gennat, als sie allein waren. „Was haben Sie denn auf dem Herzen? Sie können mir alles erzählen. Sie brauchen keine Angst zu haben."

Hildebrand blickte mit gesenktem Kopf auf seine ineinander geschlungenen Hände, die er in den Schoß gelegt hatte, als würden sie ihm helfen, die Worte für das zu finden, was er sagen wollte. Damit er sich entspannte, bot Gennat ihm eine Zigarette an.

Nach ein paar Zügen begann er zu reden.

„Meine Eltern haben mit der Sache nichts zu tun", begann er. „Sie wissen nichts davon. Ich habe ihnen auch kein Geld für die Laube gegeben. Das haben sie in langen Jahren mühsam gespart. Für meine Mutter muss es die Hölle sein, hier im Gefängnis zu sitzen. Wenn Sie mir versprechen, meine Eltern gehen zu lassen, dann sage ich alles." Er machte eine Pause und senkte wieder den Blick.

„Dann erzählen Sie mal, wie das war", sagte Gennat in seinem in diesen Situationen ruhigen und leisen Ton und wartete geduldig, bis Hildebrand begann.

„Wir waren das. Wir haben den Geldtransport überfallen."

„Wer sind wir?"

„Ehemalige Genossen, die ich aus dem *Kommunistischen Jugendverband* kenne. Wir sind aber alle schon lange nicht mehr dabei. Wir hatten keine Lust auf Politik."

„Haben die Freunde auch Namen?"

Schuldbewusst senkte Hildebrand den Kopf. Er sprach leise, aber deutlich: „Alfons Hoheisel, Erich Achtenhagen, Fritz Wienke und die Brüder Willy und Hans Krebs. Hans war aber nicht immer dabei. Is 'n Angsthase. Der macht sich immer fast in die Hosen, wenn's mal brenzlig wird."

Hildebrand sah zum Fenster. Das Weiterreden fiel ihm offenbar schwer. Gennat drängte ihn nicht. Der erfahrene Kriminalrat wusste nur zu gut, dass bei Verhören allein die Geduld ans Ziel führte. Eine oder zwei Minuten vergingen, bis er weitersprach. „Sie müssen mir glauben, Herr Kommissar. Weder meine Eltern noch meine Schwester haben etwas von dem Überfall gewusst."

„Sie gehören zu einer Clique, die sich *Eierschlamm* nennt? Wie lange schon?"

Hildebrand schüttelte den Kopf. „Das war nur so eine Idee. Wir haben das zwar überall rumerzählt, in Wirklichkeit hat es die Clique aber nie gegeben."

„Wie kamen Sie auf die Idee, den BVG-Geldtransport zu überfallen? Haben Sie das gemeinsam ausbaldowert?"

Wieder schüttelte Hildebrand den Kopf. Dann legte er ein umfassendes Geständnis ab.

„Die Idee kam von Alfons Hoheisel. Seine Wohlfahrtsunterstützung holte er immer in der Spreestraße ab. Das ist gegenüber vom Rathaus Charlottenburg. Da hat er den Geldtransport öfter beobachtet. Zuerst hat er mit Willy Krebs darüber gesprochen. Der war ja auch arbeitslos. Alleine konnten sie das Ding natürlich nicht durchziehen. Dann haben sie uns gefragt, also Achtenhagen, Wienke und mich. Wir haben uns immer in der Kneipe der Witwe von dem Denzer in der Yorckstraße getroffen. Da haben wir das dann auch geplant. Von Anfang an war klar, dass wir, um den Überfall überhaupt erst machen zu können, ein Auto klauen mussten. Das sollte der Willy Krell machen, der war ja Fahrer bei so einer Krankentransportfirma gewesen und vorher bei einem Taxiunternehmen. Der hatte für viele Autos auch so eine Art Nachschlüssel. Jedenfalls kannte er sich richtig gut mit Autos aus. Wir wollten die Sache aber wie Profis planen. Wir sind dann öfter mit der Straßenbahn nach Charlottenburg gefahren und haben die Bank beobachtet. Immer nur einer. Getroffen haben wir uns dann an der nächsten Straßenecke und sind zusammen weggefahren. Willy hatte uns lange vor der Geschichte in der Bank Autos geklaut, damit wir ein bisschen spazieren fahren können. Einmal wollten wir uns die Bank auch mal von innen ansehen und sind rein. Aber den Herren waren wir wohl nicht fein genug. Die haben uns gleich wieder rausgeschmissen."

Gennat war zufrieden. Die Angaben Hildebrands deckten sich mit den Aussagen der Bankangestellten. „Dieser Willy hat dann also in der Landshuter Straße diesen noblen Mercedes geklaut. Der Wagen war doch aber auffällig. Hattet ihr ihn auf einem Hof oder in einer Garage versteckt?", wollte Gennat wissen.

„Den Wagen hat Willy ganz alleine geklaut, wir haben aber ganz in der Nähe auf ihn gewartet. Das war am 14. September, am frühen Nachmittag. Wir sind dann bis zum Abend spazieren gefahren. Ich bin erst so gegen elf Uhr abends mit Achtenhagen und Wienke ausgestiegen und wir sind getrennt nach Hause gegangen. Willy Krebs und Alfons Hoheisel wollten den Wagen bis zum Morgen verstecken. Sie sind bis nach Zossen gefahren und haben den Wagen in einem Maisfeld versteckt. Für die Nacht haben sie ihn vollständig mit Maisgarben getarnt. Sie haben dann bis sechs Uhr früh im Wagen geschlafen. Als sie am Morgen ausstiegen, hat Willy erzählt, fuhr auf dem Feldweg gerade ein Fuhrwerk vorbei und sie dachten schon, entdeckt worden zu sein. Sie rissen dann den Mais vom Wagen runter und putzten ihn ein bisschen, dann fuhren sie zurück in die Stadt. An der Keith- / Ecke Tauentzienstraße haben Achtenhagen, Wienke und ich dann auf die beiden gewartet. Hoheisel hat die Knarren verteilt und für jeden noch einen Ladestreifen."

Hildebrand schilderte den Verlauf des Überfalls exakt so, wie sie ihn nach den Zeugenaussagen rekonstruiert hatten. Eine Frage war jedoch noch offen geblieben: Wer hat den BVG-Inspektor Otto Meyer erschossen?

„Das ist es ja, was ich nicht verstehe", beteuerte Hildebrand.
„Was ist daran so unverständlich?"
„Wir waren zwar bewaffnet, aber der BVG-Mann hat zuerst geschossen. Wenn er nicht geschossen hätte, hätten wir auch nicht geschossen."
„Hätte, hätte", Gennat begann seine Ruhe zu verlieren. „Ihr habt aber geschossen und der Mann ist tot. Erschossen."
„Aber wir haben doch auch erst aus der Zeitung davon erfahren, Wir wollten niemanden erschießen. Wir wollten den Bankleuten nur ein bisschen Feuer unterm Hintern machen."
Gennat beließ es erst einmal dabei. Er würde noch genügend Zeit haben, Hildebrand auf den Zahn zu fühlen.
„Warum sind Sie dann nach Moorlake gefahren?"
„Wir sind zuerst nach Potsdam. Hoheisel hatte das Geld verteilt, wir sind ausgestiegen und getrennt nach Berlin zurückgefahren. Wir sollten nicht zusammen gesehen werden und wollten uns auch in Zukunft nicht mehr treffen."
„Das habt ihr durchgehalten?"
„Ja. Wir haben uns seit dem Überfall nicht mehr gesehen."
„Ich verstehe noch immer nicht", wandte Gennat ein. „Wenn Sie sich in Potsdam getrennt haben, wie ist der Wagen nach Moorlake gekommen?"
„Willy Krebs hat ihn ganz allein in den Wald gefahren. Er ist dann zurück zur Chaussee gelaufen und mit dem Omnibus nach Berlin gefahren."
„Wie viel Geld haben Sie bekommen?"
„5000 Mark. Wir hatten damit gerechnet, dass 60 000 Mark in der Kiste sind. Tatsächlich waren es aber nur ungefähr 34 000 Mark."
„Ach ja, die Kiste! Was habt ihr mit der Kiste gemacht?"
„Auf dem Weg nach Potsdam sind wir ein Stück in den Wald und haben sie vergraben."
„Können Sie sich erinnern, wo genau das war?"
„Nein, ich kenne mich da nicht aus. Aber der Willy wird das wissen."

Nachdem Hildebrand wieder abgeführt worden war, rief Gennat Lissigkeit zu sich.

„Sie haben ein umfassendes Geständnis, aber Sie scheinen nicht wirklich zufrieden zu sein", bemerkte Lissigkeit.

Gennat, der inzwischen eine Tasse Kaffee und ein Stück Schwarzwälder Kirschtorte vor sich zu stehen hatte, rührte in der Kaffeetasse und schüttelte den Kopf. „Wir müssen uns darüber im Klaren sein, dass die Chancen, die Komplizen ebenfalls festzusetzen, nur gering sind. Wir haben zwar ihre Adressen, aber die Jungs werden nicht so dämlich sein und sich da noch aufhalten. Erwin Hildebrand wurde vor einer Woche festgenommen. Die Nachricht von der Festnahme ist noch am selben Tag durch die Presse gegangen. Die Fünf sind mit Sicherheit längst über alle Berge. Erstens hatten sie genug Zeit, um sich zu verdünnisieren, und zweitens haben sie auch genug Geld."

„Das ist nicht gesagt. Vielleicht denken sie gar nicht so weit", versuchte Lissigkeit seinen Chef zu beschwichtigen. „Wir geben die Fotos an die Presse, vor allem an die großen Publikumszeitungen, *Berliner Morgenpost*, *BZ am Mittag* und an alle Blätter, die infrage kommen, natürlich auch ans *Berliner Echo*. Ohne die Mitarbeit der Öffentlichkeit sehen wir blass aus."

„Es war unklug, die Festnahme Hildebrands gleich der Presse mitzuteilen", bedauerte Gennat. „Uns muss doch klar gewesen sein, dass er Komplizen gehabt haben muss. – Da bin ich wohl etwas zu schnell vorgeprescht."

„Das sehe ich nicht so", warf Lissigkeit ein. „Es hätte auch ganz anders kommen können."

Gennat nickte. Er blieb gelassen. „Hinterher ist man immer schlauer. Die Frage: ‚Was wäre gewesen, wenn …?' erübrigt sich. – Was macht eigentlich Kaminski? Er hat doch nebenher recherchiert."

„Schon, er war ja auch auf dem falschen Dampfer."

„Ist er an der Sache noch dran?"

„Keine Ahnung. Könnte sein."
„Schicken Sie die Fotos der Mittäter zuerst an das *Berliner Echo*. Machen Sie ein bisschen hinne, sonst sind die Banditen tatsächlich über alle Berge."

Am Nachmittag ließ Gennat Erwin Hildebrand noch einmal aus dem Polizeigefängnis in sein Büro bringen. Er versuchte zu bluffen, blätterte wichtigtuend in einer Akte und begann: „Wir haben eindeutige Hinweise, dass auch der Überfall auf die Gaststätte Tiepelmann in Mariendorf auf das Konto Ihrer Bande geht."
Hildebrand senkte den Kopf. Gennat vernahm nur ein leises „Ja".
„Kam die Idee auch von Alfons Hoheisel?"
„Nein. Das war nicht geplant. Am Nachmittag hatten Hoheisel und Willy Krebs das Taxi geklaut. Sie haben uns, also Achtenhagen, Hans Krebs und mich, in der Yorckstraße abgeholt. Wir sind dann erst einmal in den Wald und haben das große *K*, das typische Zeichen der *Kraftag*, vom Kühlergrill geschraubt und im Gebüsch versteckt. Eigentlich wollten wir die Filiale des Kaffeegeschäfts *Zuntz* in der Güntzelstraße überfallen, denn wir wollten für Pfingsten zu ein bisschen Geld kommen. Das ging aber nicht. Da waren zu viele Leute drin. Wir mussten wieder abziehen und sind einfach so spazieren gefahren. Es war Zufall, dass wir bei Tiepelmann eingekehrt sind. Durch die Scheibe haben wir die beiden Registrierkassen gesehen, und da hab ich so gesagt, dass wir uns die doch unter den Nagel reißen könnten. Willy Krebs und sein Bruder Hans, der war nämlich auch dabei, wollten nicht. Willy hat sich dann überreden lassen, aber Hans, die Angstpfeife, weigerte sich und saß dann die ganze Zeit im Auto."
„Wer war bei dem Raub dabei?"
„Hoheisel, Achtenhagen, Willy Krebs und ich."
„Und wer hat den Kaufmann Sauer erschossen?"
„Was weiß ich? Wir haben alle geschossen. Kann jeder von uns gewesen sein."

Gennat ließ es erst einmal dabei bewenden und fragte stattdessen: „Wie viel Geld war in den Kassen?"

„Siebzig Mark."

„Nicht 140?"

„Nee, bestimmt nicht."

„Wie viel haben Sie von dem Geld bekommen?"

„Nicht einmal 20 Mark."

„Was haben Sie mit dem Geld gemacht?"

„Ich habe mir lange Unterhosen gekauft. Den Rest habe ich für Zigaretten, Lokal- und Kinobesuche ausgegeben."

Insgesamt deckten sich die Aussagen Hildebrands mit denen der Zeugen und den derzeitigen Ermittlungen.

Hildebrand war in „Aussagelaune", wie Gennat es nannte, und gestand noch eine ganze Reihe von bewaffneten Raubüberfällen, bei denen aber niemand verletzt worden war, darunter den Überfall auf eine Tabakgroßhandlung in der Lützowstraße und auf die Tankstelle in der Heilbronner Straße in Halensee.

Auch der mysteriöse Vorfall, über den vor einigen Wochen ganz Berlin gelacht hatte, konnte Hildebrand aufklären: Eine Horch-Limousine war in Charlottenburg am Knie, dem großen Platz, auf den gleich mehrere Hauptstraßen münden, mit Motorschaden qualmend liegen geblieben. Die fünf Insassen waren ausgestiegen und hatten sich aus dem Staub gemacht. Hildebrand wusste zu berichten: „Der Überfall auf den Geldtransport sollte eigentlich an diesem Morgen stattfinden. Vor der Bank war in der Nacht aber ein Wasserrohr geplatzt und der Fußweg schon aufgebuddelt. Mindestens ein Dutzend Arbeiter wuselten da rum. Für uns keine Chance. Wir fuhren gleich weiter. Das war unser Glück, denn mit dem Wagen wären wir ja nicht weit gekommen. Wir haben das kaputte Auto mitten auf der Straße stehen lassen und sind zu Fuß verduftet."

XXXVI

Kriminalrat Gennat saß auf dem grünen Sofa in seinem Büro und blätterte in einer Akte, ohne sie zu lesen. Ihm war kalt. Er stand auf, ging zum Heizkörper hinüber, den eine Verkleidung aus grau lackiertem Blech verzierte, und hielt seine Hand dagegen.

„Steinerchen!", rief er in Richtung Vorzimmer. „Es ist saukalt in meinem Büro. Die sparen da oben schon wieder an der Heizung. Ist ja nur lauwarm. Ich will das noch einmal alles in Ruhe durchgehen. Ehe ich mir den Tod hole, nehme ich den ganzen Klumpatsch mit nach Hause. Zum Nachdenken brauche ich ein warmes Büro."

„Also ich finde es hier nicht zu kalt. Bei mir zu Hause ist es viel kälter", meinte die Sekretärin. „Aber passen Sie auf, dass Caruso nicht wieder die Akten anknabbert. Ich drehe dem Vieh persönlich den Hals um, wenn ich das alles noch einmal tippen muss", drohte die Sekretärin.

„Keine schlechte Idee", grinste Gennat. „Gäbe zumindest 'ne schöne Schlagzeile: ‚Papagei von Sekretärin gemeuchelt'." Gut gelaunt verließ er sein Büro.

Zu Hause ging Ernst Gennat gleich in sein Arbeitszimmer, nahm die grauen Papphefter aus der Aktentasche und legte sie auf den klobigen Gründerzeit-Schreibtisch. Caruso, der alte Graupapagei, saß auf der Stuhllehne und sah ihn schief an. Gennats Vater, der vor dem Krieg Direktor der Strafanstalt Plötzensee gewesen war, hatte den Vogel von einem Insassen für die Zeit der Inhaftierung in Pflege genommen. Der Strafgefangene war jedoch noch vor dem Ende der Haftzeit verstorben, und so beschloss die Familie, ihm bis an sein seliges Ende sein Gnadenbrot zu gewähren. Wie alt er war, wusste niemand. Gennat gab ihm ein Stück Apfel, nahm ihn dann auf die Hand und brachte den lautstark zeternden Vogel ins Wohnzimmer in seinen Käfig. Er wollte seine Ruhe haben. „Alte Sau! Alte Sau!", krächzte der Papagei hinter ihm her. Das hatte er von Mariechen aufgeschnappt. Die treue Haushälterin empfing in Gennats Abwesenheit gerne Herrenbesuch – und der blieb offenbar nicht nur zum Kaffeetrinken.

„Halt endlich den Schnabel, du dummer Vogel", gab Gennat über die Schulter zurück. „Dummer Vogel! Dummer Vogel!", kam das Echo.

„So, Mariechen", rief er in Richtung Küche, von wo er Geschirrklappern wahrnahm. „Heut mach ich mir mal einen richtig schönen Abend. Und damit ich nicht einschlafe, brühen Sie mir jetzt einen schönen starken Kaffee. Aber einen, in dem der Löffel steht."

Da aus der Küche keine Antwort kam, rief er noch einmal: „Hast du gehört, Marie? Ich will Kaffee – schwarz wie meine Seele."

Ein unwilliges „Ja, ja!" kam zurück.

Gennat hatte gerade die ersten Seiten noch einmal gelesen, als Marie mit einer Tasse hereinkam und sie vorsichtig auf den Schreibtisch stellte. Er sah sich verwundert um, schnupperte in den Raum und murmelte: „Wonachriechtsnhiersokomisch?" Kopfschüttelnd widmete er sich wieder seiner Lektüre, griff nach der Tasse und nahm einen kräftigen Schluck, gab ein erschrockenes Geräusch von sich und spuckte den Kaffee im hohen Bogen zurück in die Tasse. „Pfuideibel", fluchte er, wobei ein Teil der bräunlichen Flüssigkeit sich über die aufgeschlagene Akte und die lederne Schreibtischauflage ergoss. „Jessesmariaundjosef, wollen Sie mich vergiften?", keuchte er. „Das ist ja …, das ist ja … Das schmeckt ja wie Affenpisse."

„Aber Herr Gennat", antwortete Marie pikiert. „Das ist ganz was Gesundes. Matetee. Kommt aus Südamerika und ist ziemlich teuer."

„Was? Dafür muss man auch noch Geld bezahlen? Das ist ja kriminell. Verschonen Sie mich in Zukunft gefälligst mit Ihrem Gesundheitskrempel. Bis vor einer Minute habe ich mich noch pudelwohl gefühlt. Jetzt ist mir hundeelend. Auf den Schreck brauche ich erst einmal 'nen doppelten Kognak."

Ächzend stand Gennat von seinem Schreibtisch auf, nahm einen Kognakschwenker aus der Vitrine und goss sich eine dreifache Portion ein. Marie ging beleidigt in die Küche und kam gleich mit einem Handtuch zurück. Etwas Unverständliches vor sich hin murmelnd tupfte sie die Akte und die Schreibtischunterlage trocken.

„Das haste nun davon." Genüsslich das Kognakglas schwenkend beobachtete er seine Haushälterin und grinste. „Was stellste mir auch so ein widerwärtiges Gesöff hin?"

„Dabei denke ich doch bloß an Ihre Gesundheit, Herr Kriminalrat. Der Arzt hat ausdrücklich angeordnet, dass Sie nicht so viel Kaffee trinken sollen."

„Der Arzt ist ein Armleuchter. Das kannste ihm ruhig wiedererzählen. Ich trinke so viel Kaffee, wie ich will. Und wenn du noch einmal einen derart hinterhältigen Anschlag auf mich verübst, dann bist du ohne Rücksicht auf Verluste fristlos entlassen. Der Herr Doktor kann dich ja dann in seine Dienste nehmen."

Das Klingeln an der Wohnungstür hielt Marie davon ab, etwas zu erwidern.

„Ach, der Herr Reporter Kaminski", hörte Gennat Mariechen den Gast begrüßen. „Sie haben uns ja ewig nicht mehr beehrt."

„Was? Kaminski ist da?" Mit ausgebreiteten Armen ging Gennat ihm entgegen. „Sie kommen gerade richtig, mein Lieber. Mit Ach und Krach habe ich einen Mordanschlag überlebt. Stellen Sie sich vor, Mariechen wollte mich soeben vergiften."

„Das ist ja schrecklich!" Kaminski spielte den Entsetzten. „Was war es denn? Strychnin, Zyankali, Arsen?"

Er verzog das Gesicht. „Schlimmer! Matetee!"

„Kommen Sie, gehen wir ins Wohnzimmer. Zur Strafe muss uns Mariechen jetzt einen schönen Grog mit echtem ostfriesischem Tee machen."

Marie verzog sich schmollend in die Küche.

Gennat führte seinen Gast ins Wohnzimmer, knipste den flämischen Bronzekronleuchter und die Stehlampe mit dem Schweinslederschirm an, der ein warmes, gemütliches Licht spendete. Caruso empfing Kaminski mit seinem üblichen Begrüßungsspruch. In den dreißig Jahren, in denen Gennat hier wohnte, hatte sich nichts verändert. Über der schwarzen, mit Schnitzereien verzierten Gründerzeitanrichte hingen seit Jahrzehnten die in Öl gemalten Porträts seiner Großeltern mütterlicherseits. Gennats Großmutter in einem dunkelblauen, hochgeschlossenen Kleid mit weißem Kragen, das andere zeigte den Großvater in Uniform. Gennat mochte die Bilder nicht, konnte sich aber nicht von ihnen trennen. Die schweren grünen Samtvorhänge waren mit den Jahren von der Sonne ausgeblichen und die einstmals weißen Stores hatte der Tabakrauch bräunlich gelb gefärbt. Die speckige, abgewetzte, mit rotbraunem Leder bezogene Polstergarnitur hatte schon in der väterlichen Dienstwohnung in Plötzensee gestanden. Einen der klobigen Sessel hatte Caruso im Laufe der Jahre mit Krallen und Schnabel derart malträtiert, dass er kaum noch zu gebrauchen war. Der Vogel ging Gennat zwar auf die Nerven, machte viel Dreck und ruinierte alles, er brachte es aber nicht übers Herz, ihn wegzugeben. Gennat bot Kaminski den noch intakten Sessel an. Er selbst nahm auf dem Sofa Platz.

Nachdem Marie die beiden Teegläser mit duftendem Grog gebracht hatte, stand Gennat noch einmal auf, schloss die Flügeltür mit den honigfarbenen Butzenscheiben. Er tippte mit dem Finger an die Lippen und zeigte in Richtung Küche. „Die gute Seele ist mir ein bisschen zu neugierig." Er setzte sich wieder und beugte sich nach vorne, als könne er dann besser hören. „So, mein lieber Kaminski, was führt Sie zu mir?"

„Sie haben uns heute Fotos von den noch flüchtigen Verdächtigen zukommen lassen."

„Nun reden Sie nicht so geschwollen daher, sagen Sie lieber, was los ist."

„Zwei von denen kenne ich."

„Ach nee. Und woher, wenn ich fragen darf?"

„Ich kenne sie nicht direkt, aber ich habe sie schon einmal gesehen und weiß, wo und mit wem sie verkehren."

„Machen Sie's nicht so spannend."

„Als ich in der *Eidechse* aus dem Fenster geklettert bin und durchs Fenster ins Hinterzimmer geschaut habe, waren die beiden Männer dabei. Ich konnte sehen, dass sie auf dem Tisch einen Plan ausgebreitet hatten, den sie intensiv studierten."

Gennat nickte. „Ein Stadtplan wird das wohl kaum gewesen sein. Was denken Sie?"

„Ich denke, dass die beiden sicher mit noch weiteren Komplizen ein großes Ding planen. Einen Einbruch, schätze ich. Vielleicht wollen sie einen Safe knacken."

„Neue Sass-Brüder?"

Kaminski lachte. „Gott bewahre, dieses Format haben sie sicher nicht. Aber sie haben Waffen, und die werden sie, fürchte ich, auch einsetzen."

Gennat stand auf, gab Caruso ein Stück Apfel und begann auf und ab zu gehen, den Vogel auf der Schulter. Plötzlich blieb er stehen und sah Kaminski mit zusammengezogenen Augenbrauen an. Dann gab er dem Vogel noch ein Stück Apfel.

Gennat ahnte, was Kaminski vorhatte, er wollte es aber von ihm hören.

„Reden Sie nicht um den heißen Brei herum. Was führen Sie im Schilde?"

Kaminski trank seinen Grog aus, bevor er antwortete.

„Ich bin in der Unterwelt als Harry Waldner bekannt. Wenn jemand die Chance hat herauszufinden, in welches Rattenloch sich Krebs, Wienke und Co. verkrochen haben, dann ist es Harry Waldner, die rechte Hand des Kaisers von Schöneberg."

Gennat schlug sich mit der flachen Hand an die Stirn. „Mensch, Kaminski, das habe ich ganz vergessen, Ihnen zu erzählen. Als dieser Teddy während des Verhörs den Kaiser erwähnte, behauptete Trettin, der Kaiser sei längst tot."

„Ist das sicher?"

„Sicher ist es nicht. Trettin sagte mir später, es sei nur ein Gerücht, aber ein ziemlich hartnäckiges. Genaues wisse er auch nicht. Derweil habe ich in Hamburg nachgefragt, es kam aber noch keine Rückmeldung.“

Kaminski dachte einen Augenblick nach und sagte dann: „Wenn es nur ein Gerücht ist, dann kann ich mich notfalls schon irgendwie herausreden. Was die Polizei weiß, müssen ja nicht unbedingt die Gangster wissen.“

„Darauf würde ich mich lieber nicht verlassen. Die wissen oft weitaus mehr als wir. Machen Sie mir bloß keinen Unsinn. Lassen Sie lieber uns die Arbeit machen.“

„Jedenfalls werde ich Sie auf dem Laufenden halten.“

„Über die Brücke geh ich lieber nicht“, zweifelte Gennat. „Könnten Sie nicht diese Luise Hildebrand noch ein bisschen ausquetschen? Jetzt, wo ihr Bruder im Gefängnis sitzt, könnte sie eher bereit sein, etwas auszuplaudern.“

Kaminski schüttelte den Kopf. „Glaube ich nicht. Sie ist wohl froh, dass ihr Bruder weg ist.“

„Ach, Kaminski, stellen Sie sich nicht so an. Sie können mit Frauen umgehen. Seien Sie ein bisschen nett zu ihr, schenken Sie ihr Blumen, eine Schachtel Pralinen, gehen Sie mit ihr aus. Ihnen wird schon etwas einfallen.“

„Lizzy wird toben wie Rumpelstilzchen, wenn sie das herausbekommt. Das Mädchen ist kaum älter als David und eine unsägliche Nervensäge.“

„Sie sollen sie ja auch nur aushorchen. Nicht mehr und nicht weniger. Sie kennen Luise doch schon ganz gut. Die Kleine noch einmal aufs Präsidium kommen zu lassen, bringt gar nichts. Hier fühlt sie sich eingeschüchtert. Ihnen wird sie mit Sicherheit mehr erzählen als mir.“

„Schon möglich“, räumte Kaminski ein.

„Wie geht es meiner kleinen Freundin Clara? Träumt sie noch immer davon, eine berühmte Fliegerin zu werden?“, wechselte Gennat plötzlich das Thema.

Kaminski lachte. „Leider ja. Aber ich bin sicher, dass das nicht mehr lange anhält."

Gennat wiegte zweifelnd den Kopf. „Wenn Sie sich da mal nicht gewaltig irren."

Gennat war in Plauderlaune. Marie brachte noch einen Grog und er unterhielt sich mit Kaminski bis weit nach Mitternacht über Gott und die Welt.

XXXVII

Kaminski hatte sich zwar einen Plan zurechtgelegt, aber vorher gab es noch jede Menge Arbeit. Es war sein Vorschlag gewesen, eine Serie über die ständig steigende Zahl von Selbstmorden zu schreiben. Er wollte möglichst realitätsnah schildern, in welch dramatischer Weise die Wirtschaftskrise und die politische Unsicherheit die Menschen in die Verzweiflung trieben, wobei ihm die Einzelschicksale besonders wichtig erschienen. Ein Fall, auf den Ernst Gennat ihn aufmerksam gemacht hatte, bewegte Kaminski besonders. Damit wollte er seine Serie starten:

Der 36-jährige Bruno Bauer aus der Swinemünder Straße im Norden Berlins, einer typischen Arbeitergegend, hatte in einem Transformatorenwerk gutes Geld verdient. Seine um ein Jahr jüngere Frau ging halbtags putzen. Der 12-jährige Sohn des Paares machte sich gut in der Schule und war der ganze Stolz seiner Eltern. Dann wurde Bruno arbeitslos, und auch seine Frau verlor ihre Putzstelle. Am Ende blieb ihnen nur noch die Wohlfahrtsunterstützung. Der Hunger wurde zum ständigen Gast. An einem Abend im Mai 1932 besuchten die Bauers trotz ihrer finanziellen Misere ein nahe gelegenes Restaurant, das sie noch aus besseren Zeiten kannten. Wochenlang hatten sie dafür gespart. Sie blieben bis in die späte Nacht, und Bauer verabschiedete sich vom Wirt mit den Worten, dass es besser sei, mit dem Leben Schluss zu machen als weiter zu hungern. Worte, die dem Wirt nicht mehr aus dem Kopf gingen. Am frühen Morgen des folgenden Tages ging er selbst in die Swinemünder Straße, um nach der Familie zu sehen. Im Haus herrschte helle Aufregung. Gasgeruch hatte sich ausgebreitet. Die Feuerwehr brach die Tür auf und fand das Ehepaar und das Kind im Schlafzimmer. Die Hilfe kam zu spät. Die Verschlussklappe des Hauptrohrs der Gasleitung war abgeschraubt und große Mengen Gas bereits ausgeströmt. – Vor ihrem Tod hatten sie sich wenigstens noch einmal satt essen wollen.

Es gab nichts zu beschönigen. In Berlin wie in den meisten Großstädten Deutschlands hungerten die Menschen.

Vor einigen Wochen hatte Kaminski bei sich zu Hause im Salon ein Interview mit dem amerikanischen Journalisten Hubert Knickerbocker geführt, der ein Buch über die politische Lage in Deutschland veröffentlicht hatte.

„Die Sache hier bei Ihnen in Deutschland sieht doch so aus", hatte ihm Knickerbrocker akribisch vorgerechnet: „Ein Arbeiter mit Frau und Kind erhält rund 51 Mark im Monat. Für Miete, Strom und Gas braucht man mindestens 32,50 Mark. Bleiben, wenn überhaupt, für Essen und Kleidung 18,50 Mark."

Er hatte sogar die Probe aufs Exempel gemacht und genau berechnet, was ein Arbeiter für 18,50 Mark im Monat auf seinen Teller bekam. „Das sind im Monat 45 Pfund Brot, ein Zentner Kartoffeln, neun Pfund Margarine, 15 Liter Milch, 20 Pfund Kohl, zehn Heringe und Salz und Zucker." Von allem hatte er eine Portion mitgebracht. „Frau Lissy, bringen Sie mir bitte einen Teller. Einen mittelgroßen. Ich werde Ihnen jetzt die Tagesverpflegung einer Person auswiegen." Die Lebensmittel für drei Mahlzeiten fand Platz auf einem Teller: sechs kleine Kartoffeln, fünf mitteldicke Scheiben Brot, ein etwa faustgroßes Stück Kohl, ein Stückchen Margarine. „Voilà", präsentierte er den Teller. „Das ist die Ration für einen Wochentag. An drei Sonntagen im Monat dürfen Erwachsene noch einen Hering essen. Immerhin würde es zehn Jahre dauern, bis Sie an dieser Ration sterben."

Lissy war von dieser Demonstration schockiert und tief betroffen. „Ich weiß ja, dass die Arbeiter wenig zu essen haben. Aber dass es so schlimm ist, habe ich mir nie so richtig vor Augen geführt." Sie bedankte sich bei dem Amerikaner für die eindrucksvolle Demonstration. „Wir sollten mit den Armen mehr Solidarität zeigen und wenigstens an einem Tag in der Woche genau das essen, was ein Arbeitsloser hat, und mit dem Geld, das wir sparen, eine arme Familie unterstützen."

Das ist typisch Lissy, dachte Kaminski, wagte aber nicht, ihr zu widersprechen. Auch wenn er von dem Gedanken nicht sehr angetan war, wusste er doch, dass Lissy recht hatte.

Kaminski wollte seinen Text gerade dem Chefredakteur bringen, als der Bote vom Empfang ihm hinterherrief. „Herr Kaminski, da ist eine junge Dame beim Empfang. Sie lässt sich nicht abwimmeln. Sie sagt, es sei sehr wichtig." Kaminski verzichtete darauf, nach dem Namen der jungen Dame zu fragen. Der Bote würde ihn ohnehin längst wieder vergessen haben.

„Ich bringe nur schnell ein Manuskript zum Chef. Bringen Sie sie in fünf Minuten nach oben."

Als Kaminski zurückkam, glaubte er zu träumen. Vor seiner Besenkammer wartete Luise Hildebrand. Wortlos kam sie auf ihn zu. Ihre Augen funkelten böse. „Du hast mich die ganze Zeit angelogen. Du bist gar nicht Harry Waldner. Du heißt Max Soundso …"

„… Kaminski", ergänzte er.

„Ich habe dir vertraut, ich habe dir alles erzählt. Alles. Du wolltest mich nur aushorchen. Du bist ein ganz gemeiner Mensch. Deinetwegen sitzt mein Bruder nun im Gefängnis. Dabei hat er gar nichts gemacht." Sie ballte die Fäuste, schlug auf ihn ein und beschimpfte ihn so laut, dass es über die gesamte Etage hallte. Rudi Neubauer, der Lokalchef, trat vor seine Bürotür, verschränkte die Arme vor der Brust, stellte die Beine über Kreuz und verfolgte die Szene genüsslich.

„Du bist ein verdammter Polizeispitzel!", ereiferte sich Luise. „Du bist ein ganz gemeiner Hund!"

Kaminski platzte jetzt der Kragen, er hielt ihre Handgelenke fest und schrie sie an. „Schluss jetzt mit dem Affentheater. Lässt du mich vielleicht auch mal was sagen?"

Sie schwieg, ihn noch immer böse anfunkelnd.

„Erstens verbiete ich dir, hier so rumzuschreien, und zweitens bin ich kein Polizeispitzel, sondern Journalist. Wie bist du überhaupt auf diese blöde Idee gekommen?"

„Ich arbeite wieder bei Anneliese Fechner und habe ihr von dir erzählt. Sie hat gesagt, das müsse ein Missverständnis sein. Der Mann, um den es sich handelt, heiße Max Kaminski und sei Reporter beim *Berliner Echo*. Ich wollte es genau wissen und bin also hierher. Anneliese hatte also doch recht. Dabei habe ich dir so sehr vertraut! Ich kratze dir die Augen aus!"

Jetzt liefen ihr Tränen über das Gesicht und verschmierten ihre Schminke, sodass Kaminski lachen musste. Er gab ihr sein Taschentuch, nahm Luise in den Arm und küsste sie freundschaftlich auf beide Wangen.

„Komm", sagte Kaminski. „Ich bin mit meinem Artikel gerade fertig geworden. Wir gehen in ein Café, und reden über alles. Dann machen wir uns einen schönen Nachmittag, und heute Abend gehen wir ins *Kabarett der Komiker*. Ich habe nämlich Karten und keine Lust, alleine zu gehen."

Als sie bei *Jädicke* saßen, gab Kaminski vor, wie er es sich im Falle seiner Entdeckung vorgenommen hatte, eine Serie über *Wilde Cliquen* schreiben zu wollen. Er habe ihren Bruder gesucht, weil er gehört habe, er sei in einer Clique namens *Eierschlamm*.

Luise lachte verlegen. „Da bist du ja auf einen schönen Quatsch reingefallen! Diese Clique gibt es doch gar nicht. Das war nur mal so eine blöde Idee von Erwin. Dabei ist es dann auch geblieben."

„Mag sein. Aber es gibt ja auch noch andere Cliquen, über die man schreiben kann. Und da habe ich mir gedacht, dein Bruder wäre genau der richtige Ansprechpartner."

„Aber warum hast du das denn nicht gleich gesagt?"

„Das ist ganz einfach", redete sich Kaminski heraus. „Weil die Mitglieder der Cliquen dann gar nicht erst mit mir gesprochen hätten."

„Warum nicht?"

„Sie hätten immer gedacht, dass ich ein Polizeispitzel bin."

Luise gab sich mit der Erklärung zufrieden. Dennoch bedeutete sie eine Gefahr für sein Inkognito. – Junge Mädchen reden gerne viel. Das musste er mit allen Mitteln verhindern. „Luise, hör mir jetzt bitte gut zu“; begann er. „Du darfst mit niemandem darüber sprechen. Niemand darf erfahren, wer ich wirklich bin, auch nicht die Freunde deines Bruders. Ich bleibe Harry Waldner. Hast du das verstanden? Sonst muss ich ins Gefängnis. Und das willst du doch sicher nicht!“

„Nein, natürlich nicht!“, rief sie entsetzt aus. „Aber warum musst du ins Gefängnis? Das verstehe ich nicht.“

Kaminski fiel im Moment nichts Besseres ein, und er sagte mit gewichtiger Miene: „Das sind so juristische Spitzfindigkeiten. Das verstehst du nicht.“

Um zu verhindern, dass sie noch weiter bohrte, sagte er schnell: „Du musst mir sagen, wo ich die Freunde deines Bruders finde. Sie können ihm helfen, aus dem Gefängnis zu kommen.“

Sie hob die Schultern. „Das hat mich die Polizei ja auch schon gefragt. Ich weiß es wirklich nicht. Ich kenne Erwins Freunde nicht. Ich glaube, er hat gar keine.“

Kaminski bezweifelte, dass sich dieses neugierige Mädchen nie dafür interessiert haben soll, was ihr Bruder treibt, ließ sich jedoch nichts anmerken. Er musste jetzt ihr ganzes Vertrauen zurückgewinnen. So verbrachte er mit ihr den Nachmittag in der Nähe des Kurfürstendamms. Sie schlenderten durchs *KaDeWe*, Kaminski kaufte ihr bei *Leiser* ein Paar Schuhe und bei *Rozanne* am Lehniner Platz einen Hut. Kaminski ließ es geschehen, dass sie mit ihm Hand in Hand gehen wollte, und dass sie ihn immer wieder küsste. Wie schön wäre es jetzt, mit Lissy über den Kurfürstendamm zu flanieren, dachte er.

Die Vorstellung im *Kabarett der Komiker* am Lehniner Platz begann erst um zehn. Sie waren frühzeitig da und hatten ihre Plätze ganz nah an der Bühne. Ein Kollege vom Feuilleton hatte Kaminski die Karten geschenkt. Er wusste nicht einmal so recht, was sie erwartete. Als der Klavierspieler an sein Instrument trat, blieb Kaminski fast das Herz stehen. Der Conférencier stellte den jungen Mann vor, der sich artig verbeugte. „Am Klavier heute: David Kaminski".

Warum hatte David nie mit ihm darüber gesprochen? Deshalb spielte er jetzt zu Hause so oft Ragtime und völlig unbekannte Stücke. Er hatte sich immer gefragt, woher er die Noten hatte. Hatte sein großer Sohn so wenig Vertrauen zu ihm? War er ein so schlechter Vater? Jetzt erinnerte er sich auch an den Abend, als er mit Lissy aus dem Restaurant *Aben* kam und Lissy glaubte, gesehen zu haben, wie David in den Bühneneingang ging. Sie hatte also recht gehabt.

Jetzt saß er in der ersten Reihe mit einem blutjungen, äußerst attraktiven Mädchen, die es nicht lassen konnte, nach seiner Hand zu suchen. Kaminski zog die Hand weg, aber der Pianist hatte es längst mitbekommen. Schon lange hatte sich Kaminski nicht mehr so elend gefühlt. Er wünschte Luise augenblicklich auf den Mond, doch er konnte an seiner Situation im Augenblick nichts ändern. In der Pause stand plötzlich David hinter ihm. „Schön, Papa, dass du auch mal kommst. Mama hat gesagt, du kannst heute nicht mitkommen, weil du arbeiten musst." Er wies auf Luise, ohne das Mädchen anzuschauen. „Ist das deine Arbeit? Ist dir Mama nicht mehr jung genug?"

Kaminski ärgerte sich über die Provokation. „David, das ist ein Missverständnis. Es ist wirklich nicht so, wie es aussieht. Du kannst Ernst Gennat und Rudolf Lissigkeit anrufen. Ich bin sozusagen als geheimer Ermittler unterwegs. Es geht um eine Mordermittlung.", flüsterte Kaminski seinem Sohn zu.

„Wenn Mama das erfährt, gibt es bestimmt einen Mord!"

„Bitte sag ihr nichts. Ich werde ihr selber alles erklä…"

„Du glaubst doch nicht im Ernst, dass ich dich decke! Außerdem ist es für dumme Ausreden eh zu spät."

„Das, was ich jetzt hier sehe, ist aber in Wirklichkeit gar nicht das, was ich hier sehe! Oder?", sagte eine Frauenstimme hinter ihm.

Er drehte sich um. Er hatte ganz richtig gehört. Es war Lissys Stimme.

Kaminski wurde weiß. „Lissy, darf ich dir Fräulein Hildebrand vorstellen? Sie ist die Schwester eines gewissen Erwin Hildebrand." Den Namen sprach er besonders deutlich aus, denn Lissy war über den Fall auf dem Laufenden. Sie wusste, wer dieser Hildebrand war, und auch, dass er eine Schwester hatte, von der die Polizei sich Informationen zur Tat versprach. Lissy musterte ihren Mann mit verächtlichem Blick. „Spar dir deine Erklärungen!"

Luise hatte die Situation nicht begriffen und sagte zu Kaminskis Entsetzen: „Was ist denn los, Liebling, wer sind diese Leute? Was wollen die von dir?"

Das Klingeln kündigte das Ende der Pause an. „Oh, es ist alles in Ordnung", Lissys Ton war zuckersüß. „Ich bin nur die Putz-, die Wasch- und die Kinderfrau. Der junge Mann da", sie wies auf David, „ist mein Sohn. Wir haben mit diesem Herrn nichts zu tun." Lissy warf den Kopf in den Nacken und rauschte in ihrem grünen Taftkleid davon.

Kaminski überlegte einen Moment, ob sie die Vorstellung nicht besser verlassen sollten, entschloss sich schließlich aber, zu bleiben, denn noch hatte er von Luise nicht erfahren, was er wissen wollte. Später würde er Lissy alles erklären. Schließlich hatte Gennat ihn damit beauftragt, Luise auszuhorchen. Das konnte er aber nur, wenn er ihr Vertrauen gewann. Das würde Lissy gewiss einsehen.

Nach der Vorstellung ging er mit Luise in die *Queen-Bar,* ein elegantes kleines Weinrestaurant gegenüber der Kaiser-Wilhelm-Gedächtnis-Kirche, wo es gute amerikanische Musik gab. Als sie nach einer Stunde wieder auf dem Kurfürstendamm standen, fragte sie: „Kommst du noch mit zu mir? Ich möchte dir gerne mein Zimmer bei Frau Scheibitz zeigen. Ich wohne jetzt nämlich bei ihr. Es ist sehr hübsch. Es wird dir gefallen."

„Ich glaube nicht, dass die alte Dame das erlaubt. Es gehört sich auch nicht, ein Mädchen um diese Zeit noch auf ihr Zimmer zu begleiten."

Luise brach in schallendes Gelächter aus. „Ich wusste ja gar nicht, dass du so altmodisch bist. So redet ja nicht einmal mein Opa."

Kaminski war verärgert. „Außerdem bin ich müde. Ich muss morgen früh um sieben Uhr in der Redaktion sein."

„Na schön, dann eben ein andermal", sagte sie enttäuscht.

Kaminski hielt ein Taxi an, brachte Luise bis vor die Haustür und ließ sich dann zurück zum Kurfürstendamm fahren.

Als Kaminski die Wohnung betrat, schliefen offenbar schon alle. Er hoffte, dass Lissy noch wach sein würde, aber die Schlafzimmertür war geschlossen und es fiel kein Licht durch die Ritzen. Vorsichtig drückte er die Klinke herunter, aber die Tür öffnete sich nicht. Erst jetzt sah er die Umrisse des Zettels, der an die Tür gepinnt war. Er riss ihn ab und ging damit in die Küche und machte Licht. „ZUTRITT VERBOTEN! Ihre Sachen, Herr Maximilian Kaminski, finden Sie im Gästezimmer." Darunter Lissys Unterschrift. Am liebsten hätte er Lissy jetzt geweckt und ihr alles erklärt. Er wollte sie aber doch lieber schlafen lassen. Als er ein Glas aus dem Schrank nahm, hörte er Schritte im Flur. Er hoffte, es würde Lissy sein. Stattdessen stand David in der Tür.

„Das wird dir Mama nie verzeihen, das ist dir hoffentlich klar", sagte der Junge, ohne seinen Vater anzusehen, und nahm sich ebenfalls ein Glas aus dem Schrank.

„Es ist alles ganz anders. Es geht hier um eine Ermittlung."

„Nun mach mal halblang. Du bist kein Polizist!"

„Ich bin aber Journalist und recherchiere."

„Das ist kein Grund …"

„Lass mich bitte meinen Job machen, wie ich es für richtig halte. Sag du mir lieber, was du in einem Kabarett am Klavier zu suchen hast! Du bist nicht einmal volljährig."

„Die kleine Süße, mit der du pussiert hast, ist bestimmt auch nicht volljährig. Aber eins muss ich dir lassen, Papa, du hast einen guten Geschmack."

„Nein, sie ist nicht volljährig. Aber das geht dich überhaupt nichts an. Es geht hier um die Aufklärung eines Raubmords. Da sind außergewöhnliche Mittel erlaubt. Du willst dein Abitur machen, willst aufs Stern'sche Konservatorium und treibst dich nachts im Kabarett herum. Was soll das?"

„Ich treibe mich nicht herum, ich bin als Aushilfspianist engagiert. Außerdem hat Mama es erlaubt."

„Mama weiß davon?"

„Natürlich. Sie hat mich wohl mal vor dem Bühneneingang gesehen und mich dann gefragt, was ich da zu suchen habe. Da habe ich ihr erklärt, dass ich auch mal was anderes spielen möchte. Was Modernes, Amerikanisches. Jazz und so. Beim *KadeKo* mache ich ohnehin nicht weiter. Ich will lieber politisch-literarisches Kabarett machen und Texte schreiben. So wie Werner Finck in der *Katakombe* und Chansons für diese Tatjana Sais. Ich kenne sie aus der *Katakombe.* Sie ist auch erst 22. Mama sagt, sie fände es großartig, wenn ich das machen würde."

Kaminski sagte nichts. Er hatte keine Ahnung von den Ambitionen seines großen Sohnes. Noch viel weniger wusste er von Wolfgang und Clara. Offenbar hatte er sich in der letzten Zeit viel zu wenig um seine Familie gekümmert.

„Jetzt hör mir wenigstens zu, was es mit dieser Luise auf sich hat", begann Kaminski.

Sie setzten sich an den Küchentisch und sprachen noch eine gute Stunde miteinander.

Kaminski hatte im Gästezimmer kein Auge zugemacht. Er wusste, wie konsequent Lissy sein konnte, und malte sich schon die schlimmsten Szenarien aus.

Am Morgen stand er schon kurz vor den Kindern auf, machte sich fertig und holte Schrippen. Lissy wunderte sich, als sie in die Küche kam. „Mit duftenden frischen Schrippen ist die Sache nicht erledigt", sagte sie, ohne ihren Mann anzuschauen. „Ich ziehe mit

Wolfgang und Clara zu meinen Eltern. Ich muss erst einmal darüber nachdenken, wie es mit uns weitergehen soll."

„Aber Lissy, lass dir doch erklären. Es war sozusagen ein Auftrag von Kriminalrat Gennat. Ich sollte herausbekommen, wer Hildebrands Komplizen sind."

„Bist du nun schon so tief gesunken, dass du dich als Polizeispitzel anheuern lässt? Mein Beileid!"

„Ich bitte dich! Immerhin geht es um einen brutalen Raubmord! Du tust ja gerade so, als sei es das erste Mal, dass ich mich in einem Fall so ein bisschen umhöre. Du bist auch schon oft mit von der Partie gewesen, wenn ich dich an deine russische Vorstadtposse erinnern darf."

„Ich will nichts hören! Wir frühstücken im Esszimmer, du kannst in der Küche bleiben!"

„Danke. Mir ist der Appetit vergangen."

Kaminski zog seinen Mantel an, nahm Hut und Aktentasche und verließ, die Tür hinter sich zuknallend, die Wohnung und fuhr in die Redaktion.

Kaminski konnte sich nur schwer auf seine Arbeit konzentrieren. Um die Mittagszeit rief er Ernst Gennat an. Der Kriminalrat hatte schon mit Kaminskis Anruf gerechnet. Lissy sei in seinem Büro gewesen. Er habe ihr erzählt, dass es seine Idee gewesen sei, Luise auszuhorchen. Das junge, schwärmerische Mädchen habe sich wohl in Max verliebt, aber er würde alles tun, um auf Distanz zu bleiben. Gennat habe ihr auch gesagt, dass Kaminski die Kleine als „unsägliche Nervensäge" bezeichnet habe.

„Sie will mit David und Clara zu ihren Eltern ziehen", erzählte Kaminski.

Gennat lachte. „Da machen Sie sich mal keine Sorgen! Wolfgang und Clara haben sich geweigert. Die Großeltern seien immer so streng. Da wollen sie um keinen Preis hin. Ich glaube, ich konnte Lissy überzeugen, dass sie dieses unglückselige Zusammentreffen im *KadeKo* völlig missverstanden hat. Sie konnte nur nicht begreifen, warum Sie ihr nicht alles erzählt haben. Für Sie ist die Sache also noch nicht ausgestanden, Kaminski. Lissy wird, um Sie zu bestrafen, noch ein wenig schmollen, im Grunde konnte ich sie aber beruhigen."

Kaminski bedankte sich und wollte schon auflegen, doch Gennat war noch nicht fertig. „Haben Sie nun herausgefunden, wo Hildebrands Komplizen stecken?"

„Das war viel Lärm um nichts. Ich glaube, Luise kennt wirklich keine Freunde ihres Bruders. Er soll ohnehin eher ein Einzelgänger gewesen sein."

Gennat hatte recht. Der Krach mit Lissy war zwar nicht vergessen. Aber nach einer Aussprache zog Kaminski aus dem Gästezimmer zumindest wieder in das gemeinsame Schlafzimmer.

XXXVIII

Kaminski tauchte tief in die Unterwelt ein. Dass der *Kaiser von Schöneberg* einen Kundschafter nach Berlin geschickt hatte, hatte sich in der Gegend rund um den Bülowbogen herumgesprochen. Als Kaminski in der Pressemitteilung des Polizeipräsidiums die Namen Alfons Hoheisel, Erich Achtenhagen, Willi Krebs und Fritz Wienke las, wusste er, dass er auf dem richtigen Weg war. Er hatte die vier im Zuge seiner Recherche in der *Eidechse* beim Billardspielen flüchtig kennengelernt. Sie hatten sich ihm zwar noch nicht persönlich vorgestellt, aber er hatte ihre Namen nennen hören, und irgendjemand hatte ihnen gesagt, dass der „Neue" Harry Waldner aus Shanghai sei. Billardspielen war nun mal eine gute Möglichkeit, in Kneipen Bekanntschaften zu machen. Also zog es ihn am nächsten Abend wieder in die *Eidechse*. Dass der Kaiser von Schöneberg angeblich tot ist, wird sich schon nicht so schnell herumgesprochen haben, dachte er.

Kaminski redete nicht viel, er hörte zu, spitzte die Ohren in jede Richtung und erfuhr somit mehr als durch viel Fragerei. Ihm begann seine Rolle zu gefallen.

„Ein Vögelchen hat mir zugezwitschert, dass du der Harry Waldner aus Shanghai bist?", fragte ihn plötzlich einer der Spieler und grinste dabei herausfordernd.

Kaminski warf ihm einen finsteren Blick zu: „Was geht dich das an?"

„Man darf doch mal fragen, oder?"

„Was willst du?"

Der Mann stellte sich als Alfons Hoheisel vor. „Ich hab einen guten Tipp. Der Kaiser würde sich alle zehn Finger danach lecken."

„Kleinkram interessiert mich nicht."

„Is kein Kleinkram. Is zuerst 'ne Sache zum Aufwärmen und als Nächstes dann ein richtig dickes Ding."

„Lass hören."

„Ein Büro in der Ritterstraße. Ein hübscher Tresor, vollgestopft mit Geld. Nach dem Wachschutz kann man die Uhr stellen. Also genauso gut wie gar kein Wachschutz."

„Und? Was hab ich damit zu tun?"

„Den Tresor knacken."

„Kein Interesse. Geh zu den Brüdern Sass."

„Wir brauchen einen Mann mit Erfahrung. Der Tresor ist alt. Den schaffen wir raus und knacken ihn woanders."

„Ich habt ja 'n Vogel. Dämliche Idee."

„Bist ganz schön affig! Wie der Kaiser."

„Was springt für mich dabei raus?" Kaminski zündete sich eine Zigarette an und hielt sie, wie er meinte, nach Ganovenart zwischen Daumen und Zeigefinger.

„Im Tresor sollen 40 000 Mark sein. Mindestens."

„Kleine Fische."

„Das ist ja nur der Anfang. Zum Aufwärmen sozusagen."

„Ich höre."

„Eine Villa in Dahlem. In der Hittorfstraße. Gemälde, Buchara-Teppiche, Gold und Diamanten, jede Menge Schmuck und Pelze. Die Besitzer sind nicht da. Wir müssen nur rein und alles rausholen. Kein Risiko."

„Wird die Villa bewacht?"

„Ja. Aber die Zeit zwischen den Rundgängen der Wachschutzleute reicht, um sie auszuräumen."

Kaminski nickte und setzte eine gewichtige Mine auf. „Habt ihr grünen Jungs so etwas überhaupt schon mal gemacht?"

„Eher eine andere Richtung."

„Na schön. Wann soll das Ding in der Ritterstraße steigen?"

„Morgen Nacht."

„Und was ist meine Aufgabe?"

„Du bist bei dem Einbruch dabei und durchsuchst das Büro. Die sollen noch jede Menge Geld, Schwarzgeld versteht sich, im Büro versteckt haben."

„Habt ihr euch die Örtlichkeiten genau angesehen?"

„Hältst du uns für Anfänger?" Alfons Hoheisel zog aus seinem Jackett ein mehrfach zusammengefaltetes Papier, die Skizze des Grundrisses eines Hauses in der Ritterstraße, breitete es auf dem Billardtisch aus und erklärte die Örtlichkeiten. Dann stellte er Kaminski seine Komplizen vor. Willy Krebs, Erich Achtenhagen und Fritz Wienke.

„Woher habt ihr den Tipp? Seid ihr sicher, dass da wirklich was zu holen ist?", wollte Kaminki wissen.

Achtenhagen grinste. „Ich hab da mal gearbeitet. Als Nachtwächter. Sicherheitshalber hatte ich mir damals auch gleich Schlüssel organisiert. Wir brauchen also nur rein und das Geld und den Safe holen."

Kaminski hatte ein flaues Gefühl im Magen, als er mit den drei Einbrechern, Fritz Wienke war nicht mit dabei, über den stockdunklen Hof des imposanten Gebäudes aus gelbem Backstein schlich, in dem mehrere Fabriken und Handwerksbetriebe untergebracht waren. Die Tür des besagten Büros führte direkt auf den Hof. Achtenhagen schloss leise auf und öffnete lautlos die Tür. Ein Geräusch, das von drinnen kam, ließ sie kurz innehalten.

„Hier gibt's jede Menge Ratten", flüsterte Alfons Hoheisel. „Mach mal Licht!"

Achtenhagen drehte am Lichtschalter und eine Deckenlampe erhellte das Büro. Von einem Sofa, das zwischen einem altmodischen Safe und einem Aktenschrank stand, schreckten zwei splitternackte Gestalten hoch. Die junge Frau griff nach einer herumliegenden Zeitung, um ihre Blößen zu bedecken. Sie war so dünn, dass sie sich auch hinter einem Bleistift hätte verstecken können. Der Mann neben ihr war hingegen ein Bulle und gut zwei Köpfe größer.

„Hände hoch oder ich puste dich aus", brüllte Hoheisel und richtete seine Waffe auf den Hünen. Der Koloss zeigte sich nur wenig beeindruckt, holte mit der Linken aus, stürzte sich mit einem ohrenbetäubenden Schrei von der Seite auf den vermeintlichen Angreifer und versetzte ihm einen Kinnhaken. Die Wucht des Schlags warf ihn an die hintere Wand, wo er zusammensackte und liegen blieb. Die Pistole flog ihm im hohen Bogen aus der Hand. Blitzschnell schnappte der Riese sie sich.

„Nun schieß doch endlich", schnauzte Krebs Kaminski an. Dieser zuckte nur mit den Schultern, und an das ungleiche Paar gewandt sagte er höflich: „Entschuldigen Sie bitte, wir wollten auch nicht weiter stören. Wir sind schon wieder weg." Er wandte sich zum Gehen und drehte sich in der Tür noch einmal um. „Was ich noch sagen wollte: Sie können ganz beruhigt sein. Wir werden Ihrem Chef von diesem kleinen Techtelmechtel nichts erzählen. Im Gegenzug wären wir Ihnen sehr verbunden, wenn Sie es, was uns betrifft, ebenso halten würden. – Einen schönen Abend noch."

Sowohl Adam und Eva als auch Achtenhagen und Krebs starrten Kaminski fassungslos an. „Kommt jetzt", kommandierte er. „Die Vorstellung ist vorbei. Applaus gibt's heute keinen. Und nehmt den da mit." Er zeigte auf den an der Schläfe und aus der Nase blutenden Hoheisel und verließ mit einer eleganten Verbeugung das Büro. Achtenhagen und Krebs folgten ihm, zogen den leise vor sich hin winselnden Hoheisel an Händen und Füßen aus dem Büro und schleppten ihn in den Wagen, wo er erst langsam wieder zu sich kam. Die drei Männer ahnten nicht, dass das Auto, das Harry Waldner angeblich gestohlen hatte, Kaminskis Wagen war.

„Du dämliche Flitzpiepe", lallte Hoheisel, noch immer nicht ganz zurück in der Wirklichkeit. „Warum hast du den Fettwanst und das Flittchen nicht abgeknallt?"

„Für den Dicken hätte ich mindestens drei Kugeln gebraucht. Ich hatte aber nur noch zwei. Und auf junge Damen schieße ich aus Prinzip nicht."

„Wer bist du eigentlich? Bist du Komiker?"

„In der Tat. Harry Waldner ist ein Komiker“, murmelte Kaminski vor sich hin. Die drei Gangster schauten sich an. Sie verstanden nicht, was Harry Waldner damit gemeint hatte.

Kaminski ließ die drei in der Yorckstraße aussteigen und fuhr nach Hause.

Um sein Inkognito zu wahren, musste er sich aber am nächsten Abend wohl oder übel mit der Bande treffen. Er hatte noch immer keinen Beweis dafür, dass sie an dem Überfall auf den BVG-Geldtransport beteiligt gewesen waren.

Es war noch viel zu wenig, was er bisher über sie herausgefunden hatte. Kaminskis Plan: Er wollte, dass die Bande auf frischer Tat geschnappt wurde. Der Einbruch in die Villa war ideal. Die Kriminalpolizei würde genügend Zeit haben, um den Zugriff vorzubereiten.

Am Frühstückstisch erzählte Max Kaminski Lissy und seinen Eltern von den Ereignissen in der Nacht und musste immer wieder unterbrechen, weil Lissy einen Lachanfall bekam. Georg Kaminski sagte lachend: „Du hast aber Glück gehabt, mein Junge, dass dieser Kraftprotz dir nicht auch eine reingehauen hat.“

„Das kannst du wohl laut sagen. Er hat aber für seine Verhältnisse nur ganz sanft zugeschlagen.“

„Woher weißt du das?“

„Weil ich ihn schon einmal gesehen habe.“

„Jetzt bin ich aber gespannt.“

„Erinnert ihr euch an unseren Besuch im Wintergarten? An den Entfesselungskünstler, der als Nachfolger des berühmten Houdini angepriesen worden war? Ich habe ihn sofort wiedererkannt. – Das dünne Mädchen hat mir allerdings leidgetan.“

„Offensichtlich mag sie starke Männer“, kicherte Lissy.

„Interessant in diesem Zusammenhang ist allerdings: Das Büro, in das wir eingebrochen sind, ist eine Großhandlung für Metallwaren aller Art. Von hier bezieht der Künstler offenbar seine präparierten Ketten für seine Kunststücke. So hat er wohl auch die kleine Tippse kennengelernt."

Lissy warf ihm einen bösen Blick zu. „Das ist keine Tippse, sondern eine Sekretärin. Deine abfälligen Bemerkungen über arbeitende Frauen solltest du dir langsam mal abgewöhnen."

„Entschuldige. Es war nicht so gemeint." Er wusste, dass er seine Frau mit solchen Redensarten auf die Palme bringen konnte. Aber er liebte ihre Wutausbrüche. Und tatsächlich ließ sie, unterstützt von seiner Mutter, eine Schimpfkanonade folgen.

„Und wie willst du nun weiter vorgehen?", fragte Lissy, nachdem sie sich wieder beruhigt hatte.

„Heute Abend werde ich mir anhören, wann sie in die Villa einbrechen wollen, wie sie vorgehen werden und wer ihr Tippgeber ist. Gewiss sind sie nicht allein auf die Idee gekommen. Dann werde ich Gennat und Lissigkeit informieren und sie brauchen die Bande nur noch abzuholen. – Auf frischer Tat."

Kaminski verbrachte den Tag in der Redaktion und fuhr am Abend noch einmal nach Hause, setzte sich auf das Sofa und döste vor sich hin.

„Du bist so nachdenklich. Ist etwas nicht in Ordnung?", fragte Lissy, nahm in der anderen Sofaecke Platz und legte ihre Füße auf seinen Schoß. Er massierte sie sanft.

„Ich weiß nicht. Ich habe ein ungutes Gefühl. Bevor ich nach Hause gekommen bin, war ich noch einmal in der Alvenslebenstraße in der *Eidechse*. Hoheisel hatte für mich einen Zettel hinterlassen, ich solle heute Abend unbedingt in die Yorckstraße in den *Treffpunkt* kommen. Sie hätten eine Überraschung für mich. Ich kann mir das nicht erklären."

„Geh einfach nicht hin."

„Hab ich auch schon dran gedacht, ist aber keine gute Idee. Morgen steigt der Einbruch in die Villa. Gennat ist schon informiert. Alles ist vorbereitet. Die Bande wird dann auf frischer Tat ertappt."

„Und wenn Gennat und Rudolf die Bande schon heute hochnehmen?"

„Dann reichen die Beweise nicht."

„Also musst du hin."

„Ich fürchte ja."

„Hast du Angst?"

„Wenn du eine ehrliche Antwort willst: Ja, ich habe Angst."

„Gibt es, abgesehen von der Nachricht, einen konkreten Grund dafür?"

Kaminski nickte. „Ich fürchte, ich habe bei der Aktion in dem Büro übertrieben. Die Jungs könnten misstrauisch geworden sein."

„Was willst du jetzt machen?"

„In die Yorckstraße fahren und sehen, was sie von mir wollen."

Er sah auf die Uhr. Es war schon kurz vor halb zehn. Er legte Lissys inzwischen etwas wärmer gewordene Füße auf ein Kissen, stand auf und gab seiner Frau einen Kuss.

„Sei vorsichtig!", rief sie ihm hinterher.

Als er seinen Mantel angezogen hatte und gerade gehen wollte, sah er Lissy ans Telefon gehen. Er winkte ihr noch einmal zu und zog die Tür hinter sich zu. Auf der Treppe schüttelte er den Kopf. Er wusste zwar, dass Lissy gern und viel telefonierte, aber dass sie so spät noch eine Freundin anrief, war ungewöhnlich. Offenbar machte auch sie sich Sorgen und brauchte noch jemanden zum Reden.

Der Abend war bitterkalt. Als Kaminski losging, hatte das Thermometer am Küchenfenster minus zwölf Grad gezeigt. Am liebsten hätte er wieder kehrtgemacht, aber er musste wissen, was diese Typen von ihm wollten und was sie vorhatten. Morgen würde er sie dann endlich festnehmen lassen und hoffentlich für immer los sein.

XXXIX

Als Kaminski die Kneipe betrat, saßen sie bereits an einem Tisch. Diesmal waren es vier. Willi Krell, Alfons Hoheisel, Erich Achtenhagen und Fritz Wienke. Jeder hatte, welch ein Luxus in diesen Kreisen, ein Bier vor sich zu stehen und eine Zigarette im Mundwinkel.

„Sag mal, wo hast du den Fritz Kaiser eigentlich kennen gelernt“, fragte Hoheisel, nachdem sich Kaminski zu ihnen gesetzt und seinerseits Bier bestellt hatte.

„Das ist schon Jahre her. Das war damals in Hamburg.“

„Du bist dann mit ihm zusammen nach Shanghai?“

„Nee. Da habe ich gesessen. Ich bin erst später weg.“

„Wie geht es Fritz jetzt eigentlich?“

„Es geht ihm großartig. Er hat ein schönes Haus etwas außerhalb von Shanghai und lebt da wie die Made im Speck.“

„Komm mal mit, wir haben eine Überraschung für dich.“

„Was denn?“

„Wirst du schon sehen.“

Sie tranken ihr Bier aus und verließen das Lokal. Die kalte Luft schnitt im Gesicht. Es hatte angefangen zu schneien und ein kalter Ostwind ließ die Luft nach kälter erscheinen. Kaminski fror.

Sie gingen zu einem Auto, einem ziemlich neuen Horch. „Habt ihr den organisiert?“, fragte Kaminski. „Alle Achtung.“

„Steig ein“, kommandierte Hoheisel.

Willy Krebs, der gelernte Chauffeur, fuhr los.

„Wo soll's denn hingehen?“

„Wirste schon sehen.“

Kaminski hatte ein mulmiges Gefühl.

Sie fuhren über die Lietzenburger Straße immer weiter in Richtung Westen, in Richtung Grunewald und Dahlem. Kaminski war sich sicher, dass es in die Hittorfstraße gehen sollte. Sie hatten also ihren Plan geändert und wollten heute Nacht in die Villa einbrechen. Kaminski fluchte in sich hinein. Wie sollte er jetzt noch die

Polizei alarmieren. Keinesfalls wollte er sich noch einmal an einem Einbruch beteiligen. Niemand sprach ein Wort. Doch Kaminski hatte Mühe, seine Unruhe zu verbergen. Er spürte, dass er die Kontrolle über die Situation längst verloren hatte. Aussteigen konnte er nicht. Er saß im Fond des Wagens, zwischen Achtenhagen und Hoheisel. Krebs fuhr über die Straße 103, die auf die Kronprinzenallee führte, durch den stockdunklen Grunewald.

„Was soll das, wo wollt ihr hin?", wollte Kaminski wissen.

„Wir sind gleich da."

Kaminski kannte dieses Stückchen Grunewald sehr gut. Sie fuhren mit ihm zum sogenannten Kleinen Stern, einem besonders im Frühling und Sommer beliebten Zufluchtsort für motorisierte Liebespärchen. – Hin und wieder sogar im Winter, aber in diesem Winter war es viel zu kalt, als dass sich auch nur ein einziges Pärchen hierher zurückgezogen hätte.

Willy Krebs hielt an. „Aussteigen", kommandierte Hoheisel an Max Kaminski gewandt. Zögernd folgte er der Aufforderung. „Wo ist denn nun die Villa?", fragte Kaminski, nur um etwas zu sagen.

„Maul halten! Umdrehen! Pfoten auf's Dach", kommandierte Hoheisel.

Kaminski gehorchte. „Wenn ihr mich ausrauben wollt, ich habe kein Geld."

„Halt's Maul."

Kaminski sah aus dem Augenwinkel ein Streichholz aufflammen. Hoheisel zündete sich eine Zigarette an und begann auf und ab zu gehen. „Ich habe mich am Schlesischen Bahnhof mal ein bisschen schlaugemacht. Ein paar ehemalige Kollegen von *Immertreu* waren ausgesprochen gesprächig. Die haben sich totgelacht. Der Kaiser von Schöneberg ist vor ein paar Jahren in Hamburg gestorben. Ertrunken in der Elbe. Soll stockbesoffen gewesen sein. In Shanghai ist er nie gewesen. War nur so ein Hirngespinst."

„Der da in die Elbe gefallen ist, das war nicht der Kaiser. Es sollte nur so aussehen als ob. Ein Hamburger Ringverein war hinter ihm her. Ob er von selbst ins Wasser gefallen ist oder geschubst wurde, weiß keiner." Da Kaminski von Gennat bereits wusste, dass der Kaiser längst tot war, hatte er für alle Fälle schon verschiedene Versionen parat. Sie ließen ihn aber nicht zu Wort kommen.

„Sag mal, für wie blöd hältst du uns eigentlich? Du warst nie in Shanghai. Du bist nichts weiter als ein mieser kleiner Spitzel. Aber wir lassen uns von so einem nicht die Tour vermasseln."

„Das ist nicht wahr. Würde ich sonst mitmachen?", versuchte Kaminski sich zu verteidigen.

„Weißt du, was die SA mit Verrätern macht?", fragte Erich Achtenhagen.

Kaminski wusste es, schwieg aber.

„Was machen wir denn nun mit ihm?", fragte Willi Krebs.

„Bist du so schwer von Kapee oder tust du nur so", fuhr Hoheisel ihn an.

„Erst einmal wird er uns erzählen, ob er gesungen hat."

„Und dann?", wollte Krell wissen.

„Du Blödmann. Verräter werden eliminiert. Dann machen wir ihn alle und vergraben ihn."

„Ich habe euch nicht verpfiffen", beteuerte Kaminski. „Ich sitze doch mit im Boot."

„Quatsch keene Wellen, sonst kippt das Boot noch um."

„Ihr könnt mich nicht vergraben. Der Boden ist viel zu hart gefroren", rief Kaminski. Er hatte ein Geräusch gehört, konnte es aber nicht einordnen.

„Wir könnten ja auch ein nettes kleines Feuerchen machen, dann wird dir schön warm", hörte Kaminski Erich Achtenhagen sagen. Kaminski hörte die Schritte der vier. Es musste die Aufregung sein, dass er glaubte, viel mehr Schritte zu hören. Der strenge Frost fraß sich in seine Knochen. Er hatte noch immer die Arme gegen das Dach des Wagens gestützt. Sie schliefen langsam ein und auch seine Beine spürte er nicht mehr. Er war kaum noch fähig, sich zu bewegen.

„Seid ihr bereit, Jungs?", rief Hoheisel seinen Kumpanen zu. Kaminski hörte mehrfaches Klicken. Sie entsicherten ihre Waffen. „Ihr feuert auf meinen Befehl. Verstanden?"

„Feu..."

Mehrere Schüsse hallten in Kaminskis Ohren. Wie viele es waren, er wusste es nicht. Er war so durchgefroren, dass er nichts fühlte. Er fiel zu Boden, unfähig sich zu bewegen.

„Waffen runter! Polizei!", Kaminski glaubte Gennats Stimme zu hören. Aber das konnte nicht sein.

„Verdammte Scheiße!", brüllte Hoheisel. Er schoss wahllos um sich. Gennat schoss in die Luft, brüllte ihm hinterher. „Stehen bleiben, Sie haben keine Chance, das Gebiet ist umstellt."

Drei der vier Männer rannten offenbar ziellos in den Wald, auf ihre Verfolger schießend, die nur mit Mühe in Deckung gehen konnten. Nur einer kam mit erhobenen Händen auf den Kriminalrat zu.

„Nicht schießen. Nehmen Sie mich fest. Ich will nicht mehr", sagte Fritz Wienke.

Gennat ließ ihm von einem Uniformierten Handschellen anlegen.

Lissigkeit und Faber kamen außer Atem zurück.

„Wir hatten keine Chance", keuchte Lissigkeit. „Die haben sogar auf der Flucht die Magazine gewechselt. Ich glaube, Faber hat was abbekommen."

Faber humpelte hinter Lissigkeit her. Plötzlich versagten ihm die Beine. Gennat eilte zu ihm hin und beugte sich über ihn. „Menschenskind, Faber, hat es Sie schwer erwischt?"

„Glaub nicht, Chef. Sicher nur ein Streifschuss."

„Was ist mit Kaminski?"

Kaminski lag regungslos an Boden. Gennat ging vorsichtig auf einen Stock gestützt zu ihm hinüber.

„Was ist denn?", fragte Kaminski desorientiert. „Was ist denn passiert?"

„Mensch, Kaminski, kommen Sie zu sich. Sind Sie verletzt?"

„Keine Ahnung. Ich glaube, nicht."

Aus dem Wald kamen, völlig außer Atem, zwei Schutzpolizisten gerannt. „Keine Chance. Die ballern ohne Rücksicht auf Verluste um sich", japste einer von ihnen.

Eine Stunde später war Kaminski im Polizeipräsidium. Der festgenommene Fritz Wienke wurde zunächst ins Polizeigefängnis gebracht. Bevor Gennat ihn vernahm, wollte er erst noch mit Kaminski sprechen.

Nachdem Gennat ihm einen Kognak eingeschenkt und er ihn getrunken hatte, fragte Kaminski: „Wie sind Sie eigentlich in den Wald gekommen?"

Gennat grinste. „Wie wohl. Mit der U-Bahn sicher nicht."

„Sie wissen genau, was ich meine, woher wussten Sie, dass die mit mir in den Wald fahren? Haben Sie mich etwa beschatten lassen?"

„So in etwa."

„Sie haben mir, glaube ich, das Leben gerettet."

„Nicht ich. Lissy hat Ihnen das Leben gerettet. Sie hatten ihr erzählt, dass die Bande Sie an einen bestimmten Ort bestellt habe. Ihre kluge Frau hatte die Falle gewittert und bei mir angerufen. Bei uns haben natürlich gleich die Alarmglocken geschrillt. Es war klar, dass an der Sache etwas nicht stimmt. Sicherheitshalber habe ich mir Lissigkeit, Faber und noch zwei Streifenwagen mit Schutzpolizisten geschnappt und wir sind Ihnen hinterher. War gar nicht so leicht, Sie zu verfolgen, ohne entdeckt zu werden. Wir sind den gesamten Weg durch den Wald ohne Licht hinterhergefahren. – Mensch, Kaminski, wenn ich nicht zuerst geschossen hätte, die hätten Sie glatt abgeknallt."

„Ich dachte schon, die haben mich abgeknallt."

„Leider konnten wir nur einen, nämlich Fritz Wienke, festnehmen."

„Das ist der harmloseste. Ich glaube, der wollte auch gar nicht so richtig mitmachen. Der ist dieser Bande aber irgendwie hörig."

„Irgendwie haben wir geahnt, dass Ihr Inkognito aufgeflogen ist. Damit musste man, nachdem Trettin behauptet hatte zu wissen, dass Fritz Kaiser längst nicht mehr unter den Lebenden weilt, rechnen. Aber auch ich hätte nicht gedacht, dass sich eine Schöneberger Bande in die Niederungen des Schlesischen Bahnhofs begibt."

„Was ist mit den anderen?"

„Sind uns entwischt."

„Ob Wienke was weiß?"

„Wir haben ihn noch nicht vernommen. Ich wollte erst mit Ihnen sprechen."

„Kann ich jetzt nach Hause?"

„Schlafen Sie sich von dem Schreck erst einmal aus. Wir reden morgen."

„Nein, ich muss jetzt nicht schlafen. Mir müssen die Banditen endlich fassen."

„Haben Sie denn eine Ahnung, wohin sie sich verkriechen könnten?"

„Nein, aber eine Idee."

XL

Sonnabend, den 21. Januar 1933

„Es ist schon bemerkenswert", sagte Gennat im Gespräch mit Kommissar Lissigkeit. „Die Bande verhielt sich bis heute tatsächlich so unauffällig, dass sie niemandem aufgefallen ist. Auch aus ihrem Umfeld hat sie, trotz einer in Aussicht gestellten horrenden Belohnung, niemand verpfiffen. – Lasst mich zusammenfassen. Flüchtig sind Willi Krebs, Alfons Hoheisel und Erich Achtenhagen. Wenn wir den Aussagen Wienkes und Hildebrands glauben können, ist auch Willy Krebs' Bruder Hans mit von der Partie gewesen."

„Lassen Sie Beamte in die ganze Stadt ausschwärmen", bat Lissigkeit seinen Chef. „Über kurz oder lang müssen sie ja wieder aus ihren Schlupflöchern kriechen."

„Und wo soll ich die Leute dafür herkriegen?"

„Es würde sicher schon reichen, wenn wir alle Polizeidienststellen informieren würden. Wenn jeder Beamte die Augen offen hält, wäre uns schon geholfen."

„Sie könnten recht haben. Wenn wir die öffentliche Fahndung auch noch einmal ankurbeln, könnten wir tatsächlich Erfolg haben."

Gennat sollte recht behalten. Noch am Tag der erneuten Veröffentlichung der Fotos der Verbrecher und der Einzelheiten über den BVG-Lohnraub gaben sich die Zeugen die Klinke seiner Bürotür in die Hand.

Später fasste Ernst Gennat das Ergebnis in einer Lagebesprechung mit Rudolf Lissigkeit und Arthur Nebe im Büro des Raubdezernats zusammen: „Erich Achtenhagen ist schon einige Jahre verheiratet. Willi Krebs hat kurz nach dem Raub geheiratet. Obwohl er über kein Einkommen verfügte, denn er war ja lange arbeitslos, ließ er eine große Hochzeitsfeier mit einem üppigen

Festmahl für dreißig Gäste ausrichten. Das junge Paar zog zudem in eine eigene Wohnung in der Lausitzer Straße. Die Möbel für die Wohnung schaffte Krebs an. Seiner jungen Frau gegenüber behauptete er, das Geld für Hochzeit und Einrichtung in der Lotterie gewonnen zu haben. Das junge Glück hielt nur nicht lange: Eines Morgens fand sie Willys Bett leer und auf dem Küchentisch einen Zettel mit den Worten: ‚Ich verlasse dich! Warte nicht auf mich. Ich komme nicht wieder', oder so ähnlich. Das soll im November gewesen sein. Ihren Mann hat sie seither nicht mehr gesehen." Gennat machte eine kurze Pause. „Inzwischen gehen immer mehr Hinweise aus der Bevölkerung ein und, wichtiger noch, aus dem unmittelbaren Umfeld der BVG-Räuber. So mancher möchte sich wohl die 5300 Mark Belohnung verdienen. Deshalb wundert es mich auch gar nicht, dass sich Freunde, Bekannte und etwaige Verwandte der Flüchtigen plötzlich als so redselig erweisen. Wir kennen jetzt wichtige Einzelheiten aus dem Leben der einzelnen Bandenmitglieder."

Gennat kramte in seinen Papieren, zog ein Blatt hervor und fuhr fort: „Heute Morgen haben wir zwei Männer und zwei Frauen festgenommen, die als Mitwisser angesehen werden können. Die beiden Männer gehören zum engsten Freundeskreis der vier Banditen. Bei den weiblichen Festgenommenen handelt es sich um die Frau des früheren Chauffeurs Willy Krebs und die Geliebte des Alfons Hoheisel. Beide sind um die zwanzig. Ihnen wird Hehlerei und Beihilfe zum Raub vorgeworfen. Die Spurensicherung konnte in beiden Wohnungen eine Menge kostbarer Schmucksachen und neuer Kleidungsstücke beschlagnahmen. Sachen, die vermutlich mit dem geraubten Geld aus dem überfallenen BVG-Lohngeldtransport angeschafft worden sind. Von den beiden Männern, es handelt sich um einen Hans Klann und einen Erwin Stache, haben wir erfahren, dass sich Alfons Hoheisel, er soll ein begeisterter Motorradfahrer sein, eine sündhaft teure Maschine gekauft hat – angeblich von dem Geld, das er in der Lotterie gewonnen hat.

Auch Erich Achtenhagen soll sich von einem Lotteriegewinn ein Motorrad gekauft haben. – Also wenn Sie mich fragen, dann sind mir das doch ein paar Gewinne zu viel. Klann und Stache haben mit der unmittelbaren Tat wohl nichts zu tun. Vermutlich sind sie aber in andere Raubtaten verwickelt. Jedenfalls sind sie noch im Polizeigefängnis."

„Haben Sie einen Hinweis auf den derzeitigen Aufenthalt der Verbrecher?", fragte Arthur Nebe.

„Wenn wir den hätten, säßen längst alle hinter Schloss und Riegel", gab Lissigkeit genervt zurück. „Fest steht jedoch, dass alle vier mit gepackten Koffern ihre Wohnungen mit unbekanntem Ziel verlassen haben. Wo sie sich jetzt aufhalten, ob sie schon ins Ausland entkommen sind, können wir zu diesem Zeitpunkt noch nicht sagen."

Als Gennat und Lissigkeit zurück ins Büro der Mordinspektion kamen, hörten sie schon auf dem Flur das Klingeln des Telefons. Als sie die Tür öffneten, hatte Gertrud Steiner bereits abgenommen und winkte Gennat zu sich. Sie schien dem Gesprächspartner am anderen Ende der Leitung gespannt zuzuhören und sagte zwischendurch nur: „Hmhm, ja, hmhm." Dann unterbrach sie offenbar den Sprecher und sagte: „Der Herr Kommissar Lissigkeit ist gerade zur Tür rein. Ich gebe Sie mal weiter." Sie reichte Lissigkeit den Hörer. Er hörte kurz zu, und Gennat bekam nur mit, dass er sagte: „Wir kommen sofort!"

„Was ist los?", fragte Gennat, der Lissigkeits Aufgeregtheit sofort bemerkt hatte.

Lissigkeit stürmte aus dem Büro und rief schon in der Tür nur zurück: „Ein Kriminalassistent aus Rudow hat in seinem Stammlokal zufällig die drei Flüchtigen gesehen. Sie sind mit dem Auto weg und er ist hinterher. Ich bin sicher, die wollen über die Grenze. Los Chef, wir müssen sie uns vorher schnappen." Mit einer Handbewegung forderte er den Kriminalrat auf, mitzukommen.

Gennat winkte ab. „Fahrt mal schon ohne mich los. Bis ich unten im Wagen sitze, sind die Banditen schon kurz vor Warschau."

Lissigkeit rannte die Treppe hinunter und stieß fast mit Kaminski zusammen, der gerade auf dem Weg ins Büro der Mordinspektion war, um sich nach Neuigkeiten zu erkundigen.

„Bist du mit dem Wagen da?", fragte Lissigkeit, vor Aufregung nach Luft japsend.

„Ja, warum fragst du?"

„Komm schnell, wir haben es eilig."

Max Kaminski verstand zwar nicht, ging mit Lissigkeit aber zu seinem Wagen. Erst als er den Motor anließ, fragte er. „Wo fahren wir hin? Und warum bist du so aufgeregt?"

Lissigkeit erzählte ihm von dem Anruf aus Rudow.

XLI

Als sie im Lokal *Gretchen* ankamen, erwartete die gleichnamige Wirtin sie bereits.

„Die drei kamen mir gleich irgendwie seltsam vor, sie hatten Butterstullen und eine Kanne Kaffee bestellt. Die anderen Gäste tuschelten schon und sprachen von dem BVG-Raub. Zufällig hatte ich die *BZ am Mittag* hinter dem Tresen zu liegen. Da hab ich's dann gesehen. Ich hab gleich den Kriminalassistenten Fischer, der auch zufällig hier war, nach hinten geholt. Der hat gleich aus dem Hinterzimmer, wo ich mein Büro mit dem Telefon habe, seine Dienststelle verständigt. Die Jungs müssen was gemerkt haben, sind ganz schnell raus und in ein Auto gestiegen. Fischer ist noch hinterher. Mit seinem Fahrrad hatte er aber keine Chance. Die sind auf und davon wie der Wind."

Lissigkeit bedankte sich bei der Wirtin und fuhr mit Kaminski zum zuständigen Polizeirevier.

Kriminalassistent Fischer war gerade zurückgekommen. Er hatte den Wagen aus den Augen verloren, eine schwarze Horch-Limousine mit dem Kennzeichen IA 74791. „Sie sind in Richtung Adlershof gefahren", sagte er und fügte stolz hinzu: „Das Auto war am Vortag in der Sebastianstraße gestohlen worden. Das haben wir schon ermitteln können."

Noch vom Revier aus verständigte Lissigkeit Ernst Gennat und ließ sofort alle Fahndungsmaßnahmen einleiten.

Sämtliche Polizeiverwaltungen der Umgebung bis hin nach Landsberg, Küstrin und Frankfurt an der Oder wurden verständigt. Die Polizei ging davon aus, dass die drei Verbrecher beabsichtigten, sich nach Polen abzusetzen. Deshalb wurden die Behörden in Frankfurt an der Oder gebeten, alle Grenzstationen zu benachrichtigen. Alle zur Verfügung stehenden Polizeikräfte der Reviere und Polizeistationen zwischen Berlin und der polnischen Grenze wurden losgeschickt, um Jagd auf die Verbrecher zu machen. Straßensperren wurden eingerichtet.

„Wollen wir auch hinterherfahren? Es ist gut möglich, dass sie versuchen werden, über die Grenze zu kommen. Mein Wagen ist schnell und ein guter Autofahrer bin ich auch", schlug Kaminski vor.

Lissigkeit schüttelte den Kopf. „Das hat keinen Zweck. Gennat sorgt dafür, dass alle Polizeistationen benachrichtigt werden."

„Je mehr Wagen sich an der Verfolgung beteiligen, desto größer ist die Chance, die wirklich zu fassen."

„Hast ja recht. Alles klar, fahr los", gab Lissigkeit nach.

In den nächsten Stunden wurde der Wagen mehrfach von Polizeiwachposten gesehen. Mal in Richtung Polen hinter Frankfurt an der Oder, dann aber wieder in Richtung Berlin. Eine Polizeistreife wollte ihn anhalten, der Beamte sagte später aber aus, dass der Fluchtwagen mit mindestens 100 Kilometern pro Stunde unterwegs gewesen war. Er hatte ihn schon nach kurzer Zeit wieder verloren.

Kaminski und Lissigkeit waren kurz vor Frankfurt an der Oder, als ihnen auf der Gegenfahrbahn ein Wagen mit hoher Geschwindigkeit entgegenkam. Da es schon dunkel war, hatten sie die Horch-Limousine viel zu spät gesehen.

„Verdammt", rief Kaminksi aus. „Das war er. Der fährt zurück nach Berlin." Er wendete und folgte dem Wagen, doch der Horch fuhr viel zu schnell, als dass sie ihn hätten einholen können. Kurz vor Berlin verloren sie ihn endgültig.

„Lass es gut sein", sagte Rudolf Lissigkeit. „Wenn sie zurück nach Berlin fahren und uns nicht nur an der Nase herumführen, kann ich mir denken, wo ich sie finde."

Als Lissigkeit in Gennats Büro kam, hatte sein Chef bereits eine Neuigkeit für ihn. „Entweder haben die schnell Heimweh gekriegt oder die wollten euch Meisterdetektive mal so richtig veräppeln", Gennat schmunzelte. „Die sind längst wieder in Berlin. An der Potsdamer- / Ecke Bülowstraße in Richtung Steglitz haben sie ein

Haltezeichen überfahren. Der Schutzmann hat sich die Nummer aufgeschrieben. Es handelte sich definitiv um das Täterauto."

„Wie lange ist das her?", fragte Lissigkeit nach und sah auf die Uhr. Es war jetzt halb zwölf.

Gennat zuckte mit den Schultern. „Keine Ahnung. Noch nicht so lange. Aber bis der Schupo dazu gekommen ist, die Meldung weiterzugeben, dauerte es bestimmt ein bisschen. – Zwanzig Minuten, schätze ich."

Lissigkeit wollte gerade etwas erwidern, als das Telefon läutete. Am anderen Ende der Leitung meldete sich ein Kriminalassistent vom 30. Polizeirevier: Der Wagen, nach dem gefahndet werde, sei vor wenigen Minuten in Tiergarten vor dem Haus Steglitzer Straße 57 gefunden worden. Augenzeugen zufolge sei eine Person ausgestiegen und ins Haus gegangen.

„Eine Person? Wieso nur eine? Es müssen drei sein!" Lissigkeit glaubte, dass der Zeuge sich geirrt habe.

Zusammen mit dem Kriminalassistenten Giselmund Faber, Arthur Nebe vom Raub und mehreren Uniformierten fuhren sie in mehreren Streifenwagen mit Blaulicht in Richtung Tiergarten.

„Woher wollen Sie wissen, dass Krebs bei seiner Mutter ist? Er könnte sich ebenso bei seiner Frau verstecken", gab Nebe zu bedenken.

Lissigkeit drehte sich zu Nebe, der mit Faber im Fond des Streifenwagens saß, um. „Ich weiß es nicht, es ist so ein Gefühl. Zu wem würden Sie gehen, wenn Sie Hilfe brauchen?"

„Ich brauche keine Hilfe. Ich kann mir immer selbst helfen."

„Also ich würde zu meiner Mutter gehen", sagte Lissigkeit.

„Ich auch", kam es leise von Haber, der neben Nebe saß.

Die Haustür war verschlossen. Nebe wollte sie von den Uniformierten öffnen lassen, aber Lissigkeit winkte ab. Er klopfte ans Fenster der Parterrewohnung und hoffte, es sei die der Portierleute. Er sollte recht behalten. Die Portierfrau öffnete die Haustür und bombardierte die Beamten mit Fragen. Faber forderte sie auf, zurück in ihre Wohnung zu gehen. Es handele sich um eine reine Routineangelegenheit. Die Frau gab sich damit zufrieden. Lissigkeit ging voran und stieg die drei Treppen hinauf. Er klingelte und wartete mit gezogener Waffe. „Aufmachen, Polizei!“, rief er, als er von drinnen ein Geräusch vernahm.

Willy Krebs öffnete ohne Hast und erhob sofort die Hände. „Es hat ja doch keinen Zweck mehr“, sagte er leise. Widerstandslos ließ er sich festnehmen. Lissigkeit und seine Kollegen waren erleichtert.

Bei der anschließenden Durchsuchung der Wohnung fanden die Beamten im Ofen versteckt zwei Pistolen, Munition und etwas Silbergeld.

Noch in der Nacht verhörten Lissigkeit und Gennat Willy Krebs, der schon auf dem Weg ins Polizeipräsidium ein Geständnis abgelegt hatte, gemeinsam.

„Wohin haben Sie Ihre Komplizen gebracht?“, war Lissigkeits erste Frage.

„Die haben mich reingelegt“, ereiferte sich Krebs. „Wir waren schon wieder in Berlin, als Erich Achtenhagen sagte, er müsse mal für kleine Jungs. Ob wir nicht an einer Kneipe halten könnten. Das hab ich auch gemacht. Alfons Hoheisel ist mit in die Kneipe. Nach einer Viertelstunde wunderte ich mich, warum die gar nicht wiederkommen. Ich bin also rein in die Kneipe, um nachzusehen. Pustekuchen. Die hatten sich längst über den Hof verdünnisiert. Ich bin also raus und zu meiner Mutter gefahren. Da habe ich dann erst erfahren, dass sie in der Wohnung meiner Schwester versucht hat, sich mit Gas das Leben zu nehmen. Sie ist noch immer im Urban-Krankenhaus. Mutter war so verzweifelt, weil ich wegen Raubmord von der Polizei gesucht werde.“

Willy Krebs schilderte den BVG-Lohnraub im Wesentlichen wie seine Komplizen Hildebrand und Wienke, wobei sich Krebs als weitaus gesprächiger erwies als seine Komplizen.

Nach der Kiste gefragt, bestätigte Krebs, dass sie sie im Wald kurz vor Potsdam vergraben hätten, und er glaubte auch, die Stelle wiederzufinden. Ein Lokaltermin wurde anberaumt.

Es war schon sechs Uhr, als Willy Krebs ins Polizeigefängnis gebracht wurde. Lissigkeit fühlte sich zum Umfallen erschöpft. Gennat hingegen schien noch munter und frisch. Lissigkeit fragte sich seit Jahren, wie der Dicke das wohl machte.

„Der Lokaltermin wegen der Kiste rennt uns nicht weg", sagte Gennat, als sie alleine waren. „Die Fahndung nach Alfons Hoheisel und Erich Achtenhagen geht vor. Aber jetzt gehen Sie erst einmal schlafen."

„Ich kann erst wieder schlafen, wenn die beiden hinter Schloss und Riegel sind", gab er zurück.

Im Laufe des Vormittags gab ein Zeuge den entscheidenden Hinweis: Hoheisel und Achtenhagen hatten in der Bahnstraße 17 in Schöneberg bei einem polnischen Ehepaar ein Zimmer gemietet. Das Paar ahnte freilich nicht, wen es da beherbergte.

Lissigkeit und Gennat planten die Festnahme. Der Kriminalassistent Faber, Kommissar Nebe und eine Gruppe von schwer bewaffneten Schutzpolizisten sollten Lissigkeit, der die Hauptverantwortung trug, unterstützen. Die beiden Verbrecher durften ihnen nicht noch einmal durch die Lappen gehen.

„Bei den beiden noch flüchtigen Gangstern handelt es sich zweifelsohne um die gefährlichsten", begann Gennat. „Wir müssen davon ausgehen, dass beide schwer bewaffnet sind und hemmungslos von der Schusswaffe Gebrauch machen. Hoheisel und Achtenhagen wohnen zurzeit als Untermieter bei einer polnischen Familie namens Wetzorke im vierten Stock des Hinterhauses Bahnhofstraße 17 in Schöneberg. Wir müssen auch damit rechnen, dass sie sich ihrer Festnahme mit allen Mitteln widersetzen werden. Ich will kein Risiko eingehen. Alle Beamten werden mit Panzerwesten ausgestattet. Das Haus wird von Schutzpolizisten mit Karabinern umstellt. Auf dem gegenüberliegenden Dach und der gegenüberliegenden Wohnung werden ebenfalls bewaffnete Polizisten bereit stehen. Sie dürfen uns nicht entkommen. – Ich will aber auch nicht, dass sich jemand von euch in Gefahr bringt. Wenn wir die Jungs haben, will ich euch alle gesund und munter wiedersehen. Habt ihr mich verstanden?"

Ein ehrfurchtsvolles „Ja, Herr Kriminalrat" ging durch die Reihe.

In den frühen Morgenstunden drangen uniformierte Beamte, gefolgt von Rudolf Lissigkeit, in die Wohnung. Achtenhagen und Hoheisel waren so überrascht, dass sie keinerlei Widerstand leisteten. Nicht ein einziger Schuss war gefallen. Bei der Durchsuchung des Zimmers wurden, versteckt in der Türverkleidung, zwei Pistolen und 50 Schuss Munition gefunden.

Der Raubmord in Berlin Marienfelde sowie der BVG-Lohnraub in Charlottenbug waren aufgeklärt.

Es war noch immer eisig kalt in Berlin. Nachts fiel das Thermometer oft auf unter minus zwanzig Grad. Wasserrohrbrüche waren an der Tagesordnung und die Arbeiter froren in ihren zugigen Wohnungen, denn ausreichend Kohlen konnten sich viele nicht mehr leisten. Auch der Lokaltermin im Wald bei Potsdam fiel dem Frost zum Opfer. Willy Krebs war sich plötzlich nicht mehr so sicher, ob der Ort, an den er Kriminalrat Gennat, Kommissar Lissigkeit und die Beamten der Kriminaltechnik geführt hatte, der richtige war. Gennat hatte schlechte Laune, denn er fror und wollte möglichst schnell wieder in sein mäßig warmes Büro. Da der Boden ohnehin viel zu tief gefroren war, um zu graben, brach er die Aktion ab.

XLII

Montag, 30. Januar 1933

Kaminski hatte Gennat und Lissigkeit zur Aufklärung beider Mordfälle gratuliert und beide in seinem eine ganze Seite umfassenden Bericht über den Fall lobend erwähnt. Der Polizeipräsident dankte den erfolgreichen Ermittlern sogar persönlich.

Am Abend des 30. Januar 1933 hatten die Kaminskis eine kleine Abschiedsfeier für Lena Wolffsohn und ihre Mutter Esther organisiert, die am 1. Februar Berlin für immer verlassen würden. Ernst Gennat, Rudolf Lissigkeit und Gertrud Steiner gehörten zu den Gästen.

„Sehen Sie", sagte Lena leise. Kaminski merkte, dass sie mit den Tränen kämpfte. „Mein Vater hat leider doch recht behalten. Hitler ist zum Reichskanzler ernannt. Nun bin ich doch froh, dass ich übermorgen mit Mama nach Paris fahre."

„Der bleibt nicht lange", meinte Gennat. „Mit seinen braunen Rabauken wird der keinen Blumentopf gewinnen."

„Wenn Sie sich da mal nicht irren, mein lieber Gennat. Ich fürchte, dass ihm mehr hinterherlaufen werden, als wir denken. Ich denke, dass Ihr Vater, liebe Lena, richtig gehandelt hat", warf Georg Kaminski ein und reichte Gennat eines der Extrablätter, die die Berliner Zeitungen am Nachmittag herausgebracht hatten, um die Ernennung Hitlers zum Reichskanzler und die Namen der Minister der neuen Regierung bekannt zu geben. „Zwei Minister sind Nationalsozialisten, alle anderen Konservative. Für Sie beide wird eine harte Zeit anbrechen. Besonders für Sie, mein lieber Rudolf. Sozialdemokraten werden es in Zukunft schwer haben."

Lissigkeit nickte nur und Lissy stimmte ihrem Schwiegervater zu.

„Lasst uns das Thema wechseln", schlug Gennat vor. „Ihr wisst doch, Kinder, ich rede nicht gerne über Politik. – Im Übrigen,

Kaminski, gab es noch ein Nachspiel in Sachen Willy Krebs. Mit seiner Frau, bei der er in den letzten Monaten gar nicht mehr aufgetaucht ist, hatte er in der Lausitzer Straße 51 eine Wohnung. Alle Möbel waren vom Feinsten und funkelnagelneu. Hatte alle Willy Krebs gekauft. Laut einer einstweiligen Verfügung wurde die Wohnung nun geräumt, das gesamte Inventar, bis auf den letzten abgerissenen Hosenknopf, der noch irgendwo herumlag, fortgeschafft. Frau Krebs war jedoch nicht zu Hause, und als sie zurückkam, glaubte sie sich in einem schlechten Traum. Die Wohnung war ratzeputz leer, sozusagen besenrein. Nachbarn erzählten ihr dann, dass der Gerichtsvollzieher dagewesen sei. Frau Krebs geht wutentbrannt zur Polizei und beschwert sich, denn in der Wohnung waren ja auch Sachen, die ihr ganz persönlich gehörten. Die hätten natürlich nicht beschlagnahmt werden dürfen. Die Polizei kann ihr aber leider nicht helfen, denn die Räumung hatte ja nicht die Polizei, sondern die BVG veranlasst, die freilich das geklaute Geld zurückhaben wollte".

„Die Dame hat offenbar den falschen Mann geheiratet. Wie sagt man doch so schön: ‚Drum prüfe, wer sich ewig bindet, ob sich nicht was Besseres findet!'", kicherte Lena.

„Es ist schade, dass du uns verlässt, Lenchen. Ich werde dich sehr vermissen", sagte Gennat und nahm sie väterlich in den Arm.

Max Kaminski stutzte. „Seit wann duzt ihr euch?"

„Schon immer", sagte Lena. Sie sah Gennat an und fragte: „Darf ich es sagen?"

„Sag es ruhig. Die Kaminskis dürfen es wissen, Steinerchen und unser guter Rudolf wissen sowieso Bescheid."

„Also gut", begann Lena. „Ich bin die Nichte von Rebecca Silbermann, also die Tochter ihrer Schwester Rahel. Schon als Kind, als Rebecca mit Ernst verlobt war, habe ich bei unserem Kriminalrat auf dem Schoß gesessen."

In diesem Augenblick hörten sie einen Schlüssel sich im Schloss drehen. David kam mit seinen kleinen Geschwistern von der Eisbahn an der Wielandstraße. Ohne sich auszuziehen, stürzte er in den Salon.

„Habt ihr schon gehört? Sie ziehen mit Fackeln durch das Brandenburger Tor, als wollten sie die ganze Republik in Brand stecken. Gleich bei Ihnen um die Ecke, Herr Kriminalrat, in der Wallstraße, habe ich gehört, sind riesen Krawalle im Gange. Die SA will wohl zeigen, wer in Zukunft das Sagen hat. Das haben sich die anderen natürlich nicht gefallen lassen. Ein Schutzpolizist und eine SA-Mann sollen erschossen worden sein."

Lena begann zu weinen. „Was ist, wenn ich nie wieder zurück nach Berlin kann?"

„Seien Sie nicht traurig, Lena! Ihre Familie tut genau das Richtige. Ich fühle mich hier schon lange nicht mehr wohl."

„Was soll das denn heißen?", fragte Lissy.

„Gehören wir eigentlich noch zu diesem Volk?", versuchte David, sie zu beruhigen.

Lissy und Max sahen ihren ältesten Sohn überrascht an. „Was meinst du damit?", fragte Max.

„Ich meine uns Juden. Gehören wir Juden noch zu diesem Volk? Dieser Goebbels hetzt bei jeder Gelegenheit gegen uns. Schau doch mal in den *Angriff* oder in den *Stürmer*. Die Hetze gegen uns Juden wird immer dreister. Das ist übelste Demagogie. Eines Tages wird man uns aus dem Land jagen. Wenn ich volljährig bin, gehe ich nach Palästina."

„Wir kommst du darauf, ausgerechnet nach Palästina gehen zu wollen?"

„Ein völlig neues Land aufbauen, eine neue Heimat. Ich gehe mit Gerda. Sie war schon einmal in Palästina. Mit ihrem Vater, er ist Archäologe." Lissy und Max fielen aus allen Wolken.

„Aber David, was willst du in Palästina?"

„Das ist unsere Urheimat. Ich fühle, dass ich da hingehöre."

„Seit wann fühlst du dich als Jude? Wann warst du das letzte Mal in einer Synagoge? Weder wir noch deine Großeltern sind jemals religiös gewesen. Du kannst nicht einmal das Kaddisch beten!“

„Doch, kann ich!“, David begann die hebräischen Worte zu rezitieren. „Hab ich von Opa gelernt. Ich meine, von meinem anderen Opa. Lissys Eltern sind nämlich richtige Juden.“

„Das ist doch Unsinn, was du da redest, David. Hier ist doch unsere Heimat, unsere Kultur. Also, ich möchte nicht ohne das alles leben. Diese Idioten werden sich schon wieder verziehen. Ich hab gestern mit Herrn Grünfeld aus dem Wäschegeschäft gesprochen. Der ist auch meiner Meinung.“

David schüttelte den Kopf. „Wetten, Papa, dass du nicht mehr lange Journalist sein wirst?“

Max Kaminski mochte nicht zugeben, dass sein Sohn vielleicht sogar recht hatte. „Quatsch!“, sagte er, stand auf, ging ans Fenster und blickte auf den belebten Kurfürstendamm. Ernst Gennat stellte sich neben ihn. Der Kriminalrat schaute auf den Boulevard hinunter und verzog keine Miene.

NACHWORT

Es wird viel gemordet im Berlin der beginnenden 1930er-Jahre. Die Ursachen sind vielschichtig. Ende 1932 gibt es in Deutschland knapp sechs Millionen Arbeitslose, in Berlin sind es rund 600 000. Doch nicht nur die wirtschaftliche Not lässt die Kriminalitätsrate explodieren. Die politischen Spannungen spitzen sich immer weiter zu, werden immer gewalttätiger. Schießereien zwischen Nazis und ihren Gegnern mit Toten und Verletzten sind an der Tagesordnung. Die ausländische Presse prophezeit dem Deutschen Reich einen Bürgerkrieg.

Die Kriminalpolizei stößt an die Grenzen ihrer Leistungsfähigkeit. Sie hat zu wenig Personal für zu viele Verbrechen. Dabei fallen die politisch motivierten Taten nicht in ihren Aufgabenbereich. Die sind Sache der Politischen Polizei.

Der Kriminalfall, der in diesem Roman geschildert wird, hat sich wirklich zugetragen. Der Überfall auf den Transport der BVG-Lohngelder 1932 in Charlottenburg ist die schwerste Raubtat, die die Berliner Kriminalgeschichte bis dahin gesehen hat. Ein brutaler Raubüberfall am helllichten Tag: Ein Beamter der Verkehrsbetriebe wird erschossen, ein zweiter verletzt. Die Täter schießen sich den Fluchtweg frei und rasen in einem gestohlenen Mercedes davon. Schon die Abendzeitungen berichten ausführlich. Die Polizeiberichte werden von den Lesern verschlungen und erhöhen die Auflagen.

Der Fall droht jedoch ein *Nasser Fisch* zu werden, wie ein ungeklärter Fall im Kriminalistenjargon genannt wird. Erst im Januar 1933, nach gut fünf Monaten intensiver Fahndung, können die Täter dingfest gemacht werden. Die BVG-Räuber sitzen zwar hinter Schloss und Riegel, die Staatsanwaltshaft hat ihre Ermittlungen jedoch noch nicht abgeschlossen. Es wird noch weitere Ermittlungen geben, die jedoch keine neuen Erkenntnisse mehr bringen werden.

Anfang Juli 1933 beginnt vor dem Schwurgericht des Landgerichts II in Berlin Mitte der Prozess gegen die Täter. Nun will das nationalsozialistische Regime ein Exempel statuieren. Ganz im Tonfall der NS-Justiz heißt es in der Anklageschrift über die Täter: „Häufige Erwerbslosigkeit, ein gleicher Hang nach Geld, Abenteuern und zuchtlosem Leben, unterstützt von der kommunistischen Auffassung, Eigentum und Leben ihrer Mitmenschen gering zu achten, führten sie zu ihren Straftaten zusammen." Schon am 6. Juli 1933 werden die Urteile gesprochen: Erwin Hildebrand, Alfons Hoheisel, Willi Krebs und Erich Achtenhagen werden wegen Mordes und gemeinschaftlichen Raubes mit Todesfolge zum Tode verurteilt, Fritz Wienke zu einer lebenslangen Zuchthausstrafe und Hans Krebs zu zehn Jahren Gefängnis. Einige weitere Mitwisser und vermeintliche Komplizen, die im Roman nicht vorkommen, da sie für den Fortgang der Geschichte keine Rolle spielen, werden zu längeren Zuchthaus- und Gefängnisstrafen verurteilt. Das Todesurteil gegen Hildebrand, Hoheisel, Krebs und Achtenhagen wird am 17. April 1934 im Hof des Strafgefängnisses Plötzensee vollstreckt. Wer die tödlichen Schüsse auf den BVG-Beamten Meyer abgegeben hat, konnte nie festgestellt werden.

Die Handlung des Romans orientiert sich weitgehend an den Fakten des realen Falls, wie sie im Landesarchiv Berlin unter den Signaturen A Pr.Br.Rep. 030-03 Nr. 1414, 1415, 1416 und 1724 recherchierbar sind. Allerdings habe ich mich, um die Zahl der Personen in überschaubaren Grenzen zu halten, auf den „Kern" der Bande beschränkt. In den Akten ist die Rede vom BVG-Lohngeldraub oder kurz vom BVG-Lohnraub, obwohl Letzterer missverständlich ist und gemäß dem Duden „Verringerung des Effektivlohns (durch ein bestimmtes Vorgehen, Verhalten von Arbeitgebern)" meint. Im Sinne von „Raub" ist der Begriff „Lohnraub" allerdings auch im Titel einer Episode der Krimiserie „Polizeiruf 110" von 1974, seinerzeit noch Fernsehen der DDR, eingesetzt worden.

Nicht alle im Roman agierenden Personen hat es in der Realität gegeben. Zwar entsprechen die Personen, denen der Leser im Polizeipräsidium begegnet, weitgehend der Realität, Kriminalassistent Giselmund Faber sowie die Sekretärin Lena Wolffsohn sind allerdings Fantasiegestalten. Ebenso Luise Hildebrand, denn Erwin Hildebrand hatte keine Schwester.

Der Reporter Max Kaminski ist zwar keine reale Person, könnte allerdings eine gewesen sein. In den Jahren der Weimarer Republik war es gang und gäbe, dass Journalisten zu den ermittelnden Kommissaren gute Beziehungen unterhielten.

Reporter, die sich auf Polizei- und Gerichtsberichte spezialisiert hatten, gehörten zu den Stars der Reportergilde. Ihre trotz des ernsten Themas oft unterhaltsam geschriebenen Berichte wurden vom Publikum verschlungen und steigerten die Auflagen. In aller Regel bekamen sie ihre Informationen aus erster Hand, begleiteten die Ermittler hin und wieder auch an den Tatort und vermittelten ihren Lesern einen tiefen Einblick in die Kriminalistik.

Als Vorbild für Max Kaminski dient einer der bekanntesten Berliner Reporter dieser Zeit, der selbst über sehr gute Beziehungen zur Kriminalpolizei verfügte: Der Journalist Walther Kiaulehn (1900–1968). Seine journalistische Laufbahn begann er mit 24 Jahren beim Feuilleton des *Berliner Tageblatts*. Von 1930 bis 1933 schrieb er für die *BZ am Mittag*, ein frühes Boulevardblatt mit hoher Auflage. Der „Sonnyboy" des Hauses Ullstein, wie er genannt wurde, schrieb besonders gern über Affären und Skandale, aber auch Polizei- und Gerichtsberichte. Als SPD-Anhänger war er dem NS-Staat nicht mehr genehm, durfte nicht mehr schreiben und schlug sich nach 1933 als Kunstmaler und Sprecher für die Wochenschau durch. Nach dem Zweiten Weltkrieg arbeitete er in München als Theaterkritiker und später als Leitender Redakteur beim *Münchner Merkur*.

Der Reporter mit dem wohl tiefsten Einblick in die Welt der Kriminalpolizei war der Journalist und Kriminalschriftsteller Franz von Schmidt (1895–1960). Er schrieb für verschiedene Zeitungen und Zeitschriften und verfasste zahlreiche Romane. Schmidt war mit mehreren Berliner Kommissaren befreundet, so mit Erich Liebermann von Sonnenberg, aber auch mit Ernst Gennat (1880–1939), dem berühmtesten Berliner Kriminalisten seiner Zeit.

Schmidt berichtet in seinem 1955 erschienenen Buch „Vorgeführt erscheint" auch von dem BVG-Lohngeldraub und erzählt die Anekdote zweier Kommissare, die sich in ihrer Freizeit auf eigene Faust auf die Suche nach den Verbrechern machen, in ihre Mitte aufgenommen werden und sie so überführen können. Diese Schilderung entspricht allerdings keineswegs den realen Umständen, auch wenn diese Darstellung von anderen Autoren immer wieder als Tatsache betrachtet wurde. Der als erster festgenommene Hildebrand war es, so die Protokolle, der seine Komplizen verraten hat.

Die Aktionen Max Kaminskis sind frei erfunden. Der Wahrheit entspricht allerdings, dass ein Kriminalassistent der Revierpolizei in Rudow die noch flüchtigen Verbrecher erkannt, das Polizeipräsidium informiert und die Verfolgung aufgenommen hat.

Der Einblick in Ernst Gennats Privatleben orientiert sich weitgehend an der Realität: Seine Wohnung in der Charlottenburger Schlossstraße 35 entspricht den Schilderungen inzwischen verstorbener Verwandter. Auch den Papagei gab es wirklich. Sein frecher Spruch, mit dem er Fremde begrüßte, ist ebenfalls keine Erfindung!

Gennat soll in jungen Jahren ein äußerst attraktiver Mann gewesen sein, der schönen Frauen keineswegs abgeneigt war. Jedenfalls soll Gennat in jungen Jahren verlobt gewesen sein. Eine attraktive Frau soll sich seinetwegen umgebracht haben. Ob Wahrheit oder nur Gerücht, ist heute nicht mehr nachprüfbar. Der Name seiner Verlobten ist nicht bekannt. Wir nennen sie Rebecca.

Real ist auch das Ööööööhhhh der Berliner S-Bahn. Der von mir verehrte, inzwischen leider verstorbene Berliner Autor Horst Bosetzky hat diesen Ton das erste Mal so beschrieben. Er trifft das Geräusch, das die anfahrenden Bahnen der damals gängigen Baureihe machten, haargenau. Bosetzky hat viele Menschen mit seiner gewinnenden und kollegialen Art inspiriert – so auch mich.

Zuletzt danke ich auch meinem geduldigen Verleger Dirk Palm für die kritische Durchsicht des Manuskripts, für die Anregungen und Ideen, die die Arbeit an dem historischen Roman beflügelt haben.

Regina Stürickow
im September 2020

Regina Stürickow und Ernst Gennat im Elsengold Verlag:

Kommissar Gennat und die Tote im Reisekorb
Gennat-Krimi-Band 2
272 Seiten, 14,5 x 21 cm,
Klappenbroschur
ISBN 978-3-96201-064-5
€ 16,00 (D) / € 16,50 (A)

Kommissar Gennat und der Anschlag auf den Orientexpress
Gennat-Krimi, Band 3
304 Seiten, 14,5 x 21 cm,
Klappenbroschur
ISBN 978-3-96201-064-5
€ 16,00 (D) / € 16,50 (A)

Kommissar Gennat ermittelt
Die Erfindung der Mordinspektion
208 Seiten, 100 Abbildungen, 17 x 24 cm,
Hardcover mit Schutzumschlag
ISBN 978-3-944594-56-9
€ 24,95 (D) / € 25,70 (A)